Último Refúgio

Série Reinos Eternos

J. M. Beraldo

1ª edição

Editora Draco

São Paulo
2016

J. M. Beraldo
é um nômade carioca que ganha a vida como game designer. Tem contos nas antologias *Piratas* (2015), *Outro lado da cidade* (2015), *Sagas 4* (2013) e *Brinquedos Mortais* (2012), publicou os romances *Véu da Verdade* (2005), *Taikodom: Despertar* (2008) e *Império de Diamante* (2015), trabalhou em dezenas de video games, e escreveu uma penca de livros de RPG. Tem ideias demais e tempo de menos, mas jura que um dia coloca tudo para fora. SITE www.jmberaldo.com

Publisher: Erick Santos Cardoso
Produção editorial: Janaina Chervezan
Edição: Ana Lúcia Merege
Ilustração de capa: Frank William

Dados Internacionais de Catalogação na Publicação (CIP)
Ana Lúcia Merege 4667/CRB7

B 482

Beraldo, J. M.
Último refúgio / J. M. Beraldo. – São Paulo : Draco, 2016. – (Reinos Eternos; 2)

ISBN 978-85-8243-172-6

1. Ficção brasileira I. Título II. Série

CDD-869.93

Índice para catálogo sistemático:
1.Ficção : Literatura brasileira 869.93

1ª edição, 2016

Editora Draco
R. César Beccaria, 27 – casa 1
Jd. da Glória – São Paulo – SP
CEP 01547-060
editoradraco@gmail.com
www.editoradraco.com
www.facebook.com/editoradraco
Twitter e Instagram: @editoradraco

Último Refúgio

Série Reinos Eternos

PANJEKANAVERAT

orsal do Mundo
Florestas de marfim
ão migratório
Desfiladeiros de Cristal
Cerca Viva
Último Refúgio
Enseada da Coroa
Mar das Lâminas Coloridas
para Onze Reinos
Atol de Dagon
Cidade
Ruínas
Expedição perdida
Floresta

PRÓLOGO

O Último Oráculo de Melkat saltou do barco e enterrou os dedos na areia fina da praia. Colocou uma mão sobre os seios e, de olhos fechados, suspirou uma prece de agradecimento. Não ouviu resposta. Os espíritos estavam tão maravilhados quanto os próprios filhos de Melkat.

Com um sorriso no rosto, o oráculo respirou fundo. Sabia que ali seria seu lar por muitos anos. Pelo menos até o momento de retornar para casa.

À sua volta centenas de pessoas desembarcavam para a água e a areia, gritando agradecimentos aos Azanzi e ao oráculo que os guiara. Cantavam e dançavam provocações ao demônio do Império de Diamante que ficou para trás e os expulsou de seu lar.

Quantos morreram lutando contra a invasão de Melkat? Quantos morreram durante a travessia para o sul, fugindo de Myambe?

Mas, enquanto os filhos da Dinastia Melkat abandonaram para trás suas cidades e seus líderes, a Dinastia não os abandonou. O oráculo podia sentir que havia naquela terra algo poderoso, talvez ainda mais poderoso que o próprio deus-vivo ou os Azanzi que falavam em seu ouvido. Sentia algo sob o mar, onde seus irmãos e irmãs juravam ter visto peixes com braços e pernas, e no céu, onde uma das três estranhas torres que emolduravam a baía alcançavam muito mais alto do que qualquer construção de Myambe. Sentia, também, algo se aproximando. O que era essa vibração sob seus pés, como se alguém tocasse o maior e mais poderoso tambor jamais criado, como se montanhas caminhassem sobre a terra?

– Pelo jeito vocês estavam certos.

– Está falando com quem, mamãe?

O oráculo sorriu, colocando a mão na cabeça do filho. Ele abraçava sua perna, incerto se deveria ou não comemorar, enroscando-se à saia colorida. Estava comendo uma fruta laranja e amarela que alguém tirou de uma das árvores que margeavam a praia.

– Ninguém importante – ela disse, sabendo que era mentira. Todos sabiam e isso era visível nos olhos de cada um deles, passando ao seu lado, curvando a cabeça, evitando olhá-la nos olhos com uma mistura de agradecimento e medo.

Assim como no barco, ouviu os sussurros em seu ouvido. Enquanto antes haviam guiado os navios até esta terra, desta vez alertavam que alguém estava vindo encontrá-la.

Sentiu uma mão tocar seu rosto, guiá-la a virar-se na direção da torre mais ao sul, sobre a encosta rochosa de uma colina. Viu a comitiva descendo até a praia.

Os guerreiros de Melkat gritaram momentos depois. Pegavam seus escudos, espadas e lanças e tentavam se agrupar enquanto uns poucos recuavam para proteger as crianças. Sem ninguém precisar comandá-los, formaram uma barreira entre a comitiva e o oráculo escolhido durante a travessia. Ao seu lado seu filho agarrou-se mais forte à sua perna. Tinha deixado a fruta cair na areia. Ainda tão jovem, ele tinha visto o que o Império de Diamante era capaz de fazer.

Em seu ouvido havia sussurros irritados, nervosos. *Matem-os*, diziam algumas vozes. *Fujam*, diziam outras. O último oráculo balançou a cabeça.

– Deixem-nos passar.

Uns poucos soldados olharam para trás, mas ninguém questionou. Abriram a formação, criando um corredor de armas e escudos para que a comitiva se aproximasse.

Ao seu lado, seu filho chorou e escondeu o rosto na saia da mãe. O oráculo não podia discordar da reação do filho. A comitiva não era formada por pessoas, mas por... algo diferente.

Seis criaturas se aproximaram, vestidas com túnicas e saias coloridas, as cabeças alongadas cobertas por capuzes e elmos. Eram altas demais, muito mais altas do que qualquer um dos filhos de Melkat, mas, mesmo assim, muito magras. Sua pele era cinza como os restos de uma fogueira e seus rostos como os de um demônio.

Em seu ouvido os sussurros se tornaram mais intensos, mais desesperados, mais furiosos.

– Os Azanzi não gostam de você.

O líder entre as criaturas, aquele diante do grupo, olhou à sua volta, curioso.

– Esse é o nome de seu povo? Azanzi?

Os filhos de Melkat chiaram e cuspiram no chão, furiosos com a afirmação. O oráculo sorriu.

– Dizer o nome dos Azanzi traz má sorte.

– Mas você pode fazê-lo.

– Fui escolhida para ouvi-los.

– Foram eles que a ensinaram a falar a língua panjek?

Panjek. Era esse o nome deste povo? O oráculo olhou à sua volta. A sensação de que algo grande e poderoso se aproximava era ainda mais forte agora. Os Azanzi sussurravam em seu ouvido, todos juntos. Era difícil concentrar-se em ouvir apenas um.

– Isso e muitas outras coisas, como o fato de que você também é um estrangeiro nesta terra.

Os olhos púrpura do líder panjek arregalaram-se de surpresa. Os outros não reagiram da mesma forma. Pareciam tão apreensivos quanto os próprios Melkat.

– Quem é você? – ele perguntou.

– Meu nome pertence somente a mim. Sou o último oráculo da Dinastia Melkat.

Então, contra tudo o que diziam os Azanzi ao pé de seu ouvido, contra tudo que vira em seus anos em Melkat, o último oráculo aproximou-se do líder panjek e curvou-se diante dele, caindo de joelhos.

– Em nome de meu povo peço asilo em sua cidade.

Por um longo momento havia apenas o som das ondas batendo da praia. Então o panjek falou.

– E o que nós ganhamos com isso?

O oráculo sorriu. Levantou a cabeça, olhando diretamente nos olhos do panjek.

– Nós somos capazes de fazer algo que vocês não podem. Algo que você deseja muito.

– O quê?

– Sonhar.

Capítulo 1

Visto de longe o batalhão parecia disciplinado e experiente. Algum oficial os tinha organizado em fileiras, homens com escudo e lanças na frente, arqueiros mais atrás, onde o terreno subia para uma ligeira colina. Alguns quilômetros a oeste ficava a capital, Lugdasa. Aqueles homens sabiam que eram a última linha de defesa da Dinastia.

Mais de perto, observando cada um dos soldados, podia-se perceber o medo. Eram jovens e velhos, alguns veteranos, muitos milicianos sem nenhuma experiência prática. Eram todos filhos de Melkat e todos eles sabiam que a vitória era impossível. A certeza estava em seus olhos, na forma com que seguravam suas armas. Transpiravam tanto pelo calor daquela manhã da temporada de seca quanto por saberem o que se aproximava.

Eles vieram em marcha lenta, controlada e cadenciada como aqueles nativos jamais conseguiriam. Um exército três vezes maior, de tantas cores quantas era possível, mas todos uniformes. Cabeças descobertas, os cabelos moldados e presos com pedaços de madeira para protegê-los. Corseletes de couro curtido. Escudos longos. Lanças com ponta de ferro. Mais atrás vinham os arqueiros, tão poucos. Não achavam necessário. E liderando as tropas, a elite montada em animais listrados e o próprio demônio usando apenas a pele de um leão e uma máscara de madeira com uma juba feita de penas coloridas.

Sentada em uma colina próxima, Vema suspirou fundo e desviou o olhar da batalha. Se estivesse acordada provavelmente estaria bocejando.

A província era um braço de terra que avançava para o leste, como se tentando fisicamente escapar à opressão do Império de Diamante. Montanhas cobriam o sul, onde margeavam o Vale da Estrela. Por toda parte havia colinas rochosas moldadas pelos ventos. Algumas pareciam os restos de uma obra inacabada, pilares vermelhos que jamais receberam um teto para suportar. Em outros lugares eram como paredes pintadas repletas de pequenas cavernas, como um gigantesco edifício. Mas o mais surpreendente não eram as formações rochosas, e sim o que havia entre elas.

– Nunca vi tanto espaço aberto na minha vida.

Sahir desviou os olhos da batalha para acompanhar os de Vema. Ele não estava confortável com a situação.

– Esse lugar é de verdade?

– Ilom já descreveu alguns lugares de Myambe antes. O vale ao sul é maior do que toda a Baía das Lâminas Coloridas. A savana, então, parece não ter fim.

– E seus pais?

Vema se virou para fitar Sahir. A expressão no seu rosto provavelmente era o suficiente para saber que aquele não era assunto a se tocar. Ele deu de ombros e se voltou para a batalha.

– Só achei que, já que sua avó era tão importante em Melkat...

– Ainda é.

O assunto morreu ali. Um quilômetro abaixo as tropas do Imperador avançaram contra os soldados da Dinastia de Melkat. Os arqueiros nativos, ancestrais de Vema e Sahir, começaram a disparar flechas. Se fossem melhor coordenados talvez tivessem mais sucesso. Logo os soldados estavam combatendo corpo a corpo. No alto da colina os guerreiros montados também observavam.

– Aposto que vai ser o guerreiro sagrado de novo, aquele que não usa roupas.

– O Imperador – disse Vema. Ela estava novamente olhando para ele. Parecia só um garoto.

– Isso. É sempre ele.

– Uma vez foi um dos Primogênitos.

– Quem são esses mesmo?

Ela apontou para um dos homens ao lado do Imperador. O sujeito cobria boa parte do corpo em panos escuros. O rosto era oculto por uma máscara feita de contas coloridas. Portava-se como se fosse o senhor de tudo aquilo.

– Ah, verdade. Mas foi uma vez só.

Vema deu de ombros, voltando sua atenção para a batalha.

– Já foi um dos amigos dele.

Sahir a pegou pelo braço, um sorriso no rosto e os olhos brilhando.

– E aquela vez que o chão se abriu e um polvo gigante atacou todo mundo?

Vema segurou o riso.

– Acho que ele tinha bebido daquela vez.

– Pelo menos isso explica por que eles lutaram usando peixes ao invés de espadas.

Os dois riram. O silêncio veio enquanto a primeira linha Melkat se esfacelava. As tropas inimigas vieram com o toque de uma trombeta. Era como o choro de um animal bem grande. Um segundo grupo de infantaria imperial avançou. Assim que estivesse próximo, o primeiro grupo recuaria para ser substituído. Os guerreiros montados pareciam impacientes para avançar, mas o Imperador não se movia.

– Quanto vai ser a aposta?

Sahir olhou para ela, um sorriso ardiloso no rosto.

– Dez *bha*.

– Prata?

– Você acha que eu sou rico? Bronze.

Ela sorriu meio sem humor e voltou-se para a batalha.

– Feito.

A atenção agora era em cada indivíduo no campo de batalha. Era onde tudo começava. Como de costume, perderam a noção do tempo.

– Alguma coisa? – ela perguntou.

– Meia dúzia de oneiroi. Devem estar se divertindo.

Ela concordou com a cabeça.

Oneiroi não eram difíceis de identificar. Enquanto a maioria das pessoas no sonho não tinham rosto, os oneiroi mudavam constantemente, como se sempre em um estado de fluxo. Eram habitantes do Mundo dos Sonhos, mais inteligentes que animais, menos espertos do que pessoas. Ou pelo menos era o que diziam os *ashan* da Arte da Mente que ainda estudavam os efeitos da chegada de humanos a Panjekanaverat. Oneiroi acompanhavam os sonhos, assumiam personagens e os interpretavam a partir do que conseguiam captar das memórias do sonhador. Pareciam se divertir com isso. Uma vez Vema ouviu um marinheiro compará-los a golfinhos, criaturas que seguiam os navios que cruzavam o oceano, brincando nas ondas.

Já pesadelos eram um caso à parte.

Sahir era o especialista no assunto. Enquanto Vema moldava sonhos, Sahir localizava intrusos. Ilom o chamava de cão de caça. Nem Vema nem Sahir sabiam o que era um cão, mas tinham certeza de que aquilo era algum tipo de ofensa.

– Eu devo ser meio idiota de apostar contigo. Você provavelmente já sabe onde ele está. Só finge que não para ganhar meu bronze.

Sahir só riu. Alguns minutos depois esticou as costas.

– Ali – apontou Sahir. – Montado naquele bicho esquisito. Como chamam?

– Cavalo. Estou vendo. Mais algum?

– Acho que não. Mas duvido que ele não vá atrair mais parasitas.

Por um tempo Vema não disse nada. Tentou isolar o pesadelo dos oneiroi. Diante dos seus olhos os seres oníricos saltaram de soldado para soldado, afastando-se do pesadelo. Em pouco tempo restavam em torno do pesadelo apenas simulacros criados pelas memórias do sonhador.

– Eu sei. Mas eu preciso entender o trauma antes de conseguir resolvê-lo.

– Será que é boa ideia consertar o problema?

– Você acha que o Ilom vai nos expulsar se não precisar mais que capturemos seus pesadelos?

– Você não faria isso?

Vema não respondeu. Saltou do alto da pedra para flutuar até o solo. Suas sandálias mal levantaram poeira do chão. Sahir caiu ao seu lado, flexionando muito as pernas para reduzir o impacto. Levantou uma nuvem de poeira vermelha que agarrou seu sarongue e o sari de Vema. Com um jogar de mão, sem prestar muita atenção, a onironauta fez a poeira em sua roupa desaparecer, então caminhou na direção da batalha.

Sahir não era nada sutil. Nem se dava ao trabalho de tentar. Se não fosse seu parceiro de caçadas desde os tempos da Kulshram, ela provavelmente já o teria trocado por outro. Um que não tivesse tantos vícios nocivos.

Na medida em que se aproximavam, o sonho foi se tornando mais difuso. Soldados sem rosto mudavam de posição subitamente, como se o observador piscasse os olhos por um instante. O tempo parecia fluir mais rápido, apenas para parar logo depois. No centro de tudo estava Ilom. Ele gritava ordens para seus homens enquanto empurrava um imperial para longe e o atingia com sua lança. Seus gritos eram desconexos. Não era o que se esperar de um oficial em batalha, mas sim de um velho rabugento que ganhava a vida alugando quartos em um palácio panjek decadente.

Alguma coisa se moveu entre os simulacros, mais coesos que o normal.

– Você viu aquilo?

Sahir desviou os olhos do pesadelo para onde Vema apontava.

– Aquilo o quê?

– Um sujeito de cabeça coberta, bem alto.

O rastreador olhou por um instante, buscou rastros de invasores. Balançou a cabeça.

– Pode ser um oneiroi.

– Ou outro pesadelo.

Ele negou.

– Acho que eu o teria sentido.

Em suas mãos haviam surgido uma rede com pesos nas pontas e uma corda. Tinha ainda um par de facões enormes presos ao cinto de tecido. Raras vezes os tinha usado. Em todas as vezes tinha sido em desespero.

Embrenharam-se entre os simulacros. Vema imaginou, e ambos se tornaram soldados criados pela mente traumatizada do velho soldado. Enquanto ela mantivesse o disfarce, ninguém poderia diferenciá-los do resto do sonho.

O pesadelo havia tomado a forma de um dos poucos homens montados do lado da Dinastia de Melkat. Vema se lembrava da avó contar sobre sua terra natal e da guerra que os levou a fugir para Panjekanaverat. A Dinastia de Melkat não era um reino propriamente dito, mas um povo, supostos descendentes do mitológico Rei Melkat. Compartilhavam língua, religião e costumes, mas tinham suas próprias leis e hierarquias. Não foi à toa que, quando o Império de Diamante finalmente desviou sua atenção para lá, encontrou tão pouca resistência.

Eram fazendeiros, artesãos e mercadores pegando em armas para defender suas terras e suas famílias. Homens bem equipados, com armas e cavalo como aquele que o pesadelo imitava, eram raros. Não foram poucos os que se renderam sem sequer pegar em armas, aceitando conversão ao culto do deus-vivo em troca de manter suas posses.

No sonho, o pesadelo imitava um homem de pele castanho-escura usando um saiote de algodão azul, um colete de couro curtido e anéis de metal e um capacete armado, cônico, decorado com conchas pintadas e penas. Na maioria das vezes o cavaleiro gritava ordens enquanto agitava um bastão no ar, jamais sacando sua espada ou avançando contra o inimigo. Não era memória, mas uma invenção. Vema sabia que o homem real havia morrido naquela batalha décadas antes. Talvez o fato dele sempre estar afastado, temeroso de avançar, fosse indício do trauma que o subconsciente de Ilom guardava.

Desta vez o cavaleiro não gritava ordens. Simplesmente avançava, os olhos fixos nas costas do sonhador. Era tão descuidado que uma névoa negra o seguia, como se seu corpo estivesse em chamas.

Era um parasita jovem ainda aprendendo a caçar. Até pouco tempo atrás provavelmente só se alimentava de mentes infantis e doentes, aproveitando-se da fraqueza natural desses sonhadores, atraído pelos seus medos e anseios. Tais parasitas eram brutos demais. Em alguém como Ilom, o despertariam várias vezes durante a noite, conseguindo pouco mais do que fragmentos de emoções e um hospedeiro com dor de cabeça.

Vema desejou, e uma parede de pedra surgiu do chão, jogando soldados imaginários para todos os lados e separando o cavaleiro do sonhador. Do outro lado, Ilom olhou para trás assustado, mas seu subsconsciente ignorou aquilo como mais uma inconsistência do sonhar. Ele voltou à batalha.

Do lado de cá, cavalo e cavaleiro tornaram-se fumaça, arremessando-se contra a pedra como um aríete. A rocha tremeu, mas não cedeu. Um oneiroi apanhado deste lado, percebendo o que acontecia, largou suas armas e correu para longe, atravessando simulacros estúpidos demais para perceber qualquer coisa.

O pesadelo escorreu para o chão, tomando uma forma animal. Um par de olhos laranja surgiu na névoa. Tentáculos de fumaça tornavam-se as patas de um predador. Uma cauda longa e estreita ganhava forma, balançando de um lado para o outro, como se analisando a presa. Ele sabia exatamente onde estava Vema e o que ela era.

Movendo-se como um dos grandes predadores que diziam viver além dos muros da cidade, o pesadelo avançou. A cada passo calculado simulacros de soldados se desfaziam. Os que persistiam acabavam destroçados por bocas que saltavam de qualquer parte da criatura de fumaça.

À direita da criatura, em meio a outros simulacros que reagiam lentamente à alteração no sonho, Sahir avançava camuflado. De repente, os simulacros sacaram suas espadas, formando uma parede de escudos entre Sahir e o monstro. Era o pesadelo alterando a estrutura do sonho a seu favor.

Sahir hesitou. Eram apenas construtos oníricos, mas, no Mundo dos Sonhos, eram reais o suficiente para feri-lo.

O céu escureceu com nuvens pesadas que surgiram do nada. Ao longe uma tempestade ameaçava irromper sobre o campo de batalha. No solo, o monstro parecia sorrir com um rosto quase humano.

A fumaça ganhou forma, o animal de três, quatro metros de comprimento tornou-se coeso. Tinha pelagem branca no peito e laranja nas costas. Listras negras marcavam a pele como rasgões feitos pelas garras de um monstro ainda maior. O monstro rosnou. Então avançou.

Vema ergueu uma mão, como se ela fosse o suficiente para deter o monstro. E era.

O chão se ergueu como um tapete, levando com ele vários simulacros que atingiram o chão e se desfizeram em nada. O chão se tornou parede no caminho do pesadelo. No impacto, a pedra tremeu, rangeu, mas resistiu. Já o pesadelo tombou, rolando no chão, perdendo a forma por um instante, enquanto a criatura tentava entender o que havia acontecido. Levou menos tempo do que Vema gostaria. Logo estava de pé, circulando a parede que voltava a ser chão. Vema não podia alterar demais o sonho sem gerar estranhamento no sonhador, que acabaria despertando.

A rede caiu sobre o pesadelo, que mudou de forma. Tentou forçar-se para fora como um jato de fumaça, formou tentáculos e garras, tentou destroçar a rede.

Não conseguiu.

A rede diminuiu de tamanho, tornou-se esférica. As cordas se tornaram vidro. Logo era pouco mais do que um bulbo de vidro cheio de uma fumaça escura.

Sahir caminhou até ele e o pegou. Abriu a boca para falar alguma coisa.

– Ali – disse Vema. Ela não estava olhando para o pesadelo, mas para outra coisa. Era aquele sujeito novamente, cabeça e corpo cobertos. Ele desapareceu entre os soldados que continuavam a guerrear como se nada tivesse acontecido.

– Eu vi – disse Sahir, levantando-se. Guardou o pesadelo no bolso. – Mas não faço ideia do que possa ser.

– Acho que ele estava olhando para nós.

– Impossível. Se o subconsciente do Ilom nos sentisse ele já teria acordado.

Vema sabia que era verdade. Mas também sabia que existiam outras possibilidades.

– E se for outro invasor?

– Outro onironauta?

– O Rei de Amarelo.

Sahir torceu o lábio em desdém.

– Eu deixei de ter medo do Rei de Amarelo quando tinha uns sete anos. Vamos?

O chão e o céu começaram a se partir. Os soldados se desfizeram em fumaça. Os poucos oneiroi que continuavam lá se tornaram uma chuva de fumaça prateada e se afastaram como se nadando no ar.

Ilom acordou.

– Eu devia fazer uma coleção – disse o veterano, observando a criatura que se debatia no interior do bulbo de vidro. Já não era o primeiro e certamente não seria o último a extraírem dele.

Suspirando, Ilom jogou o bulbo de volta para Sahir, que, de olhos arregalados, agarrou o objeto com ambas as mãos, usando o corpo para evitar que o bulbo caísse no chão. Não seria nada agradável se o vidro se partisse.

– Acha que consigo uma semana livre? – perguntou Ilom, coçando os olhos sonolentos.

– Talvez mais. Depende muito do seu humor nos próximos dias.

Ele fez um som de desdém com a boca. Levantou-se da cama e foi na direção da cômoda de madeira. Pegou a jarra de barro e se serviu de água. Ofereceu a Vema e Sahir, que recusaram.

– Meu humor depende dos meus inquilinos – ele disse, então bebeu toda a água da caneca.

Sahir guardou o bulbo de vidro em uma cama de algodão dentro de sua bolsa antes de começar a desmontar o captador de sonhos.

– Nós estamos quites, certo? – ele perguntou, com um olhar furtivo. – Por pelo menos essa semana.

Ilom riu exagerado. Serviu-se de mais água.

– Vocês dois são o menor dos meus problemas. Ao menos pagam pela estadia.

Vema forçou um sorriso e se levantou. Respirou fundo, os olhos fechados. Sempre sentia uma leve dor de cabeça depois de um trabalho como aquele. Especialmente quando precisava alterar o sonho de outra pessoa.

– Tem certeza de que não quer água? Nem tem gosto de mana. Meu filtro funciona muito bem.

A onironauta recusou com um sorriso forçado.

– Preciso descansar um pouco.

Ilom riu. Aos seus olhos os três tinham acabado de passar a noite inteira dormindo. Nas primeiras vezes ele fez a mesma piada sem graça, de que eles dormiam no chão do seu quarto em troca de ter os melhores quartos da casa. Quartos individuais eram uma raridade em Último Refúgio. Em outros cômodos, seis ou até dez pessoas viviam amontoadas, às vezes em turnos. A população da cidade só tendia a crescer, e a privacidade se tornava cada vez mais valiosa.

– Ilom... Sei que você não gosta de falar sobre o passado...

– Que bom, porque então não vai me fazer perguntas sobre ele.

O veterano deu as costas aos dois oníronautas e caminhou para fora do quarto. Na mão ia a ponta de flecha presa em um cordão, seu amuleto da sorte. Ilom mancava de uma perna, provavelmente devido àquela flecha. Quando lhe indagaram por que não pagava um quirurgião para consertá-la, ele apenas sorriu triste e disse que precisava daquilo para se lembrar de nunca mais confiar nos outros.

– Eu preciso cobrar alguns inquilinos – ele disse já na porta. Era só o que Vema e Sahir precisavam para saber que estava na hora de ir embora.

Os dois saíram cumprimentando o veterano, então subiram as escadas para o andar superior.

O palácio de Ilom era uma casa grande de três andares que uma vez pertecera a algum aristocrata panjek. Ilom dizia que comprara o lugar por uma barganha de um herdeiro falido. Vema tinha certeza de que ele simplesmente tinha tomado a casa cujos donos jamais escaparam de Naripuri. Era o caso com grande parte dos antigos palácios de veraneio panjek. Os que não foram tomados pela Companhia ou mercadores tão ricos quanto Vayk Varna tinham sido transformados em cortiços. Quaisquer indícios dos antigos proprietários desses lugares foram arrancados ao longo das décadas seguintes.

– Temos mais alguém para atender hoje?

Sahir buscou na memória enquanto abria a porta do seu quarto, porta com porta com o de Vema.

– Não – finalmente disse. – Mas é bom arranjarmos. Estou ficando sem *bhas*. E não se esqueça de que você me deve dez *bhas* de bronze.

– Fica para a próxima.

Sahir rolou os olhos e entrou no seu quarto, fechando a porta atrás dele, sem responder.

Vema entrou no seu próprio quarto. Na luz da manhã o som dos bares e bordéis havia sido substituído pelo tráfego de makaras e carroças. Um vendedor ambulante gritava seus produtos. O cheiro de comida fazia o estômago roncar.

Sem espírito para fazer qualquer coisa a não ser dormir, Vema pegou uma carambola murcha na cesta sobre a bancada e deixou-se cair na cama. Precisava muito dormir essa manhã. Quem sabe não receberia uma certa visita mais tarde?

Capítulo 2

Arrastar Tuan de volta para casa foi mais difícil do que Sahir pensava. O taumatólogo precisou de muito mais doses de licor e pitadas de narguilé para ser convencido de que Sahir não estava querendo pregar uma peça. Por sorte o álcool e os narcóticos venceram o bom senso, e o antigo companheiro e rival de Kulshram logo estava abraçando Sahir e dependendo dele para encontrar o caminho de volta.

Meia dúzia de passos além do bar, Sahir já estava considerando largar Tuan no beco e fingir que nunca fora contratado para esse serviço.

Parou ao perceber uma mulher bem mais alta trajando a túnica de couro da Guarda da Companhia, uma espada enorme pendendo de sua cintura. Tentou pensar em um milhão de desculpas antes de perceber que era Ujana. Teve uma ideia. Ela foi mais rápida.

– Estou de folga – ela disse entre os dentes, já conhecendo o olhar do onironauta. As cicatrizes ritualísticas na pele negra do rosto se torciam com a careta.

– Pago bem – Sahir disse.

– Não, você não paga.

– É diferente dessa vez. Realmente preciso de sua ajuda.

A expressão no rosto de Ujana se tornou mais dura. Cruzou os braços sobre o peito, fazendo o colar de dentes e contas coloridas tilintar.

– 'Ajuda'? Pensei que estivesse me propondo negócio.

Sahir tirou o braço de Tuan do seu ombro e colocou-o no da guarda muito mais alta. Então foi para o beco e regurgitou o verme que estava alojado em sua garganta junto com alguns litros de bile, suco de frutas e água. A criatura inchada se contorcia letargicamente no chão, abrindo e fechando freneticamente a boca ou o ânus – Sahir não conseguia diferenciar um do outro –, sem entender que não estava mais dentro de seu hospedeiro.

Deveria ter cobrado extra só por essa parte do trabalho. Sabia que Tuan jamais iria com ele por livre e espontânea vontade, mas também sabia que por conta própria jamais ficaria de pé depois de dois ou três copos de licor. A pessoa que o contratou forneceu o verme filtrador. Conseguir capturar Tuan era problema dele.

Ujana chutou o verme para longe, murmurando uma prece em sua língua nativa. O verme atingiu a parede oposta, escorrendo lentamente por ela, deixando um rastro de gosma antes de desaparecer num entulho.

– Nesse estado não há risco de um rakshasa possuí-lo?

Sahir cuspiu no chão para tirar o gosto amargo da boca.

– Qual é o problema de vocês, mulheres, com seres imaginários?

O olhar de Ujana e a espada enorme pendendo na sua cintura diziam que era melhor se explicar.

– Rakshasas são só uma desculpa que se usa para justificar uma noite fazendo o que não deve.

Sahir empurrou Tuan contra a parede. O taumatólogo balbuciou algo, babou, balançou uma mão, então soluçou.

– Ele é mais resistente do que eu pensava.

– Teria sido mais fácil se eu o atingisse na cabeça.

Ujana agarrou um dos braços de Tuan e começou a arrastá-lo beco adentro. Ela estava com pouquíssima paciência.

Sahir seguiu-os logo atrás. Nem queria parar para pensar no fato de que o verme engolia o conteúdo do narguilé pela boca e expelia água e suco pelo ânus direto para seu estômago.

– Além do risco de colocarem a guarda atrás de nós, preciso que ele esteja entorpecido. Vai facilitar o meu trabalho.

– Da última vez que você invadiu as memórias de um bêbado, você perdeu três dedos.

– Mas você estava lá pra me proteger.

Ujana resmungou alguma coisa.

Desceram dois quarteirões, fingindo estarem os três voltando bêbados de uma comemoração. Não pareceram nada diferentes de tantos outros vagando naquelas ruas tarde da noite.

Entraram mais discretos no cortiço de Ilom e subiram para o quarto a passos lentos, tentando tampar a boca do bêbado. A última coisa de que precisavam era chamar a atenção do veterano ou a de Vema.

Chegando ao quarto, Ujana deixou Tuan cair nas almofadas do chão. Tuan disse algo, pareceu estar cantando. Logo estava roncando alto.

Sahir se sentou em uma almofada surrada e cruzou as pernas para dar apoio ao corpo. Já havia deixado tudo preparado. Puxou os fios do captador, checou os eletrodos e os prendeu à testa, têmporas e nuca de Tuan. Checou o fogo fátuo dentro de sua bateria, então ligou o captador. Ele soltou um zumbido que, para Sahir, era como um mantra.

– Vira o rosto dele pro lado. Se ele vomitar assim, pode engasgar.

A mercenária apontou com o queixo na direção do bêbado. Sahir empurrou Tuan com um pé, sem dar muita atenção. Prendeu sua própria touca de eletrodos ao captador.

– Você fica de olho?

Ujana sorriu, batendo com dois dedos no pomo da espada em sua cintura. Então cruzou os braços e se apoiou na parede.

– Seja rápido.

Suspirando longa e lentamente, Sahir colocou a touca na cabeça e fechou os olhos. Ele deixou o zumbido do captador isolar o resto dos sons. Logo até mesmo a música na rua mais próxima e o choro de um bebê em outro quarto da pensão foram abafados. Sahir murmurou os mantras aprendidos na Kulshram, repetindo-os sem parar.

Então, entrou em transe, e na mente de Tuan.

Do ponto de vista de Ujana tudo durou poucos minutos.

Sahir despertou arrancando os eletrodos da cabeça. Tossiu violentamente, sentindo que ia regurgitar um pesadelo, mas ele não veio. Diante dele, o aparelho começou a apitar, a agulha do medidor batendo agitada. Os cabos ligando Tuan à máquina vibravam e inchavam antes de despejar fumaça espessa nos bulbos de vidro. O primeiro era a memória que Sahir fora pago para recuperar. A outra...

– Isso não é normal.

Ujana sacou a espada. Inteiramente profissional, ela puxou da bolsa em sua cintura os cabos de uma bateria taumatúrgica e os ligou aos conectores no pomo da sua espada. Ligou a bateria com um peteleco no botão, o que fez o fogo fátuo no interior da bateria começar a se debater de raiva e a lâmina larga da espada a faiscar com energia transplanar.

O bulbo de vidro rachou.

– Ah, droga.

Sahir se jogou na direção da máquina, tentando desligá-la.

O bulbo se partiu, libertando o pesadelo no mundo real.

A fumaça escorreu para o chão, atingindo o solo e se espalhando, expandindo-se a proporções impossíveis. Sahir saltou para trás, sentindo tentáculos de fumaça a tentar agarrá-lo.

Antes mesmo de a criatura tomar forma, Ujana estava sobre ela, golpeando a fumaça com a espada carregada. A lâmina cortou o ser em dois, fazendo um rosto quase humano surgir, gritando em silêncio.

A criatura mutava constantemente, ora como um homem de feições monstruosas, ora como tentáculos, asas e garras. Era uma maré de serpentes negras, tentando unir-se a despeito dos ataques. Mas Ujana não se detinha. Golpeava de novo e de novo, a energia transplanar circulando pela lâmina da sua espada, ferindo a entidade, que parecia lentamente perder a coalescência.

Tuan abriu os olhos, completamente entorpecido. Por um instante, seus olhos encontraram os de Sahir, que permanecia caído no chão, o corpo apoiado para trás pelas mãos. Tuan assistiu à cena por alguns segundos antes de virar para o outro lado e voltar a dormir.

Com um golpe final, a mercenária estocou com a espada, atravessando a fumaça até fincar a espada na parede atrás dela. O pesadelo gritou em silêncio, então se desfez no ar, escorrendo para o chão, virando pó.

Ujana deixou a espada lá. Podia ouvir os gritos de desespero do vizinho, acordado com vinte centímetros de espada saindo da parede ao lado de onde dormia. A mercenária soltou os cabos da bateria e se abaixou de cócoras, só agora parando para respirar. Limpou o suor que brotava na testa, percebendo cortes finos nos braços e pernas. Bufou, examinando a fuligem negra que lentamente se desfazia no ar.

– Espero que tenha conseguido o que procurava, porque essa coisa sugou minha bateria.

Sahir respirava pesadamente, o coração ameaçando explodir em seu peito. Estava zonzo não só por visitar o sonho de um ébrio, mas porque sabia que podia ter morrido. Raras vezes havia visto um pesadelo tão poderoso.

Balançando a cabeça, o onironauta respirou fundo e soltou o ar devagar. Pegou o primeiro bulbo de vidro, ainda intacto, onde estava a memória roubada. Sahir lambeu os lábios e sorriu, mostrando a memória.

Incógnita pegou o bulbo de vidro e levou-o até perto do seu rosto. Dela quase nada era visível. Ela usava um chapéu enorme envolto num véu do verde típico dos quirurgiões. O rosto alongado de um panjek era visível, assim como as orelhas compridas, mas, fora isso, apenas o braço longo e cinzento se revelava por baixo da túnica e sarongue de seda. Tatuagens sinuosas iam das pontas dos dedos até o ombro. A unha longa bateu no vidro, como se querendo irritar a memória.

Então esmagou o vidro com a mão, estilhaçando-o. Nenhum sangue vazou dos cortes óbvios na pele. A memória tornou-se névoa, que ela levou até o rosto. Inspirou pela boca e o nariz, puxando o que fora roubado de Tuan. Os cacos de vidro caíram no chão no beco do lado de fora da Torre da Carne.

– Mmm... – ela fez, pensativa. Depois concordou com a cabeça.

– Minhas recomendações a Dushkitri – ela disse. Então acenou.

Uma criatura minúscula de quatro braços terminados em mãos e asas veio voando do telhado de uma das casas e pousou diante de Sahir e Ujana. Ofereceu uma corrente com meia dúzia de *bhas* de prata. Sahir podia comprar muito licor com aquilo.

Ujana pegou a corrente antes que Sahir pudesse fazê-lo. Tirou dela três dos pequenos cilindros decorados e jogou o resto para Sahir. Nem esperou para saber o que mais transcorreria. Fez seu caminho de volta ao dormitório de Guarda.

– Espero que o pagamento seja satisfatório – disse Incógnita. Então deu as costas para Sahir e fez seu caminho de volta à entrada da Torre da Carne, o homúnculo seguindo-a logo atrás.

– Sabe, quase morremos para conseguir essa memória. Tinha alguma coisa lá dentro.

Incógnita se deteve.

– Que tipo de coisa?

– Um pesadelo. Ou coisa parecida. Jamais vi um tão agressivo.

A *maharashan* da Carne olhou por cima do ombro.

– O que você quer?

– Bom, há uma outra coisa que você poderia fazer por mim.

O rosto por trás do véu arqueou as sobrancelhas.

Sahir abriu um sorriso enorme.

Capítulo 3

Os últimos raios de sol atingiram o bulbo de vidro, fazendo o sonho de Vema Thevar dançar como se imerso em líquido. Fios de fumaça, tão chamativos quanto as águas da Baía das Lâminas Coloridas, esticavam-se como anêmonas buscando presas na maré no fim do dia.

Durante mais de uma década Vema subira todas as noites para o terraço da Kulshram para participar das aulas de meditação com o *ashan* Lakshmara. Vema acelerava o passo o máximo que podia sem ser repreendida pelo sempre plácido *ashan* para sentar-se no mesmo ponto de sempre, demarcado apenas em sua mente por um padrão de manchas na pedra cinzenta que provavelmente estava lá havia dois milênios ou mais. Era daquele ponto que, mesmo sentada em posição de lótus, todos os dias Vema assistia ao sol mergulhar no mar além da baía, fazendo os corais sob a água parecerem brilhar de uma única vez.

Vema suspirou profundamente, o corpo apoiado sobre a mureta de pedra. Na medida em que o sol se punha as sombras das três torres cresciam sobre a cidade. Em Rio Seco as lanternas estavam sendo acesas, fazendo surgir a luz de milhares de algas bioluminescentes que eram o símbolo da vida boêmia da cidade. Do outro lado da Figueira, os cortiços de Vila Velha mergulhavam na escuridão com pouca chance de iluminação pública. Lá os moradores se trancavam em casa, temendo apenas os pesadelos que os perseguiam. O trabalho não acabava no porto, já cheio com a primeira leva de navios vindos para o festival. Entre os galeões mecânicos da Companhia e os encouraçados taumatúrgicos que protegiam o porto surgiam naus de madeira negra da Costa Livre, os temíveis navios vermelhos de Muskulsehir e até uma corveta de quilha tripla dos Onze Reinos. Mais navios, de lugares mais distantes, chegariam em breve, escoando em Último Refúgio quinquilharias inúteis, marinheiros em busca de diversão a todo custo e milhares de sonhos desgarrados.

A paisagem era a mesma. Era a percepção da onironauta que havia mudado.

No bulbo, o sonho se desfez em milhares de pedaços, cada um transformando-se em pequenas criaturinhas que talvez vistas de perto imitassem a própria Vema. Elas pareciam discutir entre si, ou talvez planejar algo. Vema chacoalhou o bulbo, fazendo o sonho voltar a ser disforme e colorido. Talvez ela o tivesse feito rebelde demais.

– Vema?

Sahir estava de pé sob o arco que levava ao interior do salão. Vema não pôde conter o sorriso. O amigo parecia outra pessoa, vestido com uma túnica de seda dourada bordada com padrões orgânicos panjek sobre um sarongue laranja. Até o cabelo normalmente rebelde estava cortado rente ao crânio, como era moda na aristocracia.

Sahir puxou a gola da túnica e mexeu o pescoço. Normalmente Sahir não usava mais do que um pano branco e encardido enrolado na cintura. Vema balançou os braços, fazendo tilintar as pulseiras douradas e infinitos pingentes que eram o mínimo esperado em um evento como aquele. Sahir foi obrigado a rir. Ninguém ali estava confortável.

– O salão já está cheio. Pronta?

Vema mostrou o bulbo de vidro e o chacoalhou. O sonho se tornou uma onda arrebentando-se nas paredes curvas da sua prisão. Na crista da onda ia uma horda de desejos indiscretos. Sahir suspirou fundo, limpando o suor da testa. Não era apenas pela roupa apertada. Tinham gastado tudo o que tinham e o que não tinham naquela apresentação. Se ela não rendesse clientes, Vema não fazia ideia de como colocar comida na mesa.

– Obrigada – disse Vema, os olhos fixos no salão adiante. Sahir sorriu, apertando sua mão.

De mãos dadas, entraram.

O salão superior da Kulshram se estendia por todo o topo do edifício cilíndrico. Colunas na forma de yakshas, makaras e sarameyas suportavam o peso do domo de pedra, mas, fora isso, nada mais impedia a visão de uma ponta a outra. O domo terminava em diversos arcos onde começava o terraço que circundava o edifício.

Onde geralmente havia grupos de crianças e adolescentes sentados diante de seus *ashan*, agora havia uma turba de panjek, imigrantes e estrangeiros em mais um evento da corte panjek. Todos os presentes era influentes em Último Refúgio, de oficiais do governo a importantes mercadores e os próprios *maharashans* das Três Grandes Artes. Ao invés de trajes simples nas cores das Artes, ou o branco para os discípulos mais jovens, havia um caos de cores, metais e pedras preciosas. A grande maioria dos panjek optara por quirurgias estéticas para se destacar em suas guerras silenciosas por poder e influência. Tentáculos substituíam olhos em um, uma cauda preênsil era usada como xale por outro. Do outro lado do salão, um ex-general panjek falava sem parar pela boca em seu peito magro enquanto a outra mastigava constantemente o que os dois pequenos braços implantados em seu queixo conseguiam alcançar.

Vema observava com certo humor o horror nos olhos da maioria dos estrangeiros, mercadores influentes que viam em Último Refúgio um importante entreposto comercial. Nem mesmo Vayk Varna, residente havia duas décadas, evitava olhares depreciativos quando um panjek com cauda ou outro com implantes córneos passava ao seu lado. Eles não tinham nascido em Panjekanaverat entre animais criados em ateliê quirúrgicos, reatores taumatúrgicos e caçadas a pesadelos fugitivos.

Alguns metros dali, *ashan* Lakshmara olhou em sua direção e sinalizou que começassem. Sahir pegou o bulbo de vidro e foi até a máquina. Com um toque, ligou a instalação onírica.

Uma névoa em tons de amarelo surgiu de cada um dos cantos do enorme salão, emanando de tubos ocultos nas pilastras. Um a um os convidados pareceram perceber que algo estava acontecendo. As conversas cessavam, os olhares buscavam entender.

A névoa serpenteou para o alto, na direção do teto em domo, juntando-se como raízes buscando o sol, brotando folhas igualmente psicodélicas.

Então as raízes de névoa se tocaram no centro e um brilho tomou o salão, gerando uma série de suspiros e gritos de surpresa daqueles desacostumados à Arte da Mente.

– Último Refúgio é apenas uma das muitas cidades de muitos mundos. Panjekanaverat é apenas um território entre tantos outros que formam o Grande Reino Infindável.

Os olhares foram para Vema, que caminhava na direção do centro do salão. Convidados se afastavam, dando espaço, alguns incertos sobre como reagir. Outros, curiosos, tocavam a névoa, que respondia como se viva, ora retraindo, ora expandindo para envolver o curioso.

– Dois mil anos atrás Panjek, o Ser Original, veio a esta terra e derrotou o Iraivana. De sua mente criou seus filhos e os Reinos que um dia se tornariam um, Eterno.

No topo do domo o ponto de luz tornou-se uma esfera brilhante onde o continente de Panjekanaverat podia ser visto. Seu nome foi desenhado na névoa num tom mais escuro.

– Mas os limites do mar não eram o suficiente para deter um reino moldado pelas Três Grandes Artes – ela disse. Olhou à sua volta, cumprimentando o *maharashan* dos Planos, que observava curioso ao lado do prefeito, e a *maharashan* da Carne, distante, oculta sob o véu. Na falta de seu próprio mestre no evento, cumprimentou Lakshmara com um olhar.

Linhas flamejantes brotaram de Panjekanaverat como se o próprio ar e a névoa sobre eles estivessem em chamas. Em seu caminho encontraram outras esferas. Eram mundos conquistados durante os séculos de paz e união dos panjek, mundos vassalos, estados clientes do Grande Reino Infindável.

Mundos perdidos com a destruição da capital.

Vema observou os olhares de admiração enquanto cada mundo ganhava seu nome e uma representação distinta. A energia primordial do Shakti, as águas puras de Danu, a essência narcótica de Nirvana e tantos outros mais.

De pé diante deles, o Incessante ergueu uma mão para tocar as nuvens de Nirvana. Elas reagiram a ele, estendendo-se em sua direção, envolvendo-o em sonho.

O Incessante rolou os olhos para cima em êxtase, a bateria transdimensional em seu peito se convertendo de um verde claro para um púrpura quase negro. Ele suspirou, fechou os olhos e quase caiu para trás. Vema percebeu um pequeno sorriso no canto dos lábios do mestre taumatólogo. Considerando a etiqueta panjek quanto a como se comportar em público, aquilo era um escândalo que atestava o sucesso da peça.

Por todo o salão outros convidados faziam o mesmo, tocando os muitos mundos do Grande Reino, experimentando o que Vema havia criado para cada um deles.

Mas assim como o Reino verdadeiro, aquele de sonhos não duraria para sempre. A névoa se desfez, levando com ela os mundos perdidos e, por fim, a própria Panjekanaverat.

Os estrangeiros foram os primeiros a aplaudir. Os panjek, claro, apenas cumprimentaram discretamente com rostos plácidos. Talvez o único a reagir diferente fora o próprio Incessante.

– Isso foi...

Ele não continuou. Apenas balançou a cabeça, o olhar vago. A língua fina e roxa lambeu a boca sem lábios, como se ele ainda pudesse sentir o gosto do sonho.

– Foi mais eficiente do que qualquer coisa que já usei para aplacar minha dor.

Tocou o aparelho em seu peito. Arcos voltaicos saltavam do microportal para o Shakti pela sua pele ressecada.

– Sem exageros, caro *maharashan* – intrometeu-se o prefeito. O estrangeiro olhava Vema com um sorriso falso. – Sonhos não são práticos. Logo, logo perdem o efeito. Quem gosta de sonhar com a mesma coisa todas as noites?

Vema cumprimentou o Incessante sem nada dizer em resposta, o rosto o mais inexpressivo que podia mostrar. Logo o prefeito levou o mestre taumatólogo para bem longe de Vema. Sahir apareceu ao seu lado, observando a multidão se dispersar.

– Não acho que Vayk Varna tenha gostado.

– Ele não paga nossas contas.

– Mas o Incessante paga as dele com as drogas que compra.

Alguns convidados se aproximaram, cumprimentando a dupla pela sua peça. Diziam todos jamais terem visto algo similar em qualquer canto do mundo, pelo menos não enquanto despertos ou sóbrios.

Vema respondeu a cada pergunta como pôde, sempre que possível desviando de assuntos incômodos para explicar sua obra. Aquela era sua chance de conseguir clientes entre os aristocratas. Estava cansada de remover pesadelos e alterar memórias de pessoas que mal tinham o que comer, muito menos como pagar pelos seus serviços.

Uma mulher enlaçou o braço no de Vema, fazendo as diversas pulseiras e colares cheios de pingentes de ouro tilintarem como um alarme. Tinha a pele branca de uma estrangeira de Akanisha, mas os cabelos crespos de Myambe. Parecia tentar se adaptar à moda local ao ponto de ter tatuagens de identificação cobrindo as costas da mão direita até o cotovelo. Não eram padrões verdadeiros, usados para identificar linhagem e feitos, mas um desenho qualquer com base no que a mulher achava bonito.

– Conte-me, minha jovem, como alguém tão bonita e talentosa como você veio parar em um lugar tão horrendo como esse?

Por um instante Vema não soube como responder. Ficou na dúvida se ela se referia a Kulshram ou a cidade. Em ambos os casos a resposta não satisfaria a mulher que olhava com visível desprezo para seus anfitriões.

– Nasci aqui – Vema acabou por dizer.

– Ah, que pena. Bom, melhor do que ter vindo em um desses navios cheios de selvagens!

Um homem alto de meia-idade se aproximou com uma taça de prata na mão. Usava o uniforme de um oficial qualquer, provavelmente de uma das cidades-estado de Valmedor. Tinha um vasto bigode negro, pouco cabelo e muita pompa.

– Querida, deixe a serviçal fazer seu trabalho.

Vema abriu a boca, mas a mulher a interrompeu.

– Há tão poucas mulheres nesse lugar! Você disse que eu me divertiria.

– Há aquela coisa enorme toda coberta de verde. Onde eu a vi?

Vema trocou olhares com Sahir, que permanecia quieto atrás do captador de sonhos. Fingia estar ocupando regulando o aparelho e o bulbo de vidro. Ele sim era esperto.

O estrangeiro apontou com a taça na direção da máquina.

– De onde eu venho este tipo de magia é proibida. Usamos ciência, muito menos arriscada.

Ele bebeu um longo gole de sua bebida. Fez uma careta.

– Deveria ter trazido meu próprio vinho. Isso que vocês bebem aqui é terrível.

– E a comida! – completou a mulher. – Minha temperatura aumentou só de sentir o cheiro daquela sopa. Ainda bem que não encontrei colheres, ou teria provado e certamente me arrependido!

– É um molho – explicou Vema sem motivação alguma. – Para comer com pão.

– Quem come sopa com pão?

O estrangeiro não tinha tirado os olhos de Vema. Balançava a taça como se se preparasse para fazer algum comentário ofensivo. Surpreendeu-a com a pergunta:

– Como esta cidade sobrevive?

– O que o senhor quer dizer?

– Apesar de todo o seu show, o Grande Reino não existe mais. A cidade está abarrotada de imigrantes fugidos de décadas de guerra em Myambe, e agora a Companhia Mercantil abusa do que pode. Como a cidade sobrevive?

Vema abriu a boca para responder, olhou para a mulher e percebeu o olhar malicioso. Percebeu que tinha sido guiada para o lado de fora, para longe da maioria dos outros convidados. Teria sido todo aquele diálogo e aparência só para despistar suas reais intenções?

O estrangeiro aproximou-se mais.

– Diga-me, Vema Thevar, quais segredos Último Refúgio esconde?

O olhar do casal desviou-se para trás de Vema e a expressão em seus rostos mudou imediatamente, voltando ao exagero de antes.

– Por que aquele homem horrível está nos olhando?

Vema acompanhou os olhos da mulher. Sentiu um calafrio percorrer a espinha.

Um guerreiro do Vale estava de pé no terraço, observando-os por um dos arcos de pedra. A armadura de couro e metal cobria o peito musculoso cheio de cicatrizes que marcavam a pele negra. A cabeça era raspada no estilo dos guerreiros do seu povo. Ele tinha uma lança da mão e uma espada presa à cintura.

– É só um guarda.

– Por que depender destes bárbaros para defender este lugar? Onde estão nossos homens?

O marido coçou a garganta.

– Não seria diplomático trazer nossos homens armados a um evento da corte.

– Por que não colocar aqueles guerreiros mágicos? Como se chamam?

– Kesatria – respondeu Vema sem tirar os olhos do chão.

– Isso! São fortes e silenciosos, e não ficam encarando os convidados. Aquele olhar... O que estava passando pela cabeça dele?

Vema voltou a olhar para o guerreiro, bem em seus olhos.

– Quem pode imaginar o que passa pela cabeça de um selvagem?

Capítulo 4

Kasim a jogou contra a coluna de pedra e pressionou seu corpo contra o dela. As mãos foram ávidas buscar as brechas do sari enquanto a língua explorava sua boca. Kasim estava quente. Era quente.

A estrangeira da festa surgiu em sua memória, braços cruzados, olhar de desprezo. "Que tipo de mulher se mistura a um bárbaro?"

– Espera.

Vema colocou as mãos no peito de Kasim e virou o rosto.

– O que foi?

– Só espera. Preciso respirar.

Ele se afastou, um sorriso no rosto.

– Tenho esse efeito nas mulheres.

– Nas mulheres?

Ela deu um tapa no braço dele. Ele se retraiu ainda rindo, como se o tapa pudesse ferir um homem daquele tamanho.

Aquele era apenas mais um de muitos encontros às escuras sob os pilares da Kulshram, aos olhos apenas das estátuas de panjek há muito esquecidos. Kasim preferia esse lado, dizendo que o lembrava das ruínas de sua cidade natal.

– Não sei como você consegue gostar desse lugar. É tão sem vida.

Ele arqueou as sobrancelhas e fez um som de desdém.

– Você se refere àquela aberração do outro lado do prédio?

– É uma homenagem àqueles que já foram.

– Em Myambe contam-se histórias sobre mortos-vivos voltando para devorar sua alma.

Vema rolou os olhos. O povo de Myambe era muito supersticioso.

– O Jardim dos Ancestrais não tem mortos-vivos e sim esculturas de carne.

– Que se mexem.

– Sim. É uma honra fazer parte do jardim.

A expressão no rosto de Kasim se fechou e ele olhou para longe. Os olhos estavam na estátua de um *maharashan* do período quase mitológico pré-Reino, quando Panjekanaverat ainda era dividida entre os filhos do Panjek, quando as Três Artes não haviam ainda sido moldadas. Naquela época os mortos ainda eram imortalizados em pedra e não em carne animada pelos quirurgiões.

– Quero que você venha morar comigo.

A mudança de assunto pegou Vema de surpresa. Pela forma com que Kasim cuspiu a frase ele já devia estar pensando sobre aquilo fazia tempo.

– No quartel?

Kasim voltou a olhá-la. A expressão ainda era séria. Às vezes ele parecia ter dificuldade para entender o humor dela.

– Não, em um apartamento. Tenho dinheiro o suficiente para pagar por um em Vila Velha, ou até uma casa na Pedra Vermelha.

Vema respirou fundo. Abraçou o corpo e começou a caminhar pelo pátio frio. A sensação do chão de pedra coberto de plantas intrusas sob seus sapatos de pano a deixava nervosa.

– Prata manchada de sangue.

– Faz semanas que não mato ninguém.

O comentário causou um sorriso sem humor no rosto da onironauta.

– A maioria das pessoas não mata ninguém nunca na vida.

– A maioria das pessoas não ganha a vida como soldado.

A não ser que você fosse um imigrante recente de Myambe, refugiado da última guerra contra o Império de Diamante.

Vema parou diante da estátua de um panjek usando apenas um sarongue. Uma mão segurava um pergaminho perto do corpo, enquanto a outra, erguida, fazia o sinal do infinito, o dedão tocando o dedo do meio, enquanto os outros dois dedos estavam esticados para cima. A inscrição arcaica na base da pedra havia sido apagada com o tempo e o descaso. O sorriso no rosto, não.

– E você não precisa ser um soldado.

Kasim bufou, balançando a cabeça. Começou a andar de um lado para o outro, a cabeça baixa como se precisasse cuidar de onde pisava. Não disse nada. Nem precisava.

– Kasim, seu trabalho é perigoso demais.

Ele parou, uma mão fechada dando soquinhos na base de uma estátua qualquer.

– E fazer o quê? Trabalhar em um canavial por trocados? Virar cobaia de quirurgiões? Porque eu duvido que a Companhia vá me dar um emprego de estivador ou qualquer coisa no porto se eu abandonar o serviço militar.

Vema mordeu o lábio inferior. Kasim não era do tipo que ficaria feliz fazendo qualquer outra coisa se não ser soldado. Provavelmente nunca fizera qualquer outra coisa em seus vinte e poucos anos de vida.

– A corte sempre está à procura de gente. Gente que ajude a administrar a cidade. Um emprego seguro.

Foi a vez dele de rir sem humor.

– E quem disse que é isso que eu quero?

Vema se aproximou a passos largos, pegando a mão forte e calejada do amante nas suas.

– Kasim, você não pode continuar arriscando a sua vida todos os dias!

– O que menos faço em Último Refúgio é arriscar minha vida.

– Mês passado você teve de caçar um kirata!

– Eu o matei, não matei?

Ela tocou seu rosto, um sorriso triste nos lábios.

– E passou dez dias em um hospital.

A expressão no rosto dele era dura. Kasim tocou a mão em seu rosto, tirou-a dali com mais delicadeza que se podia esperar de um brutamontes como ele.

– Não tínhamos quirurgiões em Myambe.

Vema não pode deixar de se lembrar das cicatrizes que uma vez ele revelara sob a roupa. Kasim não gostava de falar sobre elas. Não se gabava como muitos dos outros soldados da Companhia. Talvez tivesse vergonha do que fez. Talvez tivesse medo.

– Nem quirurgiões podem trazer os mortos de volta à vida.

Ele balançou a cabeça e estalou a língua. Sentou-se na base da estátua atrás dele, ficando com seu rosto à altura do de Vema.

– São os estrangeiros, não é?

– O quê?

– Os estrangeiros ricos. Eles põem essas ideias na sua cabeça.

– Eles nem sabem que você existe!

Ele permaneceu em silêncio por um tempo, olhando-a fundo nos olhos. Os olhos de Kasim pareciam guardar muita coisa. Muito mais do que alguém de vinte e poucos anos deveria guardar. Era um pouco do motivo pelo qual Vema se encantara por ele naquela noite no Sonhos Etílicos.

– O que aquela mulher falou contigo lá em cima? Quando ela me viu olhando para vocês.

– Não sei. Não lembro.

Ela virou o rosto e começou a caminhar para longe. Kasim pegou-a firme pelo pulso.

– Mentira. Ela me chamou de selvagem.

– Eles não confiam no seu povo.

Vema percebeu o erro do seu comentário mesmo antes de terminar sua frase.

– Meu povo lutou contra o Imperador de Diamante enquanto o seu fugia.

Pronto. Nada pior do que criticar um homem do Vale.

– Olha, você quer mesmo discutir História comigo?

– Para mim não foi História. Foi há dois anos atrás. Eu ainda tenho as cicatrizes daquela guerra.

– Mas eu não. Meus pais eram crianças quando o Imperador invadiu Melkat. Desculpa se eles não lutaram na guerra.

Kasim a soltou, mas Vema não se afastou. Permaneceu de pé olhando o chão de pedra oculto sobre as trepadeiras e a grama que ninguém se dera ao trabalho de remover. Ela percebeu pela primeira vez que havia algum tipo de padrão pintado nas pedras. Talvez tivesse sido um lugar bonito décadas atrás, mesmo que tão morto.

Mas aquele passado morto era o mais próximo que Kasim e tantos outros imigrantes recentes tinham para se recordar do lar que deixaram para trás. O quão assustador devia ser Panjekanaverat para alguém como Kasim, habituado a um mundo guiado por homens santos que viam nas estrelas presságios sobre o futuro? Em Último Refúgio não havia homens santos, mas sim homens de conhecimento. Não se lia o futuro nas estrelas, mas sim visitavam-se outros mundos. Kasim era de um mundo de superstições e religiosidade. Um mundo primitivo. Bárbaro.

Vema suspirou ao perceber seus próprios preconceitos.

– Desculpa.

Por um longo momento o único som era o do vento e da maré alguns quarteirões abaixo. Kasim vivia reclamando da falta que sentia do som de insetos e pássaros.

Foi ele quem finalmente quebrou o silêncio.

– Você está deixando Myambe para trás. Está trocando sua herança por essa... coisa.

Não havia força na acusação. Ele estava realmente triste por aquilo. Continuou mesmo assim.

– Os panjek nos aceitaram aqui. Deixaram que vivessemos em suas terras.

Ele estava arrancando as pétalas de uma flor que tirou de algum lugar em meio ao mato alto.

Vema pegou a mão dele nas suas.

– Deixaram porque precisam de mão de obra barata. Porque precisam de mercenários para morrer por eles. É Vayk Varna quem faz vocês lutarem.

Isso o fez erguer-se de súbito.

– Ele nos deu uma chance.

– Você não é tão ingênuo, Kasim.

– Vema?

Sahir estava de pé sob um dos arcos de pedra que levavam ao interior da Kulshram. Só ele sabia onde Kasim e Vema costumavam se encontrar. Mais de uma vez ele viera salvá-los de serem apanhados por algum *ashan* ou algum discípulo que poderia usar a informação contra ela.

– Estamos aqui.

Sahir se aproximou cauteloso. Ele podia perceber a tensão no ar e parecia pensar se devia mesmo ter interrompido.

– Estão nos procurando no salão.

Kasim virou-se para encarar Sahir. O olhar fez Sahir tremer.

– Um cliente – Sahir se explicou, gaguejando. – Bom, um cliente em potencial.

– Eu já vou.

– É melhor não demorar.

– A moça disse que já vai.

Sahir ergueu as mãos na defensiva, a cabeça baixa, então se afastou sem dar as costas. Talvez temesse ser atacado por trás. Desapareceu nas sombras dos arcos de pedra.

– Você não me deu uma resposta.

Vema piscou algumas vezes, como se despertando de um sonho.

– Nem sei mais qual é a pergunta.

Ele levou algum tempo para responder. Devia estar julgando se o comentário era sério ou não.

– Venha morar comigo.

Ela sorriu. Estava mexendo nos pingentes de uma das pulseiras. Não conseguia olhar diretamente para o amante.

– Isso soa mais como uma ordem. Você já deveria saber que ordens não funcionam comigo.

– Vou esperar sua resposta.

Kasim aproximou o rosto, os lábios a milímetros de distância dos dela. Vema não teve como não encará-lo.

Aqueles enormes olhos castanhos pareciam examinar cada detalhe do rosto de Vema. Ela podia sentir o cheiro forte que misturava suor e alguma outra coisa que só os homens de Myambe pareciam ter.

Então ele a beijou, rápido, forte, e se afastou. Pegou a lança e o cinto com a espada descartados às pressas no chão e partiu.

Vema respirou fundo, uma mão sobre o peito e a outra sobre os lábios.

Aonde ela tinha ido se meter?

CAPÍTULO 5

Kasim estava apoiado na lança olhando para o alto. Podia ver no terraço, alguns metros acima, onde Vema passava conversando com Sahir. A luz da lua parecia fazer sua pele brilhar de uma forma estranha, quase divina. Quando Kasim chegara à cidade, dois anos antes, achava gente como ela repulsiva. Comportavam-se de forma estranha, vestiam-se de forma estranha. Não era como um Surna, estranho em seus costumes primitivos, preferindo caminhar eternamente ao invés de viver em uma cidade, ou cortando o próprio rosto para mostrar quem era. Um Surna ele podia compreender. Kasim tinha lutado ao lado deles na Batalha do Vale. Tinha feito amigos entre os nômades, tanto os que morreram na guerra quanto os que vieram com ele para essa terra. Eram diferentes, mas ainda eram gente.

Com o tempo, Kasim aprendeu a ver as coisas de uma forma diferente. Até o excesso de brincos e anéis, especialmente a corrente ligando uma narina à orelha, agora tinham se tornado um fetiche. Era tão sensual como a tatuagem desenhada nas costas da sua mão ou o pano amarelo com que ela se cobria. Era estranho, mas atraente de uma forma que ele não entendia.

Provavelmente era assim também para ela.

– Tenho pena dela.

Kasim quase saltou de onde estava. Makalo havia surgido ao seu lado sem que ele percebesse. Já vira muitos novatos morrer assim no campo de batalha, degolados ou apunhalados, por estarem pensando no que não deviam.

– O quê? – respondeu, desviando o olhar. Viu Osaze poucos metros atrás.

– Filha de Melkat, aposto. Pele clara, nariz fino. Nasceu no lugar errado, sofrendo pela covardia dos pais.

– Os pais dela eram crianças quando aconteceu a guerra.

Makalo voltou-se para ele, apoiando a lança de forma relaxada sobre o ombro.

– Você a conhece?

– Não, claro que não. Digo pela idade. E, afinal de contas, nós também estamos aqui.

Makalo sorriu debochado e se pôs em seu caminho. Já Osaze não tirava os olhos de Kasim. Era um olhar de quem sabia das coisas. Kasim odiava aquele olhar.

– Quer me dizer alguma coisa?

– Acho que você é experiente o suficiente para saber se virar sem os meus conselhos.

– Ótimo. – Kasim deu as costas ao Surna e começou a caminhar na direção dos arcos de pedra. – Vou checar o Jardim.

– Pensei que você estivesse vindo de lá.

Kasim espetou o ar com a lança, como se para matar o assunto. Osaze pareceu ter entendido o recado, apesar de Kasim ter certeza de que, caso se virasse para trás, veria o veterano sorrindo.

Dane-se ele. Era só um velho caçador que não sabia a hora de parar. Nunca deu justificativa para ter embarcado para esse lugar, além de que todo Surna era um nômade e que Myambe já não era mais tão interessante. Mas Kasim já o tinha visto esculpindo animais em madeira e falando com saudades das cabeças de gado que tinha acumulado. Em todas as vezes Osaze tinha um sorriso triste no rosto, como se sentisse falta de algo.

Kasim não olhava para trás. Não achava que fazê-lo o ajudava em coisa alguma. O passado era o passado e o que importava era apenas aquilo que ele carregava com ele mesmo.

Sentiu o medalhão da Estrela da Manhã roçando no peito sob o colete de couro e anéis. Fora sua espada, armadura e alguns trocados, era tudo o que ele ainda tinha do vale onde nascera e que lutara para defender.

O que restava agora eram Último Refúgio, nativos que mais pareciam demônios e imigrantes que tentavam imitá-los.

Como confiar em alguém que podia invadir seus sonhos? Que arrancava membros e implantava outros como quem troca de roupa? Que não comia carne, mas sim qualquer coisa que extraísse de outro mundo com sua mágica nada confiável?

Vema riria dele, chamando-o de 'meu bárbaro'.

Na passagem pelo corredor sob a Kulshram, Kasim emergiu no Jardim dos Ancestrais entre um tronco comprido com dez braços e uma cabeça sem boca e o que só poderia ser descrito com uma concha que engoliu muitos olhos. Vema uma vez disse que o primeiro tinha sido *ashan* Javras, reconhecido por ter trabalhado incansavelmente na construção da cidade. Já o outro nem ela fazia ideia de quem fosse.

Kasim passou sob o olhar silencioso de Javras sem saber se existia alguma inteligência ali. Supostamente Javras havia morrido vinte anos antes e o que restara era apenas uma casca animada pelos quirurgiões para que não apodrecesse.

O que havia de errado em enterrar pessoas?

Em Último Refúgio mal havia espaço para os vivos, muito menos para os mortos, ou pelo menos era o que dizia Osaze. Os Melkat queimavam seus mortos em um canto especial de sua favela, no alto do morro. Diziam as lendas que o que restava dos ossos virava comida. Quando confrontou Vema a respeito ela apenas riu, mas nada disse. Dos Surna Kasim sabia pouco. Aqueles que vieram para Panjekanaverat eram solitários. Suas tribos haviam sido dizimadas pelos exércitos do Imperador, ou eram eles mesmos exilados. Osaze dizia que em Myambe, quando um Surna morria, seu corpo era despido de suas posses, abençoado e deixado para trás, para ser devorado pelos animais e pelo tempo.

"Quando eu morrer," ele disse uma vez durante uma patrulha pelas ruas da cidade, "quero que meu corpo seja deixado na Cerca Viva. Duvido que sobre carne em meus ossos."

Kasim duvidava que restassem ossos. Já vira homens demais serem engolidos pela mata além dos portões da cidade.

E quanto aos seguidores da Estrela da Manhã?

O mercenário olhou para o alto. O céu tinha umas poucas estrelas, menos do que em Myambe. Era o brilho das luzes da cidade, dizia Vema. Kasim culpava o buraco no céu que pulsava como uma ferida infeccionada. Parecia roubar as estrelas, assim como roubara o Grande Reino Infindável dos panjek.

Ouvira falar de um Dabir que pregava em uma pequena capela em Vila Velha. À medida que mais navios de refugiados chegavam, mais desesperados iam em busca de respostas. Kasim não era um deles. Não sabia bem o que achar de um homem santo que fugira da Terra Santa.

Kasim parou onde estava, como se tivesse sentido o cheiro de um predador à espreita. Tinha certeza de ouvir o som de alguém tentando ser silencioso. Certamente não era o movimento dos cadáveres em seus pedestais.

Os muitos olhos da ostra gigante se voltaram para a direita. Kasim disparou naquela direção sem pensar. Como que respondendo a ele, um vulto saltou de trás de outra estátua-cadáver e correu na direção da Kulshram. No escuro da noite e sob a cobertura das estátuas era difícil identificar o invasor. A fuga e as roupas, escuras e cobrindo todo o corpo, eram indício suficiente de que aquele era justamente o tipo de gente que Kasim havia sido contratado para pegar.

Kasim arremessou a lança, propositalmente errando o invasor por poucos metros. Fincada no chão, a lança ficou no caminho do invasor, que tentou saltar, mas tropeçou. Ele caiu como um profissional, usando os braços para amortecer a queda e rolando na direção da rampa de um dos arcos de pedra.

Sabendo do labirinto que era aquele lugar, Kasim apertou o passo, indo em linha reta para cortar caminho. Saltou sobre uma mureta de pedra e uma velha estátua coberta de musgo. Pulou para a rampa no meio, quase perdendo o equilíbrio ao tocar no chão. Usou o escudo para se levantar. Lá dentro o sujeito já estava correndo novamente.

Kasim viu melhor dessa vez. Pele branca, cabelos claros. Poucas pessoas em Último Refúgio se encaixavam nessa descrição.

O estrangeiro mergulhou em um corredor para a esquerda e Kasim quase o perdeu, depois para outro à direita.

Kasim apertou o passo, gritou em uma mistura de frustração e excitação e soltou o escudo do braço. Quando virou a curva seguinte, arremessou-o com toda a sua força. O estrangeiro foi atingido logo antes de fazer outra curva. Com o impacto do escudo, perdeu o equilíbrio e chocou o ombro contra o arco de pedras. Estava indo tão rápido que girou no próprio eixo e cambaleou para fora do campo de visão do soldado.

Kasim não reduziu o passo. Sacou a espada da bainha e preparou-se para a luta.

Quando virou a esquina sentiu alguma coisa atingir o ombro entre os anéis de metal da armadura. O choque veio em seguida, como se aquela fosse a ferroada de uma vespa costas de fogo. O fogo o percorreu rápido por baixo da pele, deixando o braço esquerdo dormente.

Ignorando a dor ao máximo, Kasim avançou. Cortou com a espada o aparelho na mão do intruso, liberando um flash de energia da bateria rompida. Movimento contínuo, fincou fundo a espada no peito do estrangeiro distraído pelo brilho da explosão. Sentiu a lâmina raspar nos ossos antes de irromper pelas costas e atingir a pedra atrás do alvo. O estrangeiro arregalou os olhos azuis, claramente surpreso por ter falhado. Balbuciou algo em sua língua, cuspindo sangue.

Kasim colocou o ombro dormente no peito do estrangeiro e o empurrou contra a parede enquanto com a outra mão puxava a espada. O sujeito desmontou no chão, caindo de joelhos, e então de lado. Estava engasgando com o sangue. Não duraria muito tempo.

Kasim se abaixou e limpou a lâmina no manto escuro do estrangeiro. Já não fazia mais uma semana que não matava ninguém. Checou seus bolsos. Fora o tal aparelho de choque tinha ali uma adaga de lâmina muito fina e uma caixa com alavancas e botões. Nada de moedas, joias ou identificação. Apesar de tudo era óbvio pela aparência e pela caixa que o estrangeiro vinha de uma das cidades-estado de Valmedor. A questão era saber o que ele pretendia ali. Assassinar algum aristocrata panjek? Um mercador estrangeiro? Não parecia equipado para isso, a não ser que aquela caixa fosse algum tipo de explosivo.

Chacoalhou o objeto perto do ouvido. Parecia-se com qualquer outro dos mecanismos que os estrangeiros como Vayk Varna adoravam. Jogou-o sobre o corpo parcialmente mergulhado em uma névoa espessa e gelada.

Pela primeira vez Kasim olhou à sua volta, tentando descobrir onde tinha ido parar. Não era uma parte da Kulshram de que se lembrava, o que significava que ele não deveria estar ali. Podia ouvir um som constante, como um enxame de abelhas irritadas, vindo de algum lugar além do corredor. Estalos intermitentes acompanhavam o zumbido.

Provavelmente estava sob o edifício central, alguns andares sob o salão onde acontecia o evento. Uma fraca luz esverdeada parecia pulsar de baterias taumatúrgicas ligadas por emaranhados de cabos a aparelhos cujas funções eram tão obscuras quanto a da caixa de mecanismos do estrangeiro. A única diferença era que estes não precisavam ser projetados como explosivos para provocar resultados catastróficos nas mãos erradas. Seria isso o que o estrangeiro procurava?

O soldado se levantou e caminhou pelo corredor, seguindo os cabos até que eles se espalhassem por todo o chão como raízes de árvore em uma floresta densa. Mas, ao invés de árvores, havia máquinas. Cada uma parecia tão grossa quanto o tronco de uma acácia, talvez com metade da altura. Ao invés de casca essa árvore tinha bronze e ferro. Ao invés de galhos e folhas, tinha antenas e cabos por onde energia taumatúrgica circulava. Os frutos dessa acácia não eram menos estranhos. Eram de vidro, grandes. Pareciam conter líquido quente o suficiente para embaçá-los. E alguma outra coisa flutuando no interior.

Kasim deu as costas e voltou ao corpo do estrangeiro. Se os panjek queriam manter segredos, o problema era deles. Já tinha tido além de sua dose diária de estranheza.

Capítulo 6

Kasim odiava esperar. Especialmente quando ele sabia que o que o aguardava eram problemas.

O mensageiro havia chegado ainda durante os exercícios da manhã para avisá-lo de que o comandante o aguardava em seu escritório. Kasim terminou o que tinha de fazer, tomou banho e seguiu até o antigo edifício que uma vez fora um templo. Os demônios esculpidos nas paredes ao lado de dançarinas exóticas com olhos de serpente permaneciam como último resquício de um reino tão morto quanto a maioria daqueles em Myambe. A diferença era que neste lugar os próprios panjek foram responsáveis por sua queda.

A Companhia Mercantil que Vayk Varna representava havia tomado posse daquele pedaço de terra no extremo norte da baía além das fábricas de Porto Branco. Lá recrutas e soldados, em grande parte guerreiros exilados, formavam o único exército e força policial de Último Refúgio. Os panjek não pareciam se importar em relegar tais cuidados aos estrangeiros. Pareciam contentes em ter seus próprios palácios protegidos pelos seus guerreiros de mentira.

Oito soldados estrangeiros estavam do lado de fora do edifício, vestidos com armaduras de aço sobre togas listradas de vermelho, azul e laranja. Em seus cintos as típicas espadas finas demais e estranhos mecanismos. Olhavam com desdém para os myambeses, fossem eles descendentes ou recém-chegados. Para eles eram todos pobres coitados, primitivos.

Kasim passou por eles com uma mão no cabo da espada, queixo erguido. Ouviu um dos brancos cochichar algo em sua língua. Outro riu alto olhando para Kasim. O myambês o ignorou.

Foi levado pelo soldado de plantão na entrada do prédio até a antessala do comandante. Se o exterior ainda se assemelhava muito a um templo panjek, o interior tinha sido modificado para o gosto do Nar-rais. Bancos de madeira crua foram colocados perto das paredes. Lanternas de ferro com velas, e não fogo-fátuo, iluminavam o ambiente. Em uma parede, um troféu antigo: a espada dentada de um Primogênito, morto pelo Nar-rais durante a Batalha do Vale.

Treszka, a guarda-costas do prefeito, estava ao lado da porta. Indício suficiente da gravidade da situação. Ela olhava fixamente para Kasim. O canto do lábio chegou a se curvar em um sorriso que durou um segundo. Fora isso, não havia movimento. Tinha as mãos no cinto, bem perto da espada e da arma mecânica que disparava pequenas flechas. A pele era morena não por natureza, mas pelo sol. Os cabelos eram curtos e encaracolados, mas num tom avermelhado que Kasim associava à pasta vermelha que selvagens passavam no cabelo em tempos de guerra. Usava um peitoral prateado sobre uma camisa vermelha e calças volumosas quadriculadas. Jamais sobreviveria ao calor de Myambe.

Os detalhes no peitoral, desenhos geométricos e padrões parecidos com discos dentados, estavam imaculados. Um guerreiro de verdade jamais gastaria prata com tal ornamento que seria facilmente destruído em combate.

Os dois permaneceram em uma luta silenciosa de olhares até que a porta do escritório se abriu. A garota que trabalhava como aprendiz do prefeito surgiu.

– Rais? Pode entrar.

Kasim continuou a encarar Treszka por mais um tempo antes de finalmente seguir na direção da porta. A garota a fechou atrás de Kasim, permanecendo do lado de fora.

Já havia estado naquele escritório inúmeras vezes. Não era incomum reportar-se diretamente ao Nar-rais. Foi por isso que percebeu logo a mudança na configuração normal do ambiente.

Nar-rais Jelani estava de pé ao lado da janela alta e estreita que dava para o porto. Em sua poltrona, uma monstruosidade recoberta de couro tingido acolchoado, estava Vayk Varna. O prefeito parecia relaxado na poltrona que provavelmente ele mesmo mandara trazer de suas terras. Tinha os cotovelos sobre a enorme mesa de mogno, outra extravagância importada, e as pontas dos dedos de uma mão tocando os da outra. Seus olhos seguiram Kasim desde a porta.

Kasim parou no centro da sala, bem diante de Varna, e pôs-se em posição de sentido.

Por um longo instante permaneceu o silêncio, quebrado apenas quando Varna decidiu ser o momento certo.

– Tivemos um problema ontem na Kulshram.

Kasim olhou na direção do Nar-rais, mas ele não se moveu de onde estava. Continuava a olhar o porto com interesse forjado. Por que estava reportando ao prefeito ao invés do comandante da guarda?

– Encontrei um invasor dentro do terreno da Kulshram.

– Não apenas no terreno, mas dentro da Kulshram, não é? Em uma ala de acesso restrito.

– Eu o matei assim que o percebi como uma ameaça.

– Ah, mas aí está a questão. O problema não foi a existência do invasor, mas o fato de ele ter chegado até aquele local.

Varna colocou ambas as mãos espalmadas sobre a mesa e aproximou o corpo. Inclinou a cabeça ligeiramente para a direita, uma sobrancelha grisalha arqueada.

– Diga-me, capitão: por que você não estava em seu posto?

O cheiro de Vema veio logo à sua mente. Lambeu o lábio inferior lembrando-se do beijo.

– Tive que me aliviar, senhor.

– Compreensível – ele disse com um tom neutro. – Eu mesmo já tive esse problema durante uma importante reunião do conselho mercantil. Mas, veja, aprendi desde criança a segurar esta vontade para o momento apropiado.

– Sua festa já durava horas.

– Rais – repreendeu Jelani sem se virar da janela.

Varna sorriu, levantando uma mão para sinalizar ao Nar-rais que não havia problema.

– Eventos como esse são importantes para a cultura panjek. E é nosso dever como convidados nesta terra compreender os costumes de nossos anfitriões e respeitá-los ao máximo.

– É o mínimo que esperamos – uma voz andrógina veio de outro canto do escritório.

Kasim não havia percebido um panjek de pé na parede atrás dele. O homem que usava as vestes amarelas da Arte da Mente contemplava-o com a típica expressão neutra dos nativos. Ele ergueu a mão direita, as costas para Kasim, oferecendo sua linhagem e feitos tatuados em padrões orgânicos dos dedos até o cotovelo, desaparecendo na manga volumosa da roupa. Kasim nunca tinha aprendido a ler aqueles símbolos, mas sabia que, pelo tamanho da tatuagem, aquele panjek era alguém velho e experiente. Pela falta de joias e ornamentos Kasim supunha que fosse um dos mestres da Kulshram, mas não o líder de sua arte.

Em resposta, Kasim levantou sua própria mão. As únicas marcas que tinha para apresentar eram cicatrizes.

Varna parecia contente com a expressão de surpresa no rosto de Kasim.

– Nem todos tiveram a sorte de crescer em um ambiente multicultural pacífico. O capitão, assim como tantos outros refugiados hoje vivendo em sua cidade, tem apenas péssimas experiências no contato entre culturas. Seu povo foi expulso a pontapés de suas terras.

Kasim engoliu a resposta. Os dedos da mão direita coçavam para mostrar ao prefeito quem era o covarde.

– Já meu povo – continuou o prefeito – teve mais de um milênio para conhecer novas terras, novos povos, novas raças, e assimilá-los da melhor forma possível. Imagino que para eles é tão difícil aceitar como foi para vocês quando encontraram barcos Melkat nesta mesma baía.

O panjek fez um sinal com as mãos, balançando os dedos finos e cinzentos como minhocas no sol do meio-dia.

– Ao menos os Melkat aceitaram nossa cultura. Os poucos que se recusam têm a decência de se isolarem em sua favela.

Ele voltou sua atenção para Kasim. Mesmo com o movimento sutil, os brincos pendurados em suas orelhas compridas e na boca balançaram com um tilintar irritante. A mão apontou para o soldado como quem pega alguma coisa perigosa, mas necessária.

– Aceitamos seus filhos em nossa Kulshram, acreditando que o ensinamento os tornará indivíduos melhores. Damos a vocês espaço para construir casas e fazendas. Aceitamos até sua decisão de manter essa nomenclatura... peculiar para suas patentes. Mas não podemos aceitar falhas.

– Eu mesmo me confundo com os nomes – disse Varna com um sorriso discreto no rosto. Era difícil saber se ele estava sendo amigável ou se pretendia apunhalá-lo pelas costas. – Mas o comandante aqui diz que isso ajuda na moral das tropas.

O jeito como ele disse "comandante" ao invés de "Nar-rais" parecia indicar seu ponto de vista quanto aos títulos usados no Vale.

– Em troca, pedimos que respeitem nossos dogmas. Ninguém deve entrar no subsolo da Kulshram. Em hipótese alguma.

Varna concordou com a cabeça, o sorriso controlado apenas porque de outra forma seria ofensivo para o aristocrata panjek.

– Creio que o capitão entendeu sua preocupação, *ashan*, e fará de tudo para evitar que este tipo de incidente se repita.

– Obedecer ordens simples é o mínimo que se espera de alguém *nascido* para lutar.

Com um segundo mostrar de mão o panjek deu as costas e caminhou a passos lentos para fora do escritório.

Varna esperou a porta voltar a se fechar antes de continuar. Quando o fez, estava muito mais relaxado. Deslizou o corpo da poltrona e apoiou um cotovelo sobre a mesa. Pegou um grafite por acaso perto de sua mão e começou a bater com ele na mesa. Kasim não pôde deixar de pensar em quanto custava para trazer um carregamento de grafite de Myambe até Panjekanaverat.

– Entenda, Kasim. Posso chamá-lo de Kasim? O principal motivo pelo qual os panjek aceitam seus serviços é porque os convenci que vocês são os melhores soldados que existem em todo o mundo. Custará pouco a eles substituir uma companhia inteira de myambese por meia dúzia de kesatria.

Kasim nada disse. Provavelmente a única coisa que impedia os panjek de usar seus soldados de mentira era a falta de matéria-prima. Até hoje não havia descoberto onde eles eram treinados ou sequer onde viviam. Tentar arrancar respostas de um deles era como conversar com uma pedra. E certas vezes a pedra era mais expressiva.

O prefeito largou o grafite e bufou exageradamente.

– Desde que cheguei a esta terra estranha venho tentando ajudá-los. Sei dos problemas que enfrentam em Myambe, tenho amigos na Costa Livre. Meus ancestrais são refugiados desta guerra, não é mesmo? Somos parentes, no final das contas.

Kasim não conseguiu segurar o sorriso. Em Myambe dizia-se que os habitantes do continente oriental, Akanisha, eram brancos de medo, porque fugiram do Imperador de Diamante quando seu império não era maior do que algumas poucas cidades. Varna pareceu contente, achando que o sorriso era por outro motivo. A expressão, no entanto, não durou muito tempo.

– Mas não posso ajudá-los se vocês não cumprirem seu dever. Os panjek são menos compreensíveis do que nós, humanos. Veem sempre sua própria espécie antes das demais, mesmo que eles sejam apenas algumas centenas, enquanto nós somos milhares.

Vema já tinha dito algo semelhante antes, quando tentava convencê-lo a ver a situação pelos olhos dos panjek. Eles mal haviam sofrido a maior mudança de suas vidas, a queda de um reino supostamente sem fim, apenas para descobrir que não estavam a sós naquele mundo. Sem reino, sem rei, sem esperança, eles eram tão refugiados quanto os myambeses.

– Diga-me, Kasim – tornou o prefeito, mudando o tom da conversa. – O que você viu sob a Kulshram?

Por um instante Kasim não entendeu o que ele queria saber. Franziu a testa, olhando o prefeito.

– Na câmara onde você matou o invasor – ele continuou. – O que havia lá embaixo? Sempre tive essa curiosidade.

Kasim desviou o olhar.

– Não saberia dizer, senhor.

– Como não? Não sabe descrever o que viu?

O soldado se lembrou da preocupação do panjek quanto ao acesso de qualquer um àquele lugar. Mesmo assim, falou o que podia.

– Havia muita névoa, era frio. E havia máquinas. Nada diferente de uma fábrica ou talvez qualquer grande edifício panjek. Nunca entendi a magia deste lugar.

Nem pretendia entendê-la.

– Compreendo – disse Varna com um olhar distante. Um sorriso surgiu em seu rosto e ele se levantou. – Bom, creio que isso é tudo. Seu comandante tem algo para lhe falar a respeito de sua próxima missão, então os deixarei a sós.

Ele deu a volta na mesa e, ao passar ao lado de Kasim, deu tapinhas em seu braço.

– Lembre-se de que precisamos mostrar nosso valor para os panjek, ou nos tornamos descartáveis!

Varna saiu cantarolando uma música em sua língua quebrada. Deixou a porta aberta. Do lado de fora foi seguido pela guarda-costas e a aprendiz.

Nar-rais Jelani observou em silêncio a saída do prefeito, olhando por sobre o ombro. Não havia se movido de sua posição diante da janela durante toda a conversa. Havia algo hostil, mas controlado, na expressão de seu rosto.

– O homem que você matou. Era branco.

Kasim respirou aliviado. Preferia mil vezes o ambiente conhecido de um plano de batalha do que o malabarismo da corte.

– Conterrâneo do prefeito.

O Nar-rais respirou fundo e se afastou da janela, caminhando de volta para sua mesa. Parou diante da poltrona, uma mão nela. Parecia estar vendo a presença do prefeito maculando seu assento.

– Você deduziu isso enquanto corria atrás dele.

– Foi o que ele disse. A língua é a mesma.

– Você fala medor?

– Não, mas já ouvi palavrões o suficiente dos lacaios do prefeito para saber identificá-los.

Jelani observou Kasim em silêncio, concordou com a cabeça, desviando o olhar, então sentou-se. Pegou o grafite que o prefeito estava batendo contra a mesa e fez um bico. Estava todo quebrado. Jogou-o longe. Estalou a língua.

– Varna teme que os panjek o culpem por isso, que queiram fechar o porto.

– E ele aceitaria isso?

– Não, claro que não. Especialmente faltando poucos dias para o Festival da Cidadela Ambulante.

– Então qual é o motivo do medo?

– O motivo é que, se os panjek se tornarem um empecilho, Varna pode ser obrigado a... eliminar esse risco.

O recado era claro. Vayk Varna ordenaria à guarda da cidade, todos refugiados myambeses sob seu comando, que atacasse e matasse cada um dos panjek. Os nativos estavam em muito menor número, mas tinham kesatrias ao seu lado. As perdas seriam grandes, mas, ao final das contas, a Companhia Mercantil de Valmedor teria o controle de Último Refúgio.

Se até hoje isso não havia acontecido era porque o prefeito via um bom motivo econômico para isso. Manter os panjek no comando nominal da cidade era a melhor escolha. Por enquanto.

– Em Myambe há quem fale com os mortos.

O Nar-rais estalou a língua.

– Mesmo que ainda existisse algum necromante balawoo vivo para fazer o serviço, não temos tempo para buscá-lo. A alternativa local deverá ser o suficiente.

– Alternativa local? Os panjek podem falar com os mortos?

– Rais, já ouviu falar do Jardim dos Ancestrais?

Capítulo 7

Vema acordou em algum momento da manhã com uma dor de cabeça infernal, e levou alguns instantes para perceber que as batidas não vinham de dentro da sua cabeça.

Forçou-se a se levantar da cama, caminhando cambaleante até a porta. Tinha tido um sonho confuso onde aranhas enormes faziam uma teia por todas as ruas da cidade. Os habitantes, presos em casulos, dormiam pacificamente, felizes. Vema tentou soltá-los, mas, a cada vez que o fazia, mais presa ficava. Quando deu por si estava mergulhada até o pescoço em um casulo. Foi quando um panjek usando os trajes de um discípulo da Mente surgiu e disse que era tarde demais para voltar atrás.

Na penumbra do quarto fechado ela achava ver movimento no teto e nos cantos, como resquícios das imagens das aranhas em seu sonho andando por todos os lados, tentando escapar de seus olhos conscientes.

As batidas pararam e foram substituídas por vozes. Uma delas era a de Sahir. E ele parecia agitado.

Massageando um olho com a palma da mão, Vema abriu a porta do seu quarto e olhou para o lado de fora. A porta do quarto de Sahir estava entreaberta. As vozes vinham lá de dentro.

Sem bater ou chamar, Vema entrou bocejando, puxando a ponta do seu sari para cobrir os cabelos despenteados. Pegou de surpresa um homem alto como Kasim, mas mais obeso do que musculoso, pressionando Sahir contra a parede. Uma mão carnuda estava sobre o peito do onironauta, enquanto a outra, fechada em punho, ameaçava armar-se para um soco.

Ao som da porta, ambos se voltaram para ela.

– O senhorio disse que, se não pararem com a gritaria, ele chama a guarda, e você sabe que ele é amigo do comandante.

Às vezes Vema se surpreendia com sua inventividade. Ela não era tão boa em parecer sincera em suas histórias inventadas, mas a aparência de sono provavelmente era o suficiente para suportar a mentira.

O brutamontes voltou a olhar para Sahir, empurrou-o novamente contra a parede com força, então o soltou. Pegou uma bolsa no chão e se dirigiu para a porta. No caminho para fora do quarto passou encarando Vema, que não precisou forjar a expressão de quem estava irritada por ter sido acordada.

– Deixe-me adivinhar – ela disse após ouvir o som dos passos descendo as escadas. – Você está devendo *bhas* a ele.

Sahir passava uma mão sobre seu peito, fazendo uma careta exagerada.

– Pode-se dizer que sim.

– Quantos?

– Muitos.

Ela balançou a cabeça e foi até a janela. Abriu-a para deixar entrar um pouco de luz e ar no quarto. Diferente do quarto de Vema, onde havia umas poucas decorações de parede e enfeites, o quarto de Sahir era praticamente vazio como quando se mudara para lá meses antes. Tinha um colchão no chão coberto por um lençol grosso e almofadas que ele havia tirado do lixo de alguém. A bancada era o único móvel que já existia no quarto antes. Dentro havia o captador de sonhos e peças de reposição. Talvez alguma peça de roupa especial. A tigela de frutas sobre a bancada estava vazia como de costume.

– Me explique de novo como você consegue gastar toda a sua parte do nosso lucro tão rápido se nem precisa pagar para ter onde dormir.

– Eu não tenho um soldado me bancando.

– Ei! Kasim não me banca.

– Não, eu sei. Desculpa. Esse sujeito só me deixou muito, mas muito...

– Amedrontado.

Ele encolheu os ombros.

– Bastante. Vema, precisamos de mais trabalho.

– Podemos vender os pesadelos do Ilom.

– Estavam naquela bolsa – ele disse, apontando para a porta.

– E agora?

Sahir caminhou até seu colchão e deixou-se cair nele. Encostou-se na parede atrás dele e se abraçou a uma das almofadas encardidas.

– Você pode fazer alguns sonhos para vendermos.

– A maioria das pessoas só paga por sonhos feitos sob medida.

– Há quem compre qualquer sonho de qualidade para outros fins...

Ele nem a olhava no rosto enquanto dizia isso. Vema pôs os punhos na cintura.

– Eu nem quero saber o que está passando pela sua cabeça.

– Olha, Vema – ele jogou a almofada para o lado e se levantou. – Há semanas que não conseguimos um cliente novo. A maioria dos antigos você curou.

– Você esperava que eu os ficasse enrolando para sempre?

– Agora mal temos o que comer. – Ele foi até a tigela vazia e a chacoalhou, como se para enfatizar seu ponto.

– Eu tenho sobrevivido muito bem com a minha parte.

– Vamos entrar nessa discussão de novo?

Vema rolou os olhos, então colocou um braço sobre os ombros de Sahir e o puxou na direção da porta.

– Qual é a sua solução?

– Mercenários? Eles nunca são normais, nada pessoal. Deve haver alguns que queiram pagar para serem consertados.

Vema tirou o braço que estava sobre os ombros do amigo e abraçou o próprio corpo.

– Kasim não confia em onironautas.

– Ele é só um.

Do lado de fora do quarto, Vema se virou. Sahir ficou do lado de dentro. Ainda estava massageando onde o agiota havia pressionado.

– Nem ele nem ninguém que nasceu em Myambe. Minha avó até hoje diz que na verdade eu falo com espíritos.

– Pensei que você não visse ninguém da sua família.

Ela desviou o olhar para as escadas, como se procurando um jeito de fugir do assunto.

– Só a minha avó... vez ou outra.

– Será que os espíritos não têm algo a dizer? Um jeito de ajudar a conseguirmos alguns *bhas*?

Vema olhou para o amigo, estudando seu rosto. Ele estava falando sério?

– Desde quando você acredita nisso?

– Desde que um agiota cinco vezes o meu tamanho ameaçou me partir ao meio.

Balançando a cabeça, Vema se virou para sua porta. Tirou a chave que estava na fechadura pelo lado de dentro.

– Não acho que seja uma boa ideia.

– Por que você evita tanto a sua família?

– Porque sim.

Ela bateu a porta e a trancou por fora.

– Aonde você vai?

– Dar uma volta. Não vai ser aqui dentro contigo que vou ter uma ideia de como ganhar *bhas*.

Vema deixou o cortiço ajeitando o sari sobre os braços. Estava uma manhã quente, mais ainda nas ruas. Em dias como esse, Rio Seco era abafado, longe da brisa vinda do mar. Um grande número de pessoas já caminhava pela avenida que corria no leito de um rio há muito coberto de paralelepípedos. A maioria procurava comida às pressas, antes da pior hora do dia, quando o sol estava diretamente sobre a cidade. Quem não tinha *bhas* esgueirava-se pelos cantos em busca de restos. Num beco, um grupo de crianças sujas usando pouco mais do que trapos brigavam com um limpador que fazia seu serviço. O verme quirúrgico agarrava com os tentáculos os ossos de algum animal, enquanto os garotos tentavam resgatar o que podiam de carne. Ao lado, uma menina menor comia avidamente as folhas de uma flor que crescia na rachadura da parede.

Ninguém parecia ligar para o que acontecia nos cantos escuros. Talvez se ligassem perceberiam que não havia nada que pudessem fazer. Talvez simplesmente fossem egoístas. Um mendigo muito alto vestido de farrapos estava em um beco olhando diretamente para ela. O que podia ver do corpo estava envolto em bandagens antigas e sujas. Vema sentiu um calafrio. Talvez fosse doente, pobre demais até para pagar um quirurgião. Talvez fosse louco.

Um enorme makara passou, puxando atrás de si uma carroça cheia de tonéis e engradados, comida em abundância para alguma festa. Quando Vema voltou a olhar, nem as crianças nem o louco estavam mais lá. O limpador procurava debilmente por restos pelo chão.

Quantos viviam nas ruas da cidade em condições iguais ou piores? Ela mesma se lembrava bem do rosto de muitos. Mais de uma vez os encontrara em sonhos, onde nem sempre conseguiam fugir de seus desesperos da vida física. Parasitas os atormentavam, gerando pesadelos inconcebíveis e recorrentes. Desses sonhos o Mundo dos Sonhos era moldado, firmando edifícios e becos escuros, nem sempre viáveis no mundo real, sempre cenários de sofrimento. Quando Vema o visitava, curiosa, justificando aquilo como estudo de campo, sempre encontrava um lugar abandonado, escuro e sem vida. Podia ouvir choros distantes. Eram reflexos de pesadelos demais. Uma vez pensou em pedir ajuda a Sahir para limpar o lugar das infestações, mas duvidava que o amigo fosse fazê-lo a não ser que pudesse vender aqueles pesadelos para alguém.

Nunca deu continuidade ao plano.

Vema sentiu a barriga roncar. Viu um ambulante vendendo frutinhas em cones de papel. Não deu para não pensar nas crianças.

Vema fez sinal para um cocheiro que, com as rédeas, fez seu makara parar. O animal era quase tão grande quanto a própria charrete, as patas traseiras curtas e escamadas, as costas formando um arco blindado, mas marcado de cicatrizes antigas, até a cabeça lisa de tubarão. As patas da frente, longas e musculosas, tocavam o chão sujo com os nós dos dedos. Eram quase como mãos, só que brutas. A cauda não existia mais. Talvez tivesse sido cortada para não atrapalhar o seu trabalho. O animal a observou com seu olho negro. Não era curiosidade. Qualquer interesse que pudesse ter havia sido roubado dele com os anos de trabalho e o bisturí do quirurgião.

Vema subiu na parte de trás da charrete e se sentou no banco duro. Puxou o sari amarelo para perto do corpo e disse seu destino.

O cocheiro virou-se para trás, a testa franzida. Tinha a idade que o pai teria se ainda estivesse vivo. Tinha o mesmo tom de pele, mas os cabelos eram raspados nas laterais e na nuca, quase que ao estilo panjek. Talvez estivesse deixando o cabelo crescer para fazer tranças como os nativos.

Vema forçou um sorriso. O cocheiro respondeu balançando a cabeça e dando ordem para o makara avançar.

Último Refúgio nunca fora planejada. Ela surgira poucas décadas antes da necessidade de abrigar gente demais. Vema aprendeu que antes ali existiam apenas as três torres, a Kulshram e palácios que passavam a maior parte do tempo vazios. Havia, ainda, os domos, zigurates e obeliscos de um tempo muito mais antigo que ninguém queria lembrar, de quando os panjek não eram unidos com um só reino.

Com a destruição da capital – e, acreditava-se, de todo o Grande Reino Infindável –, e com as ondas de imigração de Myambe, vindas pelo mar, aquela baía acabou se tornando o único lugar seguro para milhares de pessoas que em outras condições jamais viveriam em harmonia.

E talvez ainda não vivessem.

Em Último Refúgio a arquitetura panjek de domos de bronze, estátuas gigantescas e paredes decoradas se misturava com o improviso dos imigrantes, as cores berrantes do Vale e as casas de pedra pintadas de cau de Valmedor, perto do porto. A cidade era resultado da colisão de culturas opressoras e oprimidas. Onde se misturavam, havia conflito.

E, em meio ao caos do crescimento desorganizado, três espigões, as torres das Três Grandes Artes, formavam um triângulo em torno da baía.

No centro ficava a Torre da Carne, onde quirurgiões eram enviados após sua formação na Kulshram. Era onde antes ficava a antiga aldeia panjek que servia de ponto de encontro para quem vinha até este canto remoto de Panjekanaverat, fosse para estudar nas torres ou para os então numerosos palácios de verão da aristocracia. Da antiga aldeia surgira o bairro de Vila Velha, decadente e abandonado. Antigas construções panjek, algumas delas com mil anos de existência, tinham sido convertidas em depósitos e cortiços. Casas de tijolo foram surgindo entre os palácios, como sujeira acumulada entre as frestas da civilização. Hoje as estátuas de demônios extraplanares, dançarinas com língua de serpente e animais saídos da imaginação dos escultores de carne perdiam-se entre varais de roupas, depredações e rejeitos humanos.

Na ponta norte da baía ficava a Torre dos Planos, envolta em cabos de bronze e cobre que cascateavam das inúmeras janelas como trepadeiras, brotando nos experimentos dos taumatólogos e descendo até os reatores taumatúrgicos do bairro de Porto Branco. Dia e noite as luzes da torre iluminavam o porto com o brilho esbranquiçado de infinitos buracos transdimensionais que ligavam este plano ao shakti, a energia primordial, alimentando as fábricas que cuspiam produtos manufaturados a partir de matéria-prima extraplanar. Ninguém em sã consciência vivia lá sob a luz e o zumbido incessante, o que não queria dizer que ninguém o fazia. Quem tinha consciência dos riscos temia o que aconteceria se uma daquelas máquinas de contenção falhasse. A maioria da população seguia ignorante dos inúmeros casos de predadores escapando pelos portais e do quanto as fábricas poluíam a baía. Meses antes uma dúzia de operários do turno da noite havia sido morta por ecoativistas da Corte da Mãe Hidra. Ninguém parecia capaz de culpar os nommos pelo incidente.

Já a Torre da Mente era quase como uma memória esquecida. Construída no alto das rochas da ponta sul da baía, talvez por acreditar-se ser um lugar onde ninguém jamais gostaria de ir pessoalmente, permanecia isolada como o plano que seus onironautas estudavam. Ninguém ia até lá. Ninguém achava sensato. Mesmo a distância a torre aparecia apagada contra o céu azul, como um espigão de rocha negra, não muito diferente daqueles que formavam o Quebracasco alguns metros abaixo, onde inúmeras vidas encontraram seu fim. Mas não era de todo um lugar morto, pois era nessa encosta que os primeiros refugiados da Dinastia de Melkat resolveram se instalar.

A rocha e a torre negra e sem luz contrastavam com barracos de madeira colorida, bandeiras e cortinas de contas e conchas. Se havia alguém resistindo à panjek eram aquelas poucas centenas de homens e mulheres que se agarravam à sua cultura, não para fazer frente aos donos daquela terra, como muitos os acusavam, mas simplesmente porque era a única coisa que restava de seu lar.

Após pagar o cocheiro, Vema subiu as escadas esculpidas na pedra, cruzando o caminho de mulheres que levavam cestos de comida e roupa equilibrados sobre a cabeça. Aqui não usavam saris e túnicas, mas sim togas longas e muito coloridas. Não usavam correntes de ouro e pingentes nas orelhas, nos pulsos e no nariz, mas colares de conchas feitos à mão, extremamente delicados, extremamente bonitos em sua simplicidade, costurados em seus cabelos ou em suas roupas.

Vez ou outra alguém parava no caminho. Vema puxou o sari, cobrindo parcialmente o rosto. Podia sentir os olhares em sua direção. Talvez soubessem quem ela era. Talvez fosse só a cor de suas roupas combinada à cor da sua pele.

Um grupo de crianças que brincava com gravetos e caixas de madeira parou ao percebê-la subir. Alguns se afastaram assustados. Um deles riu, apontando. Uma pedrinha acertou o chão diante da onironauta.

Vema apressou o passo. Era seu povo. Ou talvez tivesse sido um dia. Deixou de ser no dia em que ela foi aceita na Kulshram.

Alguém gritou alguma coisa na língua Melkat. Vema sentiu um aperto no coração ao perceber que não entendia. Nunca entendeu de verdade.

Os olhares e gritos desapareceram à medida que a favela ficou para trás. Ninguém a seguiria até a torre. Ninguém tinha coragem.

Diziam que o lugar era assombrado por espíritos. Vema nunca entendeu bem. Os Melkat acreditavam em espíritos, os Azanzi, que respondiam aos seus pedidos em troca de oferendas. Mas não eram espíritos dos mortos, pois nunca estiveram vivos. Eram, talvez, entidades extraplanares, se é que existiam. Até onde sabia, taumatólogo algum se interessara em descobrir. Ou talvez Melkat algum permitira essa abertura. Sua avó provavelmente não aceitaria, por mais que sua longa relação com esses supostos espíritos fosse mais de parceria do que de veneração.

O vento do mar fez o sari balançar, escapando de sua cabeça. Vema o puxou para perto de si como um cobertor, abraçando o corpo. Naquele ponto o caminho de pedras se tornava estreito e traiçoeiro.

De perto a torre não era menos melancólica. Trepadeiras e mato surgiam das rachaduras nas paredes. O chão estava sujo de fezes de garças, jamais limpas. Manchas do incêndio que quase destruíra o lugar anos antes ainda estavam lá, marcando o topo da torre onde apenas um esqueleto das paredes restava. A causa jamais fora descoberta, mas fora uma ótima desculpa para que os *ashan* e seus discípulos abandonassem o lugar. Não era como se onironautas gostassem de interagir entre si. Talvez soubessem demais uns sobre os outros de seus anos de experimentação no Mundo dos Sonhos. Talvez tivessem vergonha dos seus pensamentos, de suas memórias.

Vema caminhou em torno da torre. A base da estrutura formava um mirante sobre as rochas de onde Vema lembrava ter tentado replicar a experiência da Kulshram. Nunca foi igual, e ela não sabia o porquê. Talvez fosse a falta de pessoas à sua volta, por mais paradoxal que aquilo soasse. Estar sozinha de verdade era de certa forma opressivo.

Empurrou a porta, descobrindo-a destrancada. No interior, só a luz que vazava de uma janela quebrada. Pensou ver alguma coisa se movendo na escuridão. Talvez fosse uma aranha.

Vema gritou por alguém, por qualquer um.

Nada.

Não havia ninguém na Torre da Mente.

Capítulo 8

– Você já viu esse rosto?

A reação do marinheiro foi a mesma da maioria das pessoas, que viam a cabeça do invasor morto montado sobre um braço mecânico, especialmente quando os olhos rolavam nas órbitas e a boca mole se movia, como se balbuciando algo. O taumatólogo no comando disse que era apenas espasmo muscular devido à energia circulando pela carne.

O quirurgião que colocaram para trabalhar no caso se recusou a fazer o serviço. Disse algo sobre não ser arte fazer esse tipo de serviço, que um estrangeiro não merecia a imortalidade. Nem mesmo ameaças funcionaram.

Por fim um taumatólogo humano foi chamado para resolver o problema. O resultado era um autômato de quatro patas com uma cabeça humana morta.

Tuan era sobrinho de Vayk Varna, treinado na Kulshram na mesma época que Vema e Sahir, mas na arte dos Planos. Era braço direito do *maharashan* da sua arte, o que o tornava não só muito influente, como também muito metido.

Ele sorria toda vez que alguém se assustava com a máquina, como se fosse aquele seu objetivo desde o princípio. O desconforto no olhar de Kasim e dos outros soldados também parecia ser parte do resultado esperado.

O marinheiro balançou a cabeça, os olhos fixos na monstruosidade. Kasim não sabia se era porque não reconhecia o rosto ou porque não entendera o que dizia e preferia recusar fosse qual fosse a pergunta.

– Isso não vai nos levar a lugar algum.

De onde havia sentado, em um dos pilares que segurava o trapiche, Makalo deu de ombros. Estava mais interessado em descascar sua manga do que em investigar o caso.

– Quem se importa com a cabeça de um branco?

– O prefeito se importa.

Makalo cuspiu na água um pedaço de casca e mordeu a fruta,

lambuzando as mãos e o rosto com o suco. Ainda com fiapos nos dentes, continuou.

– Então perguntamos mais algumas vezes, depois voltamos dizendo que ninguém o conhecia. Ele vai acreditar.

Osaze caminhou pelo trapiche na direção dos navios. Olhou um por um a distância.

– Estamos fazendo isso da maneira errada. Precisamos descobrir em qual navio ele veio.

Kasim seguiu o olhar do Surna. Não havia tantos navios estrangeiros. Pelo menos não ainda.

– A Companhia não mantém controle de quem chega na cidade.

O Surna se virou para Kasim.

– Mas anota datas e carga de todos os navios que passaram pelo porto.

Os três guardas, o taumatólogo e sua criação macabra seguiram pela Rua da Chegada na direção dos armazéns.

A zona portuária era como um outro mundo que lembrava Kasim de Porto Qadis, o que não era uma boa memória. Kasim tinha tido tempo demais, enquanto esperava um navio na Costa Livre, para pensar e repensar seu plano de exílio. Estava sendo um covarde ou apenas um realista? Pegou-se com a mão sobre o peito, onde o colar da Estrela da Manhã estava oculto sob a armadura.

O porto de Último Refúgio tinha sido construído e mantido pela Companhia Mercantil de Valmedor, e todos pagavam impostos e aluguel diretamente a ela. A aparência era diferente de tudo que Kasim já tinha visto. Era como uma grande muralha pintada de cinza que se estendia quase de uma ponta até a outra do porto. Onde devia haver ruas o edifício era cortado por um arco de pedra, quase como um túnel sob o andar de cima. Não era um único edifício, mas sim diversos deles colados uns nos outros. Por fora era imposssível saber onde terminava um e começava o outro.

Tinham quase todos três andares, muitos deles com o andar térreo totalmente aberto, as paredes substituídas em grande parte por arcos decorados com o brasão da Companhia e a bandeira de uma ou outra cidade-estado de Valmedor. Kasim não confiava nesses prédios, esperando que fossem cair a qualquer instante. O estado das paredes, onde a camada de cal já estava manchada e desgastada, especialmente perto do chão, era prova suficiente para sua opinião. Ninguém parecia se importar em retocar os defeitos.

Na ponta mais ao norte do porto a muralha de edifícios terminava em uma estrutura maior, quadrada e bruta, que mais parecia uma prisão. Era a alfândega de Último Refúgio. Além dela, dezenas de armazéms formavam duas fileiras na direção de Porto Branco. A guarda patrulhava as ruas entre os armazéns, prestando um serviço que era cobrado dos mercadores não-afiliados à Companhia. Kasim sabia que vez ou outra chegava a ordem de ignorar um armazém em particular, que invariavelmente acabava sendo saqueado no dia seguinte. Provavelmente rivais da Companhia.

Kasim entrou na alfândega dando ordens para que Makalo esperasse do lado de fora com Tuan e o cadáver. Ele não pareceu se importar. Prontamente procurou um lugar no chão para se sentar e continuar a comer sua manga. Osaze seguiu Kasim para dentro.

Um bom número de imediatos de navios recém-chegados ou prestes a partir estava à espera de atendimento. A maioria estava lá para reportar o que traziam ou levavam. Alguns pretendiam reclamar de roubos de carga ou excesso de taxas. A maioria sairia de lá perdendo alguma coisa. A Companhia sempre levava vantagem.

Kasim e Osaze passaram à frente de um myambês manco que se vestia como um pirata e pararam no balcão.

– Os navios que chegaram recentemente a Último Refúgio vindo de Akanisha.

O escriturário da alfândega olhou Kasim com tédio nos olhos. Permaneceu assim por um tempo, examinando os dois homens. Seus olhos foram para o pirata. Kasim percebeu a mão do marinheiro no sabre em sua cintura. Ignorou-o. Osaze, menos confiante, virou-se e mostrou o brasão da companhia pintado em seu corselete de couro. Isso foi o suficiente para o pirata rosnar algo, cuspir no chão e se afastar.

Atrás do balcão o escriturário bufou irritado e se levantou para buscar um livro em particular numa prateleira atrás dele.

– Defina recentemente – ele disse sem vontade.

Kasim e Osaze se entreolharam. Osaze deu de ombros.

– Ninguém garante que o invasor chegou recentemente.

– A pele dele. Era clara demais. Se estivesse aqui há muito tempo estaria vermelho do sol. – Virou-se para o escriturário. – Até uma semana atrás.

O escriturário torceu o lábio, balançou a cabeça. Voltou para o balcão sem pegar nada. Pegou o livro que estava diante dele momentos antes e o largou sobre o balcão para os dois guardas. Lambeu um dedo e o usou para folhear o livro, voltando várias páginas. Parou em uma, deslizou o dedo por ela. Voltou uma página. Girou o livro para Kasim.

Kasim encarou as letras. Estava escrito em medor, ou pelo menos era o que ele achava. Ele mal sabia ler sua própria língua, muito menos a dos outros.

Olhou de rabo de olho para Osaze. O Surna sabia ainda menos, seu próprio povo só usava escrita em rituais religiosos.

O escriturário entendeu o recado. Girou o livro de volta para ele e começou a ler.

Havia três navios naquela lista. O primeiro era a fragata *Paradigma*, pertencente à Companhia. Foi enviada para ajudar a patrulhar a baía durante o festival.

O segundo era uma nau mercantil chamada *Príncipe Herdeiro*, vinda de Isaamar com madeira de lei e barras de ouro. Isaamar e Valmedor eram antíteses. Se o invasor viesse de lá teria usado magia e não mecanismos.

Kasim sentiu um calafrio ao ouvir o nome do último navio. *Estrela da Manhã*. Devia ser um sinal.

– O navio partiu ontem de tarde – alertou o escrituário.

Os dois guardas se entreolharam.

– Logo antes da invasão.

– Bastante apropriado.

Kasim se inclinou sobre o balcão, olhando o manifesto de carga.

– O que eles traziam?

O escriturário parecia incomodado com a proximidade do rosto de Kasim. Deslizou o livro para o lado e voltou a ler.

– Cabos de cobre, peças de vidro para máquinas, engrenagens...

– O que são engrenagens?

Ignorando a pergunta, foi lendo o manifesto de chegada e, em seguida, o de saída. O navio trouxe peças e materiais para as fábricas, levou toneladas de produtos manufaturados de volta. Provavelmente faria a rota pela costa dos Onze Reinos antes de subir Akanisha até as cidades-estado de Valmedor.

– O navio foi contratado pela Companhia Mercantil.

Osaze forçou um sorriso.

– O culpado então é o próprio prefeito?

O escriturário franziu a sobrancelha olhando para o Surna. Uma olhada séria de Kasim o convenceu a fingir que não ouvira nada.

– Poucos em Último Refúgio têm os recursos para mandar trazer alguém de Valmedor.

– E por que trazer alguém de tão longe? São mais de dois meses de viagem até aqui. Sem falar no tempo para pedir que enviassem alguém.

– E se ele não veio para isso, mas alguém aqui o contratou para tal?

– No caso você está considerando que ele seja um mercenário.

– Não somos todos?

Kasim não compartilhou do sorriso.

Deixaram a alfândega minutos depois sem agradecer ao escriturário ou ao pirata, que a esse ponto gravava o nome 'Uba' no banco de madeira onde esperava.

Do lado de fora Makalo estava sentado no chão, as costas na parede. Parecia estar dormindo. Tuan se divertia tentando fazer a cabeça do morto falar.

Osaze deu um chute na perna do guarda adormecido. Ele abriu um olho, torcendo o lábio com a interrupção.

– Isso foi perda de tempo – murmurou o Surna com um suspiro.

– Devíamos mandar sequestrar um necromante. De vez em quando seria útil falar com os mortos.

Tuan fechou a tampa de metal no corpo do autômato e falou sem olhar para os guardas.

– Se vocês tivessem levado o corpo até mim mais cedo, talvez eu pudesse resgatar algo das memórias dele. Talvez com a ajuda de um onironauta.

O jeito com que ele falou o título deixou clara sua birra com os discípulos da outra arte. Osaze olhou para Kasim, como se esperando que ele dissesse alguma coisa. Kasim rangeu os dentes, mas nada disse. Apenas encarou a cabeça reanimada.

– Você não pode fazer isso agora?

Tuan limpou as mãos sujas de graxa nas calças.

– O cérebro deve estar bem decomposto agora. E, bom, carne não é bem minha área.

O Rais cruzou os braços.

– Vou reformular minha pergunta: alguém é capaz de fazer isso?

– Sim – disse o taumatólogo, arrastando a resposta como se não quisesse dá-la. – Mas eu não acho que você vá gostar dele.

– Eu não gosto de você.

– Eu imagino que eu deva ficar contente com isso.

– Quem é o especialista?

Tuan deu de ombros. Não parecia se importar com o caso. Pelo menos alguma coisa com que Kasim podia simpatizar.

– O nome dele é Dushkitri – finalmente disse. – Mas hoje em dia o chamam de Remendador.

CAPÍTULO 9

Vema passou boa parte da tarde subindo até o alto da torre. Não que fosse tão alta. Ela parava a cada novo andar conquistado para olhar o que tinha sido deixado para trás. Havia laboratórios de pesquisa repletos de captadores de sonhos, mesas de experimento e bulbos de vidro, todos cobertos de fuligem e poeira. Nos andares mais acima encontrou os dormitórios dos devotos da Arte e, depois, os dos *ashan*. Se não fosse pela poeira e teias de aranha ela acreditaria que tinham sido abandonados recentemente. Era como se todos tivessem se levantado e ido embora sem terminar suas refeições ou arrumar suas camas. Baús ainda guardavam roupas já mofadas e comidas por traças. A cozinha fedia tanto que Vema preferiu evitá-la. O som de algo lá dentro apenas a incentivava a não abrir a porta.

Não era tanto curiosidade que a fazia continuar. Ela já havia estado lá antes mais de uma vez. Era uma espécie de desafio entre os jovens discípulos da Arte da Mente.

Uma noite, intoxicados de noz moscada e licor, Vema, Sahir e alguns outros discípulos dormiram na torre. Pretendiam se comunicar com os espíritos daqueles que pereceram no incêndio anos antes. Dizia a lenda que alguns onironautas tinham morrido enquanto estavam no Mundo dos Sonhos. Quando seus corpos morreram, suas mentes ficaram presas lá, incapazes de retornar. Era de onde vinha a lenda do Rei de Amarelo, que coletava as almas daqueles que morriam nos sonhos e, não raro, pegava as que queria para construir seu exército de pesadelos.

Vema riu da lembrança. No final das contas tiveram um sonho coletivo absurdo onde se assustaram mais do que encontraram qualquer coisa. Fugiram de lá aos gritos no meio da noite. Ela não lembrava como haviam todos sobrevivido ao passar pela estradinha ao lado do desfiladeiro, alucinados como estavam.

Ela parou no meio de mais um lance de escadas, olhando pela janela estreita. Encontrou a favela colorida que ficava entre ela e Último Refúgio.

Lugdasa Bahari significava A Joia da Savana ao lado do Oceano. Era uma homenagem à cidade sagrada dos seus ancestrais, onde o rei Melkat fundou seu reino. A original tinha sido destruída durante a guerra. Os refugiados que colonizaram aquela encosta tentaram fazer dela um pequeno pedaço do que deixaram para trás.

Um grupo de trinta ou mais pessoas dançava perto do penhasco que descia até o Quebracasco. Tochas tinham sido acesas na beirada, para iluminar o mar lá embaixo. Alguns poucos nommos, curiosos, observavam no mar, entre as pedras.

O que será que pensavam eles daqueles rituais?

Para eles provavelmente era tudo tão estranho quando para ela.

Era isso que a impedia de passar por lá? Era medo de ser considerada uma forasteira? Não era como se os panjek a aceitassem tão facilmente.

Vema continuou a subir as escadas apesar da dor intensa nas coxas e na frente da perna. Se parasse era provável que desistisse. E não estava preparada para cruzar seu passado mais uma vez.

Era difícil não se lembrar da infância. Era filha de um imigrante que por esforço próprio conseguiu um cargo menor na Companhia. Seu pai fez o que pôde pela família. Tirou-os da favela e os levou para um pequeno palácio em Vila Velha. Foi ele quem a colocou na Kulshram. Foi ele quem a expulsou de sua vida.

O vento gelado do mar chegou a Vema com o cheiro de fuligem misturado ao sal. Ela emergiu no primeiro dos andares onde o fogo se alastrara. No chão podia ver indícios de pó químico usado para conter o fogo. Tinha virado pedra no chão onde foi jogado.

Das paredes, restava pouco. Pareciam ter desmoronado em algum momento após o incêndio. Para o alto, não havia chão. Era apenas um esqueleto de torre de pé como prova da engenhosidade panjek. Lascas de fuligem choviam sobre Vema.

Vema caminhou até um pedaço de parede que insistia em manter--se de pé e se sentou no chão. Estava voltada para o norte, onde, distante, a Torre dos Planos brilhava branca sobre a zona industrial de Último Refúgio. Vema achava que podia ver como a água da baía se tornava mais opaca, quase cinzenta, naquele lado. Abaixo dela – quando ela se arriscou a olhar – as ondas batiam nas pedras pontiagudas do Quebracasco revelando as cores dos corais. Um grupo de focas tomava sol nas pedras. Provavelmente tinham passado boa parte do dia fugindo de caçadores nommos enquanto elas mesmas procuravam comida.

Uma vez *ashan* Lakshmara os levara, ainda pequenos, até o Mercado da Colina, onde imigrantes e estrangeiros montavam barracas e estendiam tapetes com os mais diversos produtos nos degraus largos de uma antiga pirâmide vermelha. No alto da pirâmide um kesatria solitário permanecia de guarda dia e noite. Vema lembrava do medo ao ver aquele panjek imóvel como uma estátua, shakti vazando do aparelho onde uma vez estivera seu coração.

O kesatria guardava a entrada do que uma vez fora um templo, ou talvez uma biblioteca panjek. Naquele tempo, explicou Lakshmara, os panjek ainda registravam sua história em pergaminhos e em paredes, e a maior parte daquele conhecimento ficara guardado ali dentro. O mundo lá fora, o novo mundo, parecia ignorante do tesouro que existia ali. Talvez ninguém quisesse correr o risco de passar pelo kesatria para descobrir a história por trás das bugigangas que vendiam.

De toda a manhã que passaram no interior da pirâmide uma imagem em particular ficou na memória de Vema: a de uma pintura de parede inteira onde um panjek vestido com um manto turquesa tinha os braços erguidos. À sua volta sete panjek pareciam brotar de suas mãos. Era o mito da criação panjek, quando o Ser Original veio a este mundo e deu vida à Linhagem Pura.

– Nem nós mesmos lembramos isso – disse o *ashan*, revelando no tom de voz sua tristeza. – Esquecemos o plano que o Ser Original tinha para seus filhos.

Mas o que fascinara Vema naquela imagem não fora a história, e sim o desenho parcialmente apagado no céu sobre o Ser Original. Era então pouco mais do que um borrão em uma parede descascada, mas Vema se lembrava de reconhecê-lo na vista que tinha agora do norte de Panjekanaverat.

– Sempre me entristeço em ver essa... ferida no céu.

Vema saltou assustada com a voz. Alguns metros para a sua esquerda um panjek usando um manto amarelo com detalhes em prata observava na mesma direção. Ele tinha as mãos seguras nas costas, onde brincava uma corrente cheia de *bhas* de prata. O desenho em suas roupas eram padrões curvilíneos, como filamentos de sonhos tomando formas quase percebidas. Aqui parecia existir um velho de orelhas grandes e penacho na cabeça, ali era um makara com uma longa tromba, lá um barco a vela. Mas era tudo ilusão de ótica, seu cérebro tentando formar padrões como fazia no Mundo dos Sonhos.

Ele não precisou se apresentada para identificar quem era.

Vema se levantou, limpou o sari da sujeira e apresentou as costas de sua mão direita em reverência a Nyx, *maharashan* da Grande Arte da Mente.

– Eu estava lá, sabe? – ele disse, ignorando o cumprimento. – Escapei por pouco, como tão poucos.

Vema se voltou para o horizonte. Muitos quilômetros ao norte, continente adentro, uma tempestade se formava. Não, ela não se formava. Ela simplesmente... era.

Um redemoinho em tons de púrpura pairava no céu, como se cuspindo raios neste mundo. As nuvens pareciam atraídas para ele, como se a força fosse grande demais para sofrer resistência. Abaixo da fenda estava Naripuri, a capital do Grande Reino Infindável. Ou o que restava dela.

– O que aconteceu lá? – finalmente perguntou Vema.

Nyx se virou para ela por um instante. Em sua testa cinzenta havia um terceiro olho implantado quirurgicamente. Diferente dos outros, de tom violeta, este era dourado e não tinha pupila. Ele não parecia piscar nunca. Talvez fosse a origem do seu nome público, Aquele Que Tudo Vê.

– Tenho certeza de que os *ashan* lhe contaram isso durante sua estadia na Kulshram.

– Sim, mas o que realmente aconteceu?

Ele deu um pequeno sorriso. Era muito mais do que se podia esperar de qualquer panjek.

– Você é esperta, Vema Thevar. É por isso que gosto de você. É por isso, também, que quero contratar seus serviços.

Vema piscou os olhos para ter certeza de que não estava sonhando. Mesmo assim não tinha certeza.

– Meus serviços?

Nyx deu de ombros.

– Não foi para isso que veio até aqui? Para oferecê-los a mim?

Vema abriu a boca para responder. Desviou o olhar. Ela não tinha bem certeza de por que fora até lá. Talvez procurasse inspiração ou respostas. Talvez procurasse alguém com quem conversar. Ela acabou assentindo com a cabeça.

O *maharashan* se afastou da janela e caminhou pelo salão formado pelo andar destruído. Paredes que antes dividiam cômodos não existiam mais. Ele passou por cima de escombros na direção do que um dia talvez tivesse sido uma bancada com equipamento agora irreconhecível.

– Tivemos uma grande perda quando este lugar se incendiou. Experimentos que vínhamos desenvolvendo desde antes... daquilo – disse, apontando para o céu ao norte.

Ele parou diante de uma mesa de exames onde antes um onironauta poderia se deitar enquanto investigava o Mundo dos Sonhos ou experimentava sonhos lúcidos.

– Tenho um projeto em andamento que requer sonhos bastante particulares, bastante realistas. Não consigo pensar em qualquer outro onironauta capaz de produzí-los para mim.

Vema quase riu, mas se lembrou de que isso seria considerado rude. Cobriu a boca com os dedos sujos de fuligem.

– Com certeza existem *ashan* muito mais comprometidos com a Grande Arte da Mente...

– Comprometidos? Devotos? Talvez. Mas nenhum deles é humano.

Nyx se virou para Vema, olhando-a através das ruínas de outra parede.

– Quando eu os conheci, quando conheci sua avó décadas atrás, eu percebi que dom maravilhoso vocês tinham.

– Você conheceu minha avó?

– Claro. Fui pessoalmente até a vila que seu povo construiu na encosta do morro. Tive uma longa conversa com ela. É uma figura muito... intrigante.

A cena não podia ser mais hilária, ou talvez trágica. Um *maharashan* de pé na pequena cabana de barro e terra, um Oráculo de Melkat observando-o com irreverência.

– Ela leu seu futuro? – Ela não pôde se impedir de perguntar, meio divertida.

– Os Azanzi não gostam de mim.

Ele olhou na direção de Lugdasa Bahari. Apontou para lá, como quem ia dizer algo, mas não o fez. Respirou fundo, abaixou a mão, observando. Então continuou.

– Mas sua avó me permitiu conhecer seu povo. Foi graças a ela que percebi a necessidade de aceitarmos vocês na Kulshram. Suas mentes criaram o Mundo dos Sonhos. O que poderiam fazer se recebessem o devido treinamento?

Ele estendeu uma mão na direção de Vema.

– Você é a prova de que eu estava certo.

Vema sentiu o coração disparar. O mestre da Mente estava dizendo que ela era a melhor na sua arte? Não, calma. Ela era uma artista, era isso. Ela talvez não tivesse o conhecimento para ser a melhor, para, um dia, se tornar *maharashan*, mas ninguém em todo o mundo era capaz de criar como ela.

Desta vez foi impossível controlar o sorriso largo que surgiu no seu rosto. Ela desviou o olhar e cobriu os lábios, nervosa. Os músculos do rosto chegavam a doer.

Nyx optou por ignorar a quebra de protocolo e continuou a falar.

– Preciso de uma grande quantidade de sonhos. Não como uma história, mas como um cénario, onde um sonhador possa andar livremente.

– Que tipo... – Ela respirou fundo, baixou a mão e recomeçou. – Que tipo de cenário?

O *maharashan* voltou a caminhar. Uma mão, ainda segurando o cordão de *bhas*, às costas. A outra se agitava no ar enquanto enumerava as características que desejava.

– Florestas, montanhas, cachoeiras. Apenas ambientes selvagens, idealizados. Sem animais de grande porte. Insetos são aceitáveis.

– Como um plano primordial da flora.

O sorriso ressurgiu no rosto do panjek.

– Creio que nos entendemos.

Aquele seria um desafio e tanto para alguém que jamais estivera fora de Último Refúgio. Não havia nada como aquilo em Panjekanaverat, pelo menos não que qualquer um soubesse. Ao que tudo indicava, a vida fora dos muros de Último Refúgio era ainda mais alienígena do que qualquer coisa dentro. Pelo menos desde a explosão que destruiu Naripuri e abriu a fenda no céu.

– Você e seu parceiro serão muito bem pagos. Uma entrega por semana a ser retirada por um de meus agentes. Mas, compreenda, não posso permitir atrasos. Meu projeto depende destes sonhos. Estamos de acordo?

Como recusar uma proposta daquelas? Em retrospecto Vema percebeu que nem perguntara sobre pagamento, não levantara seus medos, não pedira detalhes. Ela só se lembrava de balançar a cabeça, concordar estupidamente, enquanto pensava no fato de que o *maharashan* em pessoa a havia contratado.

E no alto da Torre da Mente.

Vema deu um pulo de onde estava encostada, na janela do topo da torre. Olhou à sua volta, assustada. Estivera logo antes deitada sobre o parapeito, a cabeça sobre os braços. Limpou a fuligem no rosto, prendeu o cabelo atrás da orelha.

Ela estava dormindo? Foi um sonho, então?

Ajeitou-se, sentindo cãibra na perna. Bateu em alguma coisa.

No chão, ao lado dela, havia um cordão cheio de pingentes. Não – ela arregalou os olhos –, eram *bhas* de prata, pelo menos vinte deles.

Ela pegou um dos pequenos cilindros de metal, rolando-o na ponta dos dedos. Na superfície havia o símbolo da oportunidade.

Vema jamais imaginou que pudesse voltar tão rápido para casa.

Capítulo 10

Kasim observava desconfiado, os dedões no cinto, enquanto o autômato com a cabeça do morto caminhava para dentro do ateliê do quirurgião. Fez um sinal para que Osaze e Makalo desligassem a cabeça. Eles se entreolharam, olharam para Tuan, que deu de ombros, então se puseram a soltar cabos de força.

– Isso é tudo que restou dele?

Dushkitri observava a alguns metros de distância, em pé no meio do grande salão atulhado de máquinas taumatúrgicas, recipientes pequenos e enormes cheios de órgãos e animais mortos e pelo menos uma dúzia de peças quirúrgicas vivas como as do Jardim dos Ancestrais. Praticamente imóvel no centro da sala poeirenta, o panjek parecia apenas mais um dos mortos, ou talvez uma das estátuas abandonadas da Kulshram.

Era alto, talvez dois metros de altura, mas extremamente magro, como apenas um panjek poderia ser. Usava uma túnica púrpura que talvez um dia tivesse sido moda em Panjekanaverat, antes da queda no reino, e um sarongue de tom mais escuro puído na baínha que se arrastava pelo chão de madeira empoeirado. Dedos longos demais, finos demais, moviam-se do lado do corpo, fazendo as unhas compridas raspar umas nas outras. O rosto não tinha a expressão plácida e indiferente da maioria dos panjek: a irritação e o nojo pelo contato com humanos eram claros na boca torcida e o franzir da testa. Sentado em seu ombro, um monstrinho que em muito lembrava um macaco cujo pelo fora arrancado à força observava com ainda menos receptividade. Fazia sons com a boca e mostrava os dentes afiados.

– O resto está no necrotério. Posso mandar trazê-lo, mas duvido que esteja em melhor estado.

Dushkitri fez um movimento com a mão, como quem dispensa a ideia. Ou talvez ele só não quisesse ouvir mais a voz de Kasim.

Segurou as barras do sarongue e caminhou até a mesa de exames.

Os pés calçados em pano se arrastavam pelo chão com um chiado irritante que se misturava ao zumbido das máquinas e o borbulhar de uma das instalações semivivas.

Osaze colocou a cabeça decepada sobre a mesa. Kasim podia ver manchas escuras por toda a superfície de madeira. Provavelmente Dushkitri já havia feito muitas operações ali. O motivo de ser chamado Remendador ficou claro já no caminho para o ateliê do quirurgião.

– Está vendo este dedo? – perguntou Osaze, mostrando o dedo mindinho da mão esquerda. – Não é meu. Dushkitri o consertou alguns meses atrás, após uma briga com um maluco em Rio Seco.

Outros tinham histórias semelhantes. Tuan disse que Dushkitri o operou uma vez após uma de suas máquinas ter explodido, provavelmente por sabotagem de algum onironauta invejoso, segundo ele. Não era o único entre os devotos das Três Grandes Artes a passar pelas mãos do velho quirurgião. Sahir, mencionou Tuan, também já estivera lá mais de uma vez.

Kasim não conseguiu deixar de pensar em que tipo de problemas Sahir se envolvera para precisar de um quirurgião tão bom, e de que forma aquele rato podia acabar pondo Vema em perigo.

Dushkitri pegou a cabeça com as mãos como se fosse uma pedra aguardando ser esculpida. Virou-a de um lado para o outro. Pedaços de pele e sangue coagulado desprenderam-se do corte. A cabeça já fedia a putrefação apesar do autômato mantendo a carne numa aparência de vida.

– Ele passou por uma quirurgia recente. Olhe que trabalho péssimo!

– Que tipo?

– Cor da pele, estrutura óssea... Posso ver os cortes e o pigmento falho. Ele era quase tão negro quanto você.

O que possivelmente significava que talvez o invasor nem sequer fosse estrangeiro.

Dushkitri largou a cabeça sobre a mesa. Cruzou um braço sobre o peito enquanto a outra mão batucava sobre a boca. Kasim não pôde deixar de imaginar o cheiro de carne morta naqueles dedos.

– A única coisa que importa são as memórias?

Kasim deu de ombros.

– Qualquer pista sobre o que ele andou fazendo nos últimos dias. Nomes, lugares, pessoas.

– Já posso garantir que ele andou em alguma dessas barracas de açougueiros atrás do porto. Não entendo como a Kulshram pode permitir que humanos se tornem quirurgiões. É um absurdo.

Perto da porta, Tuan fez um barulho com a garganta.

– Está entregue. Preciso ir.

Ele fez um sinal de adeus para Kasim. O sorriso no rosto era obviamente jocoso. Ele deixou o ateliê levando o autômato agora sem cabeça.

Na mesa, Dushkitri ainda observava a cabeça.

– Chhaya, limpe o crânio. Preciso do cérebro intacto! Nada de mordiscar.

O macaco morto sobre seu ombro saltou para a mesa e arrastou a cabeça pelos cabelos até a ponta oposta, deixando um rastro viscoso pelo caminho. A atenção de Dushkitri continuava no mesmo lugar, ignorante de que a cabeça não estava mais lá.

Osaze murmurou uma prece. Quando Kasim se virou, tanto o Surna quando Makalo olhavam horrorizados para a mesa. O pequeno monstro chamado Chhaya rasgava a pele e cartilagem da cabeça usando os dentes e as garras. Chumaços de cabelo estavam presos entre seus dedos.

– O que ele fez?

Kasim levou um momento para registrar que Dushkitri estava falando com ele. Quando olhou, o quirurgião ainda estava imóvel, olhando para o espaço vazio na mesa.

– Invadiu a Kulshram. Uma câmara sob ela, na verdade.

– Ah – disse o quirurgião, como se aquilo explicasse tudo. – E você quer saber o que ele viu lá dentro.

– Eu o matei lá dentro.

O panjek desviou o olhar para Kasim. Permaneceu em silêncio, observando-o longamente. Kasim só podia imaginar que tipo de barbaridade passava pela cabeça do outro.

– Todos temos nossos segredos indesejáveis – ele disse. – Algo que preferimos não lembrar, e que ninguém mais saiba.

Kasim engoliu em seco, mas não se atreveu a desviar o olhar. Lembrou-se de abandonar o campo de batalha após aquela fatídica luta em Mahrus. Lembrou-se do olhar dos Primogênitos do Imperador de Diamante que queriam vê-lo morto.

O som de algo se quebrando atraiu as atenções para a mesa. Chhaya batia com a beirada de um casco de tartaruga no topo do crânio já praticamente limpo. Kasim olhou em torno do monstrinho, incerto sobre como ele havia agido tão rápido. Não parecia haver restos o suficiente no chão e na mesa para ter coberto aquele rosto.

– Com cuidado, Chhaya, ou o próximo será o seu.

O monstrinho mostrou os dentes afiados, sujos de sangue e cabelos, então se pôs a arrancar pedaços do crânio com as mãos.

Dushkitri deu as costas à mesa e foi até sua bancada. Voltou de lá com um aparelho que em muito lembrava uma boca de tubarão. Espantou seu monstro de estimação com uma mão e terminou de quebrar os ossos com o aparelho. Em pouco tempo o cérebro estava revelado.

Kasim olhou na direção da porta a tempo de ver Osaze sair com uma expressão de horror no rosto. Não era nojo, mas algo como medo. Para um Surna aquele era o trabalho de animais selvagens, algo que não deveria ser presenciado pelos vivos. De Makalo não havia mais sinal, mas Kasim achava ter ouvido o som de alguém vomitando na rua.

Dushkitri voltou àquele lado da mesa com o cérebro limpo. Jogou os restos no chão, onde Chhaya lambia a carne de uma lasca de osso.

– O cérebro retém memória recente aqui, nesta parte da frente – disse o quirurgião espetando a frente do cérebro com o bisturi. – Não se preocupe. Ele é inútil para nós agora. No máximo registrou seus últimos pensamentos, talvez o pânico da morte.

Dushkitri desviou o olhar, pensativo.

– Talvez eu pudesse criar uma instalação em torno disso. A sensação da morte. – Olhou para o cérebro e o estrago que havia feito com o bisturi. Deu de ombros. – Ah, que seja. Certamente posso encontrar mortos de fome como vocês aos montes pelas ruas.

Ele forçou o espaço entre os dois lóbulos. Passo o bisturi bem pelo meio e forçou um pouco mais.

– A memória recente é transferida por este orgão aqui, percebe? O que parece um cavalo-marinho? Ele se enrosca até o interior aqui.

Dushkitri passou o bisturi pela carne do cérebro uma, duas, três vezes, até revelar o interior. Ele observou silencioso, a lateral suja do bisturi tocando a boca. Estalou a língua e jogou o bisturi em um copo de água turva.

Chhaya saltou sobre a mesa e pegou o cérebro com as duas mãos. Kasim esperava que o monstrinho fosse tentar comer a coisa, mas, não. Era como se ele já soubesse o que seu dono iria dizer.

– Para dentro do tanque – ordenou Dushkitri. – Ande, ande!

Dushkitri deu as costas para o cérebro mesmo antes de a criatura saltar de lá com o órgão nas mãos. Usando as patas traseiras e a cauda, Chhaya escalou os cabos de força até uma máquina onde cérebros boiavam. Usando os pés, abriu a tampa de bronze de um dos tanques e jogou o cérebro na água como se fosse uma bola.

– O conector, Chhaya.

O monstrinho mostrou os dentes afiados, então enfiou a cabeça pelada na água, os bracinhos puxando cabos presos no cérebro que já estava dentro do tanque para ligar o novo.

– Ele sabe o que fazer?

– Ele sabe tudo o que eu sei – respondeu Dushkitri sem se virar.

– Ele é só um macaco.

– Não sei do que você está falando, o que provavelmente quer dizer que não me importa.

O quirurgião passou por Kasim sem pedir licença, esbarrando nele como se fosse uma cortina que alguém estendeu no lugar errado. Seguiu até a lateral da máquina.

– Ande, ande. Para fora.

Quase prendeu o rabo de Chhaya ao fechar a tampa logo antes de o monstrinho saltar para longe. Chhaya gritou alguma coisa e chacoalhou a cabeça. Líquido amarelo e pele morta respingaram em Kasim.

Dushkitri procurou entre os cabos por alguma coisa. Tirou deles o que parecia ser o tentáculo decepado de uma lula e a levou até sua cabeça oval. O tentáculo se enroscou nela como se a abraçando. Os olhos do panjek rolaram nas órbitas, a boca ficou entreaberta, mole.

De todas as três artes panjek, a Arte da Carne era a que Kasim menos gostava. Ele podia, sim, imaginar os benefícios de se ter alguém capaz de remendá-lo. Um sujeito como Dushkitri poderia fazer a diferença nos campos de batalha de Myambe. Mas a ideia de ter um desses... *seres* mexendo nele, moldando pele, carne e ossos, soava repugnante. Quem em sã consciência retiraria partes do próprio corpo para substituí-las por outras, mesmo que de alguma forma melhores que as originais?

O invasor tinha feito isso. Ou pelo menos era o que alegava Dushkitri. Com que propósito? E o que seria tão importante para convencer alguém a passar por tal tipo de processo quirúrgico?

Kasim observou Dushkitri. A expressão no rosto do panjek

quando entendeu o que o invasor e Kasim haviam visto sob a Kulshram tinha sido uma mistura de surpresa com alguma outra coisa. Culpa?

Dushkitri abriu os olhos, puxando o tentáculo da cabeça. Marcas circulares das ventosas ficaram vermelhas na pele cinzenta do panjek.

– Há quanto tempo ele está morto?

Kasim deu de ombros.

– Doze horas?

– Como alguém pode trabalhar com esse tipo de matéria-prima?

Kasim respirou fundo para responder da forma mais grossa que podia, mas Dushkitri deu um tapa de desdém no ar.

– São memórias confusas e quebradas. Em certos pontos se contradizem.

– Algo de útil? Um lugar, um nome? O que ele fazia aqui?

– Uma fábrica taumatúrgica, uma daquelas que vocês humanos inventaram em Porto Branco. Fabricava água. Um bar cheirando a bebida barata. Pude sentir a sensação de radiação taumatúrgica no ar, então devia ser perto de Porto Branco. E um rosto.

– Que rosto? Como ele era?

Dushkitri rolou os olhos, como se o esforço de trabalhar com humanos fosse demais para ele. Caminhou arrastando os sapatos de pano até uma estante repleta de vidros. Uma fumaça branca, gelada, escapava de tubos em cada uma das prateleiras.

Após examinar os vidros por um tempo, retirou um em particular. Parecia ter um líquido vermelho semitransparente cheio de resíduos boiando.

Voltou ainda a passos lentos e arrastados até o balcão. Puxou uma bandeja de vidro. Derramou parte do líquido, formando uma pequena poça.

Foi até a máquina de cérebros, mas, ao invés do tentáculo, puxou um emaranhado de cabos azuis e verdes que parecia pulsar. Kasim tinha certeza de que, fosse o que fosse, era orgânico. Colocou a ponta dos cabos no líquido.

Alguma coisa aconteceu com o líquido. Uma corrente elétrica passou pelo cabo, criando pequenos arcos voltaicos na superfície vermelha. Os resíduos começaram a se mover, como se se concentrando no centro da bandeja. Lá, o líquido foi estufando, formando uma bolha.

Kasim deu um passo para trás, esperando aquela coisa explodir e voar para todos os lados.

Mas a bolha não explodiu. Ela tomou forma, não como uma semiesfera, mas como algo alongado. Uma protuberância apareceu no centro, uma fenda abaixo, duas maiores acima. Kasim percebeu horrorizado que estava olhando para um rosto humano.

– Aí está – disse Dushkitri. – Este é o seu homem.

Kasim se aproximou da bandeja. Nariz fino, meio arredondado na ponta, olhos amendoados. Cabelo liso, escuro. Um bigode grosso. Poderia ser qualquer um em um milhão de filhos de imigrantes Melkat vivendo em Último Refúgio. Poderia... se não fosse pela expressão no seu rosto.

Era um meio sorriso, não como um sorriso desconfiado, mas como se parte do rosto estivesse paralisado. O olho direito estava caído, assim como aquele canto do lábio. A pele daquele lado do rosto parecia ter uma textura diferente, sem vida.

Kasim se virou para perguntar a Dushkitri se aquilo era algum defeito. O quirurgião havia se arrastado até a entrada do ateliê. A porta estava aberta. Ele apontou para fora.

– Agora vá embora. Pegue seu bandido. Salve o mundo. Qualquer coisa. Mas deixe-me em paz.

CAPÍTULO 11

A Rua do Tombo era um fantasma de um passado distante. Se qualquer uma das milhares de pessoas que trafegavam diariamente por ela parassem por um minuto para olhar onde estavam pisando perceberiam que ali as pedras eram diferentes, tinham um tom avermelhado. Eram o que restava de uma estrada que seguia na direção do Mercado da Colina, e a pirâmide onde estavam guardados os mais antigos documentos de Panjekanaverat. Havia entalhes complexos, desenhos de criaturas extraplanares e inventadas e inscrições em uma grafia fluida que poucos hoje sabiam ler. Com o tempo e o excesso de pés se arrastando pela rua, logo criaturas e inscritos desapareceriam.

Vema foi empurrada por meia dúzia de outros pedestres que seguiam a velocidade mais normal por ali: rápido. Não havia tempo ou espaço para admirar os grandes blocos de pedra soltos e rachados que eram a razão para o nome da rua.

A Rua do Tombo era um ponto de comércio importante para Último Refúgio. Era onde muitos comerciantes tinham pequenas lojas de roupas, mantimentos, joias e utensílios domésticos. Aqui um quirurgião menos abastado atendia pacientes. Alguns metros à frente um panjek onironauta tratava dos males de uma cidade transbordando de refugiados e desesperados.

Sahir não estava em casa quando Vema voltou do encontro com Nyx. Enquanto andava de um lado para o outro do seu quarto, Vema pensava em como criar sonhos baseados em coisas que ela jamais vira. Lembrou-se dos sonhos de Ilom e se perguntou se talvez não conseguiria copiá-los. Mas a Melkat que o velho mercenário lembrava não era um lugar lindo. Era árido e rochoso.

Por duas vezes Vema correu para fora do quarto ao ouvir o som de passos no corredor. Nas duas vezes assustou algum morador seguindo para seu própro apartamento. Eles a olhavam com certa irritação. Eles sabiam que ela tinha um quarto só para ela.

Desceu, comprou frutas com um ambulante, mais pelo nervosismo do que pela fome.

Na terceira vez que ouviu passos, mais cautelosa, Vema encontrou Sahir.

– Consegui, Sahir! Consegui! Que cheiro é esse?

Sahir arregalou os olhos, balançou a cabeça de um lado para o outro, mas não conseguiu dizer nada. Não esperava ser abordado assim. Tinha uma expressão estúpida no rosto, e não era apenas pela surpresa.

– Você estava bebendo? Com que bronze?

As pergunta só fizeram piorar o estado do onironauta, que tentou balbuciar uma resposta, apontou por sobre o ombro, mas nada.

Vema o arrastou para dentro do quarto, deu a ele uma caneca de água fresca e contou o que tinha acontecido. Sahir ouviu em silêncio, sentado no chão com as pernas cruzadas. Ele olhava o copo, ainda atônito com a notícia e o desafio.

– Você podia ir até a Cerca Viva conversar com os imago.

Vema jogou uma maçã em Sahir, que foi lento demais para se esquivar. Ele forçou uma risada, uma mão massageando a cabeça ferida, a outra pegando a fruta para comer. Sahir estava muito magro. Nunca fora gordo, mas Vema não lembrava de poder contar as costelas sob a pele.

– Pensei em conversar com alguns imigrantes. Ouvir o que eles têm a dizer, construir um sonho com base nisso. Posso usá-los como rascunho para as peças de verdade.

Sahir balançou a cabeça e comentou ainda com a boca cheia:

– Gastaríamos muito material. Você não pode desenhar os cenários?

– Poder eu posso. Só não é a mesma coisa.

Partiram pouco depois para a Rua do Tombo, onde Sahir dizia ter encontrado um excelente fornecedor de tudo o que precisariam para o trabalho.

Sahir seguia na frente abraçado à sua bolsa, onde levava o captador. Era incrível como ele não tinha medo de um empurrão quebrar o aparelho, enfiando-se em cada buraco que surgia, por menor que fosse. Estava concentrado em se esquivar da multidão que ocupava a Rua do Tombo como um rio de duas mãos. Tinha, ainda, que ficar de olho em sua bolsa. Ladrões de todos os tipos rondavam a região, aproveitando-se dos descuidados.

Vema tentava acompanhar Sahir segurando-o pela mão. Tinha medo de ser arrastada pelo fluxo em outra direção. Se isso acontecesse, jamais voltaria a encontrar o amigo.

Apesar do medo, era difícil não desviar a atenção para os prédios que margeavam a rua. Muitos eram recentes, resultado do crescimento financiado pela companhia de Vayk Varna com mão de obra myambesa. Eram edifícios de quatro andares cheios de pequenos apartamentos, simples e crus; o extremo oposto dos palácios e templos panjek. Tijolos laranja estavam expostos em toda a sua irregularidade.

Em alguns pontos os edifícios pareciam apoiados uns nos outros, prestes a tombar para a frente por falta de espaço para fazê-lo para os lados. Mais de um arco fora construído ao longo da rua numa tentativa temporária de distribuir o peso extra.

Sahir puxou a mão de Vema, saindo do fluxo de pessoas para a porta estreita de uma loja que cheirava a canela e pimenta. Cestos de vime cheios de sementes de cominho, cravos secos, sal negro e açafrão tornavam entrar na loja um desafio.

Em certo ponto, a estreita entrada se alargava e desembocava num ambiente maior, e Vema percebeu por que Sahir ia até lá para comprar os ingredientes.

Todas as superfícies verticais da loja estavam cobertas por prateleiras e gavetas. Vidros com líquidos das mais diversas cores, plantas e animais submersos, pós, flores exóticas e tudo mais o que podia imaginar ocupavam cada canto da loja. Um balcão os separava de um panjek que parecia mais velho do que o usual, o rosto sério enrugado, o rabo de cavalo fino e grisalho. Ele se vestia com uma túnica simples, de algodão, com pouquíssimos ornamentos.

Assim que Sahir se aproximou, ergueu sua mão direita com a palma para dentro. O panjek retribuiu o cumprimento, e Vema pôde ver pela tatuagem que aquele era um raro panjek de casta inferior. Vema imediatamente buscou no apotecário defeitos físicos inexistentes nos outros panjek. Logo encontrou manchas na pele, uma enorme verruga na testa e os olhos, ambos de um azul tão claro quanto o mar. Para um panjek isso era sinal de impureza.

Vema levantou sua própria mão, revelando sua tatuagem de henna. O apotecário aquiesceu discretamente. Sabia agora que eram ambos devotos da Grande Arte da Mente e os trataria com o respeito devido.

A onironauta deixou Sahir lidar com a compra de materiais. Ela era uma artista e, conquanto soubesse muito bem o tipo de material necessário para produzir sonhos no nível de um *maharashan*, era Sahir o rastreador responsável por operar a máquina e capturar os sonhos. A parceria funcionava apenas porque um confiava no outro.

Enquanto o apotecário começava a buscar bulbos de vidro, noz-moscada em pó, extrato de papoula e outros materiais, Vema caminhou pela loja observando a infinidade de produtos à mostra.

Quanto tempo mais mercadores pequenos como esse ainda sobreviveriam em Último Refúgio? A Companhia Mercantil tinha primazia na compra de especiarias trazidas de além dos limites da cidade. Com o resto do continente inacessível desde a queda da capital, a única fonte desse tipo de produto era a Cidadela Ambulante. O que Varna não comprava outros capitães estrangeiros adquiriam. O fato desta loja estar tão bem abastecida era sinal de que o apotecário tinha contatos importantes. Ou talvez simplesmente não tivesse mais compradores vivos.

– Como o senhor consegue esses materiais?

O panjek a observou em silêncio, sem nada dizer. Sahir olhou de um para o outro. Forçou um sorriso amarelo.

– Vema, não é da nossa conta.

Essa era a resposta que ela esperava. Enquanto os portões da cidade permaneciam selados a não ser que o prefeito ordenasse uma investida, ela já ouvira diversos rumores sobre contrabandistas agindo do lado de lá da muralha, dentro da Cerca Viva.

Quem seria louco o bastante para ir até lá? Quanto alguém pagaria pelo que pudesse trazer?

Vema parou diante de uma prateleira. Em um bulbo de vidro selado com cera uma criatura onírica arranhava a superfície interna com longas garras. Vema não conseguia focalizar na forma da criatura. Parecia um inseto feito de fumaça. Era mais consistente do que qualquer sonho que Vema já vivenciara e muito mais paciente do que qualquer oneiroi que já encontrara.

A onironauta acabara de se virar para perguntar ao apotecário sobre a criatura quando percebeu movimento por trás de uma cortina de contas coloridas logo atrás do balcão. Aproximou-se, tentando ver discretamente o que havia do outro lado. Era um quarto esfumaçado onde pelo menos meia dúzia de pessoas estava deitada no chão. Os que não estavam inconscientes tinham nas mãos piteiras ligadas a narguilés antiquados distribuídos por toda a parte. Seja o que fosse que estava dentro daqueles aparelhos, não era simplesmente tabaco, frutas e folhas.

O apotecário deu um passo para o lado, pondo-se entre Vema e o quarto dos fundos. A expressão séria com a testa enrugada era tudo que Vema precisava para saber que sua curiosidade não era bem-vinda. Ela curvou a cabeça ligeiramente, a mão erguida com a palma para ele, e se aproximou de Sahir, que contava os *bhas*.

– O que mais eles fazem nesse lugar? – ela cochichou perto do ouvido do amigo.

Ele olhou para os lados, desconfiado. Então deu de ombros. Vema fez um sinal com o queixo e os olhos, na direção da cortina.

– Desejam mais alguma coisa?

– Não, não – respondeu Sahir. Ele arrastou os *bhas* pelo balcão na direção do panjek e pegou o embrulho com os produtos que tinha comprado. – Já estamos indo.

Com a mão livre ele o cumprimentou, então puxou Vema para que o seguisse para fora.

– Nirvana – ele respondeu quando já estavam na rua, novamente parte do fluxo de pessoas.

– O plano do prazer?

– A droga. Eles vendem nirvana em lugares como esse.

– Nunca ouvi falar disso.

– Você não é exatamente uma pessoa das ruas.

Vema rolou os olhos. Olhou por sobre o ombro na direção da loja. Já estavam se afastando de lá e uma dúzia de pessoas trafegando para todos os lados já ocupava a visão da onironauta. Mesmo assim ela pensava ver o apotecário na frente da loja, observando-os a distância.

– Você já usou?

Ele não respondeu. Apenas apertou o passo, como se estivessem tentando despistar alguém sem ser notados. Vema arregalou os olhos.

– Você já usou! Era esse o cheiro que eu senti, não é?

– Quer anunciar para toda Panjekanaverat?

– Como é? Qual é a sensação?

Sahir cruzou na frente de Vema e a arrastou para fora do fluxo de pedestres para a boca de uma alameda mais tranquila. Os dois edifícios que formavam suas paredes quase se tocavam quatro andares acima.

– É como um sonho, um sonho espetacular. Mas é muito mais forte, muito mais... intenso.

Vema ficou surpresa com aquilo. Suas peças oníricas eram experiências controladas puras, projetadas para obter efeitos específicos, como relaxamento ou êxtase. Já nirvana...

Vema agarrou o braço de Sahir antes que ele começasse a descer a alameda.

– Espere um pouco. De que é feita essa droga?

– Vema, esqueça isso.

– É sonho, não é?

Sahir soltou a mão que segurava seu braço e voltou a andar.

– Precisamos ir. Temos muito que fazer ainda.

– É sonho! Então é isso que tinha naqueles narguilés! Eu devia ter reconhecido o cheiro...

– Vema, esqueça isso. Não é para pessoas como você.

– O que você quer dizer com isso?

– Quero dizer que você não precisa disso.

– Olha, se for para esquecer a minha família...

– Vema!

Sahir agarrou seu braço com força. Vema nunca vira o amigo tão agressivo. Seu braço chegou a doer.

– Está bem, já entendi. Só estava curiosa.

– A curiosidade destruiu Naripuri.

– Pensei que tivesse sido o colapso de um portal para outro plano.

Sahir jogou uma mão para o ar e acelerou o passo. Aquela alameda provavelmente levaria para alguma rua paralela à Rua do Tombo, onde poderiam se movimentar mais livremente. Parou apenas quando percebeu algo alguns metros à frente.

Um amontoado de lixo se moveu, revelando um humano coberto de panos rasgados e sujos.

O homem se levantou, brandindo diante de si um pedaço de madeira que parecia uma vez ter sido a perna de uma mesa. Com a outra mão confiava a barba grisalha que encobria seu rosto quase que por completo. O corpo estava quase nu, afora um bolo de tecido encardido cobrindo a pélvis.

Vema percebeu uma das mãos de Sahir buscar algo em sua bolsa. Ele estava armado?

O sujeito permaneceu imóvel no caminho, inclinando a cabeça para o lado, arregalando um olho, inclinando a cabeça para o outro lado. A mão com o pedaço de pau continuava entre ele e os onironautas.

– Vocês não são sonhos.

O medo era claro em seus olhos arregalados e em sua postura defensiva. Lembrava um dos guarda-costas do prefeito, a estrangeira Treszka, mas tinha o tom de pele e cabelos cacheados como os de Kasim.

O homem baixou a mão que segurava o porrete e pareceu relaxar o corpo. Grunhiu qualquer coisa, jogou o pedaço de pau longe, então voltou ao amontoado de lixo.

Sentou-se, puxando para cima do corpo os pedaços de tecido que antes o cobriam, revelando duas baratas cascudas que também usavam o lugar como esconderijo. O homem bateu com a mão na lateral da própria cabeça, como se tentando fazer algo sair.

Respirando fundo, Sahir e Vema voltaram a caminhar, apertando-se o máximo possível contra a parede oposta para evitar contato com o mendigo. De perto Vema podia perceber diversas cicatrizes nos braços e peito do mendigo. Uma orelha e dois dedos da mão esquerda estavam faltando.

O mendigo retribuiu o olhar de curiosidade, então abriu um largo sorriso desdentado.

Vema empurrou Sahir para que ele acelerasse. Já estavam chegando à saída da alameda quando o mendigo voltou a falar.

– Isso! Vão indo embora! Eu fico de olho neles!

– Eles? Eles quem?

– Vema! Não dê papo!

– Eles! – repetiu o mendigo apontando para o chão e as paredes. Ele pegou a perna de mesa e a jogou contra a parede, fazendo um barulho chiado com a boca. Nem Vema nem Sahir viam coisa alguma além de lixo de que algum verme limpador deveria ter dado conta tempos atrás.

– Vamos, Vema. O coitado está louco.

Capítulo 12

Porto Branco é como uma ponta estendida do porto de Último Refúgio, a ponta norte que se estica nas pedras, na direção das praias isoladas que ninguém tem coragem de visitar. Foi aterrado com toneladas de pedra e areia extraída das montanhas que um dia protegeram a região da explosão que destruiu o Reino.

Dia e noite uma horda de operários, a maioria com pouquíssima experiência prática, trabalhava nas fábricas que abasteciam não só essa cidade, mas tantas outras, em continentes que poucos em Panjekanaverat jamais haviam visto. Em algum lugar a centenas de quilômetros dali uma família jantava usando talheres feitos em uma dessas fábricas, provavelmente sobre uma toalha de mesa feita em outra. Uma criança derrubaria sua comida sobre a toalha. Todos ririam. Nem a comida perdida, nem o estrago à peça de tecido eram importantes para eles. Ambos eram abundantes e baratos. Ao menos lá, naquele outro mundo tão longe de Último Refúgio.

Kasim visitou uma daquelas fábricas pouco depois de chegar ao continente. Ao assinar o contrato com a Companhia, tornou-se oficialmente um funcionário, atuando onde quer que Vayk Varna achasse necessário. Isso significava não só patrulhar as ruas da cidade – ou melhor, os bairros onde a Companhia tinha interesse –, mas também garantir a segurança dos bens da corporação.

Porto Branco pertencia à Companhia, mesmo que os taumatólogos da Torre dos Planos acreditassem piamente ser os verdadeiros donos. A tecnologia era deles, o processo era deles, mas o dinheiro e a ideia eram de Varna. Sem ele, Último Refúgio jamais teria construído aquele complexo. Jamais teria sobrevivido ao seu próprio cataclisma.

Kasim não conseguia se concentrar em carregar tonéis de água destilada nos carrinhos enquanto Tuan negociava com a entidade ao lado do portal.

"Portal" era o termo que usavam os taumatólogos para qualquer tipo de acesso entre este mundo e os outros. Para Kasim este era bem diferente daquele pulsando sobre as ruínas de Naripuri ou aquele que os taumatólogos usavam para trazer animais capturados. Era mais como um espelho líquido feito de algo metálico. Prata derretida talvez fosse a melhor associação que podia fazer. O rosto da entidade parecia boiar na superfície do líquido prateado que desafiava aquela realidade ao manter-se na vertical.

Era difícil identificar o que era o quê naquele entidade, se é que existia um comparativo com o rosto humano. A coisa parecia uma espécie de cristal com uma luz própria que pulsava quando ele dizia alguma coisa.

"Dizer" também era um conceito complicado. Havia um zumbido no ar quando a criatura pulsava, algo que o aparelho diante de Tuan traduzia, mas que Kasim estava longe demais para compreender.

Fosse o que fosse, Tuan não parecia estar gostando. Debochado, ria sem humor, fazia piada e ameaças veladas.

Kasim não conseguia ver aquele comportamento como algo muito inteligente em se tratando de uma entidade de outro mundo que tinha o poder de privar sua cidade do acesso à água potável. O que restara do Grande Reino Infindável não impressionava ninguém.

– Seria muito mais fácil se os peixes nos deixassem usar a água do mar.

Kasim se virou para a dupla de operários que conversava perto dele. Um operava os trilhos que levavam os carrinhos para fora do pátio da refinaria, o outro carregava tonéis cheios, retirados do canal por onde corria a água trazida pelo segundo portal, esse bem maior, no interior de um túnel taumatúrgico.

– Beber água do mar? Você está louco?

– Não, claro que não, – explicou o sujeito carregando tonéis. – Na minha terra nós usávamos um processo para tirar o sal da água. Aposto que com essas máquinas panjek poderíamos fazer isso tranquilamente.

– E por que os peixes não deixam? – perguntou Kasim.

Os dois operários se entreolharam. Kasim tinha começado a trabalhar na fábrica havia pouco tempo como parte do seu plano de descobrir a relação entre o invasor da Kulshram e os operários.

– A baleia que eles chamam de mãe considera isso roubo.

– É – disse o outro, rindo. – Como se fossemos beber toda a água do oceano.

Kasim concordou com a cabeça, sério.

– Eles têm todo o oceano onde viver se quiserem. Somos nós que ficamos presos nesse pedaço ridículo de terra.

Os operários concordaram com acenos e resmungos. O operador do trilho continuou.

– Somos obrigados a aguentá-los fazendo exigências, ameaçando a cidade. Eles sequestram nossas mulheres, sabia? Para procriar.

O outro operário concordou com a cabeça. Kasim não negou. Já tinha ouvido os mesmos rumores antes, assim como outros. Já havia mais de uma vez encontrado restos de corpos no porto, mas não tinha certeza se era trabalho dos nommos ou de alguma criatura fugitiva. Em uma cidade cheia de quirurgiões, onironautas e taumatólogos, o risco de alguma coisa sair do controle era mais do que alto. E ainda tinham coragem de dizer que Myambe era uma selva perigosa.

– Eles vão aprender uma lição – disse um operário, um sorriso cauteloso no rosto.

O outro compartilhou a expressão. Olhou para Kasim por um instante, como se não soubesse se devia ou não confiar nele. Kasim forçou a mão.

– O prefeito devia enviar a guarda para ensinar uma lição a eles – disse, cuspindo no chão e se virando para puxar outro tonel cheio. Deu as costas para os dois operários por tempo suficiente para que eles pensassem se deviam ou não abrir a boca. Quando voltou com o novo tonel viu que os dois operários o observavam.

– Se ele não faz nada, há quem faça – disse um deles. O outro concordou com a cabeça. Ambos estavam sérios, quase como se aquele fosse um mantra no qual precisavam acreditar para continuar vivendo.

Kasim passou as costas da mão na testa fazendo descer uma cascata de suor. Apesar da água e da proximidade com a baía, o ar dentro da refinaria era seco e quente graças às inúmeras máquinas taumatúrgicas.

– Quem?

– Um homem – disse um.

– Um líder – corrigiu o outro.

– Que diferença faz um homem? – perguntou Kasim, bem sabendo a resposta.

O operador dos trilhos lambeu os lábios, então tirou do bolso um pedaço dobrado de tecido. Abriu-o, revelando um mapa desenhado a mão e cheio de anotações na língua do Vale.

– Nós estamos nos encontrando, os operários. Estamos conversando sobre o que podemos fazer, como podemos mudar tudo isso. Logo daremos um passo. Um que não tem mais volta.

Kasim olhou o mapa. Parecia uma dúzias de ruas tortuosas, como tantas em Último Refúgio. Sem examinar o mapa de perto, sem ler as anotações, não tinha como ter certeza de onde era o ponto de encontro.

– De que forma isso vai nos ajudar?

– Vai nos dar voz, uma forma de negociar.

– Vamos acabar com essa desigualdade, entendeu? – disse o outro operário. – Chega de trabalhar sem parar por trocados. Chega de riscos. Se Varna não faz nada, nós faremos.

Alguma coisa explodiu ali perto, um brilho azulado, um som de bolha estourando. Tuan cambaleou para trás. A entidade se afastou, mergulhando no espelho de prata atrás dela. O espelho se engoliu e desapareceu.

– Fechem a comporta! Fechem a comporta!

Kasim congelou, tenso, sem saber o que estava acontecendo. Ninguém explicou como fazer aquilo, nem o motivo de aquilo ser uma emergência. Já os dois operários ao seu lado reagiram de imediato. Correram na direção do canal, onde a água destilada que jorrava do portal para Danu escoava para as coletoras.

As máquinas pararam de encher os tonéis. Alguém conseguiu alcançar o controle da comporta. Ela descia lentamente, lenta demais. Através do túnel Kasim podia ver o portal pulsante de onde saía água pura.

A comporta atingiu o fundo do canal com uma vibração que parecia ecoar como o soco de um gigante. A correnteza no canal cessou. A água se acalmou, formando uma piscina. Os operários que correram para tentar selar o acesso àquele mundo pararam às margens do canal. Olhavam a água como se procurando alguma coisa. Alguns deles tinham ferramentas pesadas nas mãos. Um sujeito tinha um facão tirado sabe-se lá de onde.

Kasim não fazia ideia do que esperar. Se a água era tão límpida, qualquer coisa que tivesse atravessado o portal deveria ser facilmente visível, não?

Um tentáculo translúcido saltou da água, agarrando o homem que antes operava os trilhos. Seu grito de pânico se tornou um borbulhar de desespero quando o tentáculo se estendeu e entrou garganta abaixo. O homem balançava os braços e as pernas, o corpo convulsionava. Ele estava se afogando.

Todos entraram em pânico. Vários operários fugiram, mas muitos foram agarrados e arrastados para dentro d'água pela própria água. Ninguém sabia o que fazer.

Seguindo o instinto que o salvara tantas vezes, Kasim desprendeu a alavanca de ferro que controlava os trilhos e correu na direção da criatura brandindo-a como um porrete. Atingiu o tentáculo de água, atravessando-o com o mínimo de resistência. Água respingou, mas o tentáculo nem sequer se moveu.

– Kasim! Kasim!

Alguns metros para trás, Tuan acenava para ele. Procurava por algo em sua bolsa no chão.

O mercenário lançou outro olhar na direção do canal. Um operário desapareceu na água que borbulhava tão violentamente que tornava impossível ver abaixo da superfície. Não havia mais sinal do operador do trilho.

Kasim odiava Último Refúgio. Por que as coisas não podiam morrer com um golpe bem dado?

Jogou a barra de ferro na água por pura birra e correu na direção do taumatólogo.

– A água não é o corpo, é só... é só o resultado de energias aplicadas.

Kasim agarrou Tuan pelo braço.

– Como eu mato aquela coisa?

– Dentro dele, debaixo d'água, existe um ponto de foco. Arranque-o da água. Use isso.

Tuan mostrou o aparelho. Era um disco de bronze com símbolos panjek. No centro havia um cristal negro, obsidiana talvez. Havia pequenas alças nas costas do aparelho. Parecia mais uma joia do que uma máquina.

Kasim pegou o aparelho da mão de Tuan e correu na direção do canal. Vestiu-o como se fosse uma luva sem dedos, o disco de bronze na palma da mão.

Parou à margem do canal. Alguns homens haviam surgido com arpões taumatúrgicos. Energia transplanar circulava pelas pontas das armas. Mas não havia sinal da criatura. A água estava agitada, mas clara. Kasim podia ver meia dúzia de operários submersos, lutando como se sendo puxados para baixo por correntes invisíveis. Não havia sinal de monstro algum.

Fitou o aparelho sem saber ao certo como usá-lo. Olhou por sobre o ombro para Tuan, como que para questioná-lo. Viu apenas os olhos do taumatólogo se arregalarem e sua boca se abrir em um grito de alerta.

Kasim teve seus pés arrancados do chão pela força que tornava a água sólida. Caiu, bateu as costas no chão. Tentou se agarrar, mas não havia onde. Foi parar debaixo d'água com pouco tempo para puxar o ar.

Olhou para baixo, tentou alcançar o tentáculo que o puxava. Apesar da transparência da água, não conseguia ver seu atacante. Aqui e ali a água parecia se mover, como correntezas rápidas, mas isoladas, turbilhões estreitos como serpentes que dançavam na água puxando suas presas para baixo. Kasim era uma dessas presas.

No contato com a água, sentiu o disco na mão esquentar. A água em torno da obsidiana borbulhava. Agarrou a corrente de água que se enroscava em seus calcanhares. Houve uma explosão de bolhas. A correnteza se desfez.

Kasim colocou os pés no fundo do canal e se impulsionou com toda a força que ainda tinha. Emergiu na superfície da água, pegou ar, foi atacado. Tentáculos invisíveis dentro da água se enroscaram em suas pernas e braços. Uma serpente de água pura saltou do rio artificial e deu o bote, mergulhando em sua garganta.

Kasim tentou fechar a boca, trincar os dentes, mas a pressão era impossível de resistir. A água jorrava violenta garganta abaixo, rapidamente enchendo seus pulmões.

Sem pensar, tentou agarrar o tentáculo. O aparelho na palma da sua mão aqueceu, fez a água ferver e evaporar. De súbito o jato cessou, o tentáculo de água se retraiu.

Kasim vomitou água e o que mais tinha no corpo para fora, mas mergulhou novamente, sentindo que ia desmaiar.

Em meio à água limpida viu uma coisa escura. Estava oculta por trás de uma correnteza impossível que a circundava, formando uma esfera de águas agitadas. Parecia estranho o suficiente para ser o culpado de tudo aquilo.

Kasim enfiou a mão como uma lança na esfera de água. Sentiu a resistência, sentiu a água ferver. Estava cego pelas bolhas que surgiam à sua volta.

A criatura pareceu estremecer, tentar recuar. Kasim não deixou.

Agarrou a primeira coisa sólida que sentiu com os dedos. Nem pensou.

Puxou-a com força. Ouviu o som de uma bolha estourando. A força de uma corrente poderosa o empurrou para longe. Bateu com a nuca na parede do canal. Sentiu-se desmaiar.

Braços o puxaram para fora da água, arrastando-o pela borda, o choque com o ar quente da refinaria despertando-o.

Kasim se deixou cair sentado no chão à margem do canal. O peito ardia com cada inspiração involuntária. Rolou para o lado. Cuspiu água. Na mão tinha uma pedra de aparência vítrea. Um cristal de algum tipo? Pulsava cada vez menos, cada ver mais fraco. Sentiu a mão queimar. Largou a pedra, arrancou o aparelho taumatúrgico.

Sentia os lábios e o céu da boca doloridos. A água devia estar fervendo onde ele usou o aparelho. Na hora nem percebeu a dor. Estava mais preocupado em não se afogar.

A palma da mão direita estava sensível, com uma marca vermelha na forma perfeita do aparelho que salvara sua vida e a de todos na refinaria. Teve vontade de matar Tuan. Certamente aquilo era culpa dele.

Olhou na direção do operador do trilho caído alguns metros dali. Não havia movimento algum.

Engatinhou, cansado e atordoado, até o corpo. Fingiu checar a pulsação e a respiração do morto, mesmo sabendo que não encontraria nada. Os olhos do sujeito estavam arregalados, olhando para o teto.

Colocou corpo sobre o do morto, fingindo tentar acordar o sujeito, tentar massagear seu peito. Com a outra mão, puxou o mapa do bolso. Enfiou-o na sua própria roupa.

Afastou-se, deixando-se cair sentado, apoiando a cabeça nas mãos. Fingia ter percebido que foi lento demais. Não era difícil fingir. Ele acreditava que, se estivesse preparado, poderia ter lidado com a criatura muito mais rápido.

Tuan o observava. Ele tinha visto Kasim roubar o mapa? Será que se importava?

O taumatólogo concordou com a cabeça, talvez em agradecimento, talvez para demonstrar sua cumplicidade. Kasim não dava a mínima.

O mercenário se deixou cair para trás, a mão no peito, a outra no rosto, tirando o excesso de água que parecia se prender ao seu corpo como algo pegajoso.

Kasim esperava nunca mais ter de pôr os pés naquele lugar.

Capítulo 13

O velho soldado chorou copiosamente ao ver o desenho na tela. Com a mão livre cobria a boca sem dentes. Tentava limpar as lágrimas que escorriam pela pele curtida pelos anos sob o sol.

– Myambe – ele suspirou. A palavra quase se perdeu entre os soluços.

Pegou a segunda tela, depois a terceira. Colocou-as sobre o colo, como se quisesse ver todas ao mesmo tempo, como se deixar de ver qualquer uma delas fosse uma ofensa à sua memória. Talvez pensasse que desviar o olhar de qualquer uma dela significasse esquecer.

Vema sorriu triste. Ela não esperava aquela reação. Não uma reação assim tão forte.

Sahir estava sentado de pernas cruzadas no chão bebendo o chá que a neta do soldado trouxera enquanto o homem narrava suas memórias. Outros membros da família entravam no quarto pequeno para ver o que acontecia, para ver os desenhos.

Vema aprendeu a desenhar na Kulshram. Quando era pequena aquilo parecia natural para ela. Fora *ashan* Lakshmara que a incentivara a aprender a usar tintas e carvão para pôr memórias e imaginação em telas. Talvez tenha sido isso que permitira à onironauta tornar-se uma tecelã de sonhos.

Anos depois, agora tão hábil criando sonhos usando sua vontade como pincéis e suas memórias como tinta, Vema achava desenhar no papel algo primitivo, desajeitado.

Pelo olhar de maravilhamento no rosto dos seus vizinhos, era óbvio que ela não perdera aquele dom no plano material.

– Já terminou? – perguntou Sahir, colocando o copo vazio no chão e se levantando.

Vema apenas concordou com a cabeça, os olhos ainda no velho senhor. Ele morava com a família, dez ou onze filhos e netos, em um dos apartamentos do cortiço de Ilom. Foi Sahir que se lembrou dele. Tinha sido soldado de um dos reis de Melkat na época da invasão.

– Os reis brigavam pela posse das terras, do gado, das minas de cobre e cobalto – ele explicou enquanto narrava suas memórias. – Uma vez acompanhei meu rei até uma reunião com os oráculos. Foram eles que decretaram a divisão do mundo.

Ele riu de sua noção de mundo. Disse que seu povo brigava por Melkat, mas que jamais poderia imaginar o quão grande era o mundo além daquela península.

O soldado contou sobre a chegada dos exércitos do Imperador e do encontro entre os reis, quando foi decidido que lutariam pela Dinastia. Contou do dia em que foram traídos por um dos reis que se vendeu ao Imperador, e da morte que caiu sobre eles.

– Os oráculos nos alertaram – ele disse, balançando a cabeça como se até hoje não acreditasse naquilo. – A Dinastia verá seus dias mais negros desde a morte do Rei Melkat I.

O velho soldado jamais voltou ao seu lar. Foi embarcado delirando, ferido por uma lança em uma batalha perto da capital Lugdasa. Vema não pôde deixar de pensar que talvez fosse a mesma com a qual Ilom sonhava repetidas vezes. Quando o soldado despertou, ainda febril, Melkat já não era mais visível no horizonte.

Vema deixou o apartamento dando as telas de presente ao velho senhor como pagamento pela sua ajuda. O homem mal podia acreditar. Beijou a mão de Vema ainda aos prantos, agradecendo por permitir-lhe ver Myambe novamente.

Apesar do maravilhamento do velho, Vema sabia que aquilo não era o suficiente. Não para tecer um sonho crível. Eram apenas desenhos baseados nas memórias de um homem que não via aqueles lugares havia quarenta ou mais anos.

– Tem que ser o suficiente – disse Sahir na porta do seu quarto. – Nosso tempo está acabando. Precisamos entregar alguma coisa.

Ela se despediu sem nada dizer.

Kasim apareceu no apartamento de Vema na noite seguinte após um sumiço de dias.

– Complicações – foi tudo o que ele disse a respeito. O olhar era suficiente para que Vema não forçasse a pergunta.

A verdade era que, com o trabalho nas peças oníricas para Aquele Que Tudo Vê, ela mesma havia se esquecido de quanto tempo fazia desde que vira Kasim pela última vez.

– Vi Sahir saindo do prédio. Ele não parecia muito feliz.

Vema puxou Kasim para dentro e fechou a porta. Foi até a mesa, onde tinha deixado uma moringa de iogurte com canela. Kasim odiava iogurte. Dizia que não confiava em leite tirado já talhado de um animal feito pelos panjek. Preferiu água.

– Não estou conseguindo tecer o sonho que preciso.

– Muito complexo?

Ela sorriu, fazendo um carinho no rosto do amante. Kasim não entendia nada sobre o trabalho de Vema, mas fazia esforço para fingir que sim.

– Não. Só não consegui me concentrar.

– Saudades, aposto.

Ela sorriu e o beijou. Percebeu que sentia falta dele. Não só dele, mas do fato de que, quando estava com Kasim, as coisas pareciam mais simples. Ela nem ao menos pensava na confecção de sonhos quando passava um tempo com ele.

Ela se afastou, sentindo-se culpada por pensar aquilo. Em que momento a Arte da Mente se tornara um trabalho e não uma filosofia de vida?

– Trouxe um presente para você.

Kasim puxou de dentro da túnica um tipo de pano. Era um lenço amarelo, fino e pintado com os padrões geométricos coloridos típicos das terras do amante. Provavelmente o tinha comprado de algum artesão exilado ou de um mercador que o vendera a um preço exorbitante.

Era a coisa mais horrorosa que Vema já tinha visto na vida. Era também a coisa mais linda que ela já tinha visto.

Ela sorriu, deu um beijo em Kasim e agradeceu.

Kasim soltou um suspiro de alívio, rosto tenso relaxando em um largo sorriso.

Vema puxou a ponta do sari até então usada para cobrir a cabeça e a substituiu pelo lenço. Era um tecido pequeno demais para servir de roupa como um sari, mas ela tinha visto refugiadas usando-o na cabeça para prender o cabelo. Vema fez o que pôde tentando enrolar o cabelo em um coque e o prendeu com o lenço, um nó sobre a testa. A sensação não parecia muito natural, mas o brilho nos olhos de Kasim dizia que o sacrifício valera a pena.

Ele a agarrou pela cintura, erguendo-a com braços fortes, e beijou-a com força. Vema resistiu por um momento, então deixou-se levar. Kasim era um tanto bruto, mas não por mal. Ele raramente falava de sua vida antes de Último Refúgio, dizendo que o passado era o passado e nada mais. Mas uma noite, quase por acidente, Vema entrou no sonho de Kasim. Viu crianças sequestradas e transformadas em soldados. Viu o treinamento brutal, a forma com que eram tratados como animais, presos em buracos no chão, mal alimentados a não ser que fizessem o que lhes era ordenado. Viu um menino que teve de aprender a matar para sobreviver. Viu o olhar daquele menino, o rosto e as mãos sujas com o sangue de um homem cujo único crime fora se opor a um rei autodeclarado.

Ela acordou aos prantos. Para ele disse que tinha tido um pesadelo e nada mais. Sem entender a natureza dos sonhos, ele apenas sorriu, beijou-a e a abraçou. Vema levou mais de uma hora para voltar a dormir aquela noite. Tinha medo de voltar àquele lugar.

Passaram a noite juntos, dormindo no chão do quarto. Kasim não confiava em camas. Vema achava graça, mas aprendera a não fazer piada. Forraram o chão com lençóis e almofadas e por lá ficaram. Por duas vezes ouviram alguém bater nas paredes, reclamando do barulho que faziam. Na última, Kasim abriu a porta nu e apenas encarou em silêncio o vizinho, que pediu desculpas e foi embora. Ninguém mais voltou a reclamar.

Quando Vema acordou no dia seguinte, Kasim estava sentado de pernas cruzadas no chão diante de um café da manhã de pães, bolo de arroz, bolo frito, frutas e chá. Havia até molhos de legumes e condimentos que de alguma forma ele conseguiu trazer em potes de barro, Vema não sabia de onde. Kasim odiava os condimentos de Panjekanaverat. Dizia que era quentes o suficiente para corroer seu corpo por dentro, mas ele sabia que Vema os adorava.

Kasim tinha um caju na boca quando ela abriu os olhos.

– Você demorou a acordar – ele meio que se desculpou, parecendo uma criança que foi pega fazendo besteira.

Vema apenas sorriu e se juntou a ele.

Comeram falando sobre o nada. Os ambulantes que vendiam naquela região comparados àqueles que trabalhavam no porto, perto do alojamento militar da Companhia Mercantil. A aparência séria de um grupo de aristocratas que desde sempre rondava a cidade toda manhã do alto de um cesto nas costas de um makara de aparência velha e cansada. A ausência de crianças panjek em qualquer lugar, supostamente mantidas isoladas nos palácios panjek junto às mulheres. A fenda planar pairando sobre o céu onde Naripuri uma vez existiu.

– Me disseram uma vez que a Estrela da Manhã era na verdade Naripuri sendo destruída.

Vema nada disse. Kasim crescera com a crença em uma espécie de sinal divino que guiou seu povo do deserto ao vale onde viviam, sua terra santa. Ele jamais tirava a pequena medalha de ferro na forma da estrela de cinco pontas.

– Não faz tanto tempo assim que Naripuri foi destruída.

Ele não disse nada. Pegou um pedaço de pão e começou a comê-lo, o olhar vago.

Os olhos de Vema exploraram o peito nu do amante. A pele negra era marcada por meia dúzia de cicatrizes, a maioria resultado de cortes de espada e machado, umas poucas de flechas. Segundo ele nenhum dos ferimentos foi sério, praticamente todos bloqueados pelas armaduras que usava. Vema sabia que era mentira. Mesmo que não fosse, bastava um azar para que Kasim estivesse morto.

Armadura alguma o protegeria de se afogar.

– Eu tive um sonho.

– Não é isso que você faz para ganhar a vida?

Ela sorriu sem humor, balançando a cabeça.

– Não, não esse tipo de sonho. Foi um pesadelo. Com você.

– Eu estava indo embora sem você.

– Não, é sério. Você estava se afogando. Tinha muito sangue. Kasim...

– Não.

Vema parou a frase, testa franzida.

– Não o quê?

Ele suspirou pesadamente. Jogou o resto do pão sobre o lençol.

– Você não vai começar com essa conversa de novo.

Silêncio longo e desconfortável. Vema pegou um bolo de arroz, mas não o comeu. Sem pensar naquilo, ficou moldando a massa com os dedos.

– Eu vi um homem essa semana, perto da Rua do Tombo.

– Isso é sua forma de me fazer ciúmes?

Ela rolou os olhos.

– Era um mendigo. Um louco. Ele gritava que via e ouvia coisas.

– Nardin.

– Você o conhece?

Kasim concordou com a cabeça. Pegou novamente o pedaço de pão que havia abandonado e o enfiou na boca.

– Trabalhava para a Companhia antes da minha chegada. Já ouvi falar dele.

– Então você sabe o que esse trabalho fez com ele.

Ele mastigou por um tempo. Bebeu chá para fazer descer o pão.

– Não foi ser mercenário que o deixou assim.

– Eu vi as cicatrizes! Eu vi a loucura nos seus olhos!

– A loucura dele é culpa dos onironautas.

Silêncio novamente.

– Como assim?

– Ele vendia sua mente para a Kulshram, em troca de bronze. Um dia, um de vocês se perdeu dentro da mente dele.

Vema sentiu um calafrio. Ela se lembrava dessa história. *Ashan* Lakshmara contava o caso como um exemplo do porquê de você jamais dever entrar no sonho de alguém sem um companheiro para ajudá-lo a encontrar seu caminho de volta. Um jovem discípulo se perdeu nos sonhos de um homem, esqueceu sua individualidade. Jamais conseguiu sair. O corpo do garoto permaneceu em coma por semanas antes de finalmente expirar.

A onironauta balançou a cabeça, tanto para esquecer a história quanto para recusar-se a aceitar os argumentos do amante.

– Que futuro há em ser um soldado? Especialmente um soldado a mando de Vayk Varna! Ele os usa como bem entende!

– E nos paga bem por isso.

– De que vale a prata se você acabar morto?

– Todos morrem um dia. Até os deuses.

– E você precisa morrer assim, tão cedo? Tão brutalmente?

Kasim permaneceu em silêncio. Seus olhos fitavam os de Vema. As narinas tremiam com a respiração. Ele estava se controlando para não ser grosso.

– O que você quer?

– Eu quero que você deixe de se arriscar.

– Você quer que eu deixe de ser quem eu sou.

– Isso é tudo o que você é? Um mercenário?

Kasim respirou fundo e baixou a cabeça. Soltou o ar como quem bota para fora as preocupações.

– Vema, eu nunca serei o homem que os panjek querem que eu seja.

– Quem falou nos panjek?

– Eu posso ler nos seus olhos.

– Então está lendo errado, porque essa é minha opinião.

– Não duvido que você tema pela minha segurança. Mas não é isso que te move a querer me mudar. Você quer alguém que os panjek possam aceitar.

– Eles nunca aceitarão ninguém que não seja um panjek.

– Boa sorte convencendo um deles a casar-se com você.

O sorriso no rosto dele a fez ter vontade de dar-lhe uns tapas.

– Eu não quero panjek ou qualquer outro. Eu quero você.

– Então vai precisar me aceitar como sou.

Ele se levantou e vestiu sua túnica. Calçou as sandálias.

Vema olhou para suas mãos e percebeu que o bolo de arroz que tentava moldar havia se esfacelado em suas mãos. Ela suspirou, deixou os farelos caírem de volta no pote.

– Você já esteve na Cerca Viva?

Kasim parou de se vestir. Examinou-a como se tentasse entender onde ela queria chegar.

– Já. Duas vezes.

– Já viu o que tinha do lado de lá, então?

– Morte.

Vema respirou fundo e soltou o ar bem devagar.

– Estou falando da natureza.

– Eu também.

Ela pegou o chá. Mexeu o conteúdo com um dedo. As pétalas das flores boiando no líquido vermelho a fizeram lembrar-se da pintura que fizera para o velho soldado. Ela lambeu os lábios. Uma pintura, a memória de outro, jamais seria o suficiente.

– Eu vou até lá. Até a Cerca Viva.

– Não, você não vai.

Novo duelo de olhares. Kasim tinha recolocado o cinto, as mãos segurando-os perto da bainha da espada e da adaga, como se para deixar clara sua opinião a respeito. Vema teria rido se não soubesse que isso ofenderia o amante.

– Aqui dentro eu não vou aprender o que preciso para completar esse contrato.

– Então rasgue-o.

– E jogar fora a primeira grande oportunidade que Sahir e eu temos desde que saímos da Kulshram?

Kasim deu as costas. Fingiu estar olhando pela janela quando seu olhar na verdade estava cego. Estava planejando, considerando.

– Espere por mim.

Vema se levantou, um sorriso brotando no rosto.

– Você vai comigo?

– Quem mais pode protegê-la de suas sandices?

Ignorando o comentário, Vema segurou Kasim pelo rosto e lhe deu um beijo nos lábios. Ele não retribuiu, não exatamente. Era óbvio que estava preocupado.

– Você ainda não me deu uma resposta.

Ele não precisava dizer qual era a pergunta. Vema olhou a sua volta, para o quarto que tinha ali. Ela o convidaria para se mudar para lá com ela. Ilom não reclamaria se ela continuasse a pagar com serviços. Especialmente porque a presença de Kasim costumava tornar as coisas muito mais calmas no cortiço. Mas no fundo ela sabia que ele jamais aceitaria morar em um lugar que ele não fosse o responsável por manter.

O olhar pareceu ser resposta o suficiente.

– Não sei quando volto – ele finalmente disse enquanto colocava dois cajus na bolsa do cinto. – Trabalho.

Ele parecia estar fazendo um ótimo trabalho em desviar seus olhos dos dela.

Vema pegou um pedaço do pão que sobrou e o deu para Kasim levar. Ele raramente comia direito durante o dia.

Não havia muito o que ela pudesse fazer antes de visitar a Cerca Viva. Não apenas com relatos e imaginação.

– Eu não posso esperar para sempre.

– Nem eu – ele disse.

Então ele deu as costas e partiu.

Capítulo 14

Três turnos de trabalhadores atuavam em Porto Branco durante oito horas, com apenas dois intervalos de quinze minutos para ir ao banheiro e comer qualquer coisa que conseguissem trazer de casa. Ao fim do dia a maioria sentia-se morta. Não era apenas o trabalho físico, que ia de mover caixotes cheios de produtos acabados a manter esteiras de produção funcionando. Era o efeito da radiação taumatúgica vazando dos reatores. Era o resultado de estar tão próximos de matéria-prima primordial extraída diretamente dos outros mundos. Era, ainda, saber que eram descartáveis.

Ao final de mais um turno de trabalho, os operários de Porto Branco rastejavam de volta para suas casas, onde uma dúzia ou mais de pessoas viviam em um ou dois cômodos apertados. O que ganhavam por semana era pouco para pagar os preços exorbitantes praticados na cidade. E as opções eram escassas. A cada dia tornava-se mais difícil o acesso a produtos contrabandeados, que não passavam pelas altas taxas de importação da Companhia. Kasim sabia disso. Ele mesmo já havia desbaratado duas operações de contrabando. Traziam comida dos Onze Reinos.

Mas nem todos os operários se entregavam ao sono do esquecimento. Com o tempo, muitos começaram a se encontrar em bares no entorno do bairro. Lugares como o Irradiado, construído no estilo Melkat sobre o anexo de um domo panjek cuja função se perdera no tempo. Quase um castelo quadrado, com paredes de um marrom avermelhado como as areias de Melkat. Era pintado, a tinta já lascando, para esconder a pedra escura das pedreiras locais. Inúmeras janelas pequenas, quadradas, no alto das paredes faziam circular o ar. Arcos falsos, como se construídos e, então, bloqueados com tijolos, decoravam as paredes externas. Apenas um dos arcos era verdadeiro, com um par de portas de madeira pintadas de verde, sempre abertas após o horário do almoço.

Kasim, Osaze, Makalo e Mwano tinham chegado alguns minutos

antes e tomado uma das mesas vazias no canto esquerdo do bar, de onde o Rais podia ver todo o ambiente sem expor suas costas a um inimigo em potencial. Vieram usando roupas comuns entre os operários. Vieram desarmados. Ou quase. Kasim tinha uma adaga oculta sob a camisa larga. Sentia-se nu.

Tinham chegado com o objetivo de ser discretos e, eventualmente, misturar-se aos frequentadores locais. Segundo seus contatos, o Irradiado tinha um grupo frequente de consumidores, mas o resto tendia a variar bastante. Se o mapa roubado do operário morto era qualquer indício, aquele era também o lugar onde encontrariam o homem que Kasim vira em sangue no ateliê do quirurgião.

Kasim fingiu beber do copo que trouxeram. O cheiro doce da bebida feita com restos de arroz, cana de açúcar e alguma fruta o irritava. Preferia vinho de palma ou coisa parecida, mas aparentemente ali todos bebiam essa coisa aos litros.

– Rais, podemos trocar nossas patrulhas por noites nesse lugar?

Osaze deu uma cotovelada em Makalo, que retornou com um olhar de irritação.

– Não o chame assim. Somos operários aqui. Não guardas.

O outro deu de ombros e bebeu metade do seu copo. Pelo menos alguém ali estava gostando da missão.

– Se vocês não relaxarem, ninguém acreditará que são qualquer coisa senão membros da guarda da Companhia.

– Ele está certo.

Osaze e Mwano olharam para Kasim, surpresos com seu comentário. Kasim deslizou um pouco no banco, encostou as costas na parede atrás dele, tomou um gole da bebida.

– Parecemos bandidos esperando o momento de dar o bote.

Os quatro eram obviamente de origem myambesa, certamente chegados nas últimas levas de refugiados. As cicatrizes no rosto de Osaze e o cabelo armado como um coral negro de Mwano eram claros indícios de suas origens no continente ao norte. Não havia como renegar a origem de Kasim e Makalo, peles negras, narizes largos.

Não havia nenhum descendente Melkat na guarda em quem Kasim confiasse para essa missão, mesmo que isso significasse ter um inútil como Makalo no time. Ao menos para fingir-se de boêmio ele servia.

Aos poucos mais pessoas chegaram. A maioria esmagadora tinha a aparência de operários cansados, rostos brilhando de suor e radiação. Sentavam-se em grupos pequenos nas diversas mesas ou no bar, pedindo bebidas e comida. Tirando um caso ou outro, não interagiam fora de suas mesas. Não surgia nenhuma oportunidade de se envolver em conversa.

Pelo jeito, ele mesmo teria de criar essa oportunidade.

Kasim se levantou da mesa jogando uma mão para cima, xingando Makalo em sua língua nativa em alto e bom tom. Deu um tapa na mesa, aproximou o rosto do dele e o agarrou pelo braço. Colocou o dedo na cara do subordinado. Com os olhos cerrados, falou em tom ameaçador e baixo.

– Eu vou me misturar aos locais para ouvir o que dizem. Façam o mesmo, mas sejam discretos.

Kasim empurrou Makalo para trás e deu a volta na mesa, o olhar ameaçador de quem pretende espancar o alvo bem claro aos olhos de todos que o observassem. Não precisou fingir muito. O sentimento já estava ali havia tempos.

Uns poucos olhares seguiram Kasim enquanto ele atravessava o salão até o bar. A maioria não manteve interesse por muito tempo.

Kasim chegou ao balcão resmungando algo sobre imbecis fundamentalistas e pediu outra bebida.

Um operário ao seu lado sorriu e concordou com a cabeça, então voltou à sua comida. Molhava pedaços de pão num pote transbordando de legumes que boiavam num molho amarelo.

O atendente do bar se aproximou.

– Problemas com os conterrâneos?

– Imbecis. Defendem Varna como se ele fosse um benfeitor enquanto suas fábricas nos matam aos poucos.

O atendente colocou o copo sobre o balcão sem nada dizer. Sorriu meio triste, concordou com a cabeça. Kasim pegou um *bha* de bronze, olhou-o longamente, como se precisasse pensar duas vezes antes de desfazer-se dele, então o bateu sobre o balcão. O homem o pegou, ainda com aquela expressão de quem compreendia.

– Vocês são novos por aqui.

Kasim bebeu um gole. Não conseguiu conter a careta.

– Não sabíamos desse lugar até duas noites atrás. Parece uma ótima alternativa ao cheiro de suor e cocô de crianças no quarto onde eu moro.

– Vila Velha?

– Fragmentado.

Foi a vez do atendente fazer careta. Fragmentado era um bairro que vinha surgindo na encosta norte das montanhas, perto demais de Porto Branco para a maioria das pessoas. Algumas casas estavam sendo erguidas entre as ruínas de um templo desmoronado e os rombos na rocha de uma pedreira abandonada.

– Não consegue nada melhor em outro lugar?

– Não com o que eu ganho. Não por enquanto.

O sujeito sentado ao seu lado virou-se para ele ainda mastigando sua comida.

– Por que um cara como você não consegue algo na guarda?

– E trabalhar de lacaio para o Varna?

Um sorriso com dentes manchados de molho surgiu no rosto do operário.

– Pelo menos lá eles pagam mais. E te dão onde dormir.

– Eu não saí de Myambe para lutar a guerra dos outros aqui.

O operário voltou a concordar. Ergueu seu copo para brindar à declaração de Kasim.

– Eu não tive essa escolha. Nasci aqui.

– Por que você não entra para a guarda?

Ele balançou a cabeça.

– Minha mulher me mataria se eu pegasse em uma espada.

Kasim desviou o olhar. Bebeu um gole. Vema aparecia em sua mente concordando com o operário.

– As fábricas empregam guardas – disse o atendente. – Sempre acontece alguma coisa por lá.

Isso foi uma surpresa para Kasim. Ele nunca ouvira falar de membros da guarda destacados para Porto Branco. Pelo menos não no interior das fábricas.

– Que tipo de coisa?

O operário e o atendente se entreolharam.

– Você é novo por aqui mesmo – disse o atendente, sorrindo.

– Vez ou outra o acordo com os demônios do lado de lá dá errado. Brecha de contrato ou coisa do tipo. E vez ou outra é só alguma criatura que resolve se rebelar. Onde você está trabalhando?

– Na usina de tratamento de água.

O operário fez uma expressão de quem entende. Ergueu novamente o copo em cumprimento. A usina ficava na ponta mais distante do complexo e empregava poucos operários. Pelo que diziam seus contatos, a maioria dos que trabalhavam lá acabavam mortos por animais sugados pelas bombas de água ou afogados nos tanques de filtragem.

– Já encontrou algum peixe?

– Você quer dizer os nommos?

– E o que mais? Vez ou outra eles aparecem por lá reclamando de alguma coisa.

Era de se imaginar. A baía já era o lar da Corte de Mãe Hidra por milênios antes da chegada dos refugiados. O crescimento de Último Refúgio apenas servia para tornar a vida de quem morava abaixo da superfície da água mais complicada.

– Só de relance. Pareceu ser algum tipo de discussão.

O operário enfiou mais pão na boca e bebeu o que restava no seu copo para fazê-lo descer.

– Ouvi dizer que estão preparando uma surpresa para eles.

– É mesmo? Que tipo de surpresa?

O sujeito sorriu largamente e deu de ombros.

– Só ouvi isso.

Kasim pediu enrolados de legumes. E os comeu lentamente. Assim que o operário ao seu lado se levantou para sair, Kasim puxou o pote de molho para ele. Enfiava o rolinho no pote e o comia assim. Era apimentado, mas ao menos não era tão seco quanto a receita original.

Osaze apareceu ao seu lado, tomando o lugar do sujeito que havia partido.

– Você é bastante corajoso por comer essa coisa.

Kasim enfiou o último pedaço do enrolado na boca como se para desafiar Osaze.

– Vamos, volte para a mesa. Ele prometeu que vai ficar quieto.

Kasim olhou por sobre o ombro na direção da mesa. Mwano estava voltando para lá, uma mão no ombro de Makalo. Os dois conversavam como se discutindo em voz baixa.

– Acho difícil acreditar nisso.

– Se ele continuar com aquela palhaçada eu o ajudo a jogá-lo no Quebracasco.

Os dois olharam para o atendente do bar que os observava de perto, um sorriso no rosto. Ele pegou os pratos e copos vazios sobre o bar, mas nada disse. O diálogo era para ele, para dar veracidade à cena.

Kasim suspirou pesadamente, então se levantou. Deu de ombros para o atendente, que apenas alargou o sorriso.

De volta à mesa Kasim encarou Makalo sem falar nada. Makalo pareceu fazer esforço para não rir.

– O que descobriram?

Mwano inclinou-se para frente, cobrindo o rosto como se cansado.

– Ouvi três sujeitos falando sobre um golpe nos peixes.

– Nommos?

Ele deu de ombros.

– Só pode ser. Não ouvi muito, mas me pareceu que era algo que ia acontecer em breve.

Osaze concordou com a cabeça. Estava bebericando alguma coisa.

– Ouvi algo sobre isso, também, mas era um sujeito questionando a razão de se meter com eles.

– Makalo?

– Nada de mais.

– Eu posso encenar esfregar sua cara no chão. Acho que ninguém vai se importar com isso e vai dar mais veracidade ao meu personagem.

– Calma, Ra... Kasim. Só estou brincando! Ouvi um nome: Chidi.

Osaze e Kasim se entreolharam.

– Isso é Melkat.

Makalo concordou com a cabeça.

– Parece ser alguém admirado por aqui. "Chidi vai dar um jeito nisso" e "Chidi tem um plano."

– Ouvi algo a respeito também – disse Mwano.

Subitamente boa parte dos presentes começou a gritar e festejar, atraindo a atenção dos quatro guardas em direção à porta. Os operários levantaram seus copos, cumprimentando a pessoa que entrava no Irradiado. Não foi difícil ouvir o nome Chidi sendo repetido inúmeras vezes.

Na porta estava um homem baixo de braços fortes. Era um trabalhador, com certeza. Pele morena, nariz fino, olhos amendoados. O cabelo era quase raspado. Usava uma túnica velha e desbotada e um sarongue que outrora fora extravagante. Parecia ter cinquenta anos, talvez mais, o cabelo já mostrando sinais de cinza. Mas o que atraiu a atenção de Chidi foi o sorriso no rosto do sujeito. Ou melhor, o sorriso no lado esquerdo do rosto. O outro lado parecia paralisado por algum tipo de doença.

Kasim sorriu e levantou seu próprio copo para brindar a chegada do sujeito.

– Acho que encontramos o nosso homem.

Capítulo 15

O vento cortou a trilha, movendo as folhas como um ser invisível correndo pela mata. Ao fim da trilha a mata fechada se abria para um lago natural, onde um riacho de águas cristalinas descia em largos degraus, cada um uma piscina. O som do vento e das cachoeiras só não era mais alto do que o som dos insetos e dos pássaros.

Insetos e pássaros? Estava certo isso? Era esse o canto de um pássaro de verdade?

Vema abriu os olhos e olhou a sua volta. Encontrou o andorinhão pousado em um galho alguns metros acima de onde estava sentada descalça, pernas cruzadas. O pássaro olhou para ela, calando-se. Ela nem tinha certeza se era assim que ele deveria ser.

Ela moveu a mão direita como um pincel e o pássaro desapareceu.

E quanto aos insetos? Vema não criara insetos, apenas o seu som. Era o que ouvira durante a noite em Descanso do Colosso. Era realista? Qualquer coisa que ela criasse seria pura suposição. A não ser que experimentasse tudo por conta própria. E, se não fosse autêntico, não seria crível.

O som dos insetos falhou por um instante, tornando-se muito mais grave. Vema fechou os olhos e balançou a cabeça. Precisava se concentrar ou estragaria a obra.

– Tudo bem?

Sahir estava de pé ao seu lado, olhando à sua volta. Mais tranquilo e relaxado, estava usando apenas o sarongue branco e as sandálias. Tinha à cintura um facão de mato totalmente desnecessário. Era provavelmente como ele imaginava seu equipamento neste sonho em particular.

– Só me desliguei um pouco.

– Então não se desligue. Já estamos atrasados na entrega e eu realmente preciso dos *bhas*.

– O que você andou fazendo com a sua parte?

– Pagando contas, comendo.

– E bebendo, aposto.

– Eu tinha dívidas a pagar.

Vema não disse nada. Não conseguia deixar de pensar na própria família. Como será que sobreviviam agora que seu pai se fora? Será que sua mãe voltara a falar com a avó? Sua mãe estava certa sobre uma coisa: os panjek jamais aceitariam uma família tradicional Melkat.

– Vema.

O rio de águas límpidas havia se tornado um rio de besouros.

– Desculpa.

Os besouros se desfizeram em água e tudo voltou ao normal.

– Vou dar uma olhada em volta, para ter certeza de que ninguém está rondando por aí.

– Acha que atraímos a atenção de alguém?

– Alguém ou alguma coisa. Esse tipo de obra sempre atrai os curiosos.

Sahir sacou o facão e embrenhou-se na mata, cortando galhos e arbustos no caminho.

Com um suspiro, Vema pintou o caminho por onde ele tinha ido, desfazendo o estrago. Ele arranjaria um jeito de encontrar o caminho de volta. Era essa sua especialidade.

Vema passou toda uma tarde conversando com um velho artesão que trabalhava perto do porto, um ex-caçador de um povo nômade de Myambe que viera à Último Refúgio no mesmo navio que Kasim. As cicatrizes em seu rosto eram parte de sua cultura, mas aquelas em seu corpo eram resultado de seu trabalho. Dizia ter enfrentado leões e babuínos, animais que Vema conhecia apenas pelas palavras e sonhos dos outros. Ele contou das savanas ao norte do vale, onde seu povo viveu por séculos antes de ser expulso pelo Imperador de Diamante. Lá viviam tanto do gado, que era para eles como animais de estimação, quanto da caça de animais selvagens. Contou de uma viagem à selva distante a oeste de seu lar em busca de ajuda com os curandeiros de Sokos e de mosquitos ainda mais perigosos e letais do que o mais feroz dos leões. Sua descrição de Myambe era tão variada e tão vívida que por um tempo Vema achou que fosse tudo mentira.

Ashan Lakshmara contava de uma época antes da queda do Grande Reino, quando este dominava toda Panjekanaverat. O *ashan* foi a próxima pessoa com quem ela conversou.

Lakshmara contava que era jovem quando Naripuri foi destruída pelo portal e podia dizer pouco sobre o que realmente aconteceu. Nunca estivera na capital nem jamais vira o *mahasavanshy*, o senhor de todo o Grande Reino. Mas tinha estado nas Florestas de Marfim, onde as árvores eram tão brancas e estreitas como as presas de um makara gaja, em seu caminho até os templos na Espinha Dorsal do Mundo. No topo das montanhas mais altas de todo o continente conheceu não só desfiladeiros gelados, mas também um vale secreto repleto de verde. Segundo a lenda, contou o *ashan*, aquele vale era a única região em toda Panjekanaverat que escapara da fome de Iraivana antes de este ser domesticado. Foi neste vale que os primeiros panjek aprenderam sobre a vida natural sem a interferência de quirurgiões e de lá extraíram o conhecimento para projetar makaras e outras criaturas.

Vema desenhava enquanto ouvia o relato daqueles que tinham interesse em contar suas experiências. Na maioria das vezes faziam isso com gosto, relembrando um passado que não existia mais e que, muito provavelmente, jamais voltariam a ver. Vema pintava com aquarela sobre os traços de carvão e mostrava o trabalho tosco e apressado aos seus entrevistados. A reação nos olhos daqueles velhos sobreviventes já era recompensa o suficiente para aquele trabalho. *Ashan* Lakshmara chorou.

Dos desenhos, restaram as memórias. Vema deu todos eles de presente aos seus entrevistados. Todos menos um artesão Melkat, imigrante dos tempos de sua avó. O senhor que contara sobre a terra natal da família Thevar mandou que Vema destruísse os desenhos. Já havia sofrido demais em seus sonhos.

Vema se levantou e caminhou pela trilha. Passou as mãos em um ramo de folhas, examinando cada uma delas. Onde estavam perfeitas demais, adicionou manchas e falhas. A perfeição não era crível.

Talvez um dia voltasse a visitar aquele senhor. Talvez pudesse ajudá-lo em sonhos, reforçando suas boas memórias de Melkat, reduzindo a força do sofrimento. Mas Vema duvidava de que ele fosse deixar. Nenhum dos verdadeiros filhos da Dinastia de Melkat aceitava a cultura panjek. Para eles tudo eram espíritos da natureza brincando com sua mente e corpo.

Um grupo de carpas havia tomado residência em um das piscinas em degraus. As escamas reluziam como bronze na luz do sol que penetrava a cobertura de árvores. Vema não se lembrava de quem lhe havia falado sobre esses peixes e se eles existiam neste tipo de ambiente. Pareciam grandes demais para um lugar daqueles. Reservaria a cena para outra obra posterior. Talvez algum aristocrata pagasse por esse tipo de passeio no bosque.

Deslizou a mão pelas águas. Achando que era comida, eles se aproximavam. Deixavam de existir, um atrás do outro. Todos menos um.

Vema observou o último peixe nadar para o outro extremo da piscina, como se sabendo o que aconteceria se a onironauta o tocasse. Vema não precisava de Sahir para saber que aquele não era apenas um fragmento de sua imaginação. Era um oneiroi.

Sahir não estava em parte alguma. Provavelmente saíra para procurar por bisbilhoteiros na orla do sonho. Vema tinha moldado esse pedaço do Mundo dos Sonhos como seu ateliê particular e o protegera bem da maioria dos curiosos. Mas era impossível não atrair atenção quando se modificava tanto a essência que formava aquele plano.

A onironauta se levantou, ergueu a barra do sari e deu um passo na direção do lago. Seus pés descalços tocaram a superfície da água sem afundar. Percebendo o que ela ia fazer, o peixe onírico nadou na outra direção.

Com um suspiro, Vema ergueu a mão esquerda. Todo o lago atrás dela congelou, formando uma barreira diante do peixe. Ele desviou agilmente, a cauda batendo no gelo, mas não se deteve. Com a mão, Vema foi congelando o resto do lago, lentamente reduzindo o espaço que o peixe onírico tinha para escapar.

– Peixes não sonham – dissera *ashan* Lakshmara uma vez. Ele se referia não só aos peixes de verdade, mas também aos nommos e d'leth. Era o que isolava Panjekanaverat do resto do mundo. Era por isso que os panjek não sabiam da existência do mundo além de seu Grande Reino Infindável. Não sabiam até a chegada dos refugiados myambeses, como sua avó e seus pais.

Na mesma manhã em que viu Kasim pela última vez, Vema foi até o velho palácio da família. Havia uma agitação incomum por lá, como se fosse dia de festa. Ouviu a mãe dizer algo sobre um visitante importante. Que tipo de visitante e por quê?

As primas mais velhas estavam limpando a casa enquanto a mãe cozinhava com as irmãs. As crianças brincavam no pátio onde Vema passara sua infância, brincando com bonecos de barro e madeira. Ela reconheceu a carroça puxada por bois feita pelo pai tantos anos atrás. Os dois primos mais velhos provavelmente estavam na rua, esperava ela que trabalhando no mercado. O tio estava fora, trabalhando em um escritório da Companhia Mercantil, recebendo o grande fluxo de navios que vinha ao porto nessa época do ano, tão próximo ao Festival da Cidadela Ambulante.

Tão próximo do prazo para a entrega dos sonhos a Nyx.

Algo se moveu na mata atrás de Vema. Ela se virou, mas não viu coisa alguma. As folhas balançavam no vento fresco que descia o caminho.

Quando voltou a olhar para o lago o peixe havia desaparecido também. A água estava agitada, como se alguma coisa tivesse passado por ela. Aquilo era sangue dissolvido na água?

Vema sentiu os pés molhados e, antes que pudesse reagir, mergulhou na água como se o chão tivesse desaparecido debaixo dela. A água se tornou escura, lodosa. Esticou os pés, mas não alcançava o fundo. Era impossível! Ela não tinha feito aquela piscina mais funda do que a altura da sua cintura!

Tentou nadar e percebeu que não sabia como. Nunca o tinha feito, então nem tinha ideia de como conseguir.

Estava tão nervosa que de início não lhe ocorreu que simplesmente precisava se imaginar capaz de respirar debaixo d'água.

Respirou fundo, mas a água não entrou nos pulmões ou na boca.

A correnteza a levou para as pedras, que ela usou como apoio para sair da piscina. Do lado de fora era noite. Percebeu incomodada que, além do sol, o som dos insetos havia desaparecido.

– Você precisa se concentrar – ela disse para si mesma.

Saiu da água para o solo úmido na floresta. Passou as mãos no sari, secando-o. Enrolou e espremeu o cabelo. Percebeu, então, que o lenço tinha desaparecido.

Olhou na direção do rio a tempo de ver aquela monstruosidade amarela descendo a cascata.

Vema correu paralela ao fluxo do rio e abaixou-se. Esticou a mão no caminho que o lenço faria.

Uma sombra passou sobre ela. Quando se virou, nada.

Pegou o lenço e se levantou. Secou-o enquanto mantinha os olhos na floresta. Inconscientemente começou a murmurar o mantra da tranquilidade. Voltou a prender o cabelo com o lenço.

– Sahir?

Alguma coisa se moveu na mata. Era grande demais para ser o amigo.

A mata se abriu para um espectro. Era um homem, mas não era. O corpo era uma massa cinzenta difusa. Não tinha forma definida. Era um oneiroi, mas sem a forma que se esperaria de um.

Ele caiu de joelhos diante de Vema. Seu rosto, que nada mais era do que uma esfera cinza, se ergueu para ela. Por um momento ele se tornou a cabeça de um peixe, uma carpa cor de bronze.

– Fuja – ele disse logo antes de se dissolver em uma fumaça multicolorida.

Vema começou a correr assim que ouviu o som de alguma coisa enorme vindo em sua direção. Não olhou para trás, mas sabia que o pesadelo a estava perseguindo.

Com um gesto da mão, a onironauta abriu uma trilha diante dela. Era estreita, as árvores lançando galhos pelo caminho, obrigando-a a se abaixar e esquivar. O sari e o lenço se agarravam no mato, mais de uma vez fazendo-a achar que a criatura a havia alcançado.

Tentou fazer algo a respeito. Um abismo atrás dela, um guerreiro para protegê-la. Tentou despertar. Nada funcionava. Estava nervosa demais para isso.

Voltou a murmurar o mantra da tranquilidade, mas sem parar de correr. Fechou os olhos, desejando que o coração se acalmasse. Tropeçou e caiu de joelhos no chão. Sentiu galhos e pedras rasgarem seu sari e ralarem os joelhos.

Isso não deveria ser possível. Não em um sonho, especialmente um controlado por ela.

Sentiu uma presença à sua frente. Ergueu os olhos, esperando enfrentar seu pesadelo.

Uma figura muito alta e muito magra estava de pé na trilha. Usava um manto amarelo desbotado e rasgado. O rosto estava oculto sob um capuz largo demais. Ele ergueu um braço extremamente fino, enfaixado em gases manchadas de sangue e pus, e apontou com um dedo esquelético para a esquerda. A mata naquela direção se abriu.

Vema não pensou duas vezes e obedeceu. Atrás dela ouviu um rugido, como o de um animal ferido, e o som de algo tombando. Fosse o que fosse que o ser encapuzado fez, não foi permanente. Logo o pesadelo estava novamente atrás dela.

– Sahir! – ela gritou novamente. Era mais raiva do que medo. Para onde ele tinha ido?

A trilha terminou em um paredão de pedra.

Vema tocou a pedra, buscando uma forma de escalar. Olhou para os lados, para a mata fechada. Esse era o problema com pesadelos. À medida em que se instalavam, tornavam-se cada vez piores. Não havia como trabalhar com eles se o nervosismo e a preocupação só aumentavam.

A criatura caminhou em sua direção, patas poderosas pisando o chão, as garras rasgando raízes e pedras. A respiração pesada com cheiro de carne podre a seguia.

Vema se voltou para o pesadelo, de certa forma curiosa para saber que forma ele tinha tomado.

Era enorme, maior do que um makara gaja. A pelagem era negra, mas a ela se sobrepunham escamas negras e verdes de uma forma impossível no mundo real. Seis pares de patas rasgavam a trilha, que era pequena demais para acomodar a criatura. As árvores não tinham se partido, mas se distorcido em torno da fera, como se temerosas de tocá-la. Instintivamente sabiam que o parasita podia corrompê-las.

Vema não conseguia distinguir a cabeça. Ela se movia rápido demais, mudava rápido demais. Num momento era um tubarão, em outro um crocodilo, depois um panjek e até mesmo uma versão bestial de Kasim. Fosse qual fosse a forma que tomava, era clara sua intenção.

Ele se aproximou até que seu focinho estivesse a um metro do rosto de Vema. Parecia ter optado pela forma de um leão, o mesmo que Vema pintara para o velho caçador. O sorriso cruel não parecia nada natural.

Vema suspirou. Odiava morrer em sonhos.

Vema acordou com a cabeça latejando e o coração batendo como um tambor. Rolou na cama arrancando a touca e jogando-a longe.

Sentado de pernas cruzadas no chão estava Sahir. Ele abriu os olhos de súbito, a atenção indo para o captador.

– Onde você estava? – perguntou Vema.

– Tentando voltar. Você tem ideia do trabalho que é andar em uma floresta sob o efeito de um pesadelo?

Vema suspirou, sem querer responder. Observou o captador de sonhos.

Fumaça negra escoava do tubo para dentro de um bulbo de vidro. Quando tocou a superfície curva do vidro, tornou-se um felino de seis patas. Arranhou o vidro, sem sucesso.

Sahir desligou o captador e fechou o tubo conector, selando o bulbo com cera quente. O pesadelo tentou escapar, lançando tentáculos de fumaça escura na direção do buraco. Ao ser tocado com a cera quente, retraiu-se para o fundo do bulbo.

– Não acho que esteja pronto – disse Vema, os olhos no outro bulbo, onde a fumaça multicolorida da floresta repousava finalmente livre do parasita.

– É mais do que o suficiente para a primeira entrega. Especialmente porque estamos atrasados.

Sahir examinou o bulbo contra a luz esverdeada do fogo fátuo. A criatura transplanar parecia tão cansada como Vema, pequena e meio apagada após alimentar o captador por tantas horas seguidas.

Vema desligou o aparelho com um tapa, permitindo ao fogo fátuo descansar. Ele desapareceu, tornando-se quase invisível no interior do vidro.

O escuro súbito atraiu a atenção de Sahir. Ele colocou o bulbo de vidro junto aos outros dois, seguramente protegidos dentro de sua bolsa, enrolados em seda, mas não tirou os olhos de Vema.

– Você parece terrível.

– Você deve ser muito bem-sucedido com as mulheres.

Ele estalou a língua, então se pôs a desmontar o captador, soltando os cabos ligados à bateria e os tubos de borracha. Não disse nada sobre o que acontecera, mesmo que logicamente tivesse sentido também.

– Por que você não dorme um pouco?

Vema torceu a boca e inclinou a cabeça. Sahir entendeu o recado. Rolou os olhos.

– Eu digo dormir de verdade, sem esforço. Olha.

Ele buscou algo em sua bolsa e tirou um frasco com um líquido avermelhado, que chacoalhou para misturar o pó acumulado no fundo.

– Isso aqui corta sua conexão com o Mundo dos Sonhos. Você dorme com um bebê.

Vema pegou o frasco e o examinou longamente. Parecia água suja de ferrugem. Lembrou-se do pesadelo de duas noites antes, quando Kasim se afogava, arrastado para o fundo do mar por d'leths. Um calafrio estremeceu seu corpo.

– Até bebês sonham. – Ela devolveu o frasco.– Não acho nada natural dormir sem sonhar. Seria como estar morta.

– Fique com ele – disse Sahir, colocando o frasco sobre a mesinha de cabeceira. – De repente uma gota já deve ajudá-la a dormir mais tranquilo.

Sahir colocou o captador de sonhos na bolsa, cada peça devidamente separada num compartimento específico. Era o único momento em que Sahir era organizado. Aquele era o seu ganha-pão.

Ele se levantou, a bolsa com a máquina e os sonhos sobre o ombro.

Sahir deu tapinhas na bolsa. Os bulbos de vidro tilintaram no interior.

Vema lançou um olhar de repreensão, mas Sahir já estava saindo, cantarolando uma música cuja letra ele obviamente não sabia. Soava como algo estrangeiro que ela já havia ouvido em uma das noites no Sonhos Etílicos.

Após ouvir o som da porta se fechando, Vema se levantou. O frasco com o narcótico a olhava da mesinha. Ela não seria a primeira oníronauta a usar tal tipo de droga. Em tempos de Kulshram, que agora já pareciam tão distantes, tinha ouvido do próprio *ashan* Lakshmara que a droga tinha, sim, seus benefícios, mas que jamais se deveria abusar, sob o risco de cortar permanentemente seu vínculo com o Mundo dos Sonhos.

Não sonhar significaria garantia de um sono tranquilo. Mesmo com todo o seu treinamento, ela não tinha controle absoluto de seus sonhos todo o tempo. Se tivesse, jamais conseguiria descansar de verdade. Era apenas através de medicação, mantras e treinamento que ela conseguia iniciar um sonho lúcido onde podia construir suas obras. Já quando dormia para descansar...

Vema suspirou. A dor de cabeça era lancinante.

Pegou o frasco e bebeu um gole. Era a coisa mais nojenta que já bebera desde que Sahir a convenceu a misturar extrato de maracujá, sementes de cominho e noz moscada.

Nunca na vida dormiu tão bem.

Capítulo 16

Segundo a crença na Estrela da Manhã, havia dois tipos de homens santos: os dabir e os marid. Ambos tinham o papel de ensinar a fé, preservar o conhecimento do povo do Vale e proteger a Terra Prometida. A principal diferença era que os dabir usavam as palavras enquanto os marid usavam as armas.

Kasim crescera habituado a ouvir um dabir falar pela manhã e pela noite e um marid falar durante o meio-dia. Subiam em palanques desenhados com esse propósito no centro das praças onde uma coluna representava a Estrela da Manhã. Seus discursos iam do mundano ao extraordinário, sempre tocando no mito do exílio do povo e a descoberta do Vale, nos ensinamentos do seus ancestrais e nos deveres do seu povo.

A partir de um certo ponto, Kasim aprendera a diferenciar o estilo de cada um deles. Havia um dabir de longa barba grisalha decorada com tranças que sempre falava do sofrimento do povo exilado antes da descoberta do Vale. Havia outro, mais jovem, que estava sempre agitando os braços, como se tentando voar. Esse era exaltado, aproveitando sempre para culpar o Imperador por tudo. E havia um terceiro, alto e forte, voz grossa que de alguma forma o vento parecia carregar para todos os lados. Ele não se exaltava, praticamente não se mexia. Subia ao palanque, os braços abaixados, colado ao corpo, e começava a falar. O povo parecia hipnotizado pela sua voz. Então ele terminava com um agradecimento à Estrela da Manhã, descia do palco e desaparecia na multidão. Ninguém fazia menção de partir por vários minutos. Era como se estivessem todos anestesiados. Então alguém dava o primeiro passo, e a multidão se dispersava em silêncio.

Kasim sempre achou impressionante como aquele dabir conseguia passar uma sensação de calma, força e segurança com suas palavras, mais do que os demais. Havia inúmeros rumores sobre seu passado, que tinha sido um marid que fez voto de paz, que era um assassino arrependido. Kasim nunca soube a verdade.

Ouvira dizer que ele morreu durante o ataque à capital do Vale durante a invasão, abatido por um Primogênito. Sua morte disparou uma reação em cadeia que inflamou a população. Diziam que o corpo do Primogênito foi esquartejado e espalhado pelos quatro cantos da cidade, como se não fosse ele um dos mais poderosos seres de Myambe.

Kasim tinha medo de que o homem de pé no palanque nos fundos do Irradiado tivesse esse mesmo poder com a população operária de Último Refúgio. Via nos olhos das duas ou três centenas de homens e mulheres amontoados no grande salão da taverna, na forma com que concordavam, como que eram levados pelas palavras de Chidi, que talvez a Companhia tivesse muito mais problemas do que um invasor estrangeiro.

Pouco após sua chegada, Chidi e alguns companheiros atravessaram uma porta ao lado do bar. Quase todos os clientes se ergueram e os seguiram para os fundos, levando com eles suas bebidas e comida. Mais gente entrava no estabelecimento. Era como se todos soubessem daquele evento previamente agendado.

Kasim se levantou, fazendo sinal para que o seguissem. Misturou-se à turba, deixando-se levar pelo fluxo. No salão nos fundos da taverna, um lugar que parecia ter sido um depósito de algum tipo, agora praticamente vazio a não ser por alguns tonéis e caixas transformados em cadeiras e mesas, havia sido armado um palanque para um orador. Era claro que aquela não era a primeira vez. Era algo que vinha crescendo com o tempo, atraindo cada vez mais gente.

Era impossível não estar apreensivo. Era impossível não prestar atenção ao discurso inflamado.

– Quem por conta própria é responsável pela decadência desta cidade? – perguntou Chidi, uma mão golpeando o ar, como se para reforçar seu ponto de vista. – Quem são aqueles que por conta própria destruíram a si mesmos, levando com eles nossa única oportunidade de uma vida nova?

– Os panjek! – gritou um senhor de aparência cansada, mas raivosa.

– Os panjek! – confirmou Chidi antes de continuar. – Esta terra uma vez foi deles. E o que eles fizeram com ela? Eles a arrasaram, a corromperam com sua insanidade sem limite. Dia a dia eles nos exploram, nos colocam correntes. Arrancam a comida de nossas bocas, a roupa de nossos corpos. Enquantos nós vivemos amontoados nas ruínas, nos alimentamos de migalhas, eles vivem na opulência decadente de suas torres, de seus palácios, gastando fortunas, tomando decisões que podem nos levar, a nós, a verdadeira força motriz de Último Refúgio, à morte por fome e sede.

A multidão concordou, batendo com os pés no chão e os copos nas caixas e barris de madeira. Alguém gritou o que achava justo fazer com os panjek. Em outras condições talvez Kasim tivesse de prendê-lo por ameaça à vida de um aristocrata.

Chidi observou em silêncio, um pequeno sorriso no lado saudável do seu rosto. Parecia se alimentar da reação dos seus ouvintes. Bateu com um punho no barril de madeira ao seu lado.

– Eles não ligam para nós. Eles mal percebem que existimos! Somos como makaras forjados para trabalhar e nada mais. Ah, mas não, não é isso que somos! O que somos?

– Melkat!

– Vale!

– Surna!

Chidi ergueu uma mão aberta. Todos se calaram.

– Somos muito mais do que isso! Somos humanos! E somos capazes de fazer a diferença.

Gritos de concordância ecoaram pelo salão. Os pés e as canecas voltaram a bater na madeira. Chidi deixou-os demonstrar sua vontade, então continuou.

– Do outro lado do Oceano dos Mil Deuses, outros como nós, filhos de refugiados da guerra do Imperador de Diamante, ergueram reinos, construíram cidades, tornaram-se líderes independentes. Expulsaram aqueles que se puseram em seu caminho através da união. A união como seres humanos!

– Por que eu tenho a estranha impressão de que Varna está envolvido nesse movimento?

Kasim desviou o olhar por um instante, mais para que Osaze visse que ele o tinha ouvido. O pensamento passou pela sua cabeça. A sugestão de que existia uma "raça humana" era um pensamento típico de Valmedor. Alguém andara lendo panfletos trazidos pela Companhia.

– Não – finalmente respondeu. – Vana não iria querer perder o controle da cidade. Pode ser outra pessoa.

– Outro homem influente de Valmedor? Aqui em Último Refúgio?

– Seja quem for, isso pode realmente causar problemas.

– Duvido. São apenas sonhos.

O comentário fez brotar um sorriso sem humor no rosto de Kasim.

– Você já deveria ter aprendido que nesta terra sonhos são poderosos.

Chidi continuou a falar por mais algum tempo, insistindo na união de todos contra os panjek, no direito quase divino de decidirem seus destinos, de governarem a cidade. Não chegou a dizer explicitamente o que deveria ser feito com os panjek, apenas que eles tinham demonstrado não ser dignos da posição privilegiada. Se falasse qualquer coisa sobre golpe, Kasim seria obrigado a alertar o Nar-rais, o que certamente levaria a um ataque a esse lugar e à prisão de Chidi por traição. Não que Kasim não tivesse o suficiente como estava. A verdade era que não podia deixar de se lembrar da história sobre como o povo de Khalidah reagira à morte do dabir. A última coisa de que precisava agora era dar razão para os operários se rebelarem contra a Companhia. De qualquer forma, não era como se os panjek tivessem qualquer poder. Varna era o líder de fato de tudo o que restava do Grande Reino. Apenas os cegos e os idiotas não viam a verdade.

O discurso terminou com aplausos e gritos. Chidi desceu do palanque e mergulhou na multidão como um rei adorado pelos seus súditos. Pessoas riam, apertavam sua mão, davam tapas amigáveis em seus ombros. Então ele se sentou em um barril e começou a conversar com os homens com quem tinha entrado. A multidão pareceu entender o recado e se dispersou. Alguns voltaram ao salão menor, uns poucos partiram com sorrisos nos rostos. Era como se ouvir Chidi tivesse feito todas as suas preocupações, seu cansaço, desaparecerem.

Algo chamou a atenção de Kasim para outro lado do salão. Um grupo de pessoas atravessava outra porta mais para os fundos do edifício. Eram em grande parte homens e mulheres mais velhos, muitos deles magros e sujos. Eram moradores de rua, aqueles que não conseguiam emprego ou haviam desistido de tentar. Último Refúgio tinha uma grande quantidade deles.

Mas o que atraíra os olhos do guarda não tinham sido os mendigos, e sim os trajes do homem que os recebia à porta. Tinha a pele escura de um homem do Vale, uma espessa barba encaracolada cobrindo boa parte do rosto. A cabeça era coberta por um capuz vermelho que se unia ao manto largo demais. Um medalhão pesado feito de ferro pendia em seu peito.

Kasim levou a mão para seu próprio peito, onde uma medalha semelhante, mas muito menor, estava oculta sob a túnica.

Sem dizer palavra alguma, separou-se dos demais e seguiu na direção do homem. Makalo fez menção a chamá-lo, mas Osaze o silenciou. Tomou o comando, mandando Makalo e Mwano se espalharem e conseguirem mais pistas.

Kasim aguardou no final da fila de moradores de rua, seguindo-os a alguns passos de distância. Quando chegou sua vez de entrar pela porta, os olhos fixos no homem com o medalhão, parou.

– Você não parece necessitado. Diria até que está mais forte do que qualquer um de nós aqui.

Kasim não retribuiu o sorriso.

– Não esperava ver um homem santo aqui.

O dabir concordou com a cabeça, como se em resposta a um elogio assumido.

– Fazemos o que podemos para ajudar irmãos necessitados. Precisamos estar todos fortes para a luta vindoura.

O dabir pôs uma mão no ombro de Kasim e entrou, guiando-o para acompanhá-lo.

O cômodo em anexo era menor que o anterior, mais ainda bastante grande. Parecia um segundo depósito anexo com mais saídas. Será que o Irradiado escondia uma rede de passagens que a guarda desconhecia?

Longas mesas haviam sido postas neste depósito. Uns poucos homens e mulheres, em sua grande maioria gente do Vale, serviam pratos de comida para os necessitados. Em outro ponto, um pequeno grupo de quirurgiões humanos cuidava dos doentes e feridos.

– E quem paga por tudo isso?

– Chidi e seus companheiros.

Kasim fez um som com a boca, de quem não acredita na resposta.

– São todos operários. Mal têm *bhas* o suficiente para eles mesmos.

– Cá entre nós, acho que o prefeito nos ajuda, mas não tenho provas.

Kasim achava pouco provável, a não ser que Varna visse algum tipo de ganho por trás dessa ajuda. Podia não ser muito para alguém como ele, mas mesmo assim Varna não parecia do tipo altruísta. Se aquelas pessoas eram desempregadas e viviam nas ruas era porque não tinham serventia para Varna. Mas para quem tinham serventia?

– E é isso? Vocês os alimentam, cuidam de seus ferimentos?

– Físicos e emocionais – completou o dabir. Ele se aproximou de uma cortina e a puxou para o lado. Além daquela porta havia um outro cômodo bem menor, onde meia dúzia de pessoas estavam deitadas em almofadas puídas no chão sob os cuidados de onironautas. Kasim viu a expressão de medo, o sono agitado de um homem com cabelos revoltos e as cicatrizes de um guerreiro tornarem-se calmos quando uma fumaça negra foi extraída de seu sonho para um bulbo de vidro. O pesadelo se debateu em sua prisão. O guerreiro aposentado sorriu e começou a roncar profundamente.

Apesar de não entender bem como funcionava o processo, tinha ouvido o suficiente de Vema para saber que era longo e demorado, que extrair pesadelos era apenas um paliativo. Olhou os onironautas. Eram todos muitos jovens, todos humanos. Provavelmente não tinham terminado seus estudos na Kulshram e faziam aquilo para adquirir experiência. Sabe-se lá que transtornos poderiam causar em seus pacientes se fizessem algo de errado. Não que qualquer um deles ali parecesse totalmente são.

Kasim observou um onironauta retirar um bulbo cheio e colocá--lo em uma bolsa acolchoada. Havia mais de uma dúzia de pesadelos ali. Se eles se partissem não sobreviveria ninguém naquele lugar.

– Por quê? – finalmente perguntou Kasim.

O dabir sorriu novamente, como se achando a pergunta divertida.

– Olhe para eles. Veja o sorriso no rosto deles. Não é recompensa o suficiente?

– Não, não é. E não é o que eu esperaria de um dabir.

– O que você quer dizer, meu filho?

– Por que você deixou a Terra Prometida?

O sorriso se alargou. O dabir balançou a cabeça, meio incrédulo.

– Filho, o Imperador tomou a Terra Prometida.

– Eu sei. Eu estava lá.

– Então sabe que era meu dever como dabir acompanhar nosso povo para onde quer que a Estrela o levasse. E manter nossa fé e nossa história vivas.

– E de que forma isso aqui ajuda nessa missão?

O dabir deu tapinhas no ombro de Kasim.

– Temos um templo em Vila Velha. Não é grande, nem glorioso quanto os templos de Khalidah, mas temos um fragmento da estrela e seguidores fiéis que rezam todos os dias pela iluminação. Por que você não nos visita um dia desses? Poderemos conversar com mais calma.

– Se eu for você me contará o que realmente está acontecendo aqui?

O dabir voltou a balançar a cabeça. Fez o sinal da estrela e deu as costas para Kasim. Foi conversar com um grupo de mendigos sentados em um canto, comendo sopa e pão.

Kasim retornou ao bar com o que vira gravado em sua cabeça. Era como se aquilo ali fosse apenas um grupo de pobres coitados cuidando uns dos outros. "Se o governo não cuida de nós, nós mesmos faremos isso", eles pareciam dizer. Era só isso? Talvez seu pensamento inicial, de que havia uma crescente insurgência na cidade, fosse exagero. Talvez o invasor estrangeiro não fosse ligado a esse lugar por nada além de interesse em ver a cidade pegar fogo; afinal, tudo o que tinha era o rosto de Chidi e nada mais. Quem sabe aquele simplesmente era o rosto que o invasor tinha memorizado após assistir àquela manifestação dia após dia, como o próprio Kasim memorizara os rostos dos dabirs de seu tempo?

Um som estridente, como o grito incessante de um animal morrendo em agonia, cortou a noite, invadindo a taverna. Todos se silenciaram de imediato, bocas abertas, canecas e copos erguidos.

O grito não foi o único. Outros surgiam de pontos mais próximos, e outros, e outros. Era como se alguma coisa se aproximasse de Último Refúgio e, no caminho, despertasse a fúria de espíritos adormecidos.

Poucas vezes Kasim ouvira aquele barulho. Todas as vezes significava problemas.

Mesmo quando o som finalmente cessou, o que pareceu ter levado longos minutos, ninguém ousou dizer coisa alguma. Entreolharam-se como se incertos sobre como reagir. Do alto da mesa, foi Chidi quem quebrou o silêncio, um sorriso do lado funcional do seu rosto.

– Este, meus irmãos, este é o som da nossa liberdade.

Capítulo 17

Vema acordou em sua cama. Não sua cama atual, mas aquela em um pequeno quarto compartilhado com duas primas. Era um daqueles raros momentos em que a casa estava silenciosa, tarde da noite. Nem mesmo Kailasa e Ishini, as mais novas da família, estavam chorando.

A onironauta se levantou, caminhando descalça por entre as almofadas na direção da porta aberta. Fazia anos que não dormia ali, mas não precisava de ajuda para se movimentar por ela. Lembrava-se muito bem dos anos antes de se tornar discípula, quando acordava no meio da noite e descia as escadas até o jardim interno, onde acabava passando boa parte da noite deitada ao lado da fonte observando as estrelas. Em sonhos ela refizera esse mesmo caminho inúmeras vezes.

Parou. Abaixou-se ao lado de uma das primas e colocou a mão alguns centímetros acima do seu rosto. Uma névoa tênue emanou do seu rosto como se atraída pela mão da onironauta, então tomou forma flutuando diante da prima adormecida. Na imagem que se formava dentro da névoa sua prima Vinata dançava em um palácio diante do Incessante, que a observava com uma admiração nada característica a um panjek.

Vema recolheu a mão e a imagem se desfez. Estava sonhando. Mais do que isso, tinha sido atraída para a casa da família. Será que o narcótico não tivera efeito?

Lembrou-se da dor de cabeça e o cansaço. Eles não estavam mais lá, pelo menos não tão perceptíveis, mas certamente a estariam esperando quando despertasse.

Talvez fosse por isso que viera até a casa, para encontrar um pouco de paz no jardim interno, o corpo tocando o mármore antigo do chão onde não havia plantas.

Vema saiu do quarto através da cortina vermelha para a escuridão do corredor. Uma luz fraca penetrava furtiva por uma janela do lado oposto. Estava longe de ser o suficiente para iluminar o caminho até as escadas, mas Vema não achava que fosse necessário. Fez o caminho com uma mão na parede, os passos cautelosos, mas seguros de quem já passara por ali inúmeras vezes.

Uma voz atraiu sua atenção para outra porta. No escuro, através da cortina de seda antiga, não podia ver o que acontecia, mas não tinha dúvidas de quem dormia ali.

Mordeu o lábio inferior. Olhou para os lados, como se alguém pudesse vê-la. Odiava bisbilhotar os sonhos alheios sem permissão. Mas aquela era sua mãe.

Vema atravessou a cortina para um salão de festas impossivelmente grande. Colunas de marfim criadas por quirurgiões iam do chão de pedras preciosas até um domo de ouro e prata. Era uma festa, mas uma festa panjek.

Inúmeros panjek usando trajes decorados e portando tatuagens complexas em suas mãos e braços direitos estavam por toda a parte, conversando polidamente, expressando o mínimo de emoção possível. Aqui e ali estrangeiros tentavam seguir seus anfitriões, nem todos com tanto sucesso. Uma risada alta ecoou, obtendo olhares de reprovação de meia dúzia de panjek.

Um único rosto mantinha sua forma e foco. Ela parecia destacada na multidão, em cores, enquanto todo o resto era desbotado, quase preto e branco. A mulher que ainda criança deixara Sukutai às vésperas de um sítio que destruira a cidade, que chegou em Panjekanaverat como Salihah, mas preferiu se tornar Sarisa. Sarisa Thevar. Esse, sim, era um nome apropriado para um panjek.

Mas Sarisa não era um panjek e nunca seria. Seria sempre uma forasteira, uma imigrante que se achava no direito de exigir mais de um povo tão refugiado quanto o dela.

Sarisa estava falando com alguém. Era um homem de pele morena-escura e cabelos grisalhos. Tinha um bigode grosso e negro quase cobrindo uma boca triste. A postura era curvada, como a de um velho que passara a vida toda carregando o peso do mundo nas costas. Vema percebeu assombrada que era seu pai.

Não, não exatamente. Aquele era o pai aos olhos da mãe. Era um homem acabado, apático, sem capacidade ou desejo de dizer coisa alguma. Era um homem cansado de fazer muito mais do que qualquer um faria. Uma corrente presa ao pescoço do pai terminava enroscada no braço da mãe. Não era como se a mulher tivesse o marido sob controle. A pele sob a corrente estava marcada. Sangrava.

Akash Thevar havia se entregue ao trabalho. Dera à família um lugar para morar em troca da sua humanidade. Colocou a filha mais velha na Kulshram, abandonou-a ainda criança os cuidados de um estranho. Morreu do coração curvado sobre uma mesa em um escritório assinando contratos e aprovando trabalhos em nome de homens que nem sabiam que existia.

– Eles a fizeram renegá-los – disse a voz monótona atrás de Vema. Por algum motivo ela não se surpreendeu com a presença do *maharashan* Nyx.

– Ela foi cruel comigo, dizendo que a morte de meu pai foi minha culpa.

– De certa forma ela está certa.

Vema virou-se para Nyx. Por um instante se esqueceu de que aquele era o mestre de sua Arte. Desviou o olhar, encabulada, ao perceber que tinha fechado a mão para dar-lhe um soco.

Nyx ignorou a demonstração emotiva descabida. Estava de pé ao lado de Vema, as mãos seguras às costas, observando a festa onírica. Havia um sorriso discreto no canto da boca fina.

– Não se ofenda. Você precisa entender que o que eles fizeram foi pelo seu bem.

– Eles me abandonaram.

– Eles deram a você a oportunidade que jamais teria.

Vema voltou a encarar Nyx, buscando algo na expressão daquele rosto. Sabia que jamais encontraria. Era como se os panjek fossem incapazes de se expressar.

– Você não veio até aqui para reviver minhas memórias.

– Não, eu vim para falar com você sobre isso.

Ele ergueu uma mão. Três bulbos de vidro estavam entre seus dedos. Vema reconhecia muito bem os sonhos dentro deles.

– Não são perfeitos – ela disse.

– Não são perfeitos – ele repetiu, concordando ligeiramente com a cabeça. – E eu sei que você pode fazer muito melhor.

– É difícil criar algo que jamais vi ou experimentei.

– Há literalmente milhares de pessoas nesta cidade com o conhecimento esperando para serem visitadas em sonhos.

E a maioria delas não tinha interesse algum na Arte da Mente ou na cultura panjek. Vema podia facilmente invadir seus sonhos, mas odiava fazê-lo. Achava imoral.

– Às vezes precisamos fazer algo que não gostamos para atingir nossos objetivos.

Por um instante Vema não soube se o comentário era sobre ela. Nyx continuou antes que ela pudesse dizer qualquer coisa.

– Olhe para eles. Eles a estão observando, mas discretos. Têm medo de que alguém suspeite que são alguma coisa sua.

Vema viu os pais. Pareciam isolados naquela festa. Bebiam e comiam, conversavam baixo e lançavam olhares em sua direção. Era como se tivessem vergonha dela.

– Muito pelo contrário – respondeu Nyx, como se lesse sua mente. – Eles temem que a tratem diferente se souberem de quem você descende.

Nyx voltou a colocar as mãos atrás das costas e começou a caminhar pelo salão.

– Eu preciso de sonhos perfeitos impreterivelmente antes do Festival da Cidadela Ambulante. Faça o que for preciso, mas faça-os direito.

O *maharashan* desapareceu entre os convidados oníricos.

Vema deu as costas e atravessou a cortina.

Despertou em seu quarto no cortiço.

A dor de cabeça só havia aumentado.

Vema saiu de casa quando o céu começava a se tingir de vermelho. Acelerou o passo na saída do cortiço para não correr o risco de esbarrar com Sahir. Ele provavelmente estaria de mau humor, querendo acelerar a produção de sonhos.

Uma charrete a levou até o pé do morro de pedra. Dessa vez ela não olhou para os lados. Os olhares eram confusos, cautelosos. Só quando já chegava ao topo da escadaria de pedra lembrou-se do lenço amarelo na cabeça. Ela devia estar estranha aos olhos dos moradores de Bahari Lugdasa, uma Melkat usando um sari panjek e um lenço do Vale.

Emergiu das escadas em meio às casas de madeira e barro pintadas em rosa, azul-claro e verde.

Os tambores já estavam soando na praça de terra batida à beira do precipício. Um grupo de filhos de Melkat dançava e cantava em torno de uma fogueira. Vema não sabia identificar qual era aquela festa, mas supunha que fosse algo relativo à pesca. Havia algo forte entre os Melkat e as entidades do mar que fazia sua relação com os nommos da Corte de Mãe Hidra no mínimo curiosa.

Vema passou pelo grupo em direção ao seu objetivo no alto do

morro. Era uma casa simples e discreta, diferente da maioria das demais. Era construída de pedras empilhadas sem o uso de argamassa. Tinha apenas duas pequenas janelas que serviam para deixar circular o ar. No lugar de uma porta havia uma cortina de conchas pintadas. Vema lembrava o pai preocupado com a falta de segurança daquela casa, sentimento esse que agora, na sua falta, a filha espelhava. Discutir com a avó, no entanto, era gastar saliva.

– Entre, minha filha! Entre! Você nunca mais veio.

Vema sorriu. A avó nunca precisara que alguém se anunciasse. Ela sempre sabia quem estava chegando. Dizia ela que os espíritos vigiavam a porta.

Vema empurrou para o lado a cortina de conchas e entrou no casebre. O interior estava iluminado por velas distribuídas pelo chão e em móveis antigos, provavelmente dados de presente, retirados de alguma residência panjek abandonada.

O chão era de terra batida. Uma vez a avó expulsou dois pedreiros com o triplo do seu tamanho sob ameaça de sua bengala e dos Azanzi. Akash havia pago para colocarem um chão de granito na casa.

– Ando muito ocupada. Muitos trabalhos para um panjek importante.

– Passa todo o dia dormindo, então? – Ela bateu com uma mão no chão ao seu lado, indicando para Vema sentar-se. Era assim que ela gostava de viver sua vida.

– Não... não exatamente. E a senhora? Tudo bem por aqui?

Vema se sentou ao lado da avó e cruzou as pernas da forma que aprendera na Kulshram. Sua avó sorriu, balançando a cabeça.

– Vivendo nossa vidinha tranquila, né, minha filha? Chegou bem a tempo da oferenda a Yálokun.

Vema sorriu.

– Yálokun não veio no navio com a senhora, vó. São os nommos que pegam suas oferendas. Inclusive, provavelmente acham que vocês estão poluindo o reino deles com esses barquinhos e flores.

– Besteira! – disse a idosa com um jogar de mão. – São eles que o mantêm adormecido sob as ondas.

– E fora isso? Tem tudo o que precisa aqui?

– Tenho, sim, filha. Os pescadores cuidam do oráculo, né? – Ela deu aquela risada lenta e cadenciada que Vema lembrava da infância. Na boca não restava um só dente, mas ela se recusava a aceitar o

tratamento de um quirurgião. – E o que você mandou esta semana ajudou muito. Ajudaria mais se você viessa me ver pessoalmente.

Vema desviou o olhar para o chão, percebendo que estava desenhando aranhas na terra com a ponta do dedo. Olhou curiosa, tentando se lembrar de onde vira algo semelhante, então apagou o desenho. Suspirou fundo e abriu a boca para falar, mas a avó já sabia sua resposta.

– Está ocupada! Já sei. Você parece preocupada, filha.

Vema suspirou.

– Tenho um trabalho grande para fazer, mas não sei bem por onde começar.

– Que tipo de trabalho?

– Um sonho, para um panjek muito importante. Nyx, meu *maharashan*. Ele disse que a conheceu.

– Ah – foi a reação da avó. Ela buscou a bolsa de couro oculta em suas roupas. – Lembro dele. Os Azanzi não gostam dele.

– Ele disse.

A avó virou o conteúdo do saco em suas mãos. Eram pequenos pedaços de ossos com símbolos pintados. Vema não sabia o que queriam dizer nem como funcionavam, mas sabia que tudo o que acontecia em Melkat dependia do resultado daquele jogo e o que diziam os oráculos.

Vema não podia nem imaginar o que os panjek achavam daquela crendice.

As peças de ossos rolaram no chão. Só agora Vema percebeu que o cordão trançado da avó estava no chão de terra, formando um círculo perfeito. Ele já estava ali quando ela chegou?

A avó observou os ossos como se lendo o que diziam. Olhava para o lado, movia a cabeça. Era como se estivesse ouvindo alguém invisível cochichar em seu ouvido.

Pegou a bengala e se levantou.

– E o guerreiro? O homem do Vale?

Vema franziu a testa, olhando a avó seguir na direção do fogão de barro.

– Os espíritos te disseram isso?

– Seu lenço me contou. Reconheço esse tipo de arte medonha do alto de uma montanha!

A neta colocou a mão no lenço, mas não o tirou. Sorriu, sentindo-se boba.

– Seu nome é Kasim. Ele trabalha para Varna.

A maioria dos imigrantes tinha um pé atrás com Vayk Varna. Imigrantes que vinham de Myambe, é claro. Varna oferecia-lhes emprego, mas a um custo alto demais.

A avó retornou trazendo duas canecas de barro. Podia sentir o cheiro forte do café. Era incrível. De onde ela conseguia café? Devia custar uma fortuna aqui em Último Refúgio! Será que o oráculo de Melkat andava prestando serviços premonitórios a mercadores da Costa Livre de Myambe?

– Você o ama?

– Acho que sim.

Vema pegou uma das canecas, murmurando um agradecimento. Logo percebeu que o conteúdo da sua caneca não era o café, e sim um tipo de chá de aroma doce. O sorriso no rosto da avó dizia que ela sabia muito bem o que estava fazendo. Café não ajudaria em nada em fazê-la dormir.

– Você não veio até aqui para falar sobre ele.

Vema provou o chá. Sentiu o calor se espalhar, como se reavivando seu corpo cansado. Até a dor de cabeça parecia distante. Se soubesse que era daquilo que precisava, teria visitado a avó muito antes.

– Eu não sei bem o que fazer. Quanto ao meu trabalho, digo. Achei que, como todo mundo aqui sempre ouve seus conselhos, talvez você tivesse um para mim.

A avó tremeu. Vema demorou para perceber que ela estava rindo. Ela murmurou algo, então voltou a rir baixo. Era como se estivesse cochichando com os Azanzi sobre Vema. Que absurdo! Existissem ou não, aquilo era uma tremenda falta de respeito.

Ela bebeu mais um gole de café e colocou a caneca ao seu lado. Pegou as peças de ossos uma a uma, recolocando-as em sua bolsa.

– Filha, você é uma mulher inteligente. Chegou onde chegou por si só, não pelo nome que tem nem porque disseram que você é especial. Não sou eu, uma velha tola, que vou dizer-lhe o que fazer. Você sabe o que quer fazer. Só veio até mim esperando que eu a convencesse a fazê-lo. Queria alguém para culpar.

– Vó!

Ela ergueu uma mão para cessar a reclamação da neta.

– Você sabe que é verdade. Onde está seu soldado?

Vema suspirou lembrando-se da partida de Kasim após aquele lindo café da manhã.

– Ele disse que podia me ajudar, mas não agora.

– E você pode esperar?

Vema olhou a avó. A expressão no seu rosto parecia ser resposta o suficiente. A avó deu de ombros.

– Então vá. E, se ele reclamar, culpe a mim. Duvido que ele faça algo contra um oráculo de Melkat.

– Eu não apostaria meus *bhas*.

Ela deu aquela risada alta e lenta de novo.

– Os Azanzi me protegerão. Se não protegerem, o medo que ele tem de perdê-la me protegerá.

O que ela sabia sobre Kasim? O que aquelas pedras tinham dito a ela?

Vema sorriu sem graça e balançou a cabeça. Ela estava se deixando levar pela situação.

– Do que você tem medo, filha?

Vema não sabia responder. Fitou o fundo da caneca ainda pela metade, como se as ervas e folhas pudessem contar-lhe verdades.

– Tome, antes de ir embora.

O oráculo de Melkat jogou um pequeno saco de pano no colo da onironauta. Vema olhou para o objeto, surpresa. Bebericou o chá, então colocou a caneca no chão. Pegou o saco com a mão. Era pequeno e havia sido costurado de forma que fosse o que fosse que estava no interior não pudesse sair.

– É para me ajudar a dormir?

A avó soprou a fumaça do café, então o provou. Estalou os lábios.

– Não, para protegê-la.

– Me proteger de quê?

– Não sei. Só faço o que me mandam os espíritos.

Ela sorriu aquele sorriso banguela e enxotou Vema da casa.

– Vá! Tenho muito o que fazer, e você também.

Vema bebeu um longo gole do chá e se levantou, rindo do jeito característico da sua avó. Ela estava certa. Vema sabia exatamente o que fazer.

Só precisava convencer Sahir de que aquela era uma boa ideia. E que Kasim não o mataria por aquilo.

CAPÍTULO 18

Myambe é um continente grande. Bem maior que Panjekanaverat. Na verdade, era provável que todo o continente panjek coubesse dentro do Império de Diamante, e ainda sobraria espaço. O que o Grande Reino Infindável tinha de especial era que se estendia além deste mundo, onde os exércitos panjek mantinham povos vassalos trabalhando dia e noite para sustentá-los. Ou pelo menos era o que diziam os nativos. Pelo que Kasim sabia, o reino panjek não ia além das muralhas da cidade. Se fosse para se basear no que vez ou outra escapava para este mundo ou no que Kasim encontrou nas poucas vezes que foi enviado à Cerca Viva, não havia nada para se orgulhar do que restava do Grande Reino.

De certa forma Kasim compreendia o sentimento panjek, de perder tudo. Não foi isso que aconteceu com seu próprio povo?

Entre as histórias narradas pelos dabires estava talvez a mais importante de todas: a narrativa do Êxodo. Quase dois mil anos atrás os povos de Maghan atravessavam a savana de Myambe, exilados de seu lar ancestral pela seca. Por meses procuraram um novo lar, encontrando apenas fome, sede e vizinhos hostis. Então, durante uma noite particularmente quente, o céu se acendeu. Sadik Jalim, antes um mercador rico e influente, ouviu no vento a voz que dizia que a Estrela da Manhã os guiaria à Terra Prometida. Quando os primeiros raios de sol surgiram no horizonte, surgiu também uma estrela, a primeira delas, brilhante, vermelha como rubí. Sadik convenceu o povo de Maghan a seguir a Estrela da Manhã. Dias depois, eles encontraram a entrada de um vale de clima ameno, terreno fértil e repleto de animais dóceis facilmente domesticáveis. Mas do que tudo isso, aquele vale era protegido por praticamente todos os lados por montanhas traiçoeiras. Sadik deu aquele vale o nome de Cala Frayma, a Fortaleza da Esperança. Com o tempo o povo de Maghan se tornou o povo da Estrela e Cala Frayma se tornou simplesmente o Vale, como se não houvesse nenhum outro, pelo menos não um tão perfeito.

Então veio o Império de Diamante.

Quando Kasim deixou Myambe para trás, ele achava que tinha deixado muito mais do que sua terra natal. Pensou ter deixado sua história, seu passado e suas lutas. Era o momento de um novo começo. Um momento assustador, ele jamais confessaria, mas uma chance.

Sentado sobre o que restava de um muro de pedra que uma vez cercou um palácio panjek já havia muito transformado em mercado, Kasim questionava se o passado teimava em persegui-lo. Jamais imaginou que encontraria um dabir fora do Vale. Dabires e mahids eram a epítome da cultura do povo da Estrela, destinados a lutar até o último homem.

No entanto, lá estava um dabir sorridente como se não tivesse perdido a Terra Prometida dada pela Estrela da Manhã, cumprimentando um bando de covardes que fugiram com ele ao invés de lutar. Tinham transformado uma casa de tijolos crus em um templo rústico que não dava lugar a mais do que duas dúzias de pessoas. Durante boa parte do sermão, feito no interior, como se o dabir tivesse medo de ser ouvido, pessoas se amontoaram dentro e fora do templo, olhando pela janela. Fora uns poucos curiosos e um garoto que roubava o que podia dos desavisados, eram todos originários do Vale. Acima de suas cabeças havia uma estrela feita de ferro. Parecia tão bem feita que Kasim só podia supor que fora roubada de algum templo em Myambe antes da travessia. Era provavelmente feita de ferro estelar, caído do céu como mais uma bênção ao povo do Vale.

Assim que o grupo se dispersou, o dabir disse algo a um jovem que parecia ser seu assistente e iniciou seu caminho pela rua. Seguia justamente na direção de Kasim, por onde teria de passar em seu trajeto até o mercado, onde gastaria o dinheiro doado pelos fiéis em seu desjejum.

Kasim se levantou e começou a caminhar na mesma direção a passos mais lentos. Parou, fingindo interesse nas frutas murchas de um vendedor ambulante, leu um panfleto colado à parede, anunciando uma festa em um bordel local no dia antes da chegada de Iraivana. Deixou o dabir passar por ele. Então o seguiu bem de perto.

– Me diga, dabir, por que você fugiu de Myambe?

O homem se virou assustado, quase pulou. A expressão de susto durou um segundo, logo substituída por aquele rosto de calma forjada e sorriso bondoso.

– Não fugi, filho. Eu parti com muitos refugiados, de forma a guiá-los nessa nova jornada em busca de um novo lar.

Os dois continuaram a caminhar pela rua. Kasim nem sequer olhava para ele enquanto falava.

– O Vale é a Terra Prometida. Foi para lá que a Estrela da Manhã guiou nossos antepassados.

– Ah, sim, e um dia retornaremos, mais fortes e unidos! E, sim, expulsaremos o Imperador e sua corja.

Kasim riu sem humor.

– Sabe qual é o problema, dabir? Eu não acredito em você.

– Como assim, meu...

Kasim agarrou o dabir pela gola do manto e o arrastou à força para um beco. Ato contínuo, sacou a adaga oculta nas costas e a encostou no pescoço do homem santo. A mão que segurava o manto forçou o dabir contra a parede.

Osaze, que esperava dentro do beco, passou pelos dois. Parou de braços cruzados na entrada, que era estreita o suficiente para que, com o Surna no caminho, fosse difícil ver qualquer coisa lá dentro.

– Ou você começa a falar, ou eu começo a fatiar.

O susto durou mais tempo dessa vez. Mas, ao invés do sorriso bondoso, foi substituído por uma risada baixa, ainda meio trêmula. Kasim pressionou o antebraço contra o pescoço do dabir, fazendo-o engasgar.

– Por que você está rindo?

O dabir pôs as mãos no antebraço de Kasim, como se tentando convencê-lo a o soltar pelo simples toque.

– Você é um homem devoto. Jamais me machucaria.

– Deixei minha fé em Myambe.

– Eu acho que não. Ou você não carregaria a estrela tão perto do seu coração.

Kasim olhou para baixo. Era possível ver a medalha com a estrela sob a túnica. Kasim suspirou, desviou o olhar. Pressionou novamente o dabir contra a parede, então o soltou.

– Sabe de uma coisa? Você está certo. Eu nunca seria capaz de ferir um homem santo.

Kasim guardou a adaga e caminhou mais para o interior do beco. Satisfeito, o dabir ajeitou suas vestes e virou-se para Kasim. O sorriso havia retornado ao seu rosto.

– Muito bem. Deixarei isso entre nós. Chidi não precisa saber de nada.

Kasim fez um sinal para Osaze. O dabir nem viu o golpe que o atingiu na nuca.

Dushkitri abriu a porta com uma expressão de tédio.

– Você – foi tudo o que ele disse. Apesar do tom neutro, era como se dissesse milhões de coisas.

O panjek permaneceu na porta, como se esperando que isso fosse o suficiente para que Kasim partisse. Ao perceber que não funcionaria, suspirou, então entrou sem convidá-lo.

Kasim e Osaze entraram no ateliê carregando o dabir entre eles. Tinham tirado as vestes sagradas do homem e as substituído por roupas comuns. Parecia só mais um mendigo que bebeu licor demais.

Deixaram o homem santo em um canto, parcialmente apoiado à bancada do ateliê, e explicaram o que precisavam. Dushkitri não pareceu se importar com o motivo. Simplesmente deu as costas antes que Kasim terminasse de se justificar e procurou algo entre os frascos na estante dos fundos. Retornou com um pote de vidro cheio de um líquido esverdeado onde nadavam pequenos peixes. Foi só quando colocou o vidro sobre a bancada que Kasim percebeu que não eram peixes.

– Vermes da lealdade – explicou Dushkitri enquanto abria a tampa. – É o mais viável, sem dano permamente, conforme requisitado.

Kasim optou por ignorar o tom de desprezo na voz do panjek. Estava se acostumando com a ideia. Abaixou-se para ver as criaturas nadando no líquido. Não eram muito maiores que uma unha. Brancos, cheios de pequenas patas, contorciam-se para nadar, caçando detritos que boiavam no líquido que fedia a carne podre.

Dushkitri enfiou dois dedos no pote e pescou um dos vermes, como se suas longas unhas fossem pinças.

Osaze se afastou, tentando buscar um lugar perto da porta, onde o cheiro do ateliê era mais fraco.

– Como funciona? É só fazê-lo engolir?

Dushkitri rolou os olhos.

– Não, seu selvagem. Quem engole um verme de lealdade? Você o coloca no ouvido. Ele precisa se ligar ao cérebro do indivíduo.

Colocou o verme na palma de sua mão e começou a caminhar na direção do dabir. O macaco Chhaya estava lá cheirando a mão do homem. Kasim teve a impressão de que ele estava considerando comer os dedos do dabir. Duskitri chutou o monstrinho para longe antes que o fizesse. Chhaya correu para longe, escalou uma escultura viva e chiou para seu dono. Dushkitri ignorou-o.

– O verme faz a ligação entre o hospedeiro e alguém a quem ele é leal.

– E como fazemos isso?

– O verme precisa processar uma pequena quantidade de amostra genética, de forma a forma a criar uma conexão biocinêtica entre o hospedeiro e o doador. É esta conexão que estimula o verme a produzir dopamina na área do córtex pré-frontal, que produz um efeito similar ao de recompensa no hospedeiro.

Kasim piscou os olhos duas vezes, como se tentando entender o que dizia o panjek. Não teve sucesso. Dushkitri rolou os olhos novamente.

– Sangue. Dê uma gota do seu sangue ao verme e o hospedeiro fará o que você quiser.

O guarda abriu a boca, finalmente compreendendo. Então sacou sua adaga e fez um pequeno furo na palma da mão. A dor não era nada comparada à dor de uma lança perfurando sua coxa ou uma flecha embebida em pimenta atravessando seu braço. Estendeu a mão para o panjek, que depositou nela o verme. A criaturinha rolou o sangue sorvendo avidamente.

Um gemido atraiu a atenção de Kasim para o chão. O dabir estava despertando. Murmurava algo incompreensível.

Sem querer ter de forçar o dabir a ficar parado enquanto fazia o que precisava, Kasim se abaixou ao seu lado, pegou o verme sujo de sangue e o inseriu no ouvido esquerdo do prisioneiro. A criaturinha ondulou o corpo agitado, logo desaparecendo da vista.

O movimento assustou o dabir, que arregalou os olhos e gemeu. Levou uma mão até a cabeça, tentando enfiar um dedo no ouvido. Kasim segurou-o pelo pulso. O dabir entrou em pânico. Tentou usar a outra mão, mas Kasim também a deteve. Segurou os pulsos do dabir, que fazia careta e tentava coçar a orelha com o ombro.

– Pode soltá-lo – disse Dushkitri. O panjek permanecia de pé ao lado da cena, observando com curiosidade científica. – Não há mais nada que ele possa fazer a respeito.

Kasim o soltou e se levantou. O dabir foi com ambas as mãos ao ouvido. Enfiava um dedo, batia com a palma da mão do outro lado da cabeça, olhava à sua volta buscando algo que pudesse enfiar lá dentro. Suava frio.

Kasim deu tempo para o homem se acalmar. Caminhou pelo ateliê observando aquele lugar macabro. Osaze havia saído novamente. Ele fora contra o plano, mas jamais iria contra Kasim. Ele entendia o que estava em jogo.

Os gritos inumanos que tinham ouvido na noite anterior eram o sistema de alerta de Último Refúgio. Uma dúzia de águas vivas flutuava sobre a Baía das Lâminas Coloridas, tentáculos translúcidos tocando a superfície da água. Eram mais uma das criações dos quirurgões panjek, possivelmente do próprio Dushkitri, se o que diziam sobre o Remendador fosse verdade. Aquelas coisas tocavam seu alerta em algumas condições bem específicas, entre elas um ataque sendo perpetrado à Corte de Mãe Hidra.

Não levou muito tempo para Kasim descobrir detalhes. Fora convocado pelo Nar-rais assim que retornou ao quartel. Varna estava lá novamente. Parecia ainda mais irritado do que da outra vez.

– Pai Dagon e os d'leth – ele disse, como se aquilo explicasse tudo. Talvez explicasse. O conflito entre Mãe Hidra e Pai Dagon era o que movia a diplomacia de Varna com a Corte dos peixes. Varna conseguia favores em troca de proteção contra os selvagens do atol. Mais de uma vez Varna enviara homens para atacar o atol em retaliação por um ataque ao recife de corais. Mais de uma vez a força enviada retornou pela metade.

Varna reclinou-se na poltrona do Nar-rais. Cruzou os dedos diante do rosto, como se estivesse fazendo uma prece.

– Segundo o emissário da Corte, praticamente toda a próxima geração de nommos foi sequestrada durante o ataque.

– Você vai nos enviar para recuperar os ovos no atol.

Foi Nar-rais que respondeu. Estava de pé ao lado do prefeito, as mãos atrás das costas.

– Temos um problema maior. Os nommos afirmam que não foram os d'leth que levaram seus ovos.

O comandante não precisava explicar mais. Kasim sabia exatamente quem tinha feito o serviço.

Kasim se abaixou ao lado do dabir, que já havia trocado as tentativas de tirar o verme de dentro de sua cabeça por chorar copiosamente.

– Onde estão mantendo os ovos?

– Eu não direi nada!

Kasim se virou para Dushkitri.

– Não está funcionando.

– Você precisa falar como se fosse uma ordem. Você nunca ouviu como seu comandante fala com você?

– Nós não usamos vermes da lealdade na Guarda.

– Vocês não... Ora, então é por isso que essa cidade está entregue ao caos!

O dabir tentou se levantar. Sem olhar, Kasim colocou uma mão sobre seu peito e o empurrou de volta para o chão. Kasim não iria a lugar nenhum com aquilo. Virou-se para o dabir.

– Diga-me onde estão os ovos dos nommos.

– Na Enseada da Coroa.

Kasim olhou por cima do ombro na direção da porta. Osaze havia retornado para ouvir o que dizia o dabir. Os dois guardas se entreolharam em silêncio. A Enseada da Coroa era uma pequena praia a oeste da baía, fora da proteção da cidade. Era meio caminho entre o recife e o atol onde viviam os d'leth. Era, também, famoso como o local onde uma expedição da Companhia aportara oito meses antes em busca de acesso ao interior do continente. Kasim e Osaze estavam no navio enviado para averiguar o destino da expedição após um mês sem contato. Encontraram o barco encalhado na praia e nenhum sinal de vida. Voltaram dando a expedição como perdida, mais uma entre tantas que jamais voltaram.

– O que eles vão fazer com os ovos?

– Eu não sei!

– Diga-me, o que vão fazer com os ovos?

– Nada. Só vão usá-los para forçar o governo a nos dar ouvidos.

– E os d'leth?

– Eu não sei de nada.

– O ataque foi coordenado. Você atacaram na mesma hora. Diga-me, qual é a parte dos d'leth nisso?

– Eu não sei! Eu juro que não sei!

Kasim se levantou e caminhou até a porta. Falou em voz baixa com Osaze.

– Avise o Nar-rais.

O olhar do Surna dizia tudo. Kasim concordou com a cabeça.

– Ele vai nos mandar para recuperar os ovos.

Osaze suspirou, balançou a cabeça, então deu as costas e correu rua abaixo na direção do edifício da Guarda.

Por Kasim ele deixaria tudo como estava. Os insurgentes

provavelmente seriam mortos por fosse lá o que fosse que habitava aquele lugar, ou talvez os d'leth pegassem os ovos. Certamente os nommos arranjariam um jeito de criar uma nova geração, não? Mais um ano e o recife estaria cheio de peixinhos prontos para fazer sabe-se lá o que faziam os nommos.

Mas Mãe Hidra não era conhecida por sua compreensão. Acabaria culpando Último Refúgio. Promoveria embargos, afundaria navios. E tudo isso na temporada mais movimentada do porto.

Kasim pegou-se segurando a medalha da estrela oculta sob sua túnica.

– Deixe-me ir, por favor. Já disse tudo o que sei.

Atrás dele, ainda no chão, o dabir voltava a chorar. Dushkitri observava com ar ligeiramente irritado. O monstrinho Chhaya estava sentado em seu ombro, sorrindo com dentes afiados e podres para o homem santo. O quirurgião parecia prestes a mandar seu animal silenciar o incômodo chorão.

– Tenho uma última pergunta – disse Kasim, caminhando de volta ao dabir. – Me diga: por que você foi embora de Myambe?

– Porque eu estava morrendo de medo! – gritou o dabir, mais franco do que jamais tinha sido na vida.

Kasim se agachou ao seu lado, os braços apoiados nos joelhos.

– Era seu dever permanecer na Terra Prometida e lutar pela sua fé.

– O Imperador estava matando todos os dabires, um a um! Se eu ficasse, eu teria morrido!

– Teria morrido pela Estrela da Manhã!

– A Estrela da Manhã é só um mito!

Kasim foi pego de surpresa. O próprio dabir piscou os olhos, desviando o olhar. Era como se ele mesmo tivesse sido pego de surpresa pelo que disse.

– É uma luz no céu – ele repetiu, como se percebendo aquilo pela primeira vez. – Não é um deus, não é um sinal. É só uma história.

– Por que vocês mentiram para nós?

– Nós não...

– Me diga: por que vocês mentiram para nós?

– Não é uma mentira, não exatamente. – O dabir parecia sentir dor ao ser induzido a falar a verdade. – A estrela existiu. Ela brilhou no céu ao sul de Myambe e guiou nossos antepassados para o Vale. Ela os salvou da morte.

– Mas ela não era divina.

– Não sei o que era.

– Você sabe.

O homem santo voltou a chorar. Batia com o punho no chão empoeirado.

– Você não entende? Isso não importa. O que importa é que toda essa história, todo esse mito, nos uniu e nos fez mais fortes.

Kasim se levantou, nada convencido. Virou-se para Dushkitri.

– Quanto tempo dura esse efeito?

O quirurgião deu de ombros.

– Uma semana? Duas? Depende do verme, depende do hospedeiro. Se tiver sorte, o verme dentro da cabeça dele era uma fêmea, e colocará ovos no córtex. Talvez prolongue o efeito. Isso se não matá-lo, é claro.

O dabir gemeu, as mãos cobrindo as orelhas como se não quisesse ouvir a verdade.

– Vá embora daqui. Eu o procurarei mais tarde.

O homem santo o ignorou. Soluçava no chão. Deitou-se em posição fetal.

– Eu mandei ir embora!

Obediente, o dabir se levantou cambaleante e correu o mais rápido que podia para fora do ateliê e para a rua.

– Diga-me, soldado, interessado em fazer negócios?

Kasim levantou uma mão. Não estava com paciência para ouvir mais uma estupidez. Puxou de dentro da túnica a corrente de *bhas* e retirou um cilindro de prata decorado com um lagarto com tromba de elefante. Bateu a moeda sobre a bancada e foi embora sem dizer coisa alguma.

Apesar de tudo, da invasão ao Kulshram, da descoberta de insurgentes no coração da cidade, do sequestro que poderia levar a cidade à guerra e da necessidade de se arriscar mais uma vez pelos outros, Kasim só tinha uma coisa em sua mente enquanto caminhava na direção do quartel.

– Vema vai me matar por isso.

Capítulo 19

– Kasim vai me matar por isso.

– Ele sabe que eu sei ser bastante cabeça dura.

Sahir deu de ombros, concordando. Vema deu um tapa no seu ombro.

Dois dias antes, os dois tinham retornado à Rua do Tombo e ao apotecário panjek. Encontraram-no saindo do quarto dos fundos com um bulbo de vidro nas mãos. Ele olhava curioso a criatura que arranhava o vidro pelo lado de dentro. Quando percebeu que tinha clientes, ocultou o bulbo em uma das dobras do sarongue, fechou a cortina atrás de si e se aproximou do balcão.

Sahir fez a maior parte do trabalho ao convencer o apotecário a indicar quem era seu fornecedor. Vema aproveitou o tempo para procurar algo nas prateleiras. Viu o bulbo de vidro com o aracnídeo de sonhos exatamente onde o tinha deixado. Tinha certeza que era do mesmo tipo que vira dentro do bulbo na mão do apotecário.

Impaciente, vendo que não chegariam a lugar algum, Vema foi até o balcão, tirou do sari sua corrente de *bhas* e jogou-a sobre o balcão. Havia pelo menos uma dúzia de *bhas* de prata e mais alguns trocados de bronze. Era praticamente todo o pagamento da semana.

O queixo de Sahir caiu e até mesmo o velho panjek foi incapaz de ocultar sua surpresa. Sahir tentou pegar os *bhas*, escondê-los, dizer que fora um engano, mas Vema segurou sua mão e insistiu.

– Se não fizermos isso agora, não cumpriremos nosso contrato, então pode dizer adeus a toda a prata que ganharíamos.

Sahir desviou o olhar, mas demorou mais tempo para soltar a prata. Acabou concordando, mas apenas se o apotecário incluísse alguns bulbos de vidro extra e peças de reposição para o captador.

Na saída, cruzaram com um imigrante de descendência Melkat. Passaria despercebido como qualquer outro se não fosse pelo fato de metade do seu rosto não se mexer.

Na manhã daquele dia Sahir bateu em sua porta para avisar que fariam a travessia aquela noite. Vema nunca esteve tão empolgada e tão assustada em toda sua vida.

Da outra vez em que estivera no alto na muralha, quando era pequena, tinha o pai para lhe dar apoio, para segurar sua mão. Ela se lembrava do som dos insetos emergindo do tapete verde que começava poucos metros além dos portões de Último Refúgio. Lembrava-se da curiosidade para saber o que vivia ali embaixo e do olhar de medo no rosto do soldado que fazia a guarda naquela noite. Ele não tirava os olhos das sombras feitas pela copa das árvores.

Vema se aproximou da beirada do muro, esticou a cabeça e olhou para baixo.

– Eu não faria isso se fosse você. Tem um bom motivo para vocês precisarem de mim aqui.

– O que você está fazendo aqui?

Tuan havia saído das sombras do outro lado da muralha, onde a luz das lanternas de fogo fátuo não alcançava. Ele tinha aquele sorriso debochado e superior no rosto e uma mochila nas costas.

– Eu sou sua chave para o lado de fora. Só não sei o porquê de vocês quererem fazer isso por conta própria.

Sahir cruzou os braços. Ele tinha se colocado entre Vema e Tuan, provavelmente sem perceber.

– Você é o fornecedor?

– Não. Eu só torno o fornecimento possível.

Ele tirou a mochila das costas, agachou-se e começou a procurar por algo dentro dela.

– Esperava uma espécie de guia.

– Então deveria ter pago mais.

Tirou da mochila um aparato na forma de um ovo. Era uma armação de cobre segurando pedaços de vidro colorido. Tinha um pé que parecia feito de osso moldado por quirurgiões. Colocou o aparelho sobre a muralha.

– Há anos que meu tio tirou os soldados que guardavam esse lugar. Não valia a pena, ele disse.

Vema olhou à sua volta. Não havia visto ninguém desde que subiram pela torre oeste.

– Pensei que a falta de sentinelas era parte do acordo.

Tuan riu. Puxou a mochila para baixo, revelando uma bateria taumatúrgica, uma caixa de ferramentas e inúmeras peças avulsas. Imediatamente começou a conectar a bateria ao aparelho em forma de ovo.

– As sentinelas estão aqui. Você só não as está vendo.

Assim que estava tudo conectado, virou a chave da bateria. O fogo fátuo se acendeu com força, irritado. Chocou-se contra o vidro da bateria, então perdeu a luta e deixou-se ser sugado. A energia fez o ovo se acender com um brilho azulado.

Foi quando Vema viu as sentinelas.

Elas flutuavam logo além da muralha na altura de suas cabeças. A luz reluzia no manto leitoso transparente que servia de corpo. Apesar da parca iluminação era possível ver os órgãos internos e o crânio humano ainda provido de um cérebro. Uma cascata de tentáculos quase invisíveis, brilhantes na luz do aparelho, desciam até o chão.

À medida que se aproximavam do aparelho, tocando umas nas outras, as sentinelas recolhiam seus tentáculos como uma cortina letal. Qualquer um apanhado nos esporões daqueles tentáculos seria digerido vivo, mas incapaz de senti-lo devido ao veneno paralisante.

– Duvido que vocês tenham muito tempo – disse Tuan, enquanto guardava suas ferramentas. Ele não parecia muito preocupado com o risco que os antigos companheiros de Kulshram corriam.

Olhos arregalados, Sahir correu até o elevador e começou a destravar o motor.

Vema não conseguia tirar os olhos das sentinelas.

– Essa coisa vai ficar ligada até voltarmos?

– Claro que não. Elas se acostumariam a ela, e aí eu perderia minha fonte de renda extra. Sem falar que não queremos que Último Refúgio seja invadida, não é?

– Então, como?

Tuan tirou da túnica um pequeno cilindro e arremessou-o para Vema. Ela o pegou no ar. Examinou-o, curiosa. Era uma espécie de tubo com uma ponta estreita e outra fechada. Havia uma fenda na parte de cima.

– Como se liga essa coisa?

O taumatólogo riu.

– Seu namorado primitivo não te ensinou nada? Isso é um apito. É só soprar.

Sahir já tinha ligado sua lanterna no elevador. O fogo fátuo reclamava cabisbaixo enquanto o motor sugava sua energia. Sahir esperava, olhos ainda arregalados, pela permissão de descer. Ou talvez pela chance de Vema mudar de ideia.

– Você já viu um imago?

Tuan olhou para a bateria. O fogo fátuo parecia estar enfraquecendo rapidamente.

– Não, mas ouvi dizer que não é uma visão muito bonita.

Ele fez um sinal para que fossem logo. Vema seguiu o conselho.

Muitos anos atrás os portões de Último Refúgio foram selados por dentro, primeiro por um engenho taumatúrgico que de alguma forma tornava os portões incrivelmente pesados para quem tentasse empurrá-los. Alguns anos mais tarde, Incógnita, *maharashan* da Arte da Carne, criara uma espécie de lagarta capaz de produzir uma resina tão forte quanto pedra, mas ainda assim elástica. As criaturas foram testadas nos portões da cidade. Enquanto o processo acabou por tornar impossível abrir os portões novamente, o resultado pareceu não ter agradado a Incógnita, que mandou todas as lagartas destruídas.

Ninguém mais atravessava a Cerca Viva a não ser a Cidadela Ambulante, e muro algum impediria sua passagem. Quando alguém precisava descer, em geral soldados enviados para conter o inevitável avanço da vegetação, eles o faziam por plataformas presas por correntes e movidas por motores taumatúrgicos.

A descida era lenta e barulhenta, o som da bobina a se desenrolar ecoando pela noite nesse canto remoto e quase abandonado da cidade. Durante toda a descida, nem Sahir nem Vema conseguiram tirar os olhos das sentinelas dispostas a sua frente. Tudo o que era preciso era que o aparelho de Tuan falhasse, ou, quem sabe, o taumatólogo mudasse de ideia quanto a ajudá-los, e ambos os oironautas estariam mortos.

A plataforma tocou o chão e, instantes depois, começou a subir novamente. Vema saltou. Sahir demorou alguns momentos mais para reagir, a mão fixa em torno do controle. Só desceu quando, já quase um metro acima, viu a expressão de desapontamento no rosto da companheira. Pulou da plataforma para o chão, perdeu o equilíbrio e caiu de joelhos.

Vema olhou para os portões de Último Refúgio. Os dedos tocaram as marcas de arranhões e golpes. Espinhos negros perfuravam alguns pontos. Alguns arranhões pareciam feitos por unhas humanas.

Ela olhou para o elevador agora já muito além do seu alcance.

Sahir tocou em seu ombro. Ele não estava nada feliz com a ideia, mas obviamente preferia terminar tudo aquilo o quanto antes.

Caminharam pelo que restava da estrada que levava ao interior de Panjekanaverat tropeçando em raízes e gramídias. Aqui e ali brotavam algumas flores coloridas, parecendo inocentes naquele lugar de histórias sinistras. Se fosse para se levar em consideração as lendas da Cerca Viva, seria possível imaginar que aquelas flores não só eram venenosas, mas também capazes de entrar no ouvido de uma vítima desavisada e semear o cérebro ainda vivo da vítima com suas sementes.

Ao passar por baixo das sentinelas foi impossível não olhar para cima. Vema engoliu em seco e apressou o passo.

No alto do muro, a luz azulada piscou algumas vezes, então parou. No céu estrelado as sentinelas se voltaram para a Cerca Viva, a cortina invisível de tentáculos descendo até o chão.

– Acho melhor seguirmos em frente.

– Não é como se restasse qualquer opção agora.

Sahir sacou da mochila um facão velho. Havia manchas avermelhadas que Vema esperava que fossem ferrugem. Ela não sabia aonde ele conseguira aquilo e talvez fosse melhor continuar sem saber.

A estrada além dos portões da cidade era parcamente visível sob uma camada de terra e grama. À medida que se aproximavam das árvores os paralelepípedos tornavam-se mais irregulares, arrancados da terra por raízes, como se as plantas estivessem expulsando qualquer sinal de civilização para longe.

Vema tirou a lanterna da mochila nas costas de Sahir e a acendeu. Era a mesma que mantinha em casa e vez ou outra servia de bateria. Enquanto o captador de sonhos ficara em casa, a lanterna certamente seria útil aqui.

O fogo fátuo se acendeu irritado, produzindo sombras estranhas por toda parte. Sahir parou, o facão erguido, diante de um emaranhado de trepadeiras que pareciam descer das árvores muitos metros acima. Ele olhou para as sombras, depois para Vema, e engoliu em seco.

Vema fez sinal para que fosse em frente, e ele começou a atacar as plantas. Em pouco tempo já estava respirando pesado.

– Isso é bem mais fácil no Mundo dos Sonhos.

A amiga sorriu. Se Sahir, tão acostumado à vida nas ruas, não tinha preparo físico algum para essa empreitada, imagine ela? Tinha certeza que, se fosse forçada a correr de algum animal, desistiria no meio do caminho, vencida pelo cansaço.

– Pensei que haveria uma trilha por aqui. Por onde passam os soldados?

– É por aqui, mas a floresta cresce de novo de uma hora para a outra. Kasim disse que uma vez se perdeu porque o caminho que fizeram se fechou atrás dele.

Sahir parou olhando a vegetação que ele cortava. Olhou para o alto, como se procurando algo lá em cima.

– E como ele voltou?

– Colocou fogo na mata.

– Esse lugar não parece que pegou fogo.

– Nem que foi recentemente cortado por uma tropa de cem homens.

Sahir continuou a cortar a vegetação em silêncio. Vema ajudava puxando com a mão livre o que parecia suficientemente solto.

– Tem certeza que aqui não é perto o suficiente?

– Eu preciso estar dentro. Não é a mesma coisa daqui de fora.

Sahir bufou primeiro de irritação e, logo, de cansaço.

Após o que parecia uma eternidade, uma seção de cipós cedeu, abrindo passagem.

Sahir chegou para o lado para que Vema colocasse a lanterna do lado de dentro. A luz do fogo-fátuo revelava o que mais se assemelhava uma caverna de plantas. Ao menos não parecia haver nenhuma outra obstrução imediatamente à frente.

Respirando fundo, Vema pegou a mão de Sahir e os dois entraram junto na Cerca Viva.

O som era ensurdecedor, como se dezenas... Não. Era como se centenas, talvez milhares de insetos fossem músicos em uma orquestra perfeitamente sincronizada, mas rápida demais. Vema percebia agora o quão artificial era a versão que criou nos sonhos. Ouvir de dentro da floresta era uma sensação totalmente diferente. Os sons vinham de todos os lados ao mesmo tempo. Eram diferentes, independentes, mas todos compondo uma mesma música.

O cheiro era forte, meio úmido. Não era como nada que Vema pudesse descrever. Lembrava chuva caindo nos campos de Pedra Vermelha, mas com algo diferente. Era o cheiro forte das árvores, não doce, mas... Diferente.

Vema puxou o sari mais para perto do corpo para cobrir-se.

– Percebeu como é mais fresco aqui?

– E eu achando que seria mais quente com todas essas árvores abafando o ar. É úmido também.

Vema olhou para o chão. Abriu um sorriso largo e se abaixou.

– O que você está fazendo?

Vema tirou as sapatilhas. Deixou os pés tocarem a terra úmida coberta de folhas. Mexeu os dedos, fazendo-os enterrarem-se.

– Você é maluca.

Ela sorriu, olhos fechados.

Vema abriu sua mente para o mantra da memorização. Murmurou o canto bem baixo, sem abrir a boca. Uma vez que a repetição atingiu um certo nível, sua mente começou a registrar sons, cheiros e sensações táteis, como se Vema pudesse pintá-los em uma tela. Mais tarde, com o exercício apropriado, ela conseguiria resgatar a memória quase à perfeição. Desta vez seus sonhos seriam perfeitos.

– Você ouviu isso?

– O quê?

– Esse barulho.

Ainda sem abrir os olhos, ela sorriu.

– O que mais há aqui é barulho.

– Não, de alguma coisa se mexendo. Mexendo as folhas.

Vema olhou à sua volta. Tentou isolar algum som diferente da orquestra de insetos e o vento.

– Não sei o que...

Vema parou ao ouvir ela mesma o som. Parecia vir de todos os lados ao mesmo tempo.

Ergueu a lanterna, mas ela em nada contribuiu. Fosse o que fosse esgueirando-se pela folhagem, sabia se ocultar.

Kasim jamais gostara de entrar em detalhes sobre o que existia na Cerca Viva. Ele mesmo tinha visto pouco, dizia. A maioria daqueles que chegaram perto o suficiente dos habitantes daquele lugar não tinham voltado.

Vema só conseguia pensar em Kasim olhando-a sério, aquela expressão de repreensão no rosto, sem nada dizer. Nem precisava dizer.

Tudo o que Vema não vira, sendo criada por panjek na Kulshram em termos de expressão, explodia com Kasim. Ela jamais encontrara alguém tão expressivo antes.

O vulto se moveu entre or arbustos à sua esquerda. Começou a crescer, levando com ele as folhas e trepadeiras. Eles se voltaram para aquela direção, mesmo sabendo inconscientemente que isso expunha suas costas para qualquer um vindo por trás.

Não, não estava levando as folhas. *Era* as folhas.

Um amontoado de musgo, folhas e galhos cresceu diante deles, emanando um brilho azulado de algum lugar dentro dele. O monte ficou com dois, três metros de altura antes de parecer tombar para a frente, mas não tombou. Braços ou talvez pernas desprenderam-se do amontoado, todos do mesmo material. Parecia um arremedo de homem primitivo, curvado para a frente, braços longos tocando o solo. Onde deveria haver um rosto havia a casca grossa de uma árvore fazendo o papel de queixo e dentes. O brilho azul vinha de vários pontos, como se fossem dezenas de olhos espalhados por todo o corpo.

Sahir disse alguma coisa, mas Vema estava tão fascinada com a criatura que mal percebeu.

– O quê?

– Eu disse "corre"!

Vema escorregou no musgo, tropeçou em uma pedra solta. Sentiu a dor da topada, mas fez o máximo para ignorá-la. Sahir a pegou pelo pulso e ajudou-a se levantar. Olhando para trás, não viu outra criatura surgir diante dele, bloqueando o caminho de volta aos portões da cidade.

A expressão no rosto da onironauta deve ter dito tudo, pois Sahir arregalou os próprios olhos, virando-se de volta para a frente com o facão na mão, como se fosse fazer alguma diferença.

A criatura caiu sobre ele com cipós e raízes como tentáculos em um polvo, agarrando-lhe os braços e o pescoço. Mais assustado do que qualquer coisa, Sahir gritou e tentou golpear a criatura. Os golpes a atingiam, mas não pareciam capazes de causar muito estrago.

Vema se levantou, lanterna na mão, virou-se. A criatura atrás dela se aproximava lentamente. Ela fingia caminhar com passos dolorosamente lentos, mas na verdade deslizava por um tapete de folhas mortas que parecia crescer debaixo dela.

Para trás não era uma opção. Tinham que forçar caminho de volta aos portões da cidade. Talvez com sorte as sentinelas atacassem as plantas antes de atacá-los.

Sahir tentava soltar o braço com o facão enquanto a outra mão tirava das costas a mochila. Os dentes estavam cerrados, talvez para evitar outro grito. Com a mão livre virou o conteúdo da mochila no chão. Entre os objetos que caíram apareceu um bulbo de vidro com uma nuvem de fumaça negra.

Raízes saltaram do chão, agarraram a mão esquerda de Sahir e o puxaram na direção da criatura e para longe do bulbo de vidro.

Em um momento de desespero irracional, Vema ergueu a lanterna. A luz esverdeada iluminou o que se passava por um rosto da criatura e, por algum motivo, a deteve por um instante. Sob aquela luz Vema viu algo se mover por baixo das folhas e cipós, como se a vegetação fosse apenas uma cobertura para algo em fluxo constante.

A distração não foi suficiente para que Sahir conseguisse se libertar. Ele golpeou repetidas vezes o braço da criatura com o facão, mas a criatura não parecia sequer perceber o dano causado. Pedaços de folhas e galhos embebidos em seiva espirravam como sangue e carne, mas a criatura persistia.

No entanto, foi o suficiente para que Vema alcançasse o bulbo. Com a mão esquerda atingiu o topo da lanterna. O vidro trincou, mas não quebrou. Ergueu a mão para bater novamente.

Cipós se enroscaram em seus calcanhares, puxaram seus braços.

Frustrada, ela gritou. Tentou se soltar, tentou chutar. A lanterna se soltou, bateu em uma pedra e se partiu. Livre pela primeira vez em sabe-se lá quanto tempo, o fogo fátuo pareceu atordoado, incerto. Flutuou no ar lentamente, cansado, desconfiado, até a altura das cabeças das criaturas. Por um instante o conflito cessou.

O globo de luz viva parecia observar curioso o que estava acontecendo, a mesma curiosidade que o levara a ser capturado por taumatólogos e usado como bateria viva.

Então ele descarregou sua energia em um raio que atingiu Vema no peito e desapareceu no ar.

Atordoada pelo golpe, Vema se viu ser engolida pelas folhas e galhos.

Nos últimos instantes de consciência, jurou ouvir uma risada estridente e parcialmente louca ecoando pelo ar.

Capítulo 20

Eles encontraram o primeiro corpo ainda na praia, a maré manchada de vermelho empurrando o braço roxo de frio e morte. A única coisa que impedia o corpo de ser levado pelo mar era a lança trespassada em seu peito, fincando-o na areia.

Osaze se abaixou ao lado do corpo, examinando os ferimentos. Cortes irregulares, perfurações pequenas formado um arco no antebraço.

– D'leth – ele disse sem precisar dizer. O estrago era óbvio. Garras e dentes.

– Eu vi esse sujeito no Irradiado – disse Mwano sem desviar os olhos da orla. – Disse que a vida ia melhorar depois de hoje.

Eles haviam atracado o bote atrás de algumas pedras, na ponta mais ao leste da enseada. Três navios permaneceriam à distância, apenas esperando um sinal. Kasim era o responsável pela investida. O Nar-rais dera a notícia logo antes do embarque.

– Ordens superiores – ele dissera. Não parecia contente com aquilo. Era como se estivesse condenando um homem à morte. E talvez estivesse.

Kasim não sabia por que Varna decidira enviá-lo naquela missão. Makalo quis apostar que era porque descobriram o que não deviam, que Varna realmente estava por trás da insurgência e da invasão da Kulshram. Kasim apenas preferia estar longe da politicagem e da intriga. Da espada em punho, apoiou-se na pedra que usava como cobertura e olhou na direção em que a areia da praia começava a ser trocada pelas árvores do bosque. Alguém havia arrastado um barco pesqueiro até aquele ponto e o convertido em cabana. Duas tendas de lona haviam sido incorporadas à estrutura. De onde estava, Kasim podia ver cortes do tecido e pelo menos um corpo humano no interior.

– Chegamos tarde – disse Makalo, a lança firme em suas mãos. Seus olhos estavam nos três navios visíveis no horizonte.

Kasim desembarcara com um grupo de onze guardas. Seu objetivo era confirmar que os ovos dos nommos estavam na enseada e, se possível, recuperá-los. Caso a situação fosse complicada demais, deveria disparar um sinalizador taumatúrgico. O Nar-Rais comandaria o segundo grupo, maior e mais bem armado, que invadiria a enseada.

O myambês tinha lá suas dúvidas se, caso fosse necessário, o Nar-rais responderia ao chamado a tempo.

– Achei que os insurgentes estavam trabalhando com os d'leth.

– Usando-os, mais provavelmente.

Kasim fez sinal para que puxassem o bote para fora da água. Deu ordem para que Alaki, um Melkat com tatuagens tribais cobrindo os braços, avançasse pelas pedras até perto da linha das árvores. Alaki o olhou por um momento, como se prestes a reclamar da ordem. A Corte de Mãe Hidra pagava uma recompensa alta por cada d'leth morto. Mas sem provas, sem prata. Acabou aceitando com um mover da cabeça, o maxilar travado. Levou com ele os irmãos Farik e Lufti e a caçadora Surna Panya.

Os demais avançaram logo atrás de Kasim. A única coisa pior do que avançar sobre um inimigo desconhecido era fazer isso em uma praia. Não tinham cobertura alguma e o simples ato de correr era cansativo e predispunha a acidentes.

Para o alívio e surpresa de todos, Kasim chegou ao barco encalhado sem que flechas ou lanças fossem atiradas em sua direção, ou que bestas ferozes saltassem das árvores.

Esperou que os outros o alcançassem. Fez sinal para que Nadira, Mwano, Makalo e Ujana dessem a volta no barco. Makalo ainda estava resmungando enquanto Ujana escalava o casco tombado do barco para explorar o outro lado. Mwano deu um tapa na nuca de Makalo e começou a dar a volta no casco logo atrás de Nadira.

Osaze avançou para o lado oposto da tenda, os pés descalços ágeis apesar da areia. Osaze não usava nenhum tipo de proteção além de uma túnica de couro e seu colar de pedras e dentes, os quais, dizia ele, eram mais proteção do que qualquer armadura. Ele tinha pavor de se afogar. Para Kasim manter-se vivo na praia já seria desafio o suficiente.

Com a ponta da lança, o Surna afastou o tecido rasgado da tenda, revelando o corpo que viram de longe. Um Melkat de olhos arregalados para o teto. A areia sob ele havia absorvido a maior parte do sangue que escapava da sua garganta e do estômago abertos. A faca ainda estava em seu cinto, sinal de que o sujeito nem tivera tempo de reagir. Ou talvez tenha entrado em pânico. Kasim duvidava que esses homens fossem soldados. A maioria provavelmente jamais tivera de pegar em armas, muito menos para defender suas vidas.

Que tipo de revolução esse Chidi pretendia com soldados tão ineptos?

Kasim entrou na tenda com a espada diante do corpo. Onde ela terminava começava o barco pesqueiro. O casco que servia de parede tinha um rombo enorme. Uma cortina de tecido antes pendurada sobre o buraco, como uma porta, estava agora no chão ao lado de uma cadeira quebrada.

Osaze entrou ao seu lado. Indicou o chão. Havia pegadas na areia, nem todas humanas. Um rastro de algo pesado e estreito apagando parte das pegadas era a prova de que ao menos um d'leth estivera ali.

Atrás deles Maskali e Udo, os dois últimos membros da expedição, entraram no acampamento improvisado. Kasim mandou checarem o outro lado da tenda enquanto Osaze e ele avançavam para dentro do barco.

No interior do casco encontraram um d'leth. Seu crânio havia sido esmagado por alguma coisa bastante pesada. O demônio das profundezas havia morrido ali mesmo. Kasim olhou a mão direita da fera. Estava intacta. Significava que ninguém teve tempo ou interesse em coletar aquela recompensa. Kasim colocou uma mão no punho da adaga em seu cinto. Não tinha sido ele quem matara o d'leth, mas isso não significava que não podia levar a recompensa. No entanto ficava a questão: quem tinha matado o monstro?

A resposta veio de uma porta alguns metros dali, arrombada por um golpe poderoso. De dentro saiu uma criatura de dois metros de cobre, chumbo e couro. Naquele momento de susto Kasim não soube identificar se era algum tipo de autômato ou coisa parecida. Tinha uma cabeça enorme e redonda, com um único olho no centro. E uma mão bastante pesada.

A criatura agarrou a mão com que Kasim segurava a espada e o arremessou para trás. O myambês se chocou com o portal do quarto, rodopiou sem equilíbrio e colidiu com a parede oposta, dentro do cômodo de onde viera a criatura. Sentiu-se prestes a desmaiar com o impacto de sua cabeça no casco do navio.

Um grito de dor o fez recobrar a consciência. Ainda desnorteado, tentou se levantar. Viu Osaze recuar segurando a perna. Miskali e Udo apareceram a tempo de ajudá-lo. De onde estava, no estado em que estava, Kasim não conseguia ver bem. Pouca luz entrava pelas frestas no casco apodrecido do barco, mas tinha certeza que seus homens não estavam tendo sucesso algum em ferir a coisa.

Kasim olhou à sua volta procurando sua espada. Um barulho atraiu sua atenção para trás. Era com um bombear misturado com um som mecânico, como o do enorme relógio do escritório do prefeito. Vinha de uma máquina no fundo do cômodo, um enorme bloco de metal cheio de tubos. Discos dentados de bronze giravam por conta própria, sem nenhuma interferência de uma bateria, fazendo mover um par de pistões enormes que alternadamente puxavam ar para dentro da máquina e para um tubo flexível.

Um tubo que seguia da máquina até a nuca da criatura.

As coisas começaram a fazer sentido.

Kasim engatinhou até onde estava sua espada e sentou-se no chão. Ainda estava tonto, mas não parecia que seus homens teriam tempo para esperar. Com uma mão, pegou o tubo flexível, com a outra golpeou com a espada, cortando-o em dois. O lado ligado à máquina continuou a bombear ar, chicoteando como uma serpente sem cabeça.

A luta a alguns metros dali continuou por mais alguns instantes antes que a criatura se detivesse. Levou a mão ao capacete e começou a tatear, procurando os parafusos que o prendiam ao traje. Mas os dedos da armadura eram grossos e desajeitados demais. Ela caiu de joelhos, batendo com a mão no capacete.

Kasim caminhou na direção da besta caída. Colocou um pé em suas costas e o empurrou. Ela caiu no chão, os braços agitados. Não iria a lugar nenhum.

Após alguns instantes, Kasim embainhou a espada, se abaixou perto do capacete e começou a forçar os parafusos para fora. Não tinham sido atarraxados. Tudo tinha sido feito às pressas.

Assim que tirou o último parafuso, Kasim puxou o capacete. Pesava uma tonelada. Por baixo dele, um homem de pele castanho-clara, pálido e suado, puxava o ar em desespero. Kasim fez sinal para que o ajudassem a virar a pesada armadura de barriga para cima.

O homem fez menção de se levantar, mas Kasim já tinha a ponta da espada em sua garganta.

– Pode começar a falar.

O insurgente tossiu, olhou à sua volta. Deixou a cabeça repousar na antepara de madeira do barco. Fechou os olhos e lambeu os lábios secos.

– Os nommos. Eles nos encontraram.

– Não são nommos. São d'leth.

O insurgente pareceu confuso, como se não entendesse o que Kasim dizia.

– Eles são nossos aliados.

– Eles são monstros selvagens. Não fazem aliados. Fazem refeições.

Ele engoliu em seco e desviou o olhar. Obviamente tinha visto que aquilo era verdade.

– Houve algum tipo de briga lá fora, então eles atacaram. Surgiram da água como... Como tubarões! Dezenas deles! Eu fugi para cá, procurei me esconder.

– E se trancou naquele lugar com a armadura.

– Nós usamos esses escafandros para roubar os ovos.

Kasim tinha visto outros trajes como aquele no fundo do cômodo. As peças começavam a se encaixar. Enquanto Pai Dagon e seus d'leth atacavam o recife pelo sul, os insurgentes equipados com esses escafandros mergulharam no mar e fizeram o serviço. Aproveitaram-se da distração. Não fora à toa que Varna tinha enviado tantos navios para aquela enseada. Mãe Hidra provavelmente estava arrancando suas escamas de preocupação, culpando todo e qualquer humano pelo sequestro dos ovos.

– Onde estão os ovos?

– Não eram ovos. Não exatamente.

– Como assim? Peixes colocam ovos.

– Chidi os chamou de alevinos.

Kasim olhou para os outros, esperando alguém explicar o que ele dizia. Maskali respondeu.

– É como chamam filhotes de peixes, ainda pouco desenvolvidos.

– Que seja. Onde estão eles?

– Estão aqui.

Osaze foi até o lugar indicado. Encontrou quatro tonéis de metal. Forçou a abertura de uma tampa, então desviou o olhar, cobrindo o rosto com o braço. O cheiro de água podre empesteou o lugar. Não parecia um bom sinal.

Kasim se levantou.

– Chamem os outros – ordenou a Udo. – Vamos precisar de ajuda para levar esses tonéis daqui.

– E quanto aos d'leth?

– Aposto que estão caçando os insurgentes mata adentro.

– Então vão voltar, e rápido. Peixes não ficam muito tempo fora d'água.

Udo voltou com Makalo e Mwano, que logo se juntaram a Maskali na retirada dos tonéis. Kasim não conseguia tirar os olhos da bomba de ar. Ela parecia dizer muita coisa.

– Não é taumatúrgica – ele disse para ninguém em particular.

Osaze pareceu entender o recado. Caminhou em sua direção, apoiando-se em sua lança. Estava mancando de uma perna, talvez ferida pelo insurgente de escafandro.

– Acho melhor esquecermos esse detalhe.

Assim que os quatro tonéis estavam do lado de fora, Kasim deu um tapa no ombro de Osaze e o guiou na direção da porta.

– Você não pode me deixar aqui!

Kasim nem olhou para trás.

– Não temos tempo para prisioneiros.

– Eles vão me matar!

Kasim deu de ombros, então saiu. Ainda podia ouvir o insurgente gritar. Kasim esperava que ele fosse inteligente o suficiente para calar a boca. Talvez assim os d'leth esquecessem que ele existia.

– Rais! – gritou Ujana, do lado de fora do acampamento.

Kasim se virou a tempo de ver um d'leth surgir diante dele, uma espada de corais incrustada com dentes de tubarão erguida sobre a cabeça. Ele balbuciou algo, soltou bolhas de ar e sangue e cambaleou para o chão. Quatro setas estavam cravadas em suas costas e pernas. Do alto das pedras, Alaki e seus soldados giravam o mecanismo das bestas para rearmá-las.

Alguns metros acima, na direção das árvores, Ujana e Nadira enfrentavam um segundo d'leth armado com uma lança feita de ossos de baleia.

Uma lança arremessada da mata atingiu Nadira no ombro, fazendo-a tombar. Ujana não se deixou abater. Golpeou com a espada taumatúrgica, decepando a mão do agressor. Com um chute, jogou-o para trás. Era o que Akali precisava para atingí-lo com uma seta na lateral da cabeça.

Kasim deu ordem para recuar. Voltou a sacar a espada. No chão aos seus pés o d'leth caído agarrou sua perna. O Rais precisou golpear a garra três vezes para arrancá-la.

Ujana vinha em sua direção carregando Nadira. Alaki e os demais davam cobertura. Mas suas armas não eram fáceis de armar, mesmo com os mecanismos valmedor. Logo a horda de d'leth saindo da mata as alcançaria.

Amaldiçoando Varna, Kasim enfiou a mão decepada na bolsa presa ao seu cinto e correu na direção das duas guerreiras. Pegou Nadira pelo outro braço e a ajudou a fugir. Percebeu curioso que Ujana tinha se dado tempo para pegar a mão de d'leth que havia arrancado.

Cambalearam até as pedras, respirando pesado. Despencaram na areia assim que chegaram ao seu destino. Kasim odiava praias.

Atrás deles apenas um d'leth caído, o corpo cheio de setas, e um segundo, com quem Osaze duelava. Ujana se levantou de onde estava apesar do cansaço e correu para ajudar o outro Surna. Kasim às vezes esquecia que a guerreira era do mesmo povo que o velho caçador. As cicatrizes rituais em seu rosto lembravam o fato.

Os gritos do insurgente de escafandro pareceram atrair a atenção dos d'leth. Ou talvez fosse o cheiro dos alevinos. Vários se desviaram do ataque na direção do acampamento. O desespero do insurgente logo se tornou pânico, antes de ele finalmente ser silenciado.

Kasim chegou ao bote quando os tonéis estavam terminando de serem embarcados. Os outros já o estavam empurrando de volta para a água.

Algo caiu aos pés de Kasim. Ele saltou para trás esperando uma explosão ou coisa do tipo. Levou um momento para entender que eram três cabeças amarradas pelos cabelos. Reconheceu uma delas como pertencendo a um dos homens que acompanhara Chidi ao Irradiado na noite anterior. Do alto de uma pedra, um d'leth particularmente grande usando uma armadura de ossos, alguns aparentemente humanos, fazia sons guturais enquanto brandia uma espada de dentes afiados. A crista colorida estava erguida, a cauda longa de peixe balançava livre atrás dele.

– Ela está morta – disse Udo.

Kasim olhou para baixo. Os olhos de Nadira estavam arregalados, olhando para o alto. A boca estava roxa, como se tivesse morrido afogada. Puxou o corselete de couro, revelando o ferimento da lança. Estava preto, o sangue fedendo a podre. Os d'leth estavam usando algum tipo de veneno potente em suas armas.

– Para o bote! – gritou ao se levantar, usando a espada como apoio.

O d'leth mais próximo caiu, a lança de Osaze na coxa, a espada taumatúrgica de Ujana no peito. Dessa vez não tinham tempo de pegar a recompensa. Mais d'leths começavam a surgir, alguns deles saindo de dentro do navio-acampamento. Pareciam ter percebido que os alevinos tinham sido levados.

Um a um, seus homens embarcaram no bote, que ameaçava virar com tanto peso. Tinham de ser cuidadosos, ao mesmo tempo que sabiam que esperar muito poderia significar a morte.

Kasim não esperou que embarcassem. Puxou da bolsa o sinalizador, girou o disco de controle e apontou o tubo de bronze para o ar. Pensou por um momento, então mirou nos d'leth.

O tubo explodiu com um som surdo, tão discreto que chegou a surpreender quem esperava algo estrondoso. Lançou um pequeno projétil que traçava fumaça pelo ar antes de atingir a areia poucos metros de distância dos d'leth.

Então a coisa explodiu. Abriu-se como uma pequena fenda entre este mundo e o Shakti, fazendo vazar energia primordial. Foi como um segundo sol, este muito branco e brilhante. Kasim esperava que o dano fosse tão grande quanto parecia.

Osaze o pegou pelo braço, puxando-o na direção do barco. Jogando o tubo gasto no chão, Kasim correu para ajudar Alaki e Ujana a empurrar o barco o mais fundo possível. Deixaram o corpo de Nadira para trás.

Remaram em desespero, inicialmente sem coordenação, mas logo entrando em sincronia graças à voz de comando de Alaki. Apesar de exibido e muitas vezes egocêntrico, o guerreiro Melkat tinha o respeito dos colegas. Barbatanas de tubarões surgiam na água ao lado das cristas multicoloridas dos d'leth. Os quatro guardas armados com bestas dispararam, seu sucesso ignorado.

Foram longos minutos em que nenhum deles falou coisa alguma. Era como se dizer algo pudesse atrair a atenção dos d'leth, que haviam desaparecido sob a água.

Parecia ter se passado uma hora quando conseguiram avistar os soldados e marinheiros a bordo dos três navios de Último Refúgio. Da fragata, dois botes com motores mecânicos desceram ao mar. Mais rápida, a corveta avançava para dar-lhes cobertura.

– Conseguimos – murmurou Osaze, incrédulo.

Makalo riu. Alaki soltou um grito de vitória. Alcançaram-nos rapidamente, alinhando-se com o bote. Amarrados às pressas ao bote carregado de tonéis, avançaram mais rápido na direção das fragatas. Foi preciso tirar o remo da mão de Udo para que ele entendesse que não precisava mais dele.

Chegaram à fragata em poucos minutos. O guindaste que descera os botes já estava à espera. Um marinheiro desceu sorrindo e cumprimentou Kasim.

– O Nar-rais manda seus cumprimentos.

Apontou para o outro navio menor, uma corveta de patrulha que se mantinha ali perto. Kasim viu o comandante na proa, as mãos trançadas às costas. Achou tê-lo visto cumprimentar com a cabeça.

Começaram a subir a corda em um estado de torpor. Kasim permaneceu sentado no bote observando os marinheiros transferirem dois tonéis para cada um dos barcos mecânicos antes de começar a içá-los. Osaze se abaixou ao seu lado, uma mão em seu ombro. Foi Kasim quem falou primeiro.

– Como está sua perna?

O Surna riu espontaneamente e balançou a cabeça.

– Ela está ótima. E você?

– Não estou ferido.

– Não estou falando do seu corpo.

Então a água borbulhou em torno da corveta. Peixes surgiram saltando por toda a parte. Alguns marinheiros se aproximaram da amurada, apontando curiosos a cena bizarra. Foi logo antes da água explodir em torno da corveta, fazendo a embarcação saltar dois metros para cima.

Não, não era uma explosão. Era uma coisa saindo da água. Um peixe. Um peixe gigantesco.

O enorme tubarão cerrou os dentes do tamanho de cabeças humanas no casco blindado do navio, rasgando-o e retorcendo-o. Do salto para fora d'água, retornou para baixo revelando a metade do corpo, maior do que o navio que atacava. A corveta desapareceu na segunda explosão de água. A barbatana monstruosa ainda ficou visível por um tempo antes da criatura desaparecer.

Reagindo tardiamente, os marinheiros da fragata abriram fogo com arpões e catapultas, provavelmente incapazes de causar qualquer dano.

Um grito vindo do alto atraiu a atenção de Kasim. Um d'leth havia saltado da água e se agarrado às pernas de Udo. Sangue escorria em profusão do ferimento feito pelas garras. Mais acima na escada, Ujana desceu, tentou segurar a mão do amigo, mas era tarde. Udo se soltou, o peso do d'leth grande demais para ele. Mergulharam na água agitada e desapareceram sob as ondas.

Um segundo d'leth saltou da água para a lateral do bote. A cabeça de peixe se virou para Kasim. O demônio não tinha como sorrir, mas Kasim podia jurar que viu um sorriso cheio de dentes transparentes e afiados. Usando suas garras, o demônio se forçou para cima, quase fazendo o barco virar.

Kasim gritou para Osaze correr. O Surna o olhou por um momento, indeciso, antes de aceitar a ordem. Pulou para a escada de corda, não sem antes olhar para baixo, para onde Udo havia desaparecido. Começou a subir o mais rápido que sua perna ferida permitia. No alto, Alaki e os irmãos gêmeos lhe davam cobertura com suas bestas.

Foi quando o reator taumatúrgico da corveta submersa explodiu.

Kasim sentiu antes de ver, primeiro um tremor crescente sob o barco, depois uma bolha branca que parecia se expandir na direção da superfície. Quando percebeu do que se tratava, não pensou duas vezes. Jogou-se na direção do barco, sendo içado alguns metros no ar. Agarrou-se às cordas como pôde, enroscando o braço, esperando o pior.

Ignorando o que estava prestes a acontecer, o d'leth avançou como se lhe houvessem oferecido uma isca. A explosão rompeu a superfície de água com um clarão de radiação. Uma onda enorme se formou como um anel, afastando-se da explosão rapidamente. Veio acompanhada de uma onda de choque cheia de vapor d'água. Quando a onda passou, não havia mais sinal do bote ou do d'leth. No entanto, uma dúzia de outros demônios como aquele escalavam o casco da fragata, prontos para lutar até a morte.

Capítulo 21

Vema estava nadando em um oceano de águas verdes em meio a um grupo de animais gigantescos. Por algum motivo eles não a assustavam. Cantavam uma canção curiosa, meio triste. Olhavam-na com olhos negros do tamanho de sua cabeça.

Alguma coisa se agarrou aos pés de Vema. Ela olhou para baixo, percebendo que eram tentáculos.

Um polvo vermelho se enroscara nela, tentava detê-la. Tinha o rosto do *ashan* Lakshmara. Ou pelo menos Vema achava que tinha, apesar dos tentáculos. Como tinha certeza de que era ele e não qualquer outro panjek, nem ela sabia.

Ela tentou soltar uma perna e chutar o animal para longe, mas os tentáculos eram fortes demais. Eles se alongavam, enredavam seu corpo e braços. Os animais gigantescos ignoraram seus pedidos de ajuda. Foram embora cantando sua poesia como se ela não importasse.

E não importava. Ela era apenas mais um peixe num oceano gigantesco, insignificante ao lado daqueles animais monstruosos.

Vema acordou sendo jogada ao chão. Bateu com o rosto na pedra úmida, ainda desnorteada. Continuou a tentar se desvencilhar dos tentáculos do polvo. Sentiu-os rasgar. Quando levou um para perto do rosto, descobriu que era apenas uma trepadeira cheia de pequenas folhas verdes.

O som de um gemido baixo veio de algum lugar atrás dela. Vema forçou o corpo a se erguer nos cotovelos, rolou para o outro lado. Sahir estava caído, aparentemente despertando. Estava coberto de folhas e galhos, como se tivesse dormido no mato.

Vema se levantou de súbito ao lembrar o que acontecera. Olhou à sua volta, esperando encontrar algum dos monstros.

Estavam em uma caverna de pedra coberta de musgo e trepadeiras, iluminada pela luz surreal de fungos que brilhavam com uma coloração amarelada.

Não... Não era uma caverna. Era uma sala. Tinha sido uma sala.

O chão era feito de blocos de pedra, agora tornados irregulares pelas plantas crescendo entre as frestas. Uma árvore brotara do chão, deslocando blocos de pedra e arrombando uma parede onde uma vez houvera uma pintura. Dela só restavam manchas coloridas em armagassa mofada e estufada. Com ela a árvore havia levado também parte do teto. Do buraco aberto desciam mais trepadeiras, que se agarravam à superfície como se declarando sua posse sobre aquelas ruínas.

O som dos insetos, o cheiro de terra molhada. Tudo continuava igual.

– Onde estamos?

Sahir murmurou alguma coisa, então deu um pulo, assustado. Caiu para trás, as pernas ainda enroscadas em plantas. Arrancou o que podia com as mãos e os pés. Elas pareciam oferecer menos resistência agora. Teria Vema apenas sonhado que elas a prendiam e faziam força?

– Ainda estamos na Cerca Viva?

Vema deu de ombros.

– Parece. Talvez seja algum prédio antigo que existia fora dos limites da cidade na época da destruição de Naripuri.

Os dois observaram em silêncio, tentando descobrir pistas.

Além do buraco no teto havia uma outra entrada quase fora do alcance da parca luz dos fungos. Ela parecia em grande parte soterrada, como se aquele quarto tivesse afundado na terra. Outras paredes mostravam resquícios de desenhos semelhantes aos da pirâmide do Mercado da Colina. O que o clima úmido da Cerca Viva não havia destruído tinha sido danificado pelo crescimento das plantas. Vema mal podia identificar o que deviam ser panjek enfileirados em um lugar carregando algo, talvez oferendas. Em outro ponto, um grupo de panjek estava à beira do mar diante de alguma coisa que parecia um polvo gigante.

Sahir agarrou o braço de Vema. Quando ela se virou, percebeu que ele havia empalidecido. Seus olhos estavam no buraco no teto. Vema não via nada demais lá. Nem ouvia.

Ela engoliu em seco ao perceber.

Ela não ouvia nada porque o concerto de insetos havia silenciado por completo. Restava apenas um som de gotejar e o que talvez fosse um pássaro ou sapo distante.

Antes que Vema pudesse sugerir que procurassem uma forma de

sair dali, um novo som surgiu. Era como o de algo raspando na pedra. Parecia vir de todos os lados ao mesmo tempo.

Então um pequeno besouro de carapaça azul surgiu de um buraco na parede e caiu no chão. Vema saltou para trás, mais pela tensão da situação do que pelo inseto em si. Então outro seguiu o primeiro, e depois outro.

Besouros azuis começaram a surgir por toda a parte, saindo de buracos e frestas e do teto arrebentado. Vema agarrou Sahir, sem coragem de dizer que aquele enxame provavelmente ia devorá-los e que Kasim ficaria muito irritado por ela não ter esperado por ele. Mas os besouros os ignoraram. Ao cair no chão ou alçar voo em diminutas asas frágeis, evitavam os dois onironautas e seguiam na direção da árvore intrusa. Cobriam o chão como um tapete formado por inúmeras escamas metálicas que brilhavam com uma cor incrível. Passado o medo inicial, Vema se percebeu admirando as criaturas. Jamais tinha visto animal tão incrível. Pelo menos não fora do ateliê de um quirurgião. Era possível que algo assim tão impressionante fosse natural?

Um a um os besouros pousaram ou subiram na árvore, entraram no tronco, atrás de folhas, em frestas na parede partida. Tão súbito quanto começara, aquilo cessou.

Os onironautas se entreolharam apreensivos, sem ter certeza do que esperar. Estavam temerosos de falar, como se qualquer distúrbio pudesse piorar as coisas.

Então o som da orquestra de insetos voltou, mas dessa vez não vinha de fora. Vinha da árvore caída.

O som oscilava de alto a baixo, grave a estridente. Por um instante Vema achou que parecia uma voz ecoando, quebrada.

– Desculpem a rudeza com que foram trazidos até aqui.

Sahir agarrou o braço de Vema. Era óbvio que ele também tinha ouvido aquilo.

– Nós não raciocinamos muito bem sem a devida massa crítica.

Então as plantas se moveram, os galhos se entortaram e as trepadeiras se enroscaram. Uma massa vegetal tomou forma, escorrendo do tronco da árvore para tomar uma forma diante deles. Um galho serviu de perna, cipós de músculos. Dois longos braços iam até o chão, como se para lhe dar suporte. Ajeitou-se, tornou-se mais humano em forma, mas ainda curvado e encorpado demais. Não havia pescoço, por assim dizer, mas uma forma única que seguia do corpo para um cone que lembrava a cabeça de um tubarão. Casca de árvore formava um queixo protuberante com dentes afiados. Apesar disso, a voz, o som dos insetos, continuava sem que ela se mexesse.

– O que vocês buscam aqui?

Vema e Sahir se entreolharam sem saber o que responder. Não tinham certeza se deviam dizer qualquer coisa, apesar da pergunta. Não era sempre que conversavam com árvores, especialmente fora do Mundo dos Sonhos.

A criatura caminhou a passos lentos na direção de um bloco de pedra perto de uma colônia grande de fungos luminosos. Não era bem como se caminhasse, mas como se deslizasse pelo chão. Trepadeiras se separavam do corpo, musgo crescia pelo chão, então a perna se reformava lá. Era diferente demais do movimento que se esperava de qualquer coisa na natureza. Então Vema percebeu um besouro azul cair da massa vegetal, a carapaça para baixo. Chacoalhava as pernas para o ar, tentando se virar. Um cipó emergiu da massa como um tentáculo e o ajudou.

– Não é uma planta.

Sahir olhou para Vema como se ela estivesse louca. Vema apontou para a criatura.

– São os besouros.

Aquele pequeno besouro desastrado não era o único. Sob as folhas, escondidos entre galhos e atrás da casca de árvore, havia dezenas de besouros azuis. Suas carapaças batiam como uma onda quando as pernas se moviam, produzindo uma espécie de chiado misturado a leves batidas.

O estranho ser parou diante do bloco de pedra e começou a desmontar. Transformou-se em uma criatura sentada, mais do que se sentou. Nem precisou se virar para a direção correta. Quando terminou o movimento, havia se enraizado ao chão, musgo e trepadeiras fixando-se à pedra abaixo dela.

– Correto – disse a criatura. Sempre que falava, o som era algo em meio à música feita pelos besouros. Não era bem uma voz, mas uma vibração que de alguma forma fazia sentido.

– Somos imago – tornou a vibração.

Quem conhecia as histórias da Cerca Viva já tinha ouvido falar dos imago. Verdade e lenda eram impossíveis de se separar pelas histórias narradas por mercenários e exploradores que sobreviveram a uma ida além dos portões de Último Refúgio. Para muitos myambeses eram espíritos da floresta, capazes de controlar a própria floresta para capturar e devorar as almas de intrusos. Para os panjek, eram um efeito colateral da implosão do portal sobre Naripuri que de alguma forma tornara o bosque um predador, impedindo que qualquer ser vivo atravessasse para descobrir o que acontecera no resto do continente.

Vema nunca entendeu como os sobreviventes da destruição da capital conseguiram chegar em Último Refúgio se a Cerca Viva estava lá. Talvez tivessem vindo nas costas de Iraivana, ou talvez essa floresta houvesse demorado para crescer e se tornar tão perigosa.

Que tipo de coisas aquela criatura poderia contar sobre o mundo além de Último Refúgio? O que ela havia visto? Certamente poderia ser uma fonte de informação valiosíssima para construir os sonhos para *maharashan* Nyx!

Uma trepadeira subiu uma das colunas de pedra mais próximas da dupla. Ao chegar à altura de seus olhos, desenrolou as folhas, revelando um pequeno saco de pano costurado. Instintivamente Vema colocou as mãos nas abas do sari onde havia guardado o objeto dado pela avó.

– O que é isso? – questionou o imago, do outro lado da sala.

Vema tirou o saco de pano da trepadeira e guardou-o no sari.

– É um presente que ganhei.

– É uma proteção – ele disse antes de repetir: – O que vocês buscam aqui?

A pergunta pegou Vema de surpresa. A noção de que os besouros falavam com ela ainda soava estranha demais, apesar de tudo que ela já havia visto por ter nascido e crescido em uma cidade panjek.

– Somos onironautas. Nós criamos sonhos.

O chiado aumentou de volume, então repetiu a última palavra.

– Sonhos.

Vema e Sahir se entreolharam. Aquilo fora uma pergunta?

– Experiências na mente, enquanto dormem.

O imago permaneceu imóvel. Era impossível ler a expressão facial ou corporal de um amontoado de folhas e galhos. Insetos dormem? Se dormem, sonham?

– É como entrar em outro mundo, um que você pode moldar com a mente e a imaginação.

A criatura cresceu subitamente. Estava de pé caminhando em sua direção. Entender o movimento daquela... entidade era difícil. Os besouros corriam pelos galhos e folhas na direção em que o imago se movia, levando com elas o que podiam, fazendo crescer plantas. Era assustador, especialmente quando ele se aproximou, parando a apenas dois metros de distância. Vema deu um passo para trás.

– Mostre-me – chiaram os besouros.

Vema fez um sinal para Sahir. Ele não respondeu de imediato. Olhava dos besouros para a amiga. Por fim se agachou e procurou por algo em sua mochila. Tirou dela o bulbo com o pesadelo e o colocou no chão com cuidado. Continuou procurando por mais.

Musgo cresceu sob o bulbo de vidro e se espalhou na direção do imago. Cogumelos cresceram no lado oposto do bulbo, fazendo-o rolar pela trilha de musgo. Antes que Vema pudesse alcançá-lo, um emaranhado de cipós cresceu do chão como um pedestal estreito, levando o bulbo de vidro até a altura da cabeça do imago. Besouros saíram dos seus esconderijos, movendo-se na direção da cabeça e do braço mais próximo, curiosos, chacoalhando suas carapaças azuis metálicas. Dentro do bulbo, o pesadelo parecia agitado. Disparava lanças de fumaça contra o vidro, como se atacando seus observadores.

– Cuidado com isso. É um pesadelo.

A cabeça do imago se virou para Vema, mas nada disse.

Cautelosa, a onironauta tirou o bulbo de vidro do pedestal de plantas e o devolveu a Sahir, que entregou outro bulbo no lugar. Ela o colocou no mesmo lugar do anterior.

Diferente do pesadelo, o sonho parecia ignorar o imago. Girava pelo lado de dentro do globo como uma maré multicolorida. Se você olhasse com atenção poderia ver uma pradaria coberta de uma grama alta de tom dourado. Havia poucas árvores distantes e algumas montanhas. Vema havia se baseado nos sonhos e descrições de um mercador itinerante que dizia ter visto aquele lugar no continente de Akanisha. Mas Vema não havia terminado o sonho. Não fazia ideia de que tipo de cheiro ou sons deveria ter aquele lugar. Nem ao menos sabia se o que havia ali era completo o suficiente.

O imago não pareceu perceber a falha. A atenção dos besouros estava completamente no sonho aprisionado dentro do bulbo.

Não tinham trazido o captador de sonhos, e, mesmo que o tivessem feito, como usá-lo em um bando de besouros? Ela não sabia nem por onde começar. A única alternativa destruiria o sonho permanentemente.

Suspirou. Ela sempre poderia fazer um novo sonho.

Vema removeu o bulbo do pedestal. O imago e os besouros – será que era tudo a mesma coisa? – acompanharam o movimento, fixos no sonho. Vema pegou na bolsa uma ferramenta fina o suficiente e rompeu o lacre de cera. Imediatamente o sonho começou a vazar para fora.

– Vema...

Sahir não havia se levantado de onde mexia em suas coisas. O tom de sua voz era de alerta. Pois é. Eles não sabiam o que ia acontecer.

Vema aproximou o bulbo do imago e chacoalhou o vidro. O sonho escorreu como fumaça, expandindo-se, agarrando-se às plantas e aos besouros, que chacoalharam agitados suas carapaças. Subitamente, pararam. As carapaças azuis permaneceram abertas, como se em alerta, como se se preparassem para voar para longe. Então, começaram a se fechar lentamente, letárgicas.

Filamentos coloridos se enroscavam nos besouros, abraçando-os. Onde se estabeleciam como casulos, reproduziam pequenas versões do sonho. Vema se aproximou, a curiosidade mais forte que o medo, para olhar de perto. A imagem em cada um deles era idêntica, como se os besouros sonhassem com a mesma experiência, apesar da forma em que o sonho fora tecido, como um mundo aberto e não como uma história narrada.

– Temos que sair daqui.

Sahir havia recolocado tudo na mochila e já estava de pé procurando por uma forma de sair. Ir embora sem saber como aqueles insetos vivenciavam o sonho? Sem saber a opinião deles sobre sua arte? Vema estava fascinada pela forma com que os besouros reagiam ao sonho que se prendia às folhas como uma névoa persistente. Como será que eles viam aquela pradaria distante? Será que percebiam seus defeitos?

– Vema!

Com um suspiro, a onironauta deu as costas para o imago e se juntou a Sahir, que seguia na direção da entrada parcialmente soterrada. Havia uma luz fraca no final do túnel, provavelmente a luz da Lua escapando por entre as copas das árvores acima. Se seguissem reto, chegariam até a superfície. Mas e depois? Ainda estavam na Cerca Viva, mas nem ao menos sabiam aonde. Vema duvidava que besouros falantes fossem o único perigo daquele lugar.

Sahir procurou à sua volta por algo, então fixou o olhar em uma colônia de fungos luminosos. Sem o menor medo, arrancou com a mão vários cogumelos. Talvez pensasse em usá-los como lanternas. Mas, pouco depois de serem arrancados da colônia, sua luminosidade começou a amainar. Em segundos, os cogumelos haviam se tornado tão mundanos quanto aqueles encontrados em fezes de makaras.

Sahir chacoalhou os fungos, mas sem efeito. Jogou-os no chão e chutou-os para longe. Sem o fogo-fátuo que escapara da lanterna, eles não tinham qualquer fonte de luz para guiá-los de volta para casa.

Com um suspiro, Vema se apoiou em uma das paredes. A dor de cabeça não a havia deixado, mas a empolgação com a situação toda a havia feito esquecê-la por um instante. Entre estar perdida fora da cidade que era a única coisa que ela conhecia, ter sido atacada por plantas gigantes, atingida por um fogo-fátuo fugitivo e conversado com besouros, era difícil imaginar qual dessas coisas era a responsável pela dor.

Uma flor cresceu da parede ao seu lado, quase se enroscando em seu ombro. Vema se afastou, olhando a parede. Flores começaram a surgir por toda a parte. Cresciam por entre as pedras do chão, na copa da árvore e nos cipós. Eram brancas, vermelhas, amarelas e lilás, algumas pequenas, outras enormes. As formas eram as mais variadas, de taças a discos de pequenas pétalas. Até no musgo surgiam pequenas flores brancas.

– Nossa vez de compartilhar.

Os dois se voltaram na direção do imago. Até sobre ele havia flores crescendo entre folhas e casca de árvore, algumas particularmente grandes.

Então todas elas se abriram e, ao mesmo tempo, liberaram no ar uma nuvem de pequenas partículas amarelas que subiram além de suas cabeças. Depois, começaram a cair lentamente. Agarravam-se às suas roupas, esfarelavam-se ao toque. Onde tocavam, não se desprendiam.

Vema espirrou. Aquelas coisas faziam coçar o nariz. Espirrou novamente, sentiu-se tonta. A cabeça doia. Sahir a chamou, mas sua voz soava estranha, como se o som demorasse para chegar em seus ouvidos.

Pela segunda vez Vema sentiu que perdia a consciência. Pelo menos dessa vez não doeu tanto.

Capítulo 22

A fragata estremecia enquanto os corais tentavam em vão rasgar o casco por todos os lados. O som de garras correndo sobre o metal lançavam calafrios pela espinha do soldado.

Kasim apoiou o corpo na amurada do navio, deixando suor e sangue escorrerem livres pela pele, empapando o couro da armadura. A espada ele já havia deixado cair no convés, ao lado do corpo do d'leth.

A água mudava de cor, não pelo recife que protegia a baía de Último Refúgio, lâminas discretas ocultas poucos metros abaixo da água, mas pela mistura de sangue e refugo mágico, o primeiro vazando da tripulação, o segundo do motor taumatúrgico do navio. O cheiro deixava os tubarões loucos, atacando uns aos outros num frenesi fora de controle. Melhor que morressem ao invés de se transformarem em aberrações.

– Acabou?

Makalo estava caído sobre o corpo de um d'leth particularmente grande. Apoiava-se na haste da lança que prendia a criatura ao convés. O demônio ainda estrebuchava em espasmos, sangue transparente borbulhando da ferida e por entre dentes negros e afiados. Parecia ignorante de sua morte iminente, as mãos tentando pegar a espada de dentes de tubarão, os olhos rolando descontrolados nas órbitas.

– Por enquanto.

Kasim respirou fundo. O sal no ar parecia limpar seu corpo e, por um instante, empurrar para longe o cheiro de morte. Tossiu involuntariamente, achou que colocaria tudo para fora novamente. Maldito balanço do mar. Passou a mão no rosto, só agora percebendo o corte na testa. Sangue antes quase coagulado escorreu para os olhos. *Vema vai me matar*, ele pensou, forçando um sorriso.

Abaixou-se do lado do selvagem que havia matado, virando a cabeça e checando guelras e membranas. Retirou o pouco ouro que encontrou, anéis e brincos, provavelmente roubados de navios afundados, cortou com a espada a garra direita e empurrou com um pé o corpo para fora do barco. O corpo afundou na água junto a muitos outros, mais um prato no banquete dos tubarões.

Kasim se deixou deslizar para o convés e se sentou. Era difícil manter os olhos abertos. Queria simplesmente dormir. O som de algo batendo na madeira o forçou a abrir os olhos. Ao seu lado, Makalo, caído de lado sobre o corpo do d'leth, tentava cortar a mão do demônio.

Com um suspiro, Kasim tirou o facão da mão de Makalo e fez o serviço ele mesmo. O corpo estremeceu, então parou. Kasim passou a garra decepada para o companheiro. Ele recusou o prêmio, um sorriso fraco e sujo de sangue no rosto.

– Você pode comprar um belo presente para ela com isso aí.

Os dois se entreolharam por um tempo. Makalo riu e tossiu.

– Nós não somos burros, rais. Todos sabemos da onironauta.

Kasim nada disse. Enfiou a garra decepada na bolsa junto às outras duas. Precisava procurar pelos outros d'leth que matara no convés antes do ataque cessar, antes que outro membro da Guarda roubasse a recompensa.

– Ela não aceitaria um presente comprado com a recompensa por mãos de d'leth.

Fazendo esforço, Kasim acabou por se levantar. Pegou sua espada no chão, voltando a embainhá-la, e se aproximou de Makalo. Agarrou com ambas as mãos a lança fincada no corpo do d'leth e puxou com força. Ele soltou um gemido e voltou a balbuciar algo. O sujeito parecia mais resistente que os demais.

– Ela sabe muito bem como você ganha a vida.

– E eu sei como ela ganha a dela.

Kasim encostou a ponta da lança à parte mole do pescoço do selvagem. Ali as escamas tinham uma tonalidade mais clara, eram mais finas. O colar de ossos e conchas que uma vez protegera aquela parte vulnerável havia sido arrancado durante o combate, fosse por Makalo ou outra pessoa que caíra antes de conseguir derrubar o d'leth. Os olhos grandes giraram, tentando focalizar no homem de pé sobre ele.

A cabeça de peixe tentou dizer algo. Água salgada e sangue escaparam da boca e guelras. Kasim fincou a lança na garganta do d'leth, que agarrou a haste com a garra que lhe restava antes de finalmente parar pela última vez.

Kasim permaneceu ali, apoiado na lança, por um tempo. Fechou os olhos, deixando a brisa do mar resfriar seu corpo. Achou que tinha cochilado quando percebeu algo estranho. Abriu os olhos e olhou à sua volta.

– Nós paramos.

Makalo não respondeu. Estava olhando para o mar, na direção da cidade. Havia uma poça de sangue escuro embaixo dele, escorrendo para o mar. Kasim virou o corpo. Um pedaço de presa de narval estava alojado fundo no fígado.

– Precisamos de você. – Osaze havia surgido de algum lugar. Apoiava-se na sua lança como se fosse uma muleta. Tinha cortes no braço e na perna, mas fora isso parecia bem.

– Temos um problema que exige sua atenção.

Kasim voltou a fechar os olhos. Apoiou as costas na amurada do navio. Não havia o som de gritos além do lamento dos feridos. Não havia sinal de luta. Nem mesmo o zumbido característico do motor taumatúrgico da fragata podia ser ouvido. Não podia ser nada de tão importante.

– Fale com o Nar-rais.

– A última vez que o vi, ele era o convidado de honra de um banquete no mar.

Kasim lembrou-se do Nar-rais cumprimentando-o da proa da corveta. Lembrou-se também do tubarão gigante.

– Deve ter sobrado algum oficial.

– Sim. Você.

Kasim olhou novamente para a água vermelha. Um tubarão com duas longas barbatanas dorsais tentava se desvencilhar dos tentáculos de outro.

Em Panjekanaverat nada era como se esperava.

– Estamos sobre o recife.

– Acho que sim.

– Então a missão está cumprida. Vamos logo para casa. Preciso beber algo forte.

– Esse é o problema.

Osaze fez um sinal com a cabeça na direção da proa. Um grupo de marinheiros e soldados formava uma barreira entre eles e fosse o que fosse que havia parado o navio. Kasim abriu caminho por entre olhos arregalados e derrotados até o centro da turba, onde um grupo de seis peixes apontavam arpões na direção da tripulação.

Kasim levou algum tempo para perceber que não eram d'leth, mas sim seus parentes mais civilizados. Não usavam ossos, mas sim couro e metal que conseguiam negociando com Último Refúgio. Os olhos bulbosos estavam escondidos por trás de óculos redondos colados ao rosto ossudo. Guelras e narinas respiravam graças aos garrafões de água salgada que pendiam do lado de suas cabeças de peixe. Comparados aos d'leth, eram maiores, só que mais esguios. A postura não era menos ameaçadora.

Um último membro do grupo escalou a amurada da proa e saltou para o deque. Diferente dos demais, não tinha escamas coloridas, nem barbatanas aparentes. Menor que os nommos, talvez com apenas um metro de altura, caminhava em pernas grossas e roliças, desajeitadas, arrastando pelo chão uma cauda verticalmente achatada. Um cinto feito de algas cruzava do estreito ombro esquerdo à cintura, logo acima de uma longa cicatriz esbranquiçada, trazendo pendurada uma infinidade de caixas, vidros, bolsas e peças de metal. Ao invés de olhos grandes e vítreos, tinha olhinhos negros do tamanho de sementes de tâmara. Não usava máscara para respirar, pois tinha no topo da cabeça um buraco cheio de água salgada.

Poucos podiam dizer já terem visto um kappa. Eram mantidos reclusos em sua cidade submersa, onde estavam a salvo do contato de forasteiros como os homens e mulheres de Último Refúgio. Diziam que eram uma raça escravizada pelos nommos, usados como pouco mais do que concubinas sob controle da casta poderosa da Baía de Lâminas Coloridas. Kasim duvidava que fosse assim tão simples. Nada naquele lugar era tão simples.

O kappa parou diante dos nommos, examinando cada um dos tripulantes. Buscou em meio à parafernália pendurada no cinto uma pequena caixa cheia de fios e discos. Dedos rechonchudos moveram peças daqui para ali, trocaram duas válvulas de lugar. Tomava cuidado para não inclinar a cabeça para a frente, de forma a não derramar a água que levava ali. Satisfeito, voltou a atenção para Kasim.

– Venho em nome de Mãe Hidra contactar o líder desta expedição.

Enquanto o que saía da boca da criatura soava como um gargarejar baixo e agudo, a voz projetada pelo aparelho era humana, andrógina e completamente sem sotaque. Não havia nada de natural naquilo.

Alguém empurrou Kasim para a frente, atraindo a atenção dos nommos, que ergueram os arpões em sua direção. O kappa apenas o observou em silêncio.

– Rais Kasim. Acho que estou no comando agora.

A caixa chiou, traduzindo o que o mercenário dissera na língua panjek. Enquanto sua língua natal era muito usada pela população humana de Último Refúgio, o panjek nativo era a língua oficial. Kasim tivera uma ótima professora. O kappa não expressou qualquer reação ao que ouvira.

– Sua unidade foi contratada para resgatar nossos infantes.

A voz monótona não transmitia as nuances que Kasim imaginava conter naquela frase. Não era uma simples afirmação. Era um questionamento sobre o sucesso ou não da missão.

Kasim fez um sinal com a mão, sem tirar os olhos da criatura. Houve um burburinho atrás dele, antes que alguém resolvesse se mexer. Kasim, os nommos e o intérprete permaneceram em silêncio enquanto os outros iam buscar a carga.

A multidão abriu caminho alguns minutos depois, e um grupo de seus homens trouxe os tonéis. Kasim esperou seus homens saírem do alcance dos arpões antes de falar.

– Aí estão seus filhos.

O kappa ouviu a tradução, mas não se moveu. Foi um dos nommos que disse algo. As escamas desse nommo eram ligeiramente mais escuras que as dos demais, com um padrão em listras vermelhas nas costas e manchas azuis nos antebraços grossos. Faltava um pedaço da barbatana sobre a cabeça, arrancada pela boca de um predador. O aparelho pendurado no intérprete não o traduziu, e nem o que o intérprete disse de volta. As garras dos guerreiros aquáticos se moveram nas hastes dos arpões. Pareciam tensos.

O intérprete caminhou na direção dos tonéis. Colocou uma mão sobre a tampa de um deles e o abriu. O cheiro de água do mar misturado a peixe podre escapou. O intérprete soltou um choro agudo, engasgado. Os nommos avançaram dois passos, os soldados da Companhia ergueram espadas, machados e lanças.

– Parem.

A caixa traduziu o comando de Kasim, atraindo a atenção do intérprete, que respondeu num gargarejar agitado.

– Confiamos a vocês o resgate de toda uma geração e vocês trazem pouco mais de algumas centenas de alevinos moribundos.

Kasim tentou uma olhada discreta na direção do mar. As águas claras da baía não escondiam os perigosos corais ou os inúmeros nommos armados aguardando o sinal para invadir o navio.

Apesar de menos agressivos do que seus primos d'leth, os nommos eram mais organizados e equipados com a tecnologia de Último Refúgio. Kasim não precisava olhar para trás para saber que os homens naquele navio estavam exaustos e feridos demais para sobreviver a um novo combate.

– Mais do que isso, poluem nossas águas com as toxinas taumatúrgicas de seu navio, destroem nossos corais, fazem chover destroços sobre nossa cidade.

– Fazemos o que fomos pagos para fazer. Lutamos a sua luta para salvar aquilo que perderam. Morremos por vocês.

– Morreram pela prata.

– Se seus filhos eram tão importantes, por que vocês mesmos não foram resgatá-los?

Houve um momento de silêncio desconfortável. O kappa inclinou ligeiramente a cabeça para o lado. Parecia estudar o rosto de Kasim, talvez tentando descobrir se sua fala era ofensiva ou não. Finalmente falou em sua voz neutra.

– Mãe Hidra não permitiu.

– Que bela mãe essa que deixa seus filhos aos cuidados de mercenários.

O nommo de listras gritou e avançou na direção de Kasim. Os outros fizeram como se fossem seguir o ataque, e então se detiveram, todos, ao sinal do kappa. O intérprete nem ao menos havia se virado para os seus. Ergueu a mão rechonchuda, os pequenos olhos negros ainda em Kasim.

– Você nada sabe sobre nossa cultura.

– Como poderia, se vocês se escondem sob as águas, ameaçando marinheiros e proibindo a pesca por sobrevivência? Quem lhes deu o domínio dos mares?

Kasim pensou ter visto um brilho passar sobre aqueles olhos negros. A água no buraco da cabeça do kappa tremeu, como se em resposta a uma leve vibração.

Então o kappa deu as costas para o soldado e seguiu na direção da amurada. Deu um comando em sua língua. A contragosto, os nommos baixaram suas armas e pegaram os tonéis contendo os filhotes remanescentes. Mais nommos abordavam o navio, auxiliando os que haviam permanecido a descer os tonéis para dentro da água. O único a permanecer imóvel era o listrado.

– Você vem conosco.

Kasim ficou menos surpreso ao ouvir o nommo falar sua língua do que com o que ele dissera.

– Por quê?

– Sua presença é requisitada na corte.

– Eu não respiro debaixo d'água.

O nommo enfiou a mão livre em um bolso na pele. Kasim podia ver os dedos alongados se mexerem por baixo das escamas sobre sua barriga. Tirou do próprio corpo um saco viscoso e jogou-o para o myambês, que pegou a coisa, meio desajeitado. A coisa estava viva. Era uma espécie de molusco com tentáculos curtos e pequenos olhos dourados manchados de tinta negra. A coisa escorregava em sua mão como uma bolsa de pele coberta em saliva. Os tentáculos se moviam pelos seus dedos, como se buscassem algo.

– O que é isso?

O nommo moveu a mão para seu próprio rosto, abrindo dedos ligados por membranas como se fosse um leque diante do rosto.

Kasim engoliu em seco assim que entendeu o que viria a seguir.

Capítulo 23

Vema estava nadando em um oceano de águas verdes em meio a um grupo de animais gigantescos. Por algum motivo eles não a assustavam. Cantavam uma canção curiosa, meio triste. Olhavam-na com olhos negros do tamanho de sua cabeça.

Vema olhou para baixo. Não havia nada. Por que ela olhou? Era como se soubesse que algo ia agarrar suas pernas. De qualquer forma, estava enganada. Mas, embora não visse nada em sua perna, viu movimento no fundo do mar, como uma sombra crescente.

Primeiro vieram os peixes, um cardume gigantesco subindo apressado, desviando agilmente de Vema. Era como se fugissem de algo.

O algo veio logo depois.

O maior tubarão que Vema jamais vira surgiu das profundezas com a bocarra aberta, dentes do tamanho de sua cabeça enfileirados nas gengivas à amostra. O monstro abocanhou uma das baleias bem no meio, quase arrancando sua cauda em um único golpe.

O tubarão não estava sozinho. Presos a ele como rêmoras estavam criaturas bem menores. Àquela distância pareciam pessoas, até que se desprenderam do monstro. Nadavam como peixes, ondulando o corpo de um lado para o outro. A luz do sol que penetrava àquela profundidade refletia nas escamas escuras, revelando uma barbatana colorida que começava na cabeça como uma crista e terminava no meio das costas.

Os primos selvagens dos nommos, os d'leth. E onde havia a prole de Pai Dagon...

Vema voltou a olhar para baixo a tempo de ver um segundo vulto crescendo. Este era bem maior que o tubarão.

Uma mão pegou Vema pelo braço e a puxou para fora d'água. Subitamente estava às margens de um riacho não muito mais fundo que seus calcanhares. Sahir a olhava preocupado, ainda segurando seu braço.

– Tudo bem?

Vema deu de ombros, os olhos ainda no riacho, como se aquela situação a lembrasse de algo.

Agora não estavam sequer perto da costa. Era um bosque de algum tipo, com árvores bem separadas e o chão coberto de pedras e grama. Podia ouvir o som de animais, mas não eram nada como ouvira na Cerca Viva.

Ah, sim, a Cerca Viva. O imago.

Passou uma mão espalmada do topo da cabeça aos pés, secando-se por completo. Confirmava sua impressão de que aquilo era, sim, o Mundo dos Sonhos.

Sahir lhe deu a mão e a ajudou a se levantar.

– Tudo bem?

Ela sorriu, meio incerta.

– Algum sinal do imago?

O companheiro sinalizou com o queixo floresta adentro. Como se respondendo ao movimento, o som de música, vozes e animais surgiu da mata, vindo daquela direção.

Não havia dúvida que a música era panjek, mas nem mesmo no Festival da Cidadela Ambulante Vema havia ouvido tamanha... animação.

Vema se adiantou, fazendo um movimento de afastar as árvores do seu caminho. O terreno se modificou para obedecer, mas não tão facilmente quanto o usual. Era como se resistisse à mudança. No caminho criado o chão se tornava blocos de pedra vermelha entalhados com símbolos panjek. Era como deveria ter sido a Rua do Tombo um século ou mais antes. Vema conseguia identificar facilmente os símbolos entalhados, muito semelhantes àqueles usados nos *bhas* como uma mistura de mensagem e presságio. Havia demônios de muitas cabeças, árvores com rosto, makaras gigantescos e panjek em uma infinidade de poses. Pernas cruzadas e mãos no sinal de negação. De pé, mãos erguidas em honra aos mestres. Arma em punho defendendo o Grande Reino.

Vema não via entalhes assim tão bem cuidados em outro lugar a não ser na Kulshram, e mesmo assim apenas em raros lugares menos frequentados. Em toda Último Refúgio o que restava do Grande Reino Infindável era obscurecido pelas ondas de migrações e o esquecimento.

Se em um momento caminhavam entre as árvores, no próximo estavam em uma praça.

O chão de pedras vermelhas se tornou amarelo. Os símbolos desapareceram, substituídos por padrões geométricos simples e discretos que se perdiam em meio aos pés dos panjek que festejavam.

Inúmeros panjek, felizes, cantando e dançando.

Vema e Sahir se entreolharam, abismados com a variedade e a quantidade. Estavam completamente cercados de panjek vestindo túnicas decoradas, jogando pós coloridos no ar, dançando e cantando, compartilhando taças de licor e sucos, comendo pães embebidos em molhos de legumes e especiarias fortes. Era como o Festival da Cidadela, só que impossivelmente maior. Devia haver milhares de panjek ali! Muito mais do que jamais poderia caber em Último Refúgio!

Mas o mais assombroso não era a quantidade, e sim a diversidade. Não através de óbvias quirurgias, mas pelo que Vema acreditava ser simples variedade natural. Olhos arredondados, orelhas maiores aqui, mais arredondadas ali. Olhos azul-claros, olhos cor de mel e as mais diversas variações dos usuais olhos púrpura. Até o tom da pele variava do cinza pálido!

Em Último Refúgio apenas uns poucos diferiam do padrão e sempre em muito pouco. Eram como o apotecário da Rua do Tombo, membros de castas inferiores, considerados impuros pela aristocracia. Era isso, então? Estavam em meio à verdadeira população panjek? A maioria impura que uma vez tornou o Grande Reino Infindável real? Se eram mesmo isso, onde estavam?

Sahir descobriu antes. Tocou o ombro de Vema e apontou para trás, por cima das cabeças da multidão.

A alguns metros dali, Vema podia ver as torres e edifícios de couro curtido montados nas costas de uma montanha que se movia lentamente com a respiração de um colosso. Além da Cidadela Ambulante erguiam-se edifícios enormes: um zigurate adornado com milhares de estátuas coloridas de criaturas impossíveis – talvez o Templo dos Conquistados, onde eram lembrados os povos dominados pelo Grande Reino –, edifícios circulares de pedra encimados por domos de bronze, torres feitas de ossos moldados como serpentes de marfim enroscadas até as alturas e pirâmides muito estreitas e altas organizadas em torno de uma quarta maior, representando o poder que unificava as Três Grandes Artes.

Ambos tinham crescido ouvindo falar sobre as belezas daquele lugar e a história contida e contada naquelas pedras milenares. Mas jamais, nem mesmo em sonhos alheios, as haviam visto.

– Estamos em Naripuri?

Sahir deu de ombros.

– Ou pelo menos o que o imago lembra da capital, antes da destruição, imagino eu.

Ambos olharam para o céu, como se procurando a ferida que pulsava visível mesmo quilômetros para o sul em Último Refúgio. O céu era perfeitamente azul, sem qualquer sinal de nuvens. Um grupo de pássaros voava em formação, tão alto que era impossível identificá-los. Vema nem ao menos sabia que pássaros eram capazes de tamanha organização!

Os pássaros cruzaram o céu, passando pelo meio de três gigantescos espigões de metal. Foi o que atraiu a atenção da dupla de onironautas para o que havia oposto a Iraivana.

Se os outros edifícios eram impressionantes, era porque nenhum dos dois imaginara possível a estrutura no centro dos três espigões.

Os primeiros dez metros eram formados por um paredão branco entalhado em camadas. Mesmo daquela distância podiam ver padrões desenhados entre as camadas, provavelmente homenagens à Linhagem Pura e ao Ser Original da mitologia panjek. Aqui e ali havia janelas falsas esculpidas em pedra, onde velas, incensos e oferendas haviam sido colocados, provavelmente em agradecimento à festa promovida pelo *mahasavanshy*, o rei de toda Panjekanaverat e os Planos Conquistados. No topo do paredão as camadas desapareciam, tornando-se cobertas de entalhes na forma de guerreiros panjek perfeitamente idênticos, o Exército dos Imortais, que *ashan* Lakshmara dizia ter sido a mais poderosa força armada de todos os mundos. Cada um portava uma lança e um escudo. Vema não conseguia ver detalhes, mas apostava que cada um trazia os símbolos das Três Grandes Artes em suas indumentárias. Onde acabava o paredão começava um terraço do tamanho de um quarteirão.

O edifício não terminava aí. Mais afastado do terraço ele continuava como blocos que se estreitavam ligeiramente na medida em que cresciam. Novamente, não eram lisos, mas sim decorados com entalhes diversos. Algo reluzia à luz do sol, talvez pedras preciosas cuja lenda atraíra tantos aventureiros às ruínas da cidade. Além, pilares de seis metros ou mais sustentavam o que poderia ser descrito apenas como pirâmides estreitas. Assim como as outras, essas não tinham paredes retas, mas sim curvadas de forma quase orgânica. Nem tampouco eram lisas: eram como a casca de uma fruta-do-conde envolta em anéis concêntricos. Os tamanhos também variavam, crescendo da direita para esquerda.

Os dois onironautas se pegaram boquiabertos com tamanha beleza.

Subitamente a música cessou, e a multidão se voltou na mesma direção que eles. Todos ergueram as mãos e gritaram em uníssono. O som era tão alto e intenso que atordoava os dois visitantes.

Tão rápido quanto começou, cessou, e a multidão abaixou os braços, observando atenta um grupo de pessoas que surgira no centro do terraço do palácio.

– Ele está lá – disse Sahir, sem tirar os olhos daquele lugar.

Vema não discutiu. Ele era o rastreador. Apenas pegou sua mão e se imaginou lá. Então estavam no alto do terraço do palácio de Naripuri.

Só daquele lugar podiam ter uma ideia da grandiosidade da cidade que parecia se espalhar para todos os lados. A quantidade de panjek parecia impossível. Vema não conseguia sequer imaginar que existissem tantas pessoas no mundo.

Poucos metros de onde estavam havia um grupo de panjek.

Um era mais jovem. Vestia-se com uma túnica azul turquesa decorada de pedras preciosas e padrões orgânicos prateados. Seu braço estava decorado por uma tatuagem perfeitamente simétrica. Não precisavam dela para identificar o último *mahasavanshy*.

Junto ao senhor de todos os mundos estavam três outros panjek, dois deles vestindo a túnica verde dos quirurgiões e um terceiro vestido o púrpura dos taumatólogos. Esse último lembrava a Vema alguém, mas ela não conseguia identificá-lo. Pareciam com quaisquer outros aristocratas. O que chamou sua atenção foi a falta de representantes da Arte da Mente.

Um grupo de kesatria formava um perímetro em torno dos outros, completamente ignorantes dos dois onironautas e um terceiro intruso. Este último parecia um panjek, muito alto e magro, mas com membros longos demais. Não havia diferença entre pescoço e cabeça, que terminava no que mais pareciam chamas negras. Na verdade, todo o corpo era negro, não como a pele de Kasim, mas como a escuridão. Era quase como um buraco em forma de gente, um rasgão na realidade.

Ele mais deslizava do que caminhava na direção dos aristocratas, observando-os curioso, colocando o rosto sobre o ombro de um, checando os bolsos ocultos da túnica de outro. Parecia familiar, mas ela não sabia o porquê. Talvez por parecer panjek, talvez por lembrar em muito os desenhos estilizados que vira em vasos Melkat.

– O que ele está fazendo?

Vema deu de ombros, os olhos no imago, que fazia cócegas no pescoço do taumatólogo. Irritado, o panjek olhava por cima do ombro, cobria o lugar, mas não via nada.

– Se divertindo, acho.

– Juro que esperava mais de uma entidade sobrenatural com tanto poder.

Vema sorriu. Lembrou-se da avó reclamando de quando cozinhava e sumiam ingredientes, a colher de pau e vez ou outra uma panela inteira. Uma vez o sal foi trocado por açúcar, estragando toda a comida. Era obra dos espíritos zombeteiros, ela dizia, os mesmos que cochichavam segredos em seu ouvido.

Em algum momento o *mahasavanshy* começara a discursar, mas suas palavras eram ininteligíveis. O povo reagira muito bem a fosse lá o que dizia. O único que não parecia contente era o quirurgião mais novo, talvez um *ashan* ou aprendiz do próprio *maharashan*. Olhava a sua volta e para cima como se incomodado com algo.

Vema seguiu seu olhar para os espigões de metal. Vistos do terraço, era perceptível seu contraste com o palácio. Eram de metal, enroscados em enormes cabos que pulsavam energia para a estrutura. No alto, dezenas de metros acima de suas cabeças, os espigões pareciam pretender se tocar. Lá no alto um anel de bronze ligava suas pontas. O palácio estava centralizado embaixo do anel.

– Então o imago só quer nos mostrar como ele se diverte?

Vema voltou a atenção para a entidade. Ele havia se separado dos aristocratas para observar de perto um trio de taumatólogos trabalhando em um tipo de máquina. Enquanto discutiam algo, o imago ligava e desligava chaves, para o desespero dos taumatólogos, que não entendiam o que estava acontecendo de errado.

O queixo de Vema caiu, os olhos se arregalaram. Agora ela entendera por que o imago parecia tão familiar.

– Ele é um Azanzi!

Sahir a olhou, mais surpreso pela força com que Vema pegou seu braço do que pelo que ela dissera.

– Do que você está falando?

– O imago! Ele é um Azanzi! Um dos espíritos que falam com a minha avó!

– Isso é impossível. Estamos a quilômetros de distância de Melkat.

– Mas eles vieram com a minha avó, não vieram?

Sahir desviou o olhar por um momento, absorvendo a ideia.

– Azanzi sonham?

Vema balançou a cabeça porque não sabia a resposta.

– Talvez isso seja diferente, como uma memória.

Sahir concordou lentamente.

– Isso explica por que não sinto conexão alguma com o Mundo dos Sonhos. É como se fosse uma peça onírica, sabe? Como a que apresentamos na Kulshram.

E porque era difícil moldá-lo ou compreender o que dizia o *mahasavanshy*.

Um zumbido percorreu toda a memória. A multidão, estarrecida, silenciou. No alto de suas cabeças, o anel de metal entre os espiões acendeu-se com energia taumatúrgica. No espaço dentro dele, a realidade se rompeu.

Os onironautas não precisavam dizer o que pensaram ao ver o portal púrpura se abrir sobre o palácio de Naripuri. Ambos sabiam muito bem o que estava prestes a acontecer.

O que se seguiu fez pouco sentido. O tempo parecia se mover rápido, acelerar, partir-se, tornar-se outra coisa. Havia lapsos de tempo.

Na praça abaixo do terraço Iraivana se ergueu. A multidão tentou fugir. Outros, por qualquer razão, apenas gritavam, jogavam-se no chão. No terraço, o *mahasavanshy* gritava de braços erguidos. Os três aristocratas pareciam preocupados. Atrás deles, o imago observava a fenda no céu. Apesar da falta de um rosto discernível, parecia ele mesmo receoso de algo.

Um rugido mais alto que o grito de milhares de panjek tomou a memória. Subitamente Iraivana estava avançando contra o palácio, atingindo um dos espigões de bronze com a cabeça. No céu, o anel de metal se contorceu, o portal perdeu estabilidade. No terraço, os três aristocratas panjek desapareceram.

Com a investida do colosso, o primeiro dos espigões cedeu e veio abaixo. No céu, o portal implodiu.

Apesar de não estar lá, Vema sentiu-se ser atingida. Sentiu como se milhares de agulhas muito finas penetrassem sua pele, retalhassem seu corpo, fragmentassem seu ser.

De um momento para o outro, ela não existia mais como indivíduo.

Transformara-se em milhares de pedaços do seu eu espalhados pelo mundo.

Vema acordou no chão das ruínas da Cerca Viva sentindo a maior dor de cabeça da sua vida e uma terrível sensação de perda.

O imago estava sentado na pedra, observando-a, impassível. Os besouros que lhe permitiam sua forma, cada um deles guardando um pequeno fragmento do ser que uma vez foi um Azanzi, batiam suas carapaças lentamente, como se esperando por uma reação dos onironautas.

Vema abriu a boca para falar, mas a garganta travou como se estivesse seca demais. Ela forçou a tosse, engoliu saliva e tentou novamente.

– É por isso que você tenta impedir Iraivana de entrar em Último Refúgio?

O amontoado de plantas moveu a cabeça no que parecia um sim. Os besouros falaram logo em seguida.

– O que aconteceu em Naripuri está prestes a se repetir aqui. Nem eu nem ninguém nesta terra sobreviveremos a um segundo acidente.

Vema tinha suas dúvidas sobre se aquilo fora mesmo um acidente. Todos sabiam como Iraivana era sensível à mudança, mas, aquilo que ela viu na memória do imago... aquilo não parecia a besta dócil cuja chegada festejavam a cada poucos meses. O quanto daquela memória era real e o quanto era imaginada? Memória alguma era perfeita, as lacunas sempre preenchidas com a imaginação. O estado fragmentado daqueles momentos finais não ajudava na credibilidade da experiência. E o que Vema poderia fazer a respeito?

O imago não sabia responder, ou talvez não se importasse em fazê-lo. A casca de plantas permaneceu imóvel. Até mesmos os besouros pouco se moviam.

Perto deles, Sahir já estava novamente procurando uma forma de fugir.

De súbito o imago se desfez, as folhas e galhos caindo no chão, os besouros correndo e voando na direção dos onironautas. Por um momento Vema esperou ser atacada, mordida até a morte, coberta por um enxame de insetos. A única coisa que a impediu de gritar foi o medo de um daqueles bichos entrar em sua boca. Ela virou o rosto, olhos fechados, as mãos sobre a face. Sentiu-os passando à sua volta, mas, a não ser por acidente, nenhum a tocou.

Quando teve coragem de voltar a abrir os olhos, os besouros já haviam desaparecido pelo túnel atrás dela. Alguns pousavam em raízes de árvores e trepadeiras, que mudavam de forma lentamente. Era como se as folhas as chamassem para seguir naquela direção.

Os onironautas se entreolharam como se julgando se aquela era uma boa ideia. Na falta de opções, seguiram-na.

À medida que desciam o túnel, mais e mais besouros apareciam brilhando à luz dos fungos luminosos. Pousados em raízes e plantas, informavam a direção a seguir no labirinto de cavernas e ruínas que parecia se estender por baixo de toda a Cerca Viva. Andaram pelo que pareceram horas à meia-luz, cabeças curvadas na maior parte do tempo, vez ou outra tendo de esgueirar-se por brechas na terra e na rocha, até que, por fim, o túnel afunilou na diagonal, os blocos de pedra tornando-se menores, centralizando-se em um disco rochoso logo acima de suas cabeças.

Olharam para trás a tempo de ver as luzes se apagando e os besouros alçando voo na direção da escuridão do labirinto subterrâneo.

Com um suspiro, Sahir colocou o ombro no disco de pedra e fez força. O corpo tremia de esforço. Não havia espaço para Vema fazer nada a não ser olhar, abraçando o próprio corpo contra o frio e o nervosismo.

Houve um som de deslizar, de ar escapando, e a pedra se deslocou. Sahir não precisou dizer nada. Saiu para uma lufada de ar quente, então estendeu as mãos de volta para dentro do buraco para ajudar Vema a sair.

Estavam na encosta de pedra a oeste do portão, onde a colina rochosa se tornava terreno fértil na forma dos canaviais de Pedra Vermelha. Dentro de Último Refúgio.

Vema não conseguia imaginar o quão furioso Vayk Varna ficaria ao saber da existência daquela passagem, o quão desesperados ficariam os aristocratas panjek ao descobrir que suas sentinelas nos portões eram inúteis.

Para poupá-los, Vema tinha decidido não contar nada. Ajudou Sahir a empurrar a pedra de volta para o lugar, praticamente indiscernível desse lado a não ser por um discreto símbolo panjek no centro, o símbolo da proteção, e partiram para casa.

No horizonte o céu começava a se tingir de vermelho, laranja e lilás. Vema esperava que isso não fosse um presságio sobre o que estava por vir.

Bem longe dali, entre as árvores da Enseada da Coroa, um homem tropeçava, cambaleava. Caiu nas pedras, sentindo o pouco sangue que restava no corpo queimar.

Tinham sido traídos. Confiaram nas palavras do homem de Valmedor. Confiaram que teriam todo o apoio necessário para se erguer em armas contra os panjek, contra a Companhia. Ele sabia muito bem que estava sendo usado pelos inimigos de Vayk Varna para desacreditá-lo em Valmedor. Não se importava, contanto que tivesse como lutar pelo que acreditava.

Tinha estado tão perto, o trunfo em suas mãos. Seria apenas exigir serem tratados com respeito, exigir seus direitos.

Então aqueles demônios surgiram do mar e restou apenas fugir para tentar sobreviver.

Um a um seus companheiros morreram ao seu lado, devorados, empalados.

Lutou como jamais pensou que precisaria lutar, não com palavras, mas com as armas que conseguira pegar. Sentiu as garras dos monstros em sua pele, sentiu o veneno de suas lanças.

Chidi se deixou desmontar nas pedras e chorou. Era o fim.

Atrás dele vieram os passos de alguma coisa se arrastando pela floresta. A respiração borbulhada não deixava dúvidas de quem vinha.

Ele não morreria de costas. Ergueu-se contra a opressão de seus companheiros; morreria de pé, ou pelo menos enfrentando seu destino.

Forçou-se a se virar nas pedras, apoiou ali as mãos ensanguentadas. Só conseguiu sentar-se antes do corpo falhar. A visão já estava turva, efeito do veneno que circulava em seu sangue.

O d'leth observava-o a alguns metros dali, uma espada de dentes de tubarão na mão. Não ria, não falava. Não era humano. Era pouco mais que um monstro, salivando pela refeição que ia fazer.

Deu um passo a frente, depois se deteve. Virou a cabeça de lado, curioso por algo além de Chidi. Fez um som cadenciado com a garganta, então foi arremessado longe com um golpe invisível. Desapareceu entre as árvores e não voltou.

Chidi ouviu passos se aproximando, pés envoltos em tecido andando pelas rochas.

Forçou-se a virar o rosto, tentou olhar para cima, contra a luz do sol que penetrava a copa das árvores.

Um vulto se abaixou ao seu lado, tocou sua cabeça, como se medindo sua febre.

– Sua luta acabou – disse ele numa voz rouca. – Mas existe outra luta que ainda pode ser ganha. Com sua ajuda.

Chidi abriu a boca para dizer algo, mas só conseguiu tossir. Franziu a testa, irritado. Tentou levantar-se.

O vulto pareceu entender aquilo como um sim. Se pudesse, se os deuses, se os Azanzi assim desejassem, ele continuaria a lutar.

– Tenho uma missão para você. Uma missão nobre.

O vulto pegou algo em suas vestes, então o ofereceu a Chidi.

O brilho do sol refletia em um bulbo de vidro. No interior havia alguma coisa se mexendo.

O vidro foi esmagado, os estilhaços caindo sobre Chidi. Fosse o que fosse em seu interior, escapou, desceu sobre Chidi, buscando suas feridas, sua boca e narinas. Por um instante pensou que ia sufocar, que sua morte seria ainda pior do que imaginara.

Então sentiu sua presença.

Percebeu que não estava mais só.

Capítulo 24

Os pequenos tentáculos se agarravam aos poucos cachos de cabelo que cresciam em sua cabeça. Onde não havia cabelo, ventosas mantinham-nos firmes ao seu rosto. Assim como a membrana entre os dedos e nas barbatanas dos nommos, a pele entre os tentáculos do molusco era fina, com um leve toque de rosa, e permitia que Kasim enxergasse quase como se estivesse ao ar livre. Mas o desconforto de não reconhecer para que lado ficava a superfície e a insegurança por estar vários metros debaixo d'água não eram nada comparados à terrível sensação de ter um tubo gosmento enfiado goela abaixo. A coisa que servia tanto de corpo quanto cabeça para o molusco pulsava diante do seu rosto, filtrando ar da água salgada e bombeando-o diretamente para dentro de Kasim.

Depois do desespero vexaminoso ao sentir a coisa enfiar o que ele esperava não ser um pênis para dentro de sua garganta, Kasim acabou por permitir que os nommos o guiassem até a cidade submersa abaixo do encouraçado. Kasim sabia que nommos não possuiam lábios e que suas cabeças era mais ossos do que músculos, mas tinha certeza de que o nommo listrado tinha um sorriso no rosto quando o viu de joelhos no convés, prestes a vomitar.

Kasim foi escoltado por um grupo de nommos portando armas de metal, puxado pelo cinto para afundar na água. O corte na testa e outros, menores, que ele nem havia percebido, ardiam no contato com o sal. O intérprete kappa havia desaparecido antes mesmo de o mercenário entrar na água.

Foi preciso fazê-lo para saber a situação real em que se encontrava o encouraçado. O recife que cobria toda a baía onde se situava Último Refúgio formava um labirinto afiado onde muitos navios tinham sido perdidos. Os nommos não simplesmente viviam na barreira de corais: eles a moldavam para formar a capital de seu reino subaquático.

Espigões multicoloridos haviam crescido no caminho do

encouraçado, reforçados pelo trabalho incansável de anthoromantes. Pólipos nadavam à sua volta num turbilhão, saltando dos corais abaixo para se prenderem à rede de defesa que crescia muito mais rápido do que a natureza permitiria. Caso o capitão tentasse avançar com o navio, o casco seria rasgado e o navio afundaria em minutos.

Kasim olhou para baixo. O navio não afundaria muito. Quase longe do alcance da visão, outros anthoromantes construíam uma plataforma acima do terreno mais abaixo, onde o soldado supunha conseguir ver uma floresta de anêmonas. Um nommo pastoreava um rebanho de águas-vivas gigantescas, conduzindo-o na direção da plataforma. Quando um dos animais se afastava do grupo, um polvo surgia em seu caminho, inchando o corpo e mudando de cor, guiando o monstro de volta ao grupo. Os tentáculos translúcidos que se entendiam pelo mar tinham vinte, trinta metros além dos discos leitosos. Pareciam perigosos o suficiente para impedir qualquer um de fugir do navio.

Os nommos o puxaram com mais força, irritados. Kasim deixou-se levar. Estava cansado demais para ligar para onde ia. Duvidava que estivessem se dando ao trabalho de levá-lo até a capital se fosse para fazer-lhe algum mal. Na pior das hipóteses, teria tomado um banho relaxante nas águas mornas da baía.

Sentiu os olhos pesarem e cochilou uma ou duas vezes, a sensação estranha misturada ao flutuar da água. Em sonho, pensou ter ouvido Vema chamá-lo. Percebeu flashes de movimento em todos os lados, achou ter visto crianças brincando à beira de cavernas construídas nos corais e homens trabalhando em lavouras de algas. Incerto sobre estar dormindo ou não, foi arrastado por uma larga rua cercada de torres altas e decoradas com mexilhões, observado por curiosos que jamais tinham visto um ser da superfície vivo.

Choviam mortos e destroços. Era assim que os nommos os viam: inchados, parcialmente comidos por peixes. Quando um navio naufragava nos corais acima ou quando uma batalha acontecia assim tão perto da baía, a Corte de Mãe Hidra sofria as consequências. Não era de se esperar que o recebessem bem, apesar de todos os acordos diplomáticos firmados com Último Refúgio.

Kasim sentiu o choque do ar quente e seco junto à falta de sustentação. Caiu de joelhos num chão de corais moldados, mas não menos ásperos. O molusco em seu rosto se retraiu, provocando vômito seco. O soldado se deixou levar pela gravidade. Rolou de lado, buscando ar de verdade. Podia respirar, mesmo que o ar aqui fosse denso. Cheirava ao mar, óbvio.

O nommo listrado vasculhava suas bolsas. Gargarejou um alerta ao encontrar as mãos decepadas. Não eram muito diferentes das suas, se não pela cor das escamas e o tamanho. Jogou a sacola de volta ao humano, como se enojados pelo que eles mesmos provocaram.

– Sargasso questiona se você matou todos esses primitivos.

Kasim forçou um olho a se abrir. O kappa estava de pé centímetros diante de sua cabeça, dedos rechonchudos acariciando a máquina de traduzir.

– Sargasso? – o soldado conseguiu cuspir.

Apesar de o intérprete nada dizer, algo em sua postura deixou claro que se referia ao nommo listrado, que agoro observava do outro lado de uma parede de água impossivelmente vertical.

– Matei – mentiu Kasim. – Matei mais deles, mas não tive tempo de cortar todas as mãos.

Sargasso disse algo mal-educado, apontando uma garra na direção do soldado, a cauda atrás dele movendo-se agitada.

– Sargasso insiste que está mentindo.

– Pense o que quiser. – Kasim fechou os olhos e suspirou. Será que conseguiria dormir e sonhar um pouco?

– Onde eu estou?

– No Palácio das Almas.

Riu sem humor.

– Que aconchegante.

O kappa assentiu, não entendendo a ironia.

– Sua audiência será em breve. Enquanto isso, você aguardará nesse cômodo.

Respirando fundo, cerrando os dentes pelo toque da pele no chão de corais, Kasim se forçou a se sentar. Passou uma mão pelo cabelo úmido, acidentalmente tocando o corte. O som que fez com a boca chamou a atenção do intérprete.

– Chamarei alguns limpadores para tratar do ferimento.

– Não, não. Tudo bem.

A ideia de ter peixes beliscando seus ferimentos soava além do que estava disposto a aceitar para essa viagem.

O soldado olhou à sua volta, só agora se dando ao trabalho de examinar o lugar onde estava.

Era um cômodo esférico com talvez seis metros de diâmetro. 'Cômodo' não seria uma boa palavra. Era de fato uma bolha de ar, as paredes de água salgada mantidas afastadas por um anel de bronze cercando o perímetro. Fios e cabos desapareciam por baixo do coral até alguma bateria taumatúrgica oculta. Era impossível trabalhar o metal sob a água, sem fogo. Foi por isso que os nommos aprenderam a controlar pólipos de corais, o que significava que essa bolha usava tecnologia panjek, assim como o navio e as fábricas de Porto Branco. Uma gota caiu aos pés do soldado, fazendo-o lembrar-se do que levara os panjek a se refugiar naquele vale e da instabilidade de suas criações.

Além da barreira de água estavam os nommos. Sargasso flutuava a alguns centímetros do chão, a cauda se movendo lentamente abaixo dele. Não tinha armas nas mãos, mas Kasim não duvidava que suas garras eram tão afiadas quanto as dos d'leth.

Outros nommos circulavam em torno da cela de água, observando curiosos. Não poucos pareciam apreensivos, e Kasim percebeu que era pela aparente vulnerabilidade do intérprete.

– Por que você está aqui?

O kappa permaneceu em silêncio, encarando Kasim com seus pequenos olhos negros. A água no topo de sua cabeça tremeu, então ele falou através da máquina.

– Sou seu contato com a corte.

– Mas por que você? Por que não um nommo?

O olhar curioso novamente. Ele inclinou ligeiramente a cabeça. Uma gota de água escorreu do buraco em sua cabeça.

– Eu sou um nommo.

– Você é um kappa.

– Você é um soldado. Isso o faz diferente de outros humanos?

Kasim piscou duas vezes, então uma terceira, para ter certeza que não estava alucinando. Será que alguma coisa se perdera na tradução?

– Na verdade, faz. Mas não fisicamente. Você é... diferente.

– Por quê?

O myambês simplesmente apontou para o kappa, que permaneceu em silêncio, aguardando uma resposta.

– Esquece – disse, finalmente. – Olha, quanto tempo isso vai levar?

– Você está sendo chamado agora.

– Estou?

O intérprete não esperou. Deu as costas e começou a caminhar na direção da parede d'água. Os nommos naquele lado do mar deslizaram para longe. Kasim procurou pelo molusco que lhe permitira respirar, percebendo que ele não estava em lugar algum. A água diante do kappa abriu-se, formando um túnel. Atrás de Kasim, a bolha começava a diminuir, o ar se deslocando para formar o novo corredor.

Nada interessado em se afogar, Kasim se levantou e seguiu o intérprete de perto, o corpo curvado, com medo de acidentalmente estourar a bolha. Percebeu no chão uma espécie de trilho de bronze, saído do anel anterior. A bolha de ar deslizava por ele na direção de um vale de corais bem à frente. Não podia ver casas, ou o que pensava serem casas, mas sim uma quantidade incrível de cores, em movimentos perceptíveis, apesar do tom azulado de tudo àquela profundidade.

Na maioria das vezes, os nommos permaneciam em seu próprio reino, negociando com Último Refúgio apenas através de diplomatas e somente em ocasiões especiais. Dizia-se que possuíam plataformas especiais para dar acesso a seres da superfície, mas Kasim não fazia ideia do preparo necessário para manter alguém como ele debaixo d'água. Não seria nada prático negociar tratados comerciais com um polvo colado no rosto, um tubo fálico enfiado goela abaixo.

– Você é um diplomata.

O kappa olhou para trás, sem realmente ver Kasim, apenas deixando claro que ouvira o comentário. Continuou caminhando por mais um tempo antes de responder.

– Uma de minhas funções, sim. Foi uma forma de servir minha corte apesar de minhas falhas.

– Ser um kappa é um defeito?

Os passos do intérprete perderam a cadência. Foi apenas um momento, mas o suficiente para que Kasim percebesse o incômodo da pergunta. Apesar disso, o intérprete continuou a caminhar de seu jeito desajeitado, o corpo balançando de um lado para o outro em pernas curtas e roliças. Kasim conseguia ouvir o som da pele da cauda raspando no chão de corais. Aquilo fez um calafrio subir por sua espinha.

Kasim estava ciente dos olhos bulbosos que o seguiam. Sargasso nadava dois metros acima, logo além da bolha de ar. Outros faziam o mesmo, mais distantes, em ambos os lados e atrás da bolha. Com o tempo, alguns perderam o interesse, desaparecendo em vales no recife que talvez fizessem o papel de corredores. O corpo listrado de Sargasso jamais se afastava.

Após caminharem por alguns minutos, o intérprete e a bolha detiveram-se em outro círculo de bronze. Sem dizer nada, o kappa atravessou a parede d´água, caminhando pelo chão do mar, então se agachou em posição fetal, numa estranha reverência. O corpo alongado se curvava mais do que o de uma pessoa, quase formando um nó com o chão. Mãos, pés e cauda se enterraram no solo lodoso.

Além da bolha e do kappa havia apenas uma enorme montanha de pedras e corais. Peixes coloridos nadavam à sua volta, ignorantes do conflito na superfície da água. Em torno do amontoado de pedras havia restos de paredes e enormes colunas parcamente visíveis à distância, marcando o perímetro. Parecia um edifício panjek, mas algo muito velho e destruído. Kasim olhou para os lados, percebendo muros e formas que pareciam estátuas visíveis sob os corais e anêmonas que formavam o Palácio das Almas.

A montanha tremeu. Uma nuvem de poeira ergueu-se do fundo do mar, provocando uma migração em massa de camarões e pequenos peixes. Enquanto a nuvem lentamente assentava, a montanha se contorcia, girando e inchando. Quando a água estava clara o suficiente, Kasim viu que a montanha estava sobre um enorme caranguejo de casco vermelho. A criatura caminhava na direção da bolha de ar em patas mais longas que o próprio Kasim. Um par de garras capazes de partir ao meio um dos navios taumatúrgicos de Último Refúgio arrancava algas do seu caminho.

Ele parou e se deitou, as pernas desaparecendo sob a areia, as garras cobrindo o pequeno rosto e os olhos. Foi quando a montanha em suas costas curvou-se para a frente e abriu os olhos. O papo flácido se moveu espasmodicamente para balbuciar um comando que fez tremer a bolha de ar.

Mãe Hidra coçou as costas, onde mexilhões haviam se alojado em uma posição desconfortável. Movia-se letargicamente, mas os olhos não paravam, independentes, examinando cada coisa visível e invisível a seu alcance e além.

Por um longo momento, ninguém disse coisa alguma. Kasim olhou à sua volta, questionando se por acaso não estavam se comunicando de outra forma. A grande montanha que era Mãe Hidra parecia se mover suavemente, como se aquela pele escamosa fosse só um saco cheio de um cardume de infinitos pequenos peixes tentando sair. Talvez isso explicasse por que ela não abria a boca.

Todo um ecossistema havia se formado no corpo da monarca nommo, que de nommo tinha pouco mais do que a habilidade de respirar debaixo d'água. Anêmonas e mexilhões cobriam boa parte da superfície da criatura. Camadas de corais multicoloridos alastravam-se de forma irregular pela barriga esférica esticada sob o papo inchado. Ramos mais longos, como em uma árvore morta, se esticavam de lugares impróprios. Kasim tinha a impressão de que um dos braços flácidos apoiados no casco do crustáceo era agora incapaz de movimento devido ao acúmulo de cracas. Alguma coisa se movia por trás de Mãe Hidra, como enormes enguias buscando uma presa oculta no solo abaixo dela.

Os olhos de Kasim se fixaram nas ruínas em torno da Mãe Hidra, só então percebendo uma dúzia ou mais de nommos firmemente imóveis, formando um círculo ao redor de sua rainha, como uma guarda pessoal. Dessa distância, Kasim não podia ver detalhes de cada indivíduo, mas percebia bem os grandes olhos que jamais piscavam, observando atentos cada direção de onde uma ameaça à monarca poderia vir.

Tão súbito como começou, a audiência com Mãe Hidra terminou. Sua cabeça se virou para trás, e o caranguejo gigante seguiu o movimento, voltando a caminhar na direção afastada entre os corais.

Só quando o corpo massivo havia desaparecido na nuvem de areia erguida pelo caranguejo é que o kappa se voltou para o soldado, caminhando em sua direção. Quando atravessou para o interior da bolha de ar, o buraco em sua cabeça já estava cheio novamente.

– Nossa mãe está triste com a perda de toda uma geração – anunciou o intérprete através da máquina.

Kasim olhou para o vulto volumoso já distante, tentando entender em que momento a criatura derramara alguma lágrima. Talvez não soubesse interpretar os sinais. Ela pareceu muito triste quando deu o peteleco letárgico para desalojar a lagosta que fixara residência atrás de sua coxa esquerda.

– Ela parecia bastante sentida com a perda – comentou Kasim, um sorriso no canto da boca.

– Venha – disse o kappa, caminhando na direção oposta. Kasim se apressou para segui-lo antes que a bolha de ar caminhasse pelo trilho.

Apesar de distinguir muito pouco do solo da baía, Kasim tinha certeza de que o caminho que seguiam não era o mesmo de onde vieram. Num dado momento, passaram por um enorme portal de pedra, havia muito tomado pela fauna e flora local.

Pararam novamente em um novo anel de bronze.

– Você permanecerá aqui até o sacrifício.

Kasim imediatamente virou-se para o kappa.

– Quê?

– Tudo que você precisa para permanecer confortável será fornecido.

– Espera. Como assim 'sacrifício'?

Kasim esperou seu reflexo na água responder, porque o intérprete já havia mergulhado e nadado para longe antes da pergunta ser terminada. Mas seu reflexo parecia tão surpreso quanto ele e nada disse.

Capítulo 25

Apesar da dor de cabeça, Vema despertou leve, um sorriso enorme no rosto. Espreguiçou-se lentamente antes de tirar a touca de eletrodos da cabeça. No chão ao seu lado, Sahir também abria os olhos, desligando o captador. Ele concordava com a cabeça, a boca torcida em admiração.

– Foi uma das melhores peças que você criou até agora. Impressionante.

– Obrigada... E desculpe pelo... você sabe.

– Pois é... também faz tempo que não vejo um pesadelo tão agressivo. É o Kasim?

Soltando um suspiro profundo, como se para expulsar a preocupação, Vema forçou-se a se levantar e caminhou na direção da cesta de frutas. Pegou um caju sem ter vontade de comer. Ficou girando a fruta entre os dedos, desligada.

No caminho de volta da Cerca Viva tinham ouvido um comentário na rua, segundo o qual um navio da Companhia estava preso na entrada da baía, cercado de nommos. Vema fora correndo até o porto para saber se era verdade. Já àquela hora da manhã o lugar estava abarrotado de gente, em grande parte estrangeiros. Poucos queriam sair da cidade, faltando tão pouco para o início do festival, mas os que queriam eram bastante veementes em suas reclamações. Ameaçavam nunca mais voltar e cobrar suas perdas da Companhia de Valmedor. Ameaças vazias. O problema maior era com quem queria entrar na baía. Vema não conseguia ver de onde estava, mas ouviu um oficial da alfândega comentar que três navios mercantes aguardavam permissão para atravessar o recife. Pelo jeito Mãe Hidra estava furiosa com alguma coisa.

– Aposto que é culpa dos panjek. É sempre culpa deles.

Vema tentou fazer-se invisível, abraçando o sari amarelo que a identificava como onironauta. Era o suficiente para atrair olhares de desprezo, algo acentuado quando uns poucos percebiam o lenço que cobria seus cabelos.

Acabou indo embora por pressão de Sahir, que temia que a coisa ficasse feia para o lado deles. Onironautas nunca tinham sido bem recebidos pela maior parte da população, mas agora era como se os olhares fossem ainda mais agressivos. Não só para discípulos da Arte da Mente, mas toda e qualquer coisa panjek. Havia algo nocivo no ar, uma tensão que parecia prestes a explodir.

Após tentar dormir por algumas horas, Vema chamou Sahir para trabalhar. Preferia forçar-se a colocar em prática o que aprendera na Cerca Viva a sonhar por conta própria e acabar tendo pesadelos. Criou duas peças espetaculares e ajustou outras três. Deveria ser o suficiente para amenizar o humor de Nyx depois dos atrasos e a baixa qualidade do produto anterior.

– Espero que sim – disse Sahir quando Vema expôs seus pensamentos. – Não gosto nem um pouco do sujeito que recolhe os sonhos para Nyx. Não me parece boa pessoa.

– Vindo de alguém com os seus contatos, isso deve dizer muita coisa.

Sahir estalou a língua com irritação. Colocou o último dos bulbos de vidro na bolsa acolchoada e a fechou com cuidado.

– Vou até lá resolver isso. Volto mais tarde com o pagamento.

Ele já estava na porta do quarto quando Vema se lembrou.

– Espera. Precisamos cuidar do Ilom primeiro.

– Ah, tinha esquecido. Já faz uma semana desde a última sessão?

Vema deu de ombros.

– Talvez ele ainda esteja bem, mas é bom averiguar, por via das dúvidas.

A bolsa com os sonhos em uma mão e o captador de sonhos na outra, Sahir desceu as escadas apressado enquanto Vema trancava seu quarto. Quando alcançou o companheiro, ele já estava na porta do apartamento de Ilom. Sem mãos para bater, fez um sinal para que Vema fizesse as honras. Vema ajeitou o sari e o cabelo ainda bagunçado do trabalho no Mundo dos Sonhos e foi até a porta. Ela se abriu antes que Vema batesse, para revelar um Ilom de aparência muito bem disposta.

– Meus melhores inquilinos – ele disse antes de abraçar cada um dos dois. – Entrem. O que posso fazer por vocês?

Vema gaguejou, sem saber como reagir. Como de costume, Sahir foi menos discreto.

– Você está bem?

O soldado aposentado riu, não aquela risada quase forçada, mas uma aberta e espontânea. Deu dois tapas no braço de Sahir, o suficiente para quase derrubá-lo.

– Estou ótimo, acreditem. Estava inclusive prestes a sair para consertar a bomba d'água. Vocês não perceberam falta de água no banheiro de cima, perceberam?

Os onironautas só conseguiram responder balançando a cabeça em negativa. Vema chegou a supor que ainda estava dormindo e que aquele era um sonho. Pelo menos assim faria algum sentido.

– Na verdade – disse ela, finalmente –, viemos para a sessão de terapia, para remover seus pesadelos.

– Oh, claro, claro. Mas não vou precisar mais disso. Obrigado.

– Não vai precisar? Nunca mais?

A expressão no rosto dos dois onironautas devia ser hilária, pois Ilom riu novamente, uma mão na barriga.

– Não se preocupem. Eu não vou expulsá-los da casa. Prefiro que vocês se concentrem em seu trabalho.

Os onironautas se entreolharam em silêncio.

– Você vai nos deixar morar aqui de graça?

Sahir cutucou Vema, fazendo careta para que ela ficasse quieta. Ilom riu.

– O que importa agora é que vocês entreguem suas obras no prazo.

Com um sorriso no rosto, ele voltou a dar tapinhas no braço de Sahir, então seguiu na direção da porta. Parecia até mancar menos que o normal.

Vema olhou à sua volta, como se aquilo fosse ajudá-la a entender o que estava acontecendo. Viu um narguilé, uma peça antiga que vez ou outra Ilom usava para passar o tempo, e logo pensou em nirvana. Poderia aquilo ser efeito da droga? Vema não tinha ideia do resultado, mas, se fosse para levar em consideração o que dizia Sahir, se fosse mesmo nirvana, em breve Ilom estaria com um humor bem pior do que o normal, e Vema não queria nem pensar que tipo de pesadelos um ex-soldado traumatizado e sob o efeito de drogas poderia acabar produzindo.

Um objeto sobre a cômoda atraiu a atenção de Vema. Era uma ponta de flecha feita de ferro. Um cordão de couro a prendia onde antes ficava a haste da flecha, formando um colar. Era o amuleto da sorte de Ilom, o único vínculo conhecido sobre o seu passado.

– Ilom? Você se esqueceu disso.

O velho soldado se voltou para Vema e o objeto em sua mão. Por um instante era como se não soubesse do que se tratava. Então um brilho de reconhecimento surgiu nos olhos dele. Ele sorriu um sorriso quase triste e balançou a cabeça.

– Não preciso mais disso.

Então se virou e partiu sem fechar a porta atrás dele.

– O que foi isso?

– Não faço ideia. Percebeu como ele parecia mais... leve?

– E sorridente. Era como se fosse outra pessoa.

– Será que ele está curado? Da maluquice, digo.

– Não é maluquice. É só trauma de guerra.

– Seja o que for, parece que já foi. – Sahir deu de ombros, ele mesmo sorrindo. – Bom, então eu também vou. Estou precisando da prata que essas gracinhas aqui vão nos garantir.

Sahir abraçou a bolsa com sonhos, então se despediu de Vema e partiu, deixando a porta aberta.

Vema olhou à sua volta, sentindo-se incomodada. Ilom nunca os deixara sozinhos em seu apartamento. Sempre esperava que saíssem, sempre trancava a porta com medo que roubassem suas coisas ou, talvez, xeretassem sua vida.

Poderia aquilo ser o resultado do seu trabalho? Ela até vinha investigando discretamente o que poderia ter causado o trauma que perseguia Ilom desde Myambe, mas jamais descobriu mais do que pistas vagas, de que talvez ele tivesse sido traído por alguém durante a invasão de Melkat. Mas isso estava longe de significar uma cura definitiva. Talvez ela estivesse tentando ler demais nas entrelinhas. Talvez a última sessão tivesse sido particularmente boa, ou talvez ele tivesse simplesmente tido um bom dia por outro motivo qualquer.

Vema saiu fechando a porta atrás dela. Talvez o fato de que Ilom sempre a mantinha fechada fosse o suficiente para que ninguém entrasse. Isto é, se Ilom ainda se importasse com isso.

Sozinha no corredor do cortiço, Vema abraçou o corpo como se quisesse se proteger de um frio que não existia. Sentiu um calafrio, como se alguém caminhasse por trás dela, fazendo mover seu sari. Quando olhou, pensou ter visto um besouro voando pela janela. A carapaça reluzia azul na luz do sol nascente.

Foi de lá para o porto, descendo a Rua das Bandeiras a pé. Na medida em que a rua se tornava mais íngreme, afastando as casas e palácios do caminho, Vema tinha uma visão melhor do porto de Último Refúgio. O número de navios atracados havia crescido desde aquela noite na Kulshram, quando foi convidada a entreter a aristocracia panjek e os estrangeiros mais ricos e influentes. Lembrou-se daquele casal desagradável e se perguntou se eles tinham se adaptado ao ambiente. Duvidava muito. Gente como eles tinha dificuldade em ver outra cultura como mais do que uma curiosidade a ser explorada. Assim que fechassem seus acordos comerciais e enchessem os porões de seus navios com especiarias panjek, partiriam para bem longe e contariam suas próprias versões de aventuras em terras exóticas, em bailes onde cada convidado gastava numa noite a renda mensal de toda uma família de operários.

A esta hora do dia o porto estava muito mais vazio. Era como se as pessoas tivessem desistido de esperar. Tinham partido para fazer qualquer outra coisa, provavelmente preparar-se para o festival.

Vema caminhou pela rua do porto ouvindo as conversas. A maioria dos turistas e estrangeiros havia desaparecido, deixando em seu lugar pescadores e marinheiros locais, além de um grande número de estivadores que não podiam trabalhar enquanto o porto estivesse fechado.

O rumor que circulava dessa vez era que um navio da Guarda havia sido afundado pelos nommos e que outro, aquele visível no horizonte, tinha sido abordado, todos os tripulantes mortos e devorados. Quando Vema perguntou como sabiam daquilo, dada a distância de que estavam do navio, os responsáveis pelo rumor sempre diziam que tinham obtido a informação de um amigo.

– E todo mundo sabe o que os peixes fazem com humanos – completou um estivador do porto. Quem estava por perto concordou, olhares vagos desviados na direção do mar.

Vema olhou para o sul, para o Quebracasco e a ponta de rocha onde ficava a Torre da Mente. Talvez pudesse ver alguma coisa de lá. Talvez pudesse ir até o quartel para se informar.

E correr o risco de levantar perguntas sobre o interesse de uma onironauta envolvida com a corte panjek no bem-estar de mercenários pagos pela Companhia? Não, ela não podia fazer aquilo. Nem por ela, nem por Kasim. A alternativa era esperar, mas Vema não era desse tipo. E fazer o quê? Dormir?

Vema segurou o sari para evitar sujá-lo no chão e nas pedras e foi a passos largos na direção da colina colorida de barracões. Até lá, no alto da favela, os filhos de Melkat observavam em silêncio o que acontecia no mar. Um grupo fazia uma oferenda na beira do precipício, uma tigela de flores e comida cercada de velas azuis. O grupo rezava e dançava na direção da baía. Vema podia apenas esperar que fosse um pedido de proteção e não de danação para aqueles dentro do navio.

– Me ajude a servir o chá.

Vema nem tinha entrado quando ouviu a voz da avó. Ela riu da aparente onisciência que tornava o único oráculo de Melkat em Panjekanaverat, e talvez o único no mundo, tão reverenciado. Vema afastou a cortina de conchas e atravessou o pequeno barraco até o forno. A avó estava tirando dos ganchos na parede duas canecas de barro. Um bule de metal estava no fogo, exalando um cheiro forte de frutas e flores.

Enquanto a neta servia o chá, a avó procurava um pote de barro entre muitos. Encontrou-o e sorriu, satisfeita. Voltou oferecendo o conteúdo para Vema.

– O que é isso? – ela perguntou pegando um bolinho marrom--escuro. Era duro como um biscoito, mas um tanto pegajoso.

– Presente de um admirador.

Vema provou o bolinho, a sobrancelha arqueada com o comentário. Era muito doce e tinha um gosto... Diferente. Não era como o açúcar de cana. Tinha algo de canela, algo de amargo. Ela nem sabia como descrevê-lo. Nunca tinha provado nada daquele tipo.

– De onde saiu isso?

A avó deu de ombros, então colocou um dos doces na boca.

– Acho que de Isaamar.

Vema não conseguia tirar os olhos do que restava do doce em sua mão.

– Isso deve custar uma fortuna!

Ignorando a reação da neta, a avó pegou um punhado de doces e colocou-os em uma tigela de barro. Ajeitou-os simetricamente, quase como um mosaico, então levou o prato para um canto em particular no chão, marcado por cera velha. Vema tinha crescido vendo a avó e, até certo ponto, o pai fazendo essas oferendas. Uma vez Vema ficara acordada até tarde, escondida atrás de uma cortina, olhando a tigela. Queria ver a hora em que um Azanzi iria comer a oferenda. Acabou dormindo. Quando acordou, o prato estava vazio. Seu pai disse que um Azanzi deve ter se irritado e por isso a fez dormir para poder comer em paz. Vema nunca levou aquilo a sério.

Pelo menos não até bem recentemente.

– Quando você descobriu que ia ser um oráculo?

A avó sorriu. Por um tempo não disse nada. Acendeu duas velas e colocou-as em torno da tigela. Levantou-se, pegou a caneca de chá, soprando-a algumas vezes. Então, com toda a paciência do mundo, sorveu um pouco da bebida. Olhou por cima do ombro de Vema, como se estivesse vendo outra pessoa. Vema se virou mais por instinto do que qualquer coisa. Não esperava ver nada, mas, quando voltou a se virar para a frente, pensou ter visto alguém pelo canto do olho, alguém muito parecido com o imago naquela memória de Naripuri. No entanto, quando ela voltou a olhar para trás, não havia nada lá.

– Quando os outros morreram. Eles estavam lá, os Azanzi, durante a viagem para cá. Quando eu pedia, eles ajudavam a pescar e a melhorar o tempo. Acho que só por isso chegamos aqui vivos.

Ela balançou a cabeça.

– Mas eu não gostava, sabe? De ser um oráculo. Eu tinha meus filhos para criar, estava com tristeza de deixar seu avô para trás, e aquele monte de gente vinha me pedir conselhos, esperando que eu dissesse o que eles deviam fazer. Queria era que me deixassem em paz!

– E o que a fez mudar de ideia?

– Às vezes nós temos que deixar de ser egoístas e fazer o que é melhor para todos.

Ela provou o chá. Ficou em silêncio, contemplando suas memórias. Vema tomou coragem para interrompê-la.

– Eu conheci um Azanzi.

A avó não desviou o olhar. Apenas voltou a sorrir.

– Era mesmo, não era?

A avó concordou com a cabeça.

– Foi – disse ela, antes de beber mais chá e começar a caminhar pelo barraco. – Não é mais.

O que fazia sentido de acordo com a memória do imago. Então existiam Azanzi de verdade? E eles existiam ali, em Panjekanaverat também? Onde mais? E qual era o seu propósito?

– Então é verdade? Que os Azanzi são seres extradimensionais?

– Não conheço esses nomes difíceis, minha filha. Sei apenas o que eles são para mim. São guias, são conselheiros, e são companheiros.

– E sobre Naripuri? E Iraivana?

– Sabe, filha, os Azanzi sabem muitas coisas. Eles são curiosos, então estão sempre por aí, observando a vida alheia. Quase ninguém os vê, então os ignoram. Por isso eles sabem muito. Mas o fato de ser bons observadores não os faz bons contadores. Mesmo com todos esses anos falando nos ouvidos dos oráculos de Melkat, eles se confundem com o presente e o passado, com este mundo e os outros. Eles vivem aqui e lá ao mesmo tempo de um jeito que eu não sei explicar. Então, às vezes, eles dizem o que não querem, explicam o que não sabem. É por isso que nós estamos aqui, para ouví-los e interpretá-los.

– "Nós", no caso, os oráculos.

A avó voltou a rir, o corpo tremendo. Bebeu mais do chá.

– É, filha. É isso. – Ela pegou outro doce. – Me fale sobre o moço do Vale.

– Kasim.

Ela concordou com a cabeça, enquanto mais chupava do que mastigava o doce.

– Ele partiu em uma missão perigosa – explicou Vema.

– E você não se despediu.

– Eu estava na Cerca Viva.

A frase soou como desculpa. Daquele jeito a avó nem precisava ser adivinha para saber o que ela estava sentindo.

– Então é isso. Está se sentindo culpada porque ele pediu que você o esperasse e agora ele também partiu.

– Queria saber se ele está bem. Ouvi histórias horríveis sobre o que aconteceu com o navio dele.

– Ele não está no barco. Não agora, pelo menos.

Apesar da intenção da avó, a notícia pegou Vema da forma errada. Sentiu um aperto no coração e um frio na espinha.

– Ele esta...

A avó riu.

– Ele não foi engolido pelo demônio das profundezas, mas não está totalmente seguro. Pelo menos não enquanto não aceitar que existe um mundo diferente do seu.

O comentário pareceu engraçado apesar da situação.

– Vó, ele veio de Myambe como a senhora.

– E continua a ver este lugar como uma passagem e não como lar. Ele não aceita seu destino, não aceita a mudança. Diz que abandonou o passado no passado, mas carrega um peso no pescoço.

A estrela de cinco pontas pendurada no cordão. Talvez ela estivesse certa.

A avó colocou a caneca no chão, junto ao prato de doces. Vema percebeu que o prato estava vazio.

– Se você não acalmar sua mente, não conseguirá fazer o que deve.

– Você já é a segunda pessoa que me diz isso hoje.

– Talvez porque nós nos importemos com o resultado.

– Bom, mas, vó, acho que esse chá não será o suficiente.

– Não, não vai. Você precisa ir até ele tirar suas preocupações.

– Nadando?

– Sonhando, boba. E, quem sabe, talvez você encontre algo a mais te esperando no fundo do mar?

– Que tipo de coisa?

– Inspiração? Revelação? – Ela sorriu novamente. – Eu só passo o recado, filha. Fica a seu cargo descobrir as verdades.

Capítulo 26

Com um suspiro, Kasim deixou-se cair no chão moldado, bufando sua derrota. Tinha a nítida impressão de estar sendo observado. Não demorou a perceber Sargasso flutuando a alguns metros dali, um arpão de aço na mão. Os dois travaram uma guerra de olhares por um longo momento antes do nommo listrado impulsonar-se com a cauda e desaparecer mar adentro.

O som de gotas atraiu a atenção do soldado para trás. Um nommo, menor e mais magro que os demais, as barbatanas sobre a cabeça e nos antebraços curtas e sem cor, entrou na bolha de ar. De cabeça baixa, colocou no chão uma bandeja e mergulhou apressado na parede, nadando para longe antes que Kasim pudesse dirigir-lhe a palavra.

Kasim se virou, observando primeiro a bandeja, na verdade uma grande concha rasa com alças de corais moldados, e depois o que trazia. Uma antiga garrafa de vinho selada por cera e rolha, tão velha que tinha marcas de cracas, repousava ao lado de ostras e pedaços fatiados de peixe cru. Não havia fogo sob o mar, claro. Ao menos tinham pensado em cortar a carne de forma que uma pessoa pudesse comê-la sem garras ou dentes afiados.

Cansado fisica e mentalmente, Kasim deixou-se cair no chão. Se o estavam alimentando, fosse o que fosse que tinham planejado, não seria tão cedo. Tirou as botas encharcadas e as meias em igual estado. Os pés estavam completamente enrugados, a pele negra já mostrando partes pálidas descoladas. Kasim esfregou os pés, para afastar o frio. Um pouco da pele se esfarelou na mão.

Precisava se secar, mas achava pouco provável consegui-lo no fundo do mar. Ao menos poderia tirar as roupas, e dane-se que estavam em uma cela transparente. Tirou por cima da cabeça a cota de malha e couro, jogando-a no chão ao seu lado, e depois a blusa de algodão por baixo dela. Tirar as calças de couro, coladas no corpo de tão úmidas, foi mais difícil. Kasim chegou a cogitar usar sua faca para cortá-las, mas acabou conseguindo desvencilhar-se dela. Colocou-a no chão, entre os corais e suas partes mais sensíveis. Vema não acreditaria na história sobre como ferira aquela parte em particular. Se é que Kasim sairia de lá vivo para rever Vema.

Devia ser punição pelo que dissera a ela. Vema era descendente de Melkat, não era? Certamente tinha alguma coisa daquelas bruxas que uma vez infestaram Myambe. Kasim crescera ouvindo histórias sobre os guerreiros sagrados do Vale deparando-se com bruxas Melkat e os espíritos com quem falavam. Raras vezes o encontro acabava bem.

A mão foi para o colar. Era a única coisa que não havia tirado. Se na superfície já não conseguia ver a Estrela da Manhã, por que faria alguma diferença sob o mar?

Usando a lâmina de sua adaga, Kasim arrancou o tampão da garrafa e cheirou o líquido. Não era dos melhores, talvez estivesse quase azedo, mas devia servir para matar a sede. O mercenário tomou um gole, fazendo careta com o gosto. A ironia de estar morrendo de sede naquelas condições não lhe escapou. Se bem que tudo que conseguiria com água salgada seria uma bela diarréia.

– Tudo o que eu precisar... – resmungou Kasim, enfiando um pedaço de peixe cru na boca. Engoliu com algum esforço, tremendo tanto de frio quanto pela mistura de gostos. – Será que um pouco de fogo seria pedir muito?

– O fogo consumiria o ar neste aposento, eventualmente matando-o.

Kasim saltou, adaga na mão. Sentiu a perna raspar no chão de corais e cerrou os dentes. Deixou um rastro esbranquiçado na pele, mas nada mais.

– Gostaria que vocês fizessem mais barulho – disse, baixando a arma e voltando à sua refeição. O kappa devia ter entrado na bolha atrás dele em algum momento enquanto Kasim combatia a cera da garrafa.

– Perdão se o assustei – disse o intérprete, mexendo em um dos aparelhos pendurados em seu cinturão de algas. – Se é calor que deseja, talvez eu tenha algo que sirva.

Colocou ao lado de Kasim um pequeno cilindro de bronze e vidro. À primeira vista, parecia uma lanterna em miniatura, mas o interior estava cheio d'água. Pequenos camarões transparentes nadavam dentro dele. O kappa bateu algumas vezes no topo do cilindro, e os camarões começaram a nadar mais rápido, seus corpos se acendendo numa luz branca que, de alguma forma, emanava calor. A luz era forte e ajudava a reduzir os tons de azul que dominavam o ambiente.

– Isso deve servir.

Kasim olhou à sua volta, além das paredes de água. Não havia nommo algum visível, nem mesmo Sargasso. O kappa estava sozinho com ele, desarmado e vulnerável. O soldado olhou os aparelhos pendurados no intérprete. Achou ter visto os dedos rechonchudos mexerem em um deles para fazer a bolha andar pelo trilho panjek. Identificou-o pendurado ao lado do tradutor.

Saltou na direção do kappa, colocando a adaga no pescoço flácido, a outra mão agarrando o pulso roliço. O kappa soltou um guincho estranho que lembrava uma criança. A água no topo de sua cabeça borbulhou nervosamente.

– Muito bem, agora você vai me tirar daqui.

– Por que você faz isso? – questionou a voz monótona do aparelho. Ela não transmitia o claro desespero do kappa.

– Você acha que eu vou deixar que me sacrifiquem sem reagir?

O braço de Kasim se esticou, puxando a adaga para longe do kappa, antes que o myambês rodopiasse para trás, sem controle das pernas. Levou alguns segundos para registrar a força prendendo seu pulso e o ombro, e mais ainda para entender que eram tentáculos saltando pela parede d'água. Quando mergulhou, arrastado por uma força muito maior que a sua, ainda estava incerto se realmente estava vendo o polvo camuflado de rocha e corais que tentava afogá-lo.

Do ar para o fundo do mar em um instante. Kasim sentiu um frio terrível tomar o corpo nu e percebeu, meio estúpido, que talvez o molusco que antes lhe permitia respirar estivesse, também, aquecendo-o.

O polvo não era maior do que ele. A grande cabeça mole mudava de cor e textura, deixando de lado sua camuflagem em troca de tons vermelhos furiosos. Os tentáculos agarravam os braços e pernas do soldado, fazendo força para abrí-los. Sem ter tido tempo de pegar muito ar, Kasim sentia o peito arder. Tentava soltar o braço com a adaga para usá-la de alguma forma, sem sucesso. Não só eram fortes os tentáculos, mas ventosas se prendiam a ele com firmeza, ferindo a pele com pequenas garras.

Kasim viu os tentáculos se afastarem, revelando um bico de papagaio maior do que seu pulso e claramente capaz de arrancar-lhe um membro. Depois ele se perguntaria por que pensou logo naquilo, mas a primeira coisa que veio a mente foi que estava sem calças.

Tão rápido quanto começou, terminou. Kasim caiu para fora d'água e dentro da cela de ar, largado sem cerimônia no chão de corais. Puxou o ar, desesperado, e começou a tossir.

– Espero que não tenha se ferido.

Kasim cuspiu água e tentou enxugar os olhos com as mãos. O polvo o observava com olhos de manchas negras. Ele voltou a se deitar no solo, mudando de cor e forma, tornando-se novamente um com as rochas. Kasim percebia agora que ele estivera lá todo o tempo, invisível aos seus olhos.

– Creio que ocorreu um equívoco.

O kappa apareceu ao seu lado, estendendo uma mão para ajudá-lo a se levantar. Kasim pensou duas vezes antes de aceitar, mas o fez. Passou a mão pelo rosto e o cabelo, tirando o excesso de água.

– Do que você está falando?

– O sacrifício. Não é seu. É dos alevinos.

– Os que eu trouxe de volta?

O kappa concordou com a cabeça, discreto. O movimento bem humano era sinal claro de que ele já havia tratado antes com os imigrantes de Último Refúgio.

– Estão impuros, todos eles.

– Não tenho nada contra sua cultura, mas eu não entendo então por que me manter aqui embaixo. Tenho homens feridos naquele navio. E eu tenho pessoas na cidade. Uma namorada, entende.

O kappa não compreendeu. Observou-o com seus pequenos olhos antes de continuar.

– Quando Varna incumbiu seu grupo de resgatar os infantes, você se tornou responsável por eles.

– Sim, mas nos já os trouxemos de volta.

– O que você trouxe de volta não mais nos pertence.

– O que pode ter acontecido de tão diferente em tão pouco tempo?

– A mudança já aconteceu. É tarde demais para eles.

O olhar de tristeza do intérprete e a forma com que seus dedos mexiam nervosos nos aparelhos em seu cinturão significavam que o fato era ruim. Kasim não entendia o que havia de tão mau naquilo. Nada que uma educação decente não resolvesse.

– E por isso precisam morrer – o myambês afirmou mais do que questionou.

– Por sua mão. É esperado que os devore um a um.

Kasim fechou os olhos, incapaz de evitar um sorriso sem humor.

– Devorar? Quatro tonéis de peixes?

O kappa inclinou a cabeça levemente, os dois olhos negros no humano.

– É seu dever.

Kasim começou a andar de um lado para o outro do interior da bolha de ar. Não havia muito como fugir daquela situação. Olhou de relance para onde achava que o polvo estava escondido e parou.

– Meu dever acabou quando entramos nessa baía e entregamos seus bebês.

– Eles não são nossa prole.

– Olha, assim essa conversa não vai a lugar nenhum. Eu não vou comer seus filhos, ponto final. Pode dizer isso para a sua mãe.

O kappa permaneceu em silêncio, observando Kasim sem nada dizer. Os dedos continuavam a mexer nos aparelhos taumatúrgicos. O soldado esperava a bolha de ar colapsar a qualquer momento. O que será que o mataria primeiro, o peso da água ou a falta de ar?

– Fui avisado de que sua espécie era sem honra, traiçoeira.

– Já não basta me manter nu e molhado numa bolha de ar no fundo do mar, precisa ofender minha espécie também?

Kasim deu um passo mais perto, erguendo um dedo acusador para perto do focinho arredondado do kappa.

– Nós morremos, às dezenas, pra trazer esses girinos de volta porque vocês não têm coragem de fazer isso por conta própria, e agora você acha que eu tenho a obrigação de comer tudo porque eles estão estragados?

No canto do olho, ele percebeu o polvo mover-se, pronto para proteger o intérprete. Já o kappa não se moveu. Pelo menos não de forma perceptível. A água em sua cabeça borbulhou. O soldado prosseguiu:

– Se essa missão era tão importante, por que não enviar o tal Sargasso para cumpri-la?

– Mãe Hidra proíbe.

– Aquele baiacu inchado que não consegue sequer andar por conta própria? E você já se perguntou o porquê?

– Porque a violência é intrínseca ao seu gênero.

– O quê? O que você está falando?

O kappa soltou um suspiro quase humano, então deu as costas e caminhou na direção da parede marinha. Kasim percebeu que ia ser deixado sozinho de novo. Soltou a primeira pergunta que lhe veio à mente.

– É isso que você é? Um alevino corrompido?

O intérprete parou com um pé já dentro da água. Permaneceu imóvel por algum tempo, então voltou completamente para o interior da bolha de ar, virando-se para Kasim. Seus dedos voltaram a brincar com um dos aparelhos em seu cinturão.

– Nós somos o equilíbrio desse mundo.

Kasim riu do absurdo.

O kappa encarou Kasim longamente sem nada dizer.

– Esse é o seu papel? Salvar o mundo?

O kappa inclinou a cabeça para o lado, incerto sobre como responder. Kasim tentou algo mais diplomático.

– O que você quer, de verdade?

O intérprete se virou, voltando a dirigir-se ao mar.

– Seu navio foi libertado. Seus homens estão a caminho de Último Refúgio.

– E eu?

O intérprete mergulhou no mar e nadou para longe, deixando Rais Kasim nu, molhado e bastante irritado.

CAPÍTULO 27

Vema chegou em casa poucos minutos depois de deixar a casa da avó, suando e com a parte da frente das pernas queimando. Assim que esse trabalho terminasse, ela daria um tempo. Precisava ficar menos deitada ou acabaria se esquecendo de como andar.

Bateu a porta do quarto, jogou suas coisas sobre a cômoda e deixou-se cair sentada na cama. Puxou de baixo dela sua caixa de remédios. Tinha chás, flor de maracujá e sementes de papoula. Todos ótimos e naturais, mas nenhum deles funcionava rápido o suficiente. Havia, no entanto, o frasco de água enferrujada. Ela pegou o vidro e o chacoalhou. A poeira acumulada no fundo se misturou ao solvente, tornando a água vermelha. Da última vez um gole a fizera acordar renovada, mesmo que Nyx tivesse sequestrado seu sonho. O efeito não deveria ser cortar seu acesso ao Mundo dos Sonhos? Então por que acontecera justamente o contrário? Se bem que não fora bem uma visita ao Mundos dos Sonhos, mas... algo diferente. Tinha sido quase como estar lá fisicamente e penetrar os sonhos que quisesse.

Talvez fosse questão de quantidade, ou o interesse do *maharashan* da Mente em reclamar da péssima qualidade dos produtos que ela tecia. Ou talvez simplesmente houvesse algo de diferente em Vema.

Vema pegou sua moringa d'água, encheu uma caneca e parou. Procurou no sari pelo saco de pano dado pela avó. O imago tinha dito algo sobre aquilo. Será que o fato de ele ter sido dado pelos Azanzi o atraíra? Seria realmente algum tipo de proteção? Vema tentou sentir com os dedos o que era, por via das dúvidas. Passou-o perto do nariz.

Podia sentir o cheiro forte de ervas e raízes. Os dedos percebiam dentro do embrulho folhas secas e raízes amarradas. Formavam uma estrela de cinco pontas ou, talvez, uma pessoa. Uma pedra, provavelmente algum tipo de cristal sem valor, havia sido amarrado no centro da estrela. Vema lembrava vagamente de o pai colocar esse tipo de coisa sob seu travesseiro quando ela era pequena. Esses amuletos deixaram de ser comuns em sua casa pouco antes dela partir para a Kulshram. A mãe achava que aquilo seria malvisto pelos panjek.

Colocou o amuleto sob suas almofadas na cama. Pingou uma gota do líquido vermelho na água, depois mais duas, por via das dúvidas. Bebeu tudo em um longo gole, então se deitou. Respirou fundo, fechou os olhos e, no momento seguinte, estava flutuando em meio a um arco-íris de cores muito vivas.

Piscou algumas vezes para entender onde estava. O que havia naquele frasco? Tudo se movia à sua volta, para baixo e para cima. Tinha perdido a sensação de direção. Sentia-se leve, o corpo demorando a responder aos seus movimentos. Era como se estivesse imersa em água.

Percebê-lo fez com que as coisas se tornassem mais coerentes. Os arco-íris vivos tomaram a forma de cardumes de peixes coloridos e florestas de anêmonas dançando nos corais por todos os lados. Uma lagosta passou nadando apressada ao seu lado, como se fugindo dela.

Sorrindo, já animada e sentindo o corpo mais relaxado, imaginou-se um peixe e nadou a toda velocidade, rebolando o corpo e batendo a cauda, na direção do cheiro que conseguia sentir na água. Passou em meio a buracos na rocha e corais parecidos com árvores sem folhas, viu uma espécie de lesma virar do avesso enquanto pescava um caranguejo lento demais para lhe escapar. Viu um tubarão e um polvo se digladiando enquanto peixes esperavam de longe para recolher os restos.

Encontrou Kasim pouco depois, lutando com centenas de d'leth, usando uma espada em uma mão e uma lança em outra. Vez ou outra rodopiava no mar para decapitar um dos monstros, antes de cair no chão, arremessando sua lança, que, após perfurar três ou cinco d'leth, retornava à sua mão de forma quase mágica.

Vema não conseguiu segurar a risada. Kasim não tinha muita imaginação, então talvez aquilo tivesse algo a ver com sua experiência pessoal, mas de forma bastante exagerada.

Sua risada, ou talvez sua simples presença, atraiu a atenção de Kasim, que, após derrubar um número infindável de d'leth com o rodopiar de sua lança, se levantou, procurando por ela no mar.

– Vema?

O choque no contato pareceu ativar o consciente de Kasim. Os d'leth começaram a desaparecer à sua volta, um a um. Sumiram, também, a espada e a lança em sua mão. Ele tentou caminhar em sua direção, visivelmente confuso, mas bateu em uma parede. Percebeu, irritado, que estava preso em uma bolha gigantesca, que não existia antes.

Vema aproximou-se da bolha-prisão, já se tornando novamente mulher. Tocou a superfície delicada, os dedos tocando os do namorado.

Uma voz atraiu a atenção de Vema para sua esquerda. Quando se virou para lá, Kasim desapareceu. Um cardume de peixes prateados seguia em linha reta na direção de uma rocha coberta de corais coloridos. Não era mais o sonho de Kasim, mas o de outra pessoa. Estariam os nommos mantendo mais prisioneiros?

Vema tornou a se transformar em peixe e seguiu o cardume até o topo da colina submersa. Encontrou lá uma imagem difusa, como um sonho que não era sonho. Era algo sólido e desconexo, como a memória do imago.

Entender do que se tratava tornou as coisas mais simples para Vema. Talvez por já ter experimentado a memória do imago, ou talvez devido ao narcótico dado por Sahir, ela conseguia ir além das fronteiras naturais do Mundo dos Sonhos. Forçou sua vontade, e surgiram diante dela diversas imagens, como sonhos isolados, pérolas, de certa forma, imersas naquele mar onírico. A transição atraiu a atenção de um cardume de oneirois, mas nenhum deles parecia capaz de penetrar as pérolas.

Seriam aqueles os equivalentes de sonhos para nommos? Vema aprendera na Kulshram que nommos e d'leths não sonhavam, assim como boa parte dos peixes, que não dormiam, mas se mantinham em um estado de torpor, semiconscientes, devido ao ambiente perigoso do fundo do mar. Se não eram eles sonhando, quem seria?

Vema nadou na direção da pérola mais próxima. Podia ver algo dentro. Era um nommo grande de escamas coloridas. Tinha listras escuras nas costas e no dorso. Parecia furioso, rasgando corais e anêmonas com as garras. A agressividade era contida e desviada da pessoa com quem falava, a dona da memória.

Com um toque leve, para não causar dano à memória, Vema abriu uma brecha na pérola e entrou.

Porta-voz colocou uma mão sobre o braço de Sargasso. Como de costume, o toque fez a companheira cessar seu surto de fúria. Mais frustrada do que irritada, Sargasso largou os restos do pepino do mar destroçado para ser devorado por peixes carniceiros. O ciclo da vida bem ali diante de seus olhos.

– Foi um mal entendido – explicou Porta-voz, guiando a nommo para sentar-se ao seu lado. A cauda mais curta e lisa de Porta-voz se enroscou com a de Sargasso em sinal de carinho. Sargasso se afastou um pouco, apenas para deixar clara sua irritação.

– Eu alertei que era perigoso fazer isso.

– Confiante estava lá para me proteger.

– E se não for tão rápido da próxima vez?

– Vá comigo. Converse com o humano.

Os dois se entreolharam em silêncio.

– Com que propósito?

– Conhecê-lo, claro.

– Não vejo razão para isso.

– Talvez conhecer mais sobre eles nos ajude a entender mais sobre nós mesmos.

– Ridículo.

Porta-voz soltou bolhas de ar pelo respiradouro, então lançou-se na direção da prisão. Não olhou para trás. Sabia que Sargasso o seguiria, mesmo que a contragosto. Sentou-se em uma pedra perto da bolha onde Kasim estava preso.

O humano tremeu, a perna se esticou, como se chutasse alguma coisa. Os lábios se moveram, balbuciando algo. Os olhos pareciam rolar nas órbitas, ocultos sobre a pele que chamavam de pálpebras.

– O que está acontecendo com ele? Está sufocando?

– Humanos sonham.

Sargasso deixou-se sentar ao lado de Porta-voz. Confiante mudou de cor, tornou-se visível por um instante, ajustando sua posição para o outro lado, para manter Porta-voz entre Sargasso e ele.

– O que é isso?

Os três continuaram a observar o humano por mais algum tempo em completo silêncio.

– Não sei ao certo – disse finalmente o kappa. – Eles... desligam durante longos períodos da noite, e vivenciam outras vidas em sua mente.

– Isso é impossível. Eles sufocariam.

– O que importa são esses sonhos. O prefeito me falou sobre eles.

Sargasso inclinou a cabeça para o lado para melhor focalizar o humano com o olho direito. Porta-voz explicou melhor.

– Eles imaginam coisas impossíveis, coisas que desejam ter ou ser.
– 'Desejam'?
– Algo que se quer muito.
– Por quê?
Porta-voz permaneceu em silêncio novamente. Algumas bolhas escaparam de sua cabeça.
– Não sei... Acho que isso os motiva a viver.
– Então vivem a vida toda querendo ser alguma outra coisa? De que adianta isso?
– É que eles podem ser outra coisa.
Os dois permaneceram em silêncio por um longo tempo. Na Corte de Mãe Hidra cada um sabia seu papel mesmo antes de nascer, pois Mãe Hidra sabia o que era melhor para a estabilidade da Corte e a manutenção da vigília sobre Aquele Que Dorme. Um deslize poderia custar não só algumas vidas, mas todo aquele mundo.
Sargasso cortou o silêncio
– Não acho saudável que você continue a conversar com o humano.
Isso fez o kappa virar-se, visivelmente consternado.
– Por quê?
– Você tem um papel importante nesta comunidade.
– Que é lidar com os habitantes da terra seca.
– Esse humano está afetando seus pensamentos. É um plano, certamente.
A cauda do kappa se moveu e sua boca tremeu, como se emulando um sorriso humano.
– Ele está completamente perdido aqui. Nem faz ideia de como nossa vida é diferente da dele.
– Melhor assim. Ele jamais entenderia.
Porta-voz olhava o humano adormecido, seus dedos acariciando um dos aparelhos taumatúrgicos, pensativo.
– Às vezes me questiono se eu entendo.

Um som retumbante ecoou pelo mar, pegando Vema de surpresa. Encontrou-se fora da memória, a fenda se fechando diante dela. Olhava a imagem da criatura chamada Porta-Voz e sua curiosidade sobre sonhos e seres humanos. Havia um forte sentimento preso naquela memória, não exatamente desejo, mas algo reprimido, uma vontade de ser conflitando com um sentimento de dever.

Vema pegou o material que tinha à sua volta, água, corais e peixes, e fez deles uma bola de matéria-prima. Agitando os dedos, puxou e repuxou, moldou e alterou até que tivesse um pequeno sonho, simples, mas inspirador. Então empurrou o sonho para dentro da pérola logo antes que a brecha se fechasse.

Todo o mar começou a tremer e a mudar de forma. Os peixes fugiram, assustados. Era como se alguma outra coisa tivesse notado sua presença. Curiosa, Vema nadou na direção do som, que se repetiu mais duas vezes. Na medida em que se aproximava de sua origem, Vema sentia o corpo tremer e a água tornar-se mais fria.

Encontrou as ruínas de uma antiquíssima construção panjek perdida entre corais e algas. Reconhecia colunas e estátuas de uma centena de criaturas extraplanares derrotadas pelo Grande Reino Infindável. Viu estátuas representando demônios de muitas cabeças e línguas bifurcadas combatendo mulheres de corpos exageradamente estreitos. Viu em um trecho de parede a derrota de mil inimigos por um panjek de vestes esvoaçantes. A última seção do mural representava o primeiro panjek mitológico deixando o campo de batalha cheio de corpos de monstros e outros panjek, atravessando um portal e chegando a Panjekanaverat, onde se exilou para meditar sobre o sentido da vida.

O som retumbante se repetiu, atraindo a atenção de Vema para o centro das ruínas. Uma montanha que parecia pulsar, como se estivesse viva, era a origem do som. Correntes formadas por anéis gigantescos, maior do que navios inteiros, saíam da montanha em todas as direções e pareciam entrar na terra e sob as ruínas. As correntes tremiam, tensas. Eram metal, eram enguias. Por um instante brotavam vivas da montanha para se enterrar nas ruínas abaixo, mordendo algo, injetando veneno. Veneno ou algo mais. Sonhos.

Alguma coisa estava presa sob os escombros do templo. Vema podia ver movimento entre as pedras, como algo gigantesco em um sono agitado. Num dado momento pensou ver uma mão humana, pálida e delicada, mas logo mudou para qualquer outra coisa. Tentáculos, escamas.

A montanha sobre as ruínas olhou Vema. Parecia furiosa com a invasão. Ela abriu a boca, que parecia se expandir para sempre. Dela saiu novamente o som estrondoso e, desta vez, um cardume de milhões de pequenos peixes negros.

Tentou virar para longe, tentou se transformar em peixe e nadar o mais rápido que podia. Não conseguiu. A onda de choque a atingiu, deixando-a desorientada, logo antes da chegada dos peixes. Sentiu-os beliscar sua pele, seus dedos, seu rosto.

Acordou gritando, jogando para longe o lençol que nem se lembrava de ter colocado sobre o corpo.

Um vizinho esmurrou a parede, reclamando do barulho.

Vema se sentou na cama, a mão limpando o suor da testa. Pegou a moringa e encheu a caneca com água. Bebeu longamente, tentando fazer passar a sensação esquisita que a acompanhara para fora do sonho. Era uma sensação estranha... Única.

Não, ela já havia sentido a mesma coisa antes, uma sensação de estar sozinha do mundo, de ser menor do que a menor das criaturas. Era uma sensação terrível, de que havia algo muito maior e muito perigoso a observando.

Apenas uma vez antes ela havia sentido o mesmo.

Vema se levantou da cama. Não queria ficar mais ali. Era como se temesse que o que vira no sonho fosse capaz de seguí-la até lá.

Alguma coisa caiu no chão. Pegou o pequeno saco de pano dado pela avó. Dele caíram folhas e pedaços de galho partido. Era como se insetos, ou, talvez, um cardume de pequenos peixes carnívoros estivesse tentando destruir o boneco de galhos dentro do saco.

Vema resolveu que seria bom passar algum tempo sem dormir novamente.

Capítulo 28

Kasim acordou achando ter ouvido Vema chamá-lo. Ao invés de sua deusa de bronze encontrou uma salamandra rechonchuda encarando-o do outro lado da parede d'água. Tinha sido assim nas últimas três vezes em que acordou do cochilo de sabe-se lá quanto tempo.

A primeira vez fora ao ouvir o barulho da água, como o de alguém mergulhando. Achou ter visto o kappa nadando para longe. Havia deixado um saco de couro no chão à sua frente. Dentro Kasim encontrou roupas e um cobertor, tudo felizmente seco.

O myambês vestiu a túnica tipicamente panjek, enrolou a parte de baixo do corpo no tecido comprido que os nativos achavam ser calças e adormeceu sob o cobertor, para acordar com comida novamente diante dele. O intérprete estava sentado em uma pedra alguns centímetros além da bolha de ar, uma mão acariciando o polvo-sentinela, a outra, os mecanismos taumatúrgicos. Kasim comeu a carne de um caranguejo que teve de abrir com a própria adaga e bebeu de um vinho ainda mais antigo que o anterior. Fosse o que fosse, não era de palmeira. Supunha que fosse feito das pequenas frutas roxas que diziam existir nos Onze Reinos. Chegou a provar os bolinhos verdes, feitos de algum tipo de alga, mas os deixou de lado ao sentir o gosto extremamente forte e salgado.

Kasim passou todo o tempo, e horas depois disso, sentado de pernas cruzadas, encarando o kappa. Em algum momento do desafio de paciência, acabou cochilando. Acordou achando ter sonhado com um peixe que se parecia muito com Vema.

– O que você quer de mim?

O intérprete ignorou a pergunta, fosse por não ouvi-la ou por não querer respondê-la. Simplesmente permaneceu fazendo o mesmo que nas últimas horas, quase imóvel. Vez ou outra, uma trilha de bolhas surgia do topo oco da cabeça do kappa, escapando para a superfície além da visão do myambês.

Kasim olhou para o alto, onde mal podia perceber a luz do sol, perguntando-se quando conseguiria voltar. Imaginou Vema preocupada com ele, andando de um lado para o outro em seu quarto. O pensamento o fez rir. Ela provavelmente nem ao menos havia percebido seu desaparecimento.

– Por que está sorrindo?

Kasim deu um pulo, apesar das pernas cruzadas, quase caindo para trás. O intérprete estava de pé ao seu lado, água escorrendo do corpo para o chão. Ele se sentou, imitando a postura do humano.

– Apenas me lembrando de algo. Veio me interrogar de novo?

– Acho você curioso.

Foi difícil não se lembrar de um pássaro que Kasim vira dias antes, preso em uma gaiola, prestes a ser embarcado em um navio para Valmedor. O rosto do pássaro era quase humano, uma dessas bizarrices que os taumatólogos capturavam em outros mundos. O mais estranho era a expressão no rosto do pássaro. Era de derrota, de entender que seu fim se aproximava. A sua volta, marinheiros, estivadores e algumas crianças passavam observando-o curiosos. Alguns apontavam e gritavam, outros cutucavam-no com gravetos e até jogavam pedras.

– Eu prefiro que você me deixe ir.

– Não enquanto seu papel não for cumprido.

– Eu não escolhi esse papel.

– Escolha não vem ao caso. Por que seu povo nos atacou?

Kasim precisava se acostumar com a velocidade em que o kappa mudava de assunto. Era como se estivesse pensando em mil coisas ao mesmo tempo e as cuspisse uma atrás da outra sem esperar o assunto anterior ser concluído. Era preciso atenção para conseguir acompanhar uma conversa.

– Não foi meu povo. Nem sei quem é meu povo.

– Foram humanos.

– Foram insurgentes.

– Explique.

– Rebeldes. Renegados. Pessoas que pensam diferente, que querem fazer algo diferente, pela força, se preciso.

– E por que seu povo não os extirpa no nascimento?

– Ninguém sabe quem será um insurgente ao nascer.

– Explique.

– Explicar o quê? São as ideias, seus sonhos, que fazem uma pessoa se manifestar contra o governo ou o que for. Se não conseguem o que querem, ou se mudam ou mudam o mundo.

– Como?

– Sequestrando filhotes de peixe, eu acho.

O intérprete permaneceu em silêncio, observando Kasim. Parecia esperar mais explicações. Mas o myambês duvidava que fosse simples problema de tradução.

– Eu não vou fingir que entendo. Eu estou atrás desses insurgentes há algum tempo e ainda não tenho certeza do que eles querem.

– E por que não os extirpam agora que sabem quem são?

– Você não pode simplesmente matar pessoas porque elas pensam diferente.

– Por que não? Se isso fere a estabilidade da comunidade, não há nada mais adequado.

– Na minha terra natal há muitas pessoas que pensam assim. Até que surgiu alguém, um homem mais forte, mais carismático, que convenceu a todos de que as ideias dele era melhores.

– E o que aconteceu?

– Ele dominou quase todo o nosso mundo. Aqueles que não se juntaram a ele foram caçados e mortos.

O kappa concordou com a cabeça.

– Estabilidade ao custo de algumas mortes.

Kasim suspirou, balançando a cabeça.

– Não, isso não está certo. Você não pode forçar suas ideias nos outros.

– Por que não?

– Porque cada um tem de ter o direito de ser e fazer o que sonha.

– Mas e se o sonho desta pessoa for unificar todos sob seu comando, sob suas ideias?

Kasim encarou o kappa sem conseguir responder. Era impossível saber se ele estava sendo irônico com aquela voz monótona saindo da caixa mágica.

– Nenhum mundo é perfeito.

– Não sem estabilidade.

– De que estabilidade você está falando? Seu povo é atacado constantemente pelos d'leth, estão sempre a beira de perder toda uma geração.

– Pai Dagon e os d'leth são parte do ciclo da vida.

– E sua extinção também é?

– Não corremos risco de extinção. A não ser que um novo elemento surja para quebrar o balanço.

Como um grupo de insurgentes humanos sequestrando toda uma geração de nommos enquanto Pai Dagon ataca o recife.

– Me fale mais sobre sonhos.

Kasim respirou fundo. Passou a mão no rosto. Ele não conseguia se manter em um único assunto?

– Como assim?

– Como vocês os conseguem?

– Nós dormimos e eles estão lá.

– Sempre?

– Sempre, eu acho.

– E para que servem?

– Os sonhos nos fazem querer mais.

– Mais o quê?

Kasim deu de ombros.

– Qualquer coisa. Se você não sonha com alguma coisa, por que viver?

– Para cumprir seu papel na sociedade.

– Eu não sou uma formiga. Eu sou uma pessoa.

– Não entendo.

– Formigas têm papéis definidos. Um soldado é um soldado e sempre será um soldado, não importa o que aconteça. Ele é feito para isso.

– E isso é errado?

– Não para a formiga, eu acho... Mas formigas não pensam, não têm sonhos. Nós temos.

Aquilo pareceu deixar o kappa realmente transtornado. Ele se levantou soltando muitas bolhas. Fez como quem ia partir. O polvo do lado de fora mudou de cor várias vezes, abriu os tentáculos como que para abraçar o amigo. O kappa parou.

– Com o que você sonha? – ele finalmente perguntou.

Kasim se inclinou para trás, apoiando o corpo em duas mãos. Olhou para longe, piscou. Percebeu que não tinha certeza. Quando vivia em Myambe seu sonho era ser livre. E ele realmente acreditava que era, sendo um mercenário, escolhendo para quem lutar. Achava que não ser preso a uma única cidade, a uma única causa, fosse sua forma de desafiar os conceitos pré-estabelecidos.

Mas, no início de todo dia, ele se curvava para a Estrela da Manhã, saudando-a, agradecendo por mais um dia de liberdade. Por mais vezes que podia contar acabou lutando contra o Império de

Diamante, sempre com o objetivo de proteger uma cidade ou região que inevitavelmente seria conquistada por hordas infindáveis de um deus-vivo.

Kasim abandonou Myambe por medo. Não que o deus-vivo do Império de Diamante fosse conquistar toda Myambe e fosse cobrar daqueles que lutaram contra ele, mas porque o próprio Kasim havia matado o deus-vivo e, ele tinha certeza, se ficasse lá seria caçado pelos guerreiros sagrados do Imperador até seus últimos dias.

– Eu sonho em encontrar meu lugar no mundo.

– Então você sonha em ser uma formiga.

O comentário veio tão inesperado, num tom tão neutro, que Kasim começou a gargalhar. Tanto o kappa quanto o polvo se assustaram. Pareciam incertos de como reagir. Provavelmente achavam que Kasim estava morrendo.

Uma mão na barriga e outra erguida com a palma para frente, Kasim tentou se controlar. Ele tinha acabado de ouvir uma lição de uma salamandra marinha que falava por uma caixa.

– Acho que o problema é que eu não encontrei meu formigueiro.

– O que há de errado com ele? – indagou o kappa, fazendo um sinal para cima, na direção da superfície e Último Refúgio. – Tem sido o lar dos panjek por milênios.

– Talvez seja esse o problema.

– E o que o impede de ir embora?

Kasim respirou fundo. Não tinha como não pensar em Vema. Apesar de todas as diferenças, de todos os conflitos, era ela que o mantinha ali. Será que ele conseguiria convencê-la a partir com ele para outro lugar? Um menos... menos panjek?

A quem você está enganando? ele se perguntou. Vema era quem era porque nascera ali, e lugar algum seria perfeito para ele. Lugar algum se não Myambe e a Terra Prometida. Mas essa era uma causa perdida.

O kappa se levantou e mergulhou no mar, nadando para longe. O polvo disparou atrás dele como um cachorrinho de estimação.

Kasim olhou a sua volta, mas não conseguia perceber ninguém por perto, camuflado ou aparente.

Seu pé esbarrou em algo. Olhou para o chão e encontrou uma pequena caixa de bronze com fios e discos. Abaixou-se para examinar o que era.

Um novo sorriso surgiu no seu rosto. Era o aparelho que controlava a movimentação da bolha de ar.

Capítulo 29

Em um dia normal, o Descanso do Colosso era praticamente vazio. Poucas pessoas iam até lá para apreciar a natureza e comer ao ar livre. Vez ou outra, uma unidade da Guarda atravessava os portões da cidade para embrenhar-se na Cerca Viva. Nem sempre voltava.

Mas durante duas semanas por ano tudo mudava.

Segundo a mitologia panjek, Iraivana era um de muitos demônios extraplanares com quem o panjek original combatera muito antes de seus herdeiros fundarem o Grande Reino Infindável. Quando o Ser Original chegou a Panjekanaverat, Iraivana já havia devorado praticamente toda a vida existente do continente. Faltando fauna e flora, ele começara a devorar as montanhas e o mar.

Usando os conhecimentos que um dia se tornariam as Três Grandes Artes, o Ser Original domou Iraivana e o pôs sob seu comando.

A criatura migrava do norte ao sul do continente e de volta num ciclo que levava um ano. Raramente interagia com outros seres vivos, contanto que sua rota não fosse interrompida, nem faltasse comida quando chegasse ao seu destino. Era exatamente isso que levantava questões sobre o destino de Naripuri. Quem alimentava a fera do lado de lá da rota?

O caminho de casa até o Descanso era longo, especialmente em um dia como aquele, quando a população da cidade dobrava e havia um fluxo intenso na direção daquele bairro abandonado. O motivo era visível e audível à distância. Havia um som surdo cadenciado que parecia ser sentido no chão. Sobre as casas e palácios panjek podia-se ver um pedaço da cidade, que parecia mover-se independente do resto. Torres e casas de três andares que a distância pareciam tão comuns quanto as que existiam em Último Refúgio, se não fosse pelo fato de estarem montadas nas costas de um animal com duzentos metros de comprimento.

Quando a charrete que levava Vema chegou ao Descanso, Iraivana já estava se alimentando. Era um momento único que muita gente preferia não ver. Não era só o cheiro forte de carne fresca, recém-trazida de outro plano de existência por caçadores e taumatólogos. Era a visão de uma criatura muito maior do que qualquer um engolindo toneladas de comida em minutos. As mandíbulas de Iraivana eram grandes e fortes o suficiente para engolir a Torre da Mente de uma única vez.

– O que você está fazendo aqui?

Tuan estava a caminho de Iraivana quando viu Vema. Tirou os óculos que protegiam seus olhos, prendendo-os na testa. A expressão no rosto do taumatólogo era uma mistura de irritação com curiosidade.

– Seguindo meus instintos – foi tudo que Vema disse.

O taumatólogo fez um som de desdém com a boca. Nunca tinha levado nada da Arte da Mente a sério. Para ele era tudo esoterismo e boa vontade, tudo oposto aos cálculos minuciosos e ciências exatas da taumaturgia.

– O instinto da maioria das pessoas diz que devem ficar longe daqui até depois de Iraivana comer.

– Se Iraivana se irritar com alguma coisa, não vai ser me esconder em casa que fará diferença.

– Virou uma especialista na Cidadela Ambulante agora?

Vema deu de ombros, ainda sem tirar os olhos do monstro. Forçou um sorriso.

– Digamos que eu tive um sonho bem vívido.

Uma lufada de vento trouxe o cheiro de carne e sangue naquela direção. Vema desviou o rosto, cobrindo o nariz com o sari.

– Não entendo como vocês são capazes de comer isso.

– Nem nós, carnívoros, comemos essa coisa. Parece que só Iraivana tem estômago para essas... baleias voadoras. O que é um problema, visto que está ficando cada vez mais difícil encontrá-las.

– E ele não come outra coisa?

– Espero que sim. Misturamos outros tipos de carne ali, extraídos de outros planos. Espero que isso não cause uma crise como da outra vez.

Vema tremeu só de lembrar da memória do imago. Tuan não sabia que era esse o motivo da reação. Achava que fosse pela história da vez em que o prefeito ofereceu animais trazidos de Myambe. O resultado foi doze mortos e quase uma centena de feridos.

– Incógnita está trabalhando em criar uma versão quirúrgica dessa carne. A ideia é a cada vinda da Cidadela misturarmos uma proporção maior dessa carne e reduzir a necessidade de caçar.

– E de onde eles vão tirar toda essa carne? Achei que eles precisavam de matéria-prima.

Tuan deu de ombros.

– Acho que estão negociando algo com Mãe Hidra. Ou talvez com o Incessante. Não faço ideia.

– Pensei que você fosse sobrinho do prefeito e assistente do Incessante.

– Eu também – ele respondeu. Baixou os óculos de trabalho. – Agora, com licença, que eu preciso regular os narguilés. O bafo dessa coisa depois que termina de comer mata qualquer um.

O taumatólogo se afastou sem se despedir. Seguia na direção de um grupo de funcionários que observava a uma distância segura de onde a criatura comia. O som de ossos do tamanho de árvores sendo triturados era audível apesar da distância. Que chance teria a cidade caso essa coisa saísse do controle como em Naripuri?

Iraivana trazia nas costas um bairro inteiro, que começava na fortificação entre os chifres de sua cabeça e seguia pela carapaça até parte da cauda que se arrastava atrás dele. Já àquela altura, guindastes estavam sendo preparados no topo para quando a criatura se deitasse, encolhendo suas seis pernas sob o corpo. Só então seria possível aos custódios descer de suas costas para fazer negócios com Último Refúgio. Ninguém se apressava. Ninguém queria correr o risco de algo dar errado.

Os olhos de Vema se detiveram na cabeça do monstro. Comparado ao resto do corpo, seu olho parecia minúsculo, mas era maior do que uma pessoa. E brilhava. Brilhava num tom verde, como uma esmeralda gigantesca esperando ser recolhida.

Por um instante Vema pensou que a criatura a olhava diretamente. Sentiu uma sensação estranha, de reconhecimento, como uma memória distante que teimava em se esconder.

Um grupo de homens passou ao lado de Vema sem pedir licença. Eram os primeiros trabalhadores chegando, seguidos de carroças de carga puxadas por makaras. Os animais mantinham-se distantes, mas mesmo assim irritadiços. Apesar de projetados para serem obedientes e passivos, os makaras estavam claramente nervosos por estar tão perto de uma criatura capaz de engoli-los de uma só vez. Era difícil não simpatizar com o pensamento.

Não demorou para que toda a comida tivesse desaparecido. Iraivana lambeu os restos na pedra, a língua rosa e áspera parecendo uma lixa no chão. Não era à toa que os símbolos entalhados na pedra estavam se apagando.

Ele bufou ao perceber que a comida tinha se acabado. O vento foi o suficiente para derrubar uma tenda de festa que estava sendo erguida antes da hora. Um grupo de trabalhadores que esperava o momento certo riu, apontando para os coitados que viram seu trabalho desfeito. Um som longo e retumbante, como uma tempestade se aproximando, ecoou da barriga de Iraivana. Então ele flexionou as seis poderosas patas e se deitou, enroscando a cauda do lado do corpo. A superfície chata serviria de rampa para descarregar a carga.

Foi só Iraivana fechar os olhos e quase imeditamente ressonar e Descanso do Colosso ganhou outro tipo de vida. Como formigas em torno de um suculento pássaro morto, centenas de trabalhadores e mercadores avançaram na direção da Cidadela Ambulante em busca de bons negócios. Muitos dos melhores produtos já tinham dono, resultado de contratos duradouros com a Companhia Mercantil de Valmedor. Na orla do disco de pedra que servia de repouso para o monstro as primeiras barracas e tendas de festa eram armadas. Havia pouco tempo até a noite, quando começaria o festival.

Vema nunca questionou aquele festival. Fazia parte de Último Refúgio, da mesma forma que makaras e pesadelos fugitivos. No entanto, mais de uma vez Kasim e outros imigrantes demonstraram uma mistura de medo e raiva.

– É como receber um leão dentro de sua casa todos os dias, dar-lhe de comer e deixá-lo dormir enquanto você recebe visitas. O que acontece no dia em que a comida acabar?

Começar a olhar as coisas por outra perspectiva, a de Kasim em especial, fez Vema ver mais do que jamais vira em vinte anos de vida. Não que ela concordasse com tudo, mas tinha de dar o braço a torcer: certas coisas realmente deveriam parecer estranhas diante do que era considerado normal do resto do mundo.

Se é que existia tal coisa.

Vema se aproximou do corpo adormecido do monstro. O corpo tremia com a respiração que esticava a pele úmida feita de pequenas escamas metálicas. Era como o casco de uma tartaruga, só que mais flexível. Diziam as lendas que arma alguma era capaz de penetrá-la. Ninguém jamais teve coragem de testar essa história.

Um cheiro doce atraiu a atenção de Vema para a cabeça de Iraivana. Uma série de narguilés formava um perímetro em torno da cabeça da criatura. As máquinas taumatúrgicas lançavam vapores no ar, reduzindo o odor fortíssimo do hálito da criatura e dos restos de comida que estavam por toda a parte. Ninguém se atreveria a limpar o lugar até depois da partida do colosso.

A Cidadela Ambulante crescia em suas costas como craca no casco de um navio.

Vema percebeu um dos custódios alguns metros distante dela, negociando com um homem com o brasão da Companhia Mercantil de Valmedor na jaqueta. Praticamente nada do panjek era visível, a maior parte do corpo oculta por um tecido volumoso vermelho decorado por colares de pedras coloridas. Só o antebraço direito era visível, expondo as tatuagens panjek que identificavam sua linhagem e feitos. Vema não tinha certeza se compreendia tudo, como se aquele fosse um dialeto diferente, mas o que conseguia ler declarava aquele panjek nascido nos tempos de Naripuri. Quantos deles ainda existiam? Seu rosto estava oculto sob um par de óculos redondos e largos de lentes escuras e um aparelho que mais parecia um respirador. As vestes chegavam à cabeça, onde se tornavam um chapéu de um metro de altura, um lado preto, o outro vermelho.

Kasim uma vez sugeriu que sequestrassem um custódio.

– Se não fala por prata, fala por dor.

– E por que se dar a esse trabalho? – ela perguntou.

O myambês a olhou de testa franzida.

– Para saber o que há além dos portões de Último Refúgio.

– Por quê?

Naquela época ainda se conheciam pouco. Vema ainda o olhava como a um selvagem exótico e excitante. Não via nele um namorado, mas sim um amante passageiro, alguém em quem ela logo perderia o interesse.

Isso fora quase dois anos antes.

Vema hoje sabia o que havia fora dos portões, e o que ela viu na Cerca Viva a fez pensar no que existiria além. Como era Panjekanaverat? O que nas histórias contadas na Kulshram era verdade, o que era lenda?

Um tremor audível percorreu a praça, fazendo todos pararem. Trabalhadores gritaram quando engradados e tonéis pendurados pelos guindastes balançaram perigosamente. Um homem deixou cair suas ferramentas do alto da cidadela e gritou para alertar quem estivesse no chão.

Tão súbito quanto veio, parou. Algumas pessoas riram, fizeram piada. Deve ter sido algo que ele comeu, disse um homem, dando tapas na muralha viva que era a barriga da fera adormecida.

O susto fez Vema dar alguns passos para longe da criatura. Riu da situação, assim como os outros. Quais eram as chances de algo dar errado depois de tantos anos do festival?

Vema virou-se de costas para Iraivana, para fazer o caminho de volta para casa. Aquela dor de cabeça insistente estava voltando. Talvez tudo o que ela precisasse fosse descansar até Kasim aparecer, são e salvo.

Algo brilhou no céu à sua esquerda. Por um momento Vema desconsiderou o brilho, como se fosse mais uma tempestade em torno da fenda sobre Naripuri. Então ela percebeu que havia algo errado. Naripuri ficava ao norte, atrás dela.

Vema engoliu em seco.

Sobre a Torre dos Planos havia sido erguida uma estrutura de três espigões de metal. No topo, um anel eletrificado brilhava.

Era idêntico ao do portal de Naripuri.

Capítulo 30

Maskali recebeu Kasim como quem vê um fantasma. Chegou a erguer sua lança na direção do capitão, os olhos prestes a saltar para fora das órbitas.

Kasim passou por ele dando um tapa na ponta da lança, praticamente rosnando como um porco do mato. Os músculo queimavam depois de finalmente reduzir o ritmo. Tinha passado boa parte da última hora entre navegar os túneis submersos, nadar acelerado e esconder-se entre as pedras. Tinha cortes diversos nas mãos e braços, resultado de encontros infortuitos com corais, e tinha pisado em alguma coisa que não só o espetara, mas parecia ter-lhe injetado algum veneno que fazia queimar boa parte da perna.

Entrou no quartel sem falar, sem desviar do edifício para onde olhava. Deixou um rastro de pegadas molhadas e descalças – ele abandonara suas botas quando tivera que nadar – e não se deteve até chegar ao alojamento. Chegou a cogitar que tivessem levado suas coisas, que o tivessem dado como morto. No humor em que estava provavelmente mataria o mensageiro. Para a sorte dos presentes seu temor não se concretizou. Suas coisas estavam no mesmo lugar, aguardando seu retorno. Jogou-se em sua esteira e deixou-se dormir.

Foi acordado sabe-se lá quando por Maskali, agora visivelmente mais tranquilo. Devia ter imaginado que mortos não dormiam, muito menos roncavam tão alto.

Kasim abriu um olho furtivo. Não sentia que tinha descansado, mas vagas memórias de um sonho com Vema, ambos nus em uma piscina de peixes mortos, lhe trouxe a certeza sobre o que tinha acontecido. A luz do lado de fora, muito mais forte do que quando saíra do mar nas primeiras horas do dia, atestavam que ele havia dormido pelo menos algumas horas.

– O Nar-rais quer vê-lo.

Por alguns instantes Kasim não reagiu. O olho permanecia sem piscar, fixo no ex-pescador. Temendo que o capitão tivesse morrido, Maskali tocou seu ombro, provocando uma resposta seca.

– O Nar-rais está morto, engolido por um tubarão gigante.

Maskali se afastou, abriu a boca para falar, fechou, lambeu os lábios. Kasim fechou os olhos. Era o tipo de reação de quem não sabia ao certo como dar uma notícia ruim.

– Eles o estão esperando no escritório do Nar-rais – ele finalmente resolveu dizer, então saiu de lá o mais rápido possível.

Nada de bom poderia resultar de ser chamado para conversar por um homem morto.

Kasim vestiu uma túnica simples e calças fornecidas pela Companhia, prendeu seu cinto com a adaga. Olhou longamente para a espada embainhada, mas achou que seria melhor não levá-la. Apesar de sentir o cheiro de problemas, não achava que seria do tipo em que uma espada faria a diferença. No entanto, pegou a bolsa que deixara cair ao lado de sua cama, prendendo-a às costas pelo cinto.

Procurou no alojamento pelos outros soldados que sobreviveram ao ataque à enseada, mas não viu muitos.

– Tiraram folga – disse Ujana, que se preparava para uma ronda em Porto Branco.

Mesmo que a Surna insistisse no seu tom que não havia nada mais óbvio de se esperar após o incidente com os d'leth, alguma coisa dizia a Kasim que devia suspeitar de que seus melhores soldados tinham sido dispensados. Mas talvez fosse apenas paranoia.

Kasim fez o caminho até o escritório do Nar-rais com os punhos cerrados, vendo em tudo um indício de problemas. Um navio com a bandeira da decadente cidade-estado Portal, em Valmedor; um trio de mercenários isaamari bebendo do lado de fora de uma taverna perto do porto; um quirurgião humano removendo o dente de um marinheiro Melkat com um aparelho de tortura; um macaco fugitivo de sua gaiola sendo perseguido por uma turba de mercadores e crianças com paus e pedras; um símbolo pintado toscamente na parede, lembrando-o dos desenhos sinuosos das tatuagens panjek, sobreposto pela Estrela da Manhã.

No escritório, nem precisou esperar. Um soldado cujo nome não lembrava indicou que entrasse sem dizer palavra alguma. Como esperado, Vayk Varna estava sentado na poltrona atrás da mesa do comandante da guarda, mas, ao invés do Nar-rais, quem estava de pé na janela era a guarda-costas do prefeito. Treszka tinha um sorriso ainda maior do que o normal no rosto e parecia até ter estufado mais o peito.

– Capitão. Bom que tenha retornado com vida.

Algo no tom quase fez parecer como se aquilo fosse mentira.

– Sou mais casca-grossa do que pareço.

– Ah, isso é – disse Varna, apontando com um dedo para o soldado, como se aquela fosse uma afirmação importantíssima. – O que é ótimo. Soldados como você têm sempre uma função vital em qualquer força armada.

Ele se ajeitou na poltrona, apoiando os cotovelos sobre a mesa e entrelaçando os dedos. Fez a expressão de quem estava pensativo, ligeiramente preocupado.

– Tenho certeza que você tem muito que contar sobre seu tempo como convidado da Corte de Mãe Hidra.

Kasim não conseguiu conter um som de desdém com a boca. Perto da janela, Treszka pôs uma mão no cabo da sua espada, como se aquilo fosse intimidar o soldado. Tanto Kasim quanto Varna ignoraram a reação.

– Creio que podemos começar com o que exatamente aconteceu naquela enseada. Os relatórios são incertos e até o momento não recebi resposta alguma dos nommos em relação ao cumprimento da missão.

Apesar de achar pouco provável que o prefeito não soubesse os fatos, Kasim os relatou como pôde. Falou dos corpos dos insurgentes e dos tonéis de alevinos moribundos. Falou dos escafandros e dos d'leth. Falou da morte dos homens e mulheres que conhecia pessoalmente, e mencionou os que lembrava do combate na fragata. Mal tivera tempo de identificar o número de mortos, muito menos quem eram eles.

Ao fim do relato Varna inchou os lábios, como se considerando uma ideia pouco agradável. Estalou a língua, olhou para Treszka, depois novamente para Kasim.

– Temo que o ataque ao esconderijo insurgente tenha custado muito mais do que esperávamos.

– Ninguém esperava a presença de Pai Dagon.

– Não temos certeza de que ele estava presente.

Um sorriso sem humor explodiu no rosto de Kasim.

– Um tubarão gigante engoliu o navio do Nar-rais.

Varna fez um gesto com a mão, desmerecendo suas palavras.

– Pode ter sido um incidente isolado.

Kasim concordou com a cabeça, então tirou o cinto a bolsa que trazia e jogou-a sobre a mesa. Ao atingir o tampo, abriu-se, fazendo rolar para fora as mãos de d'leth decepatas. Varna não se moveu, o pequeno sorriso ainda no rosto, mas Treszka deu um passo à frente, uma mão no cabo da arma. Parecia prestes a saltar sobre Kasim.

– Você mostrará o respeito devido ao prefeito, soldado.

– Está dando ordens agora, branquela?

– Ah, sim – disse Varna, erguendo um dedo ao lembrar-se de algo sem tanta importância. – Creio que você perdeu o anúncio que fizemos ontem a noite. Minha fiel amiga Treszka acaba de ser promovida. Ela é seu novo Nar-rais.

O sorriso naquele rosto pálido se alargou. Treszka concordou com a cabeça, como se dizendo, "sim, eu vou fazer da sua vida um inferno."

– Isso só pode ser piada.

– Por que seria? Preciso de um homem experiente em quem eu confie. Conhece algum outro além de Treszka?

– Creio que está na hora de mudar o título para algo civilizado, como comandante.

– Ora, vamos, Nar-rais Treszka. Vamos fazer esse favor aos nossos amigos de Myambe. Eles perderam tanto, não é? Creio que podemos deixá-los com suas manias, pelo menos por enquanto. Especialmente porque há algo muito mais importante a tratar no momento.

– Os insurgentes.

Varna concordou com a cabeça. Em momento algum qualquer um dos dois tirou os olhos de Kasim. Aquela era uma conversa ensaiada onde ambos estavam estabelecendo a posição de Kasim e suas escolhas. No caso, nenhuma.

– Encontramos mais equipamento Valmedor no acampamento.

– E suponho que concorde com a teoria de que eu sou responsável pelos insurgentes.

– Ontem mesmo mandei dois homens para o tronco por espalharem essas mentiras.

Kasim ergueu uma sobrancelha para Treszka. Era assim que ela pretendia obter disciplina e lealdade dos seus soldados?

– Mas decerto isso não será mais necessário, pois nosso amigo Kasim garantirá que esses rumores deixem de existir. Afinal, duvido que ele queira que mais de seus amigos sejam disciplinados, certo, capitão?

Os dois soldados mantiveram seu duelo silencioso de olhares. Varna parecia estar adorando a situação.

– Pois bem – ele disse, levantando-se da mesa. – A questão dos insurgentes está saindo do controle. O sequestro dos alevinos nos levou a uma situação diplomática complicada. Os nommos estão cobrando explicações, culpando-nos pelo que aconteceu. Os panjek estão no meu pescoço querendo saber por que perdemos um dos seus preciosos navios taumatúrgicos. E eu nem tenho mais um Narrais para culpar por esse fiasco.

Varna caminhou em volta da mesa. Com um grafite cutucou uma das mãos decepadas.

– Agora, me diga, capitão. O que você faria na minha situação?

Kasim finalmente desviou os olhos dos de Treszka. Olhou com o mesmo ódio para o prefeito, que nem ao menos parecia se importar com ele.

– Enviaria homens para capturar o líder insurgente.

– Ah, mas este é outro problema. Veja bem, pelo que entendi dos relatórios passados pelo seu finado comandante, os insurgentes contam com um apoio popular bastante concretizado, em especial entre os operários de Porto Branco. Agora, veja bem, Iraivana acaba de chegar à cidade esta manhã, você sabia? Sabe o que isso quer dizer? Quer dizer que o festival começará esta noite. Sabe quantos visitantes temos hoje em Último Refugío, capitão?

Varna usou o grafite para empurrar uma mão caída sobre um livro aberto que estava sobre a mesa e virou-o em sua direção. Olhou uma página, então bateu nela com um dedo, como se fincando lá um punhal.

– 34.212. Isso significa que a população desta cidade quase dobrou durante esse período. É praticamente um recorde no que diz respeito a este período do ano, um recorde que em muito é mérito da Companhia, claro, que divulgou as maravilhas que só se encontram aqui nesta terra. Agora, me diga, Kasim, como eu poderei alimentar, entreter e, o mais importante, abastecer essas trinta e quatro mil pessoas sem as fábricas de Porto Branco?

Kasim sabia exatamente como. Cruzou os braços sobre o peito, o queixo erguido.

– Se você arrancar a cabeça da serpente...

– ... as outras serpentes atacarão muito mais ferozmente do que antes.

A resposta pegou Kasim de surpresa. Ele não havia considerado essa possibilidade, nem achava que fosse realista. Não era como se esses insurgentes fossem seguidores de uma ordem religiosa como a Estrela da Manhã ou coisa parecida. Eram apenas pessoas comuns descontentes com suas vidas. Seria isso o suficiente para que reagissem dessa forma?

– O que você sugere, então?

Treszka ergueu um punho, fazendo tanta força que parecia achar-se capaz de esmagar o mundo com ela.

– Vamos atacar a taverna durante uma reunião e matar todos os insurgentes.

A estrangeira parecia realmente acreditar naquele plano estúpido. Kasim balançou a cabeça.

– E de que forma isso será melhor do que matar apenas um homem?

– O impacto de tantas mortes passará a mensagem apropriada para os demais operários, de que não toleraremos esse tipo de traição, e aos nossos aliados, de que temos tudo sob controle.

O prefeito deu de ombros.

– Devo dizer que concordo com o ponto de vista do Nar-rais. É simples, objetivo e eficiente.

– E envolve matar duzentas pessoas que só estão insatisfeitas com o que têm.

Treszka deu um passo na direção de Kasim, a mão novamente no cabo da espada.

– Por acaso você está apoiando essa traição, capitão?

– Calma, minha amiga Treszka. Tenho certeza que o capitão apenas está mostrando seu lado mais... humano. Temos que aplaudir sua bravura, certo? Pois bem, Kasim, o que você propõe? Imagino que tenha uma alternativa melhor.

Com um suspiro lento, Kasim soltou os braços, tentou relaxar e começou a caminhar pelo escritório. Vema dizia que sair do lugar-comum era a melhor forma de ter ideias e forçar uma peça a se encaixar no quebra-cabeças jamais funcionaria. Era preciso observá-las uma a uma, então analisá-las frente ao todo. A peça acabaria se encaixando por conta própria.

– Alguém está por trás dos insurgentes. A questão é: por quê? Se os matarmos não saberemos a resposta, e daqui a alguns dias o problema retornará.

Treszka riu.

– O que está por trás disso é deslealdade e falta de comprometimento com a Companhia.

– Talvez Kasim tenha certa razão, Nar-rais Treszka. O povo é estúpido e facilmente manipulado por alguém mais inteligente, com ideias próprias.

– Não podemos curar um trauma apenas tratando o pesadelo.

A frase causou uma troca de olhares entre os dois valmedor. O prefeito sorriu balançando a cabeça. Voltou para a mesa e se sentou na poltrona, os olhos nas mãos espalhadas diante dele.

– Creio que você está andando demais com os nativos dessa terra, capitão. Talvez deva se misturar a companhias menos esotéricas. Mas, sim, compreendo o que quer dizer e concordo. Precisamos lidar com o problema e não com as consequências. – O prefeito abriu os braços, chegando a uma conclusão. – Você tem dois dias.

– Isso é claramente pouco tempo.

– É o que você tem. Em dois dias o Nar-rais atacará o Irradiado e resolverá o problema do jeito dela.

Treszka estava de pé ao lado do prefeito como um lacaio perfeito.

– Não se preocupe, Kasim. Farei questão de que você vá no grupo da frente, pronto para matar esses ingratos que agem contra a Companhia que os recebeu de braços abertos.

E certamente teria uma flecha guardada especialmente para ser atirada nas costas de Kasim. Fogo amigo, claro. Acidentes acontecem em confrontos como aqueles em ambientes fechados.

Sem dizer mais coisa alguma, Kasim deu as costas para os dois e fez seu caminho para fora. Precisava de ajuda, mas não sabia se teria tempo de procurar os outros, a não ser que tivessem dito a alguém no alojamento para onde iriam em sua folga. Se fosse o caso, Kasim resolveria tudo por conta própria. E ele sabia exatamente por onde começar.

– Capitão? Você se esqueceu de algo.

Kasim virou-se para trás. O prefeito gesticulou para as mãos decepadas sobre a mesa.

– O contrato diz que a Companhia pagará por cada d'leth morto em situação de risco. Você me deve quinze *bhas* de prata.

Kasim acenou com a cabeça e saiu do escritório fechando a porta atrás dele. Que eles se virassem com aquilo. Ele tinha um massacre a impedir.

CAPÍTULO 31

O prefeito de Último Refúgio era um homem inteligente. Quando chegara à cidade, Vayk Varna era apenas mais um forasteiro procurando viver daquele pequeno continente isolado. Sua diferença não terminava no tom mais claro de pele, nem nos cabelos lisos em comparação aos imigrantes de Myambe. Diferente da maioria daqueles que aportavam na então jovem metrópole às margens da baía, Vayk Varna não era um desesperado: era um comerciante com amigos ricos e influentes em sua terra natal. Trouxera para Último Refúgio a ganância de seus conterrâneos loucos para pagar caro por especiarias, frutas e animais exóticos, e tudo quanto fosse parafernália taumatológica, em troca de prata e quinquilharias mecânicas complexas sem uso prático.

Mais do que enriquecer às custas dos panjek e das gerações de imigrantes vivendo na única metrópole remanescente de Panjekanaverat, ele havia ajudado a organizar a cidade de forma a torná-la menos caótica, coisa que a grande quantidade de aristocratas panjek que nominalmente governava a cidade não tinha interesse em fazer, especialmente quando tinham de entender a miríade de crenças religiosas expulsas de Myambe pelo Império de Diamante.

Varna havia inventado empregos que ocupassem – e, por vezes, eliminassem – os excessos populacionais vindos de Myambe e das ilhas próximas. Quando não havia mais recurso ou espaço para fazer obras na cidade, alistavam-se soldados da Guarda da Companhia Mercantil.

Segundo o sistema criado por Vayk Varna, supostamente espelhado em algo comum em sua terra natal, qualquer homem ou mulher capaz de portar armas podia assinar um contrato de três anos como a Companhia de Valmedor. Era como uma unidade mercenária comum em Myambe, mas servindo exclusivamente a Vayk Varna como seu exército particular. Não era como se qualquer outra pessoa em Panjekanaverat tivesse dinheiro para tal.

Oficialmente a Guarda protegia os interesses da Companhia em Último Refúgio. A questão era que essa frase tinha sentidos e conotações diferentes dependendo da situação. Vez ou outra Varna a enviava para prestar serviços a seus aliados políticos ou mesmo para servir aos seus próprios interesses. Em troca, pagava bem.

Dezenas de mercenários morriam todos os meses. O reflexo indesejável era que muitos dos que voltavam o faziam sem dinheiro e sem partes do corpo. Aqueles que quirurgiões não compravam em busca de matéria-prima para suas obras viravam indigentes nas ruas da cidade.

E era exatamente esse último o tipo de gente que Chidi estava disposto a pagar para conseguir.

Osaze olhou para a cerveja. Tinham pagado caro por algo bom, trazido de navio da Costa Livre de Myambe. O que o taverneiro trouxera não parecia ser o artigo legítimo. Era aguado. Mas, nas condições em que estavam, nada daquilo parecia fazer diferença.

Dois dias antes, haviam desembarcado no porto de Último Refúgio abatidos e feridos. Quem os olhasse agora poderia crer que fora naquela manhã. Duas dúzias de membros da Guarda sentados em torno de mesas sujas de bebida e comida. Pareciam retornados de um funeral. De certa forma era como se fosse.

Seguindo a tradição da Guarda, algo herdado das companhias livres de Myambe, o soldo de cada homem ou mulher morto em atividade era convertido em bebida na celebração de sua morte. A cada nova rodada, um dos veteranos gritava o nome de um companheiro caído. Bebiam à sua honra e à sua parte do butim. Mais de uma vez disseram um apelido ou uma descrição ao invés de um nome. Soldados inexperientes morriam rápido, antes de poder ser reconhecidos. Os que sobreviviam ao primeiro contrato talvez vivessem tempo o suficiente para brindar alguns companheiros mortos.

Udo, Narida, Makalo e Panya. Um terço do grupo que desembarcou na Enseada da Coroa. Três deles eram Surnas, rostos conhecidos de Osaze. Udo viera pequeno no mesmo navio que trouxeram Osaze. Mal tinha recebido a cicatriz da tribo no queixo quando teve de abandonar seu lar. Cresceu em Último Refúgio e lá morreu. Difícil não sentir a perda deles. Mesmo Makalo, com todos os seus defeitos. Ninguém merecia morrer lutando a guerra de outros homens. Ninguém merecia morrer tão longe de casa.

Quantos daqueles soldados à sua volta sabiam qualquer coisa

sobre os companheiros a quem honravam agora? Pelo cálculo inicial, quase duzentos membros da Guarda, além de marinheiros contratados, morreram naquele dia, a maior parte deles na destruição da corveta onde estava o Nar-rais. Uma centena de homens e mulheres mortos em um instante. Os que sobreviveram ao ataque do tubarão provavelmente foram mortos pelos d'leth que aguardavam abaixo da superfície. Isso explicava a falta de corpos boiando na água.

Alaki bateu na mesa, desviando o pensamento de Osaze. O soldado Melkat de braços tatuados ergueu uma caneca – aparentemente elas haviam sido repostas enquanto Osaze se lembrava do ataque –, e gritou um novo brinde.

– Ao Kasim!

Osaze agarrou o braço do Melkat. Cerveja voou da caneca para a mesa e o colo do soldado.

– Kasim não está morto.

Alaki olhou a mão e a cerveja que escorreram para a mesa. Então deu de ombros e pegou a caneca com a outra mão.

– Espero que esteja, porque estamos bebendo a parte dele.

Poucos seguiram Alaki, que bebia o que restava da cerveja sem se importar com os fatos. Ninguém havia visto Kasim voltar. Mas ele tinha sido levado pelos nommos, certo? Fora entregar os alevinos resgatados. Não havia por que achar que estivesse morto.

Osaze se lembrou da cor do mar, vermelha de sangue. D'leths e tubarões superalimentados por semanas.

– É má sorte brindar à morte de alguém que não morreu.

Mwano cruzou os braços, também se recusando a beber sua nova caneca.

– É má sorte porque ele vai esfolar quem gastou a prata dele.

Alguns riram. Outros, mais jovens, colocaram as canecas de novo sobre a mesa, entreolhando-se.

Alaki fitou longamente o interior da sua caneca, então a colocou sobre a mesa, sem tirar a mão da alça.

– Há dias que ele foi levado. Acha mesmo que ele vai voltar? Kasim!

Alaki bebeu num único gole o resto da cerveja. Foi o único.

Aquele brinde pareceu ser o que faltava para acabar com os ânimos dos presentes. Alguns se levantaram, murmurando desculpas e partindo para longe. Outros deixaram de beber para comer algo forte. Mesmo Alaki acabou parando duas rodadas depois, reclamando que eram todos fracos. Pediu uma porção de caranguejos para si, paga com o soldo de outro companheiro morto.

Foi quanto Chidi surgiu atrás de Alaki, metade do rosto sorrindo amigavelmente.

– Espero não estar interrompendo.

Osaze e Mwano se entreolharam. Fora eles, ninguém mais sabia sobre Chidi e os insurgentes. Teria ele reconhecido os dois guardas?

Alaki olhou por cima do ombro sem muito interesse, então voltou para seu caranguejo. Chupou a carne de uma garra e jogou a casca para trás.

Passado um momento de silêncio, Chidi voltou a falar.

– Creio que são guerreiros, não? Ou será que os peixes os assustaram demais dessa vez?

Isso atraiu a atenção daqueles que ainda estavam sóbrios. Alaki riu baixo. Quebrou a outra garra de caranguejo com o pomo da espada e chupou a carne. Ninguém disse coisa alguma.

Chidi balançou a cabeça, então deu as costas e seguiu na direção da porta.

– Isso, vá embora! – gritou Alaki, jogando a garra oca por sobre o ombro, atingindo a perna de Chidi. – Duvido que encontre guerreiros como nós em qualquer outro lugar!

Chidi parou perto da porta. Cruzou os braços sobre o peito. Apesar da idade e dos cabelos brancos, não estava nada fora de forma. Será que trabalhara como estivador antes de se tornar líder rebelde? De onde ele havia surgido?

– Você está em Último Refúgio, amigo. O que mais há por aqui são guerreiros fugidos da guerra contra o Imperador, dispostos a fazer qualquer coisa por alguns *bhas*.

– Quantos *bhas*?

Chidi sorriu.

– Estamos negociando?

Alaki se virou, limpou as mãos no sarongue.

– Você está me convencendo a ouví-lo. Já é um começo.

Mwano abriu a boca para dizer algo. Osaze fez sinal para que não dissesse nada. Queria ver até onde ia isso. Talvez mesmo sem Kasim eles pudessem concluir sua missão.

Após alguns momentos de pé diante da porta, Chidi voltou. Puxou a cadeira de outra mesa e sentou-se entre Osaze e Alaki, oposto a Mwano. Os irmãos Faruk e Lufti se aproximaram, puxando cadeiras.

Chidi colocou os cotovelos sobre a mesa, ignorando a poça de cerveja e restos de caranguejo, então falou em tom baixo.

– Preciso de mendigos, entregues vivos em um depósito de Vila Velha. De preferência veteranos de guerra. Pagarei dez *bhas* de bronze por cada.

Os guardas entreolharam-se. Foi Osaze quem perguntou.

– Por quê?

Ele sorriu e se reclinou na cadeira.

– Deixe que eu me preocupe com isso. Seu trabalho é trazê-los a mim.

– Se eu souber por quê, posso pegar exatamente o que você precisa.

– Você sabe o que precisa saber. Quer o trabalho ou não?

Alaki não deixou margem à discussão. Menos de uma hora depois os cinco mercenários vagavam pelas ruas de Último Refúgio capturando todo e qualquer indigente que encontrassem pelo caminho.

Capítulo 32

Para a maioria das crianças de Último Refúgio, educação era o que se aprendia com a família e nas ruas. Toda família de imigrantes mantinha suas próprias rotinas de aprendizado, que geralmente giravam em torno de aprender uma profissão. Eram poucos os eleitos escolhidos para uma educação formal na Kulshram.

O que separava Vema de tantas outras crianças era ter um pai funcionário da Companhia e uma mãe obstinada em fazer a aristocracia esquecer sua origem. Vema foi entregue na Kulshram antes de completar dez anos. Cresceu sob a tutela de *ashans* panjek incapazes de sorrir a não ser em situações raríssimas, aprendendo a história do Grande Reino e não a da Dinastia de Melkat. Com o tempo, os sonhos sobre as lendas contadas por sua avó, sobre espíritos da natureza, sobre guerreiros predestinados e feiticeiras capazes de ver o futuro foram substituídas por passeios oníricos no passado de Panjekanaverat, guiados pelos desenhos pintados na mnemoteca.

No coração da Kulshram estava um aposento circular repleto de telas de couro quirurgico estendidas como paredes semitransparentes. Cada uma das telas tinha nela desenhos feitos como as tatuagens panjek. Narravam histórias de uma forma diferente.

– São como memórias ocultas – explicou *ashan* Lakshmara durante uma visita àquele lugar. – Para nós, panjek, a memória está sempre lá, oculta em nosso sangue. É a imagem que nos faz lembrar.

Vez ou outra Vema caminhava por entre aquelas telas, por entre as memórias do povo panjek. Nela os desenhos não despertavam memórias, mas sim a imaginação. Faziam-na imaginar o Grande Reino Infindável, sobre a unificação dos Reinos Partidos, sobre a domesticação de Iraivana e a criação da vida e sobre os inúmeros mundos sob o jugo dos *mahasavanshy*, os descendentes diretos do Ser Original. Nem sempre seus sonhos eram bem recebidos.

– Mentiras e inverdades – dizia o *ashan* ao examinar os sonhos coletados durante a noite. – Não servem de nada.

Mandava Vema jogá-los fora, abrí-los ao vento e ao sol para que se dissolvessem no ar. Nem sempre ela o fazia. Tinha guardado um número de sonhos para olhar durante a noite e, vez ou outra, absorver quando a saudade da família e o medo dos corredores escuros da velha construção eram fortes demais.

Um desenho entre tantos se destacava na memória da onironauta. No centro havia uma esfera cortada pelos símbolos das Três Grandes Artes, cada uma em sua cor característica. Linhas curvas se ramificavam como trepadeiras para dezenas de outras esferas, cada uma com seu tamanho próprio, cada uma com um símbolo distinto. Vema viu o símbolo da água e o da energia, viu o símbolo do ar representado pelos pássaros de cabeça humana e dezenas de outros demônios que para a onironauta existiam apenas em mito. Os olhos de Vema se detiveram em uma última esfera, mais distante, quase separada do resto.

Vema passou os dedos sobre o símbolo do Mundo dos Sonhos. Era como uma versão invertida do símbolo da Arte da Mente desenhado em um plano cinzento como névoa. As linhas que levavam até ele haviam sido quebradas, não pelo tempo e a umidade, mas pelo artista que a desenhou. Era como se existisse uma ruptura que separava o reino panjek dos sonhos. Uma ruptura ligada apenas pelos sonhos humanos.

– Por que panjek não sonham, *ashan*?

Vema lembrava bem a reação de Lakshmara, pois tinha sido diferente da expressão plácida de sempre. Ele desviou o olhar da tela onde desenhava uma nova memória para a mnemoteca. Foi apenas um momento breve, mas Vema viu o olhar vago indo ao longe e percebeu o sutil suspiro de quem deseja algo que sabe que jamais alcançará.

– É um defeito genético – ele disse, já de volta ao seu desenho.

No couro esticado sobre a mesa de trabalho *ashan* Lakshmara desenhava a chegada dos primeiros refugiados de Myambe, os avós e pais de Vema, à costa de Último Refúgio. Barcos de diversas formas e tamanhos aportavam na costa de um vale sob o olhar curioso de nommos, observando do mar. Não havia uma cidade de verdade, mas já havia as três torres. Lakshmara estava no processo de desenhar uma figura, um discípulo da Arte da Mente.

– E ele não pode ser corrigido? – continuou a jovem impertinente.

– Por que seria?

O *ashan* nem ao menos levantou o olhar do seu trabalho. Começou a pintar a pirâmide de degraus que era hoje a base de um mercado popular.

– Não é isso que faz o Grande Reino? Expandir-se para novos mundos?

– Não seria natural.

– Por que não?

Ele parou, a agulha erguida sobre a tela de pele quirúrgica. Parecia considerar a pergunta típica de uma criança curiosa, uma criança humana. Então molhou a ponta da agulha no pote de tinta preta e começou a tatuar algo no horizonte.

– Porque panjek não devem sonham.

– Mas vocês nos treinam para fazê-lo.

O *ashan* nada disse. No céu, além da muralha de montanhas que cercava o vale de Último Refúgio, surgia um redemoinho de nuvens e raios.

Tuan passou por Vema ajeitando o cinto de ferramentas e coçando os olhos. Resmungava algo sobre o cheiro de Iraivana e uma folga merecida naquela noite. O movimento despertou Vema das suas lembranças. Ela deu um passo para frente e agarrou o braço do taumatólogo.

– Tuan! O que vocês estão fazendo?

– O que foi?

– Ali, no alto da Torre dos Planos!

A testa franzida mais de irritação do que curiosidade, o taumatólogo olhou para cima. Limpou o suor e a poeira do rosto com as costas da mão, então estalou a língua.

– É um portal. Abrimos eles o tempo todo.

O deboche era óbvio no tom e na expressão no rosto do taumatólogo.

– Você não sabe o que é.

Ele suspirou, então tirou um a um os dedos que prendiam seu braço.

– Não exatamente. É coisa do Incessante. Algum projeto secreto.

– E nem você sabe o que é?

Nem ele, sobrinho do prefeito, assistente pessoal do *maharashan* da Grande Arte dos Planos. Tuan deu de ombros.

– Ele anda meio irritadiço ultimamente. Deve ser a droga dele acabando.

– Tuan, aquela coisa lá em cima é o que provocou aquilo.

Ele seguiu o dedo de Vema para o norte, até a distante fenda sobre Naripuri.

– Acho que alguém está sendo paranoica.

– Eu vi, Tuan.

– Nos seus sonhos?

Se estivessem no Mundo dos Sonhos, Vema faria a terra engolir Tuan. Não, isso seria rápido demais. A terra engoliria seus pés, então Iraivana acordaria. Talvez dois como ele. E nada que Tuan fizesse o libertaria.

– Sonhando acordada?

– É complicado.

Ele abriu um sorriso debochado.

– É complicado ou você não sabe?

– Olha, o que importa é que aquilo ali é perigoso.

– A fenda sempre esteve ali todo esse tempo. Só que estava... invisível.

– Como assim?

– É complicado – ele disse, rindo.

– É complicado, mas você vai explicar mesmo assim, porque quer mostrar que sabe mais do que eu.

Ele olhou em volta, como se procurando uma desculpa para ir embora. O ego era mais forte. Tuan estendeu a mão e fez um sinal com o queixo para o sari. Vema olhou-o com certo receio, mas finalmente soltou a ponta do tecido e deu-o a ele.

– Veja assim. Um plano de existência é como o tecido de um sari. Ele se enrosca em seu corpo de formas diferentes dependendo das necessidades, das formas, das condições. Agora imagine cada pessoa usando um sari caminhando pela Rua do Tombo, se esbarrando de forma ordenada, mas até certo ponto aleatória. Quando os tecidos se tocam, eles deixam rastros. Fios de algodão e seda, gotas de suor, cheiro. Existe uma troca, mas breve e simples.

Ele esticou a ponta do tecido da mão, como se o forçando a se esticar ao máximo.

– Mas com o tempo esse contato começa a desgastar o tecido. Onde o contato é muito frequente, o tecido se torna puído. Subitamente se torna mais fácil ver através dele. A troca numa colisão se torna mais comum. Este plano tem dois lugares como esse: um sobre Naripuri e outro sobre Último Refúgio.

Vema estava surpresa com o quão simples Tuan fizera aquela explicação parecer. Ela esperava termos complexos vindos de alguém como ele. Ele entregou a ponta do sari de volta e ela o colocou sobre o ombro.

– Não existem outros?

Ele deu de ombros.

– Não que saibamos. É o que torna Panjekanaverat importante. É esse tecido puído que nos permite acessar outros planos de existência com facilidade. É como se aproveitássemos o fato de o tecido ser mais frágil ali para olhar através dele e vez ou outra pescar o que precisamos do lado de lá. Sem esses danos ao tecido, não teríamos como manter portais abertos aqui embaixo. Essencialmente o Grande Reino Infindável teria sido impossível.

– Isso parece perigoso.

– De certa forma, sim. Se alguém forçar muito a parte poída do tecido, ele se rasga. E aí – Tuan apontou para o norte –, Naripuri.

Por acaso o portal sobre suas cabeças tinha se tornado mais brilhante agora?

– Então eu estava certa.

– Teoricamente. Mas o que causou Naripuri deve ter sido algo muito específico, alguma condição impossível de replicar.

Vema olhou para trás, na direção de Iraivana.

– O que aconteceria se a torre fosse derrubada agora, com a fenda aberta?

– Teríamos um *maharashan* bastante zangado e um bando de taumatólogos desempregados.

Ela torceu o lábio.

– Mas e a fenda?

– Continuaria lá, só que invisível e inalcançável até que o mecanismo da torre fosse reconstruído. Sem o mecanismo não temos como manter os portais que usamos para iluminar a cidade ou abastecê-la com água. Também não poderíamos capturar fogos-fátuos nem matéria-prima transplanar. Não teríamos sequer acesso ao Shakti, o que significa que todas as fábricas cessariam de funcionar e os kesatria, assim como o próprio Incessante, acabariam mortos, sem coração. Apesar de que eu até consigo ver um lado bom nessa última parte, imagino que o colapso da economia dessa cidade seja ruim para todo mundo daqui até Valmedor.

– Por que alguém abriria a fenda diretamente?

– Para acessar algum plano específico diretamente e por tempo prolongado. Não conseguimos manter portais abertos por muito tempo. Quanto maior o portal, mais difícil é mantê-lo aberto. Uma coisa é implantar um portal para a energia primordial no peito de um soldado. Outra é abastecer uma cidade inteira com água destilada extraída de Danu.

Então, sem a fenda, nada funcionaria. Panjekanaverat não sobreviveria.

– O que aconteceu com os outros planos, os que faziam parte do Grande Reino?

– Depois de Naripuri, ninguém tem certeza. Aparentemente o Grande Reino não foi exatamente benevolente com seus vassalos extradimensionais. Ou seja, corremos mais risco de uma invasão de algum povo extraplanar rebelado do que de uma nova ruptura como em Naripuri.

Vema abraçou-se, os olhos fixos no brilho sobre a Torre dos Planos.

– Isso não me tranquilizou nem um pouco.

Tuan sorriu e deu tapinhas no braço de Vema.

– É para isso que servem vocês, onironautas. Para nos dar sonhos bons e dizer que tudo vai ficar bem.

O taumatólogo foi embora assobiando uma música animada. Para todos os lados dezenas de pessoas erguiam tendas e barracas, preparando-se para o festival.

Vema era a única que parecia se importar.

Capítulo 33

Os apitos de Porto Branco já estavam soando o fim do primeiro turno e o início do segundo quando Kasim retornou ao Irradiado. Após uma hora procurando por Osaze, Alaki e os outros nas redondezas do porto, decidiu seguir sozinho. Trocou suas roupas por outras mais discretas, escondendo a adaga dentro da túnica, e colocou a estrela de cinco pontas para fora, assumindo seu papel de refugiado do Vale. Era hora do almoço e um grande número de operários chegava à taverna, deixando tanto o salão principal quanto o salão dos fundos abarrotados.

Ao que tudo indicava, o ataque mal sucedido aos nommos e o massacre na enseada não tinham afetado o espírito dos insurgentes. Kasim se perguntava quantos deles sabiam o que tinha acontecido. Nas ruas já circulavam rumores de uma grande operação da Guarda onde nenhum prisioneiro fora feito. O mesmo não podia ser dito de mortes. Certamente os sobreviventes do ataque, como os homens e mulheres de sua unidade, já tinham contado suas histórias enquanto se embebedavam nas tavernas de Último Refúgio. Não era preciso muito esforço para ligar os pontos, e o que não fosse de conhecimento público certamente os paranoicos inventariam por conta própria.

Kasim acompanhou o final do discurso de Chidi recolhido no fundo do salão, um copo intocado de licor na mão, apoiado em um barril que servia de mesa improvisada. Apesar de tudo, tinha medo de que alguém o reconhecesse do ataque. Mesmo que não tivesse sido visto desembarcando do navio com os outros soldados, alguém poderia ter identificado Osaze ou Mwano. Daí para suspeitar que Kasim era da Guarda não seria difícil.

Enquanto o número de ouvintes crescera, também crescera a tensão. Os gritos de apoio a Chidi ainda estavam lá, mas de certa forma enfraquecidos. Não que o povo não apoiasse suas ideias. Isso era claro nos olhares de cada um. O problema era o medo que se espalhava. Era como se todos esperassem que a Guarda derrubasse a porta a qualquer momento, invadindo com porretes à mão, fazendo prisões na melhor das hipóteses.

E, mesmo assim, nenhum deles dava as costas a Chidi. Nenhum deles abandonava a reunião e se fingia de inocente.

Kasim deixou o salão logo que Chidi terminou seu discurso. O povo ainda o aplaudia e o cumprimentava quando Kasim saiu pela porta da frente e deu a volta no edifício. No lado oposto do templo abandonado que servia de estrutura para a taverna, o soldado encontrou um beco pouco iluminado apesar da luz do dia. Sem saber por que passava por lá, subiu em um barril vazio e escalou o muro tosco de madeira que bloqueava os fundos do edifício. Caiu em meio a um amontoado de lixo, pensando em como Chidi em momento algum falou sobre o sequestro dos alevinos. Muito pelo contrário, ele falou da repressão promovida por mercenários pagos pela aristocracia panjek. Nada de "companhia", nada de "Guarda Civil". Os donos daquela terra continuavam a ser o alvo.

O beco dava para uma área aberta no meio do quarteirão, um pátio igualmente cheio de entulho descartado onde o mato crescia ignorado. Uma única árvore já quase sem folhas era o símbolo de resistência daquele lugar. Esquelética, retorcida, folhas miúdas. Era como se crescesse ali apesar de tudo, só de birra, para provar que podia. Kasim teve a estranha impressão de que aquela era uma planta nativa de Myambe. Só mais um refugiado.

A porta dos fundos de um depósito se abriu para o som de uma voz. Kasim voltou para trás e abaixou-se perto de uma pilha de móveis e caixas quebrados. O mato alto ajudava na camuflagem.

Dois homens saíram do depósito que Kasim supunha ficar atrás do Irradiado. Era provavelmente onde os indigentes eram tratados. Dos homens, um vestia túnica amarela bastante desbotada e o outro, o sarongue amarrado nas pernas e camisa larga típicos da classe operária. Tinham ambos a pele cor de bronze e os cabelos lisos dos descendentes da Dinastia de Melkat. Caminharam pelo terreno baldio conversando em voz baixa. Um deles, o operário, sacou das dobras do sarongue um cachimbo e o acendeu. Sentou-se em uma caixa de madeira para fumar. A porta do depósito havia ficado aberta.

O caminho entre onde estava e o depósito tinha uma série de obstáculos. Era como se o terreno tivesse sido usado para guardar restos de obras e carregamentos de navios, mas agora estava abandonado. Era um espaço enorme isolado do lado externo por depósitos que ninguém mais lembrava existir e templos para deuses ignorados. Em uma cidade abarrotada de gente, alguém havia esquecido aquele espaço. O irônico disso tudo é que aqueles depósitos pertenciam à Companhia Mercantil.

Mantendo-se curvado perto do chão, Kasim avançou para trás de uma pilha de caixotes vazios, e, de lá, para trás de uma pilha de barris que cheirava a mofo. A cada novo esconderijo, parava para ouvir os dois insurgentes, para caso tivesse chamado sua atenção. O barulho da rua lá fora e a distração dos dois servia de cobertura ao avanço de Kasim.

– ... e não passar por uma quirurgia total como com Palash.

A frase fez Kasim congelar. Não queria fazer barulho. Queria ouvir exatamente o que era dito.

– Chidi disse que era preciso para a missão.

– E no final das contas ele acabou morto. Ouvi dizer que colocaram sua cabeça em uma máquina e o forçaram a trabalhar no porto.

– Queria saber quem pagou por tudo aquilo, o rosto e a pele nova, a bomba e as armas...

– Não sei. Só sei que Chidi anda estranho desde a enseada.

Os dois concordaram com a cabeça, então mudaram de assunto. Kasim permaneceu em silêncio por mais um tempo à espera de mais alguma informação útil. Seguiu em frente pouco depois que ficou claro que não havia mais nada a ouvir.

Passou por trás de um muro de pedra, o corpo abaixado ao máximo, e então chegou à porta. Após uma olhada na direção dos dois insurgentes, que continuavam a conversar sem prestar atenção ao que havia à sua volta, Kasim se levantou e entrou.

E deu de cara com o dabir a quem capturara dias antes.

O homem abriu a boca, gaguejou. Parecia prestes a gritar um alerta, mesmo sem saber se isso seria sua sentença de morte. Kasim não lhe deu tempo para cogitar as hipóteses.

– Você não dirá a ninguém que me viu aqui – ele ordenou.

Os olhos do dabir giraram em suas órbitas, como se ele estivesse prestes a desmaiar. Por um instante pareceu que ia mesmo. Empalideceu, colocou uma mão na testa. Suava frio.

Com um suspiro, engoliu em seco e passou por Kasim na direção dos outros dois insurgentes. Por via das dúvidas, Kasim o pegou pelo braço e sussurrou em seu ouvido, para ter certeza que o verme da lealdade escutaria.

– E você vai segurar esses dois aqui fora por mais alguns minutos.

Com um aceno nada natural de cabeça, o dabir se afastou e seguiu na direção dos dois insurgentes, um sorriso no rosto e palavras amigas ao vento. Kasim fechou a porta atrás dele e caminhou para dentro do depósito como se sua presença ali fosse natural.

Assim como na noite anterior, voluntários serviam comida para indigentes que se espalhavam pelos cantos do depósito, comendo sopa e folhas de pão. Onde a comida havia acabado, os voluntários conversavam animadamente com os indigentes, que pareciam felizes.

E Treszka estava disposta a matar todos aqueles perigosos insurgentes para tirar um problema do caminho da Companhia.

Kasim caminhou por trás das mesas de comida, cumprimentou uma jovem sorridente usando a estrela de cinco pontas e entrou no aposento onde tinha visto os onironautas. Meia dúzia de mendigos estava dormindo no chão em almofadas puídas. Kasim coçou o nariz assim que sentiu o cheiro doce da fumaça vazando dos narguilés. Sentiu a cabeça leve e a boca seca. Só podia supor que havia algum narcótico naqueles aparelhos.

Quando estivera ali da outra vez vira os onironautas tratando os mendigos, aparentemente retirando deles pesadelos.

Embora Kasim compreendesse que algumas pessoas eram motivadas a tratar essa gente abandonada pela Companhia e a aristocracia panjek, ele não conseguia entender qual era a ligação de tudo aquilo com o movimento liderado por Chidi. Seria apenas uma forma de angariar aliados? Mas Kasim nunca vira mendigo algum entre os mais empolgados ouvintes dos discursos. Quando lá estavam, era apenas com aquele olhar de quem espera pelo próximo prato de comida prometido. Era o efeito de ser visto como bondoso pelos outros? Era possível, mas não uma alternativa em que Kasim acreditasse. Havia algo mais acontecendo ali.

Kasim caminhou por entre os mendigos adormecidos até onde os onironautas mantinham seus captadores de sonhos. Havia dois deles desmontados no fundo do quarto ao lado de mais almofadas. No chão, ao lado deles, uma caixa de ingredientes para os narguilés, muito semelhante à que Vema e Sahir usavam, e uma bolsa cheia de alguma coisa.

Talvez o movimento tivesse atraído onironautas e quirurgiões novatos, jovens em busca de experiência, idealistas como só jovens sabiam ser. Trabalhar com esses mendigos poderia ser a oportunidade que precisavam para conseguir o que a Kulshram não podia fornecer.

Kasim abriu a bolsa. Dentro, vários bulbos de vidro. Pegou um a um, olhando-os contra a luz. Viu uma névoa negra que ganhava forma de guerreiros aqui, um tubarão gigantesco ali, um panjek com um chicote lá. Pesadelos como quaisquer outros. Exatamente o tipo de coisa que era de se esperar que fosse tirada de homens que fugiram de uma guerra, que lutaram por prata e que se entregaram à bebida e as drogas para esquecer. Nada além do que dissera o dabir, dias antes.

Do outro lado do quarto, alguém atravessou a cortina.

O sujeito não devia ter mais do que dezesseis anos, se tanto. Isso não o tornava menos perigoso, apenas mais estúpido por estar envolvido com aquilo.

Deixando o bulbo na bolsa, Kasim saltou por entre os mendigos, agarrou o onironauta pelo lado da cabeça e jogou-o contra a parede. As tábuas de madeira rangeram ruidosamente, parecendo ecoar por toda a estrutura. Enquanto nenhum dos mendigos sequer se mexeu, era estupidez achar que ninguém no depósito tinha ouvido o barulho. Agindo o mais rápido que podia, Kasim saltou sobre o corpo inconsciente do onironauta na direção da porta dos fundos. Esta se abriu diante dele, escondendo-o atrás dela e dando passagem para os dois insurgentes que vira antes, seguidos do dabir. Este último insistia que o barulho não tinha sido nada de importante e que ele ainda tinha muito a contar sobre a Estrela da Manhã.

O som de passos e vozes crescia pelo depósito. Num átimo, Kasim agarrou o dabir pela gola da túnica e o puxou para ele. O homem santo arregalou os olhos como se vendo o soldado pela primeira vez naquele dia. Kasim pôs o rosto bem perto do do dabir.

– Você dirá a todos que me viu correr para o outro lado.

O dabir balbuciou algo, rolou os olhos, então gritou.

– Ele... ele está aqui!

Uma semana ou mais uma ova. Ele ia pedir os *bhas* de volta daquele maldito quirurgião.

Kasim deu um soco no estômago do dabir, pediu perdão à Estrela da Manhã pelo seu sacrilégio, então saiu correndo antes do homem santo começar a vomitar no chão. Saiu do depósito aos tropeços para o terreno baldio. Olhou na direção do muro tosco por onde tinha entrado. Não havia apoio fácil para escalá-lo daquele lado. Atrás dele os gritos de alerta aumentaram. Buscou refúgio em outra direção.

Mais mergulhando do que andando, Kasim atravessou uma cortina de contas coloridas para um corredor iluminado apenas pelos poucos raios de sol que se esgueiravam pelas frestas do teto ruído. O chão de tábuas de madeira estava inchado pela umidade excessiva da cidade. Gemia alto, anunciando a qualquer um com um pouco de atenção que alguém passava por ali. Do lado de fora, alguém vinha checar a rota de fuga mais óbvia. Passou perto da cortina de contas, parou, olhou para o outro lado. Então se virou para Kasim. Os olhos se arregalaram, a boca se abriu, o peito inflou para gritar.

Kasim atacou como uma serpente, agarrando a frente da túnica do sujeito e puxando-o para dentro. O sujeito tropeçou, levado pela força de Kasim, e atingiu a parede oposta, que não suportou. A madeira podre estourou com o impacto e o insurgente caiu do outro lado, em um depósito de bebidas que provavelmente pertencia ao Irradiado. Kasim estava sobre ele no momento seguinte, uma mão sobre o peito, a outra dando um soco que deixou o sujeito inconsciente.

Do lado de fora, os gritos se intensificaram.

Havia duas saídas do depósito. Descartando a saída que ia na direção do Irradiado, Kasim pulou sobre o insurgente e correu para a outra porta. Jogou-se com o ombro. A porta arrebentou para fora, para um beco tão estreito que Kasim se chocou contra a parede oposta, fazendo cair uma nuvem de poeira.

Lançando um olhar por sobre o ombro para ter certeza que ninguém o veria, Kasim se esquivou por baixo da porta arrebentada, então a forçou na diagonal em sua direção, prendendo-a entre as duas paredes do beco. Se isso não convencesse seus perseguidores de que ele foi para o outro lado, pelo menos os atrasaria por algum tempo.

O beco descia vários metros até desembocar em outra rua, estreita e pouco iluminada. Antigos palácios panjek convertidos em cortiços caindo aos pedaços dividiam espaço com casas de pedra e tijolos de barro pintados de branco. Vila Velha. Kasim se surpreendeu ao ver que tinha andado tanto.

No beco, gritos e o som da porta sendo arrancada.

Kasim viu uma janela aberta no fim do beco. Jogou-se por ela e caiu rolando em um chão empoeirado. Era o interior de uma velha loja cheia de estantes empoeiradas e cobertas de teias de aranha.

Apesar da aparência de abandono, podia ouvir o zumbido de baterias taumatúrgicas e passos vindos de algum lugar lá dentro.

Alguém bateu à porta.

Kasim olhou à sua volta em busca de algo que pudesse usar. Estariam os insurgentes procurando de porta em porta? Tinham eles esse tipo de influência naquele lugar?

De onde estava, atrás de algumas estantes, ele podia ver parte da loja. Havia um balcão próximo no qual podia procurar se esconder. Aqui e ali havia peças de artesanato, vasos e potes, miniaturas de entidades demoníacas e makaras, pinturas em tela. A maioria parecia ter estado intocada durante anos. Nada ali parecia sólido o suficiente para ser usado como arma não-letal. Na pior das hipóteses, Kasim empurraria as estantes inteiras sobre seus perseguidores.

A porta dos fundos se abriu e de lá saiu um Melkat sério limpando as mãos em um pedaço de pano sujo. O olhar torto era inconfundível. Por sorte ou pela divina providência, Kasim havia esbarrado com Chidi.

– Calma – ele disse para ninguém que Kasim pudesse ver. – Deve ser o fornecedor.

Kasim se moveu para o lado, tentando ver através da porta. O som das baterias certamente vinha de lá, mas ele não podia ver ou ouvir ninguém de onde estava.

O líder insurgente abriu a porta da frente.

– Você está atrasado novamente.

– Eu sei, mas garanto que o atraso valerá a pena.

De onde estava, Kasim não podia ver quem chegava. Chidi estava entre ele e o lado de fora, mas a voz era familiar.

– Entre. Temos pouco tempo antes do prazo final.

Chidi deu as costas para a porta e caminhou até o balcão. Atrás dele veio Sahir.

Sahir trazia abraçada ao corpo uma bolsa, a mesma onde sempre levava os sonhos e pesadelos que capturava. O tilintar de vidro confirmava o conteúdo da bolsa.

– São mais três bulbos – disse Sahir no caminho até o balcão. Colocou a bolsa sobre ele e a abriu. Tirou de dentro os objetos, colocando-os no balcão, envoltos em tecido.

– Espero que sejam melhores que os anteriores.

– Qualidade excepcional. Eu mesmo os provei.

– Você disse o mesmo dos outros.

– Mas desta vez é verdade! Satisfação garantida.

– É o mínimo que se espera considerando o que estou pagando.

Desgraçado! Sahir estava negociando com os insurgentes! Qual era sua parte em tudo isso?

Kasim nunca confiara em Sahir. Sabia que ele se metia com gente da pior espécie, que vivia devendo a agiotas, que comprava drogas e provavelmente fornecia matéria-prima. Seria isso que ele fazia aqui? Talvez isso explicasse o envolvimento dos onironautas. Mas por que estariam usando nirvana nos mendigos? Ou será que eles eram apenas cobaias de algo muito maior?

Kasim sacou da túnica sua adaga. Podia terminar tudo naquele exato momento. Era só dar o golpe em Chidi. Sahir não seria difícil de pegar depois disso.

Mas, não. Por mais que odiasse admiti-lo, Varna estava certo. Matar Chidi poderia torná-lo um mártir, apenas piorando a situação. E Vema tiraria seu couro se ele fizesse qualquer coisa com Sahir sem provar do seu envolvimento com todo aquele problema.

Como se Kasim precisasse de mais provas...

Chidi entregou a Sahir uma corrente cheia de *bhas* de prata. Era muito dinheiro.

– Nosso negócio termina aqui.

– Mas já? – perguntou Sahir. – Tenho certeza de que posso conseguir mais.

– Hoje é o dia.

– Sabe que...

– Adeus.

Sahir deu de ombros, sorriu e cumprimentou Chidi com a cabeça. O insurgente não respondeu. O onironauta saiu, nervoso.

Chidi observou os bulbos de vidro um a um.

– Vai ter de ser o suficiente – ele disse para ninguém em particular. Virou-se na direção da porta dos fundos, concordou com a cabeça como se respondendo a alguém, então seguiu para lá com os bulbos nas mãos.

– Vamos ao trabalho.

Fechou a porta atrás dele.

Seria estupidez atacá-lo agora. Era óbvio que havia mais gente do outro lado daquela porta. E com mais insurgentes rondado por perto procurando por sinais dele... Quanto tempo até que resolvessem vir até aqui para alertar Chidi da invasão?

Kasim se esgueirou de volta na direção da janela. O pé esbarrou em algo metálico. Fez silêncio, para ter certeza de que ninguém o ouvira, e só então examinou o que era.

Duas bolsas haviam sido largadas atrás do balcão, escondidas de quem entrasse. A primeira, com a qual Kasim esbarrara, tinha um narguilé taumatúrgico, do tipo que se encontrava apenas em palácios panjek. Não usava água e fogo comuns, mas sim matéria e energia extraplanar. Kasim abriu a segunda bolsa, encontrando dentro um único bulbo de vidro entre camadas de tecido para protegê-lo do contato. Pegou-o e examinou o que havia dentro. Quase deixou o bulbo cair quando o que mais parecia ser uma enorme aranha negra tentou atacá-lo através do vidro. O impacto foi tão forte que o myambês conseguiu senti-lo. Não era como com outros sonhos e pesadelos, que se dissolviam em formas abstratas e imaginadas, nunca realmente sólidos fora do Mundo dos Sonhos. Era algo quase coeso, mesmo que obviamente feito da mesma substância que os sonhos.

Fosse o que fosse, era uma pista importante. Kasim enfiou o bulbo em um bolso da túnica e se levantou. Olhou pela janela por onde entrara para ter certeza de que não havia ninguém no beco, então saltou para fora. A rua estava silenciosa apesar da hora do dia. Talvez a maioria das pessoas já estivesse seguindo para o Descanso do Colosso, para a celebração da noite.

Sahir passou pelo caminho, assobiando feliz, cumprimentando um velho panjek que observava de uma loja de panelas. Se Kasim não podia fazer nada diretamente com Chidi, podia fazer com Sahir. Teria todas as provas de que precisava para justificar a Vema a surra que daria nele.

Escondeu a adaga na roupa, checou o bulbo de vidro oculto, então saiu do beco. Acelerou o passo até estar poucos metros atrás do onironauta. Já haviam caminhado alguns minutos, passando por lojas e um ou outro transeunte quando desviaram para uma alameda íngrime. Kasim olhou para o alto, para as casas construídas em ambos os lados da rua, quase se tocando no topo. Aqui e ali mulheres penduravam roupas para secar. Um garoto saltou de um terraço ao outro com facilidade, brincando ou fugindo. No final da ladeira, a alameda desembocava no mercado. O tempo estava se esgotando.

Kasim acelerou o passo. Alcançou Sahir na mesma hora em que ele se virou. O sorriso no rosto se alargou por um instante, então se dissolveu em preocupação ao perceber a expressão no rosto do myambês. Kasim o arrastou pelo pescoço para a parede mais próxima. Sahir chegou a soltar um gemido, as mãos erguidas para se proteger de um soco que certamente se seguiria.

– Me dé um bom motivo para não acabar com você agora mesmo.

– Kasim!

O myambês colocou a mão sobre a boca do onironauta, empurrando sua cabeça contra o muro atrás dele. Sahir gemeu, ós olhos arregalados de pânico. Kasim fez com a mão sinal para que ele falasse baixo, então tirou a mão que cobria sua boca. Sahir permaneceu em silêncio por mais algum tempo, refletindo. Engoliu em seco, então voltou a falar, dessa vez bem baixo.

– O que eu fiz de errado?

– O que havia nos bulbos? Nirvana? Pesadelos?

Sahir balbuciou algo, olhou em volta. Kasim pressionou seu pescoço novamente.

– Sonhos! Os sonhos que a Vema fez!

– Você está vendendo os sonhos dela para o Chidi?

– Eu tenho um acordo com ele. Nós temos!

– Como assim "nós"? Vema está fazendo sonhos para o *maharashan* da Mente.

– Sim! Aquele é o contato do *maharashan* Nyx. É ele que recolhe os sonhos. É ele que nos paga!

CAPÍTULO 34

Aos olhos de um recém-chegado, Último Refúgio era uma maravilha assustadora. As rochas da baía abraçavam o mar, não de forma receptiva, mas como uma água-viva estendendo seus tentáculos em torno de uma presa. Do lado esquerdo, além dos espigões de rochas cortantes conhecidos na superfície como Quebracasco, havia um paredão de pedra repleto de casas coloridas como um recife de corais. À direita, as montanhas eram menos acentuadas, mas a visão era mais tenebrosa: gigantescas estruturas de pedra e metal erguiam-se sobre a rocha branca, cuspindo fumaça no céu noturno e refugo taumatúrgico na água. Entre os dois braços da baía estava o porto: uma estrutura enorme, longa, como uma grande muralha pintada de branco. Enormes galpões de tijolo erguiam-se em pontos diversos entre trapiches de madeira e pedra, novos e velhos. Dezenas de navios estavam atracados no porto, obstruindo a visão do resto da cidade, com velas das mais variadas formas e cores servindo como uma cortina que impedia o recém-chegado de ver a cidade crescendo desordenada vale acima.

Do alto do convés de um navio, a visão devia ser espetacular à medida que se entrava na baía, deslizando por sobre o recife de corais sob o controle da Corte de Mãe Hidra.

Na superfície do mar, perto das rochas e de um dos longos trapiches que serviam de conexão entre Último Refúgio e a Corte, a visão era menos impressionante.

– O que é esse cheiro?

Porta-voz não olhou para trás. Mantinha os olhos atentos no movimento do porto. O sol começava a sumir atrás das montanhas, jogando uma penumbra sobre a cidade. Podia ouvir o som dos instrumentos de percussão dos Melkat e a risada distante de marinheiros em algum lugar no porto.

– Peixe – ele finalmente respondeu.

– Eu sei como é o cheiro de peixe e não é esse.

– Peixe podre, boiando na água – explicou Obstinado. – Ele fede no ar.

– Como esses coitados conseguem sobreviver com esse cheiro constante?

– O cheiro é o de menos... Não gosto dessa correnteza.

– Chama-se vento.

– Não me importa como o chamam. Não gosto dele.

Porta-voz ergueu uma mão, e os outros silenciaram. Estavam pisando em terreno desconhecido e, apesar de ter sido ele o instigador dessa viagem, sabia que havia riscos.

Mergulhou a cabeça sob a água e impulsionou o corpo na direção das docas. Atrás dele, os outros três kappas fizeram o mesmo, seguindo seus movimentos. A água era mais turva nesse lugar, como se todas as algas tivessem morrido ao mesmo tempo. Peixes e crustáceos carniceiros estavam por toda parte, devorando os refugos jogados na água pelos humanos. Porta-voz pensou ter visto o corpo inchado de um humano morto boiando logo abaixo do casco de um navio. Peixes beliscavam a ferida longa aberta em sua barriga.

Podia sentir o medo emanando de Dedicado e Adorado. Porta-voz era o único do grupo que já estivera na superfície e, mesmo assim, o fizera poucas vezes, sempre sob a escolta de sentinelas. O que pretendiam fazer era loucura e, sabiam eles, passível de punição. No entanto, nenhum dos quatro havia desistido da jornada.

Chegaram ao paredão de pedras, deixando emergir apenas o topo de suas cabeças. Adorado engasgou com a qualidade de água acumulada em sua cuba, instintivamente cuspindo-a para fora. O som do jorro d'água ecoou no silêncio da noite.

Os kappas permaneceram imóveis por longos segundos. Porta-voz não precisava dizer nada. Todos podiam sentir sua apreensão pela corrente elétrica na água.

Com um borbulhar discreto, ele alcançou a pedra mais alta e escalou para fora da água. Confiante se agarrou à sua cauda, os tentáculos prendendo-se de forma a não correr o risco de cair.

Parou, agachado atrás de um barril que fedia a morte, observando o movimento. Não parecia haver ninguém por perto. Fez sinal para que o seguissem.

– Por que estamos sendo tão cuidadosos? Pensei que Último Refúgio fosse aliada da Corte.

Porta-voz puxou Obstinado, que estava de pé ao invés de abaixado como todos os outros. O kappa resistiu, mas acabou por obedecer sem entender o porquê.

– Não sabemos o que esperar dos humanos. Veja os navios. Há muitos provenientes de outras terras, das quais nada sabemos.

– São humanos, não são? O quão diferentes podem ser daqueles com quem você já conversou?

– Obstinado está certo – disse Dedicado, aproximando-se. – Levaremos tempo demais para chegar ao nosso objetivo se ficarmos nos escondendo.

Obstinado e Dedicado se desgarraram do cardume, atravessando o porto o mais rápido que suas pernas permitiam. Porta-voz não teve tempo de dizer coisa alguma. Olhou para trás, para Adorado. Ele estava sentado no pier, a cauda enrolada em torno do corpo.

– Por que tudo é tão pesado aqui fora?

Olhou a barriga inchada do outro kappa. Era óbvio que estava tendo dificuldade em movimentar-se fora d'água. O próprio Porta-voz sentia bem aquele peso, mas aprendera a se acostumar.

– A água facilita nossos movimentos. Precisaremos nos acostumar com a falta disso aqui fora.

Um guincho de susto veio da rua, atraindo a atenção dos kappas. Na rua, uma enorme criatura de quatro patas e o que parecia uma cauda no rosto passou correndo entre as docas e o edifício humano, quase atropelando Dedicado e Obstinado. Os dois caíam no chão, cobrindo as cabeças e suas cubas, enquanto o animal passava. Nem ele nem os panjek transportados na cesta em suas costas pareciam perceber o quase-acidente.

Porta-voz correu para ajudar os companheiros, puxando-os para se levantar, afastando-se da rua. Já havia visto aqueles animais antes, makaras. Eram criados pelos quirurgiões panjek.

– É por isso que precisamos ser cuidadosos.

– Veja! Podemos pedir ajuda.

Um grupo de cinco humanos estava atravessando a rua em sua direção. Olhavam curiosos para os kappas, alguns aparentemente cambaleantes de surpresa.

Era um grupo curioso, bastante heterogêneo. Uma clara representação da diversidade humana de que tanto se falava. O tom da pele e a estrutura óssea do rosto de cada um parecia radicalmente diferente dos demais. Havia um gigante de pele negra e cabelos como um coral, mas também um outro, não muito mais alto que um kappa, pálido como uma concha, com cabelos dourados na cabeça e no rosto.

Eles pararam a alguns metros dali, apontando e falando entre si. Porta-voz pegou o tradutor taumatúrgico e começou a girar discos e pressionar botões. As palavras dos seres da superfície saltavam em volume e tom na medida em que a máquina tentava traduzí-las.

– ... muita prata por eles!

– Quem ia comprar essas coisas?

– Um açougueiro.

– Aposto que é cria de algum quirurgião bêbado. Aquela mulher que anda fazendo quirurgias de graça? Para deixar gente parecida com panjek?

– Aposto que pagariam uma fortuna por eles em Valmedor.

– O que você sabe sobre Valmedor? Já esteve lá?

– Não, mas ouvi dizer que eles pagam bem por tudo quanto é coisa esquisita.

– São lagartos, não são? Olha o rabo.

Dedicado e Obstinado aproximaram-se, colocando-se de forma protetora entre os humanos e os demais.

Porta-voz ergueu uma mão e deu um passo adiante.

– Perdoem-me, senhores. Sou chamado Porta-voz e viemos à sua cidade em busca do mestre quirurgião Dushkitri. Poderia nos indicar onde fica seu ateliê?

Os humanos ficaram em silêncio. Entreolharam-se, visivelmente confusos.

– O bicho falou?

– O som veio da caixinha no pescoço dele. Deve ser uma coleira, pro caso de ele se perder.

– Eles têm dono, então?

– Eu sou o dono! Vi primeiro!

– Ele disse um nome, não? Um nome panjek.

– Eu disse que devia ser obra de algum quirurgião bêbado!

Obstinado colocou uma mão no braço de Porta-voz. Em sua cauda, Confiante espremeu os tentáculos num sinal de alerta.

Enquanto os humanos discutiam o que fazer, os kappas se apressaram para sair de perto, correndo o máximo que podiam, desajeitados com suas pernas curtas e o peso exagerado da superfície.

Ouviram os gritos pouco depois, seguidos do som de vidro se partindo e passos apressados no chão de pedra. Porta-voz fez sinal para que corressem, atravessando a rua e passando por um vale estreito entre dois edifícios de pedra. Era como mergulhar em uma fenda do abismo mais profundo, uma sensação que fez alguns dos companheiros pararem de imediato. Foi preciso puxar Adorado pelo braço, tamanho era seu medo.

– Não há d'leths aqui – afirmou Dedicado com o tom mais calmo que conseguia oferecer.

Logo se perderam em um labirinto de túneis e vales escuros e malcheirosos. A luz do sol aparecia furtiva aqui e ali.

Em que havia metido seus companheiros?

Naquele último dia em que conversou com o humano Kasim, Porta-voz teve um sonho. Ou pelo menos era o que ele achava ser. Enquanto descansava em uma fenda no seu jardim de anêmonas preferido, experimentou algo diferente. Era como uma memória, mas uma memória de algo que não existiu. Viu Último Refúgio repleto de gente. Viu uma festa em torno de uma cidade ambulante. Uma humana de pele morena o chamava para conhecer o que existia na superfície.

Porta-voz não tinha controle sobre o que acontecia, e isso era assustador.

Quando despertou, Porta-voz não conseguia tirar aquilo da cabeça. Tentou fazê-lo novamente, mas falhou. Libertou Kasim, achando que era isso o que devia fazer. Não foi o suficiente. Resolveu, então, ele mesmo vir à superfície.

– Esse lugar é tão... morto.

Enquanto caminhavam, agora a passos mais lentos, pelos becos do distrito portuário de Último Refúgio, apressando o passo apenas quando uma das ruas mais largas da cidade surgia em seu caminho, Adorado observava triste o chão de pedra sujo e as paredes descascadas.

Porta-voz não sabia se humanos possuíam um equivalente a seus anthoromantes para produzir suas cidades. Sempre que vinha à superfície pensava, curioso, como aquelas estruturas que chamavam edifícios eram construídas. Teriam eles especialistas montando madeira, pedra e metal para construir Último Refúgio? E por que não utilizavam melhor o ambiente, como os nommos usavam cavernas naturais e corais?

Mas como era triste aquela cidade! Tão morta e sem cor. Tinham mesmo que matar a madeira para utilizá-la? Daquela forma, tudo era estático. A pouca vida que percebeu escondia-se em frestas e buracos, como se temerosa de ser vista.

– Sinto falta dos peixes – comentou Adorado, o corpo curvado diante do peso que carregava.

Uma vez Vayk Varna falou sobre algo chamado 'pássaro' que aparentemente era o equivalente terrestre a um peixe. Esse tipo de criatura geralmente muito colorida nadava no ar da mesma forma que peixes faziam no mar. Supostamente os pássaros eram raros em Panjekanaverat, fosse qual fosse o motivo, mas muito comuns em outras terras.

Porta-voz viu uma criatura do tamanho de sua mão, parecida com um pulgão de casco vermelho-escuro, correndo pelo chão, subindo uma parede e, então, alçando voo até pousar em uma pilha de refugo próximo. Balançou um par de antenas antes de mergulhar no lixo. Seria aquilo um pássaro? Porta-voz esperava mais cores e mais música.

– Parem aí mesmo!

Os kappas congelaram ao ouvir o som traduzido pelo aparelho de Porta-voz. A tradução vinha monótona, sem as nuances que se esperariam da comunicação entre nommos, mas o tom da voz humana que a precedeu era claramente intimidador.

Foi algum tempo antes de Porta-voz perceber a origem do comando. De um canto do beco por onde passavam, um amontoado de refugo se moveu, revelando um ser humano coberto de panos rasgados e sujos.

O homem se levantou, brandindo diante de si um pedaço de madeira longo que parecia ter sido arrancado de uma escultura qualquer. Com a outra mão cofiava os pelos grisalhos que encobriam seu rosto quase por completo. O corpo estava quase nu, afora um bolo de tecido encardido cobrindo a pélvis. Porta-voz nunca entendeu por que humanos cobriam seus corpos até passar esses longos minutos na superfície. Já podia sentir a pele secar com o vento e o calor constantes. Precisariam em breve encontrar água para se refrescar.

O homem parou alguns metros dali, inclinando a cabeça para o lado, arregalando um olho, inclinando a cabeça para o outro lado. A mão com o pedaço de pau continuava entre ele e os kappas.

– Vocês não são sonhos.

Porta-voz olhou para seu tradutor, incerto do que ele queria dizer com aquilo.

Obstinado deu um passo à frente. Estava segurando uma pedra em sua mão. De onde ele havia tirado aquilo?

Querendo evitar um conflito, Porta-voz segurou o braço do outro para detê-lo.

– Estamos procurando o mestre quirurgião Dushkitri. Pode nos levar até ele?

O homem olhou cada um dos kappas de uma vez. A sobrancelha peluda tremia, a testa franzia. Porta-voz tinha tentado aprender a ler as reações faciais dos humanos, mas no geral Vayk Varna era péssimo em expressá-las. Talvez fosse algum tipo de defeito de nascimento, talvez fosse proposital. Vayk Varna não parecia uma pessoa muito confiável.

Diferentemente do prefeito humano, esse senhor diante deles expressava muito bem seus sentimentos. O medo era claro em seus olhos arregalados e em sua postura defensiva. Lembrava um dos guarda-costas do prefeito, a estrangeira Treszka, mas tinha o tom de pele e cabelos cacheados dos homens que se chamavam de myambeses.

O homem baixou a mão que segurava o porrete e pareceu relaxar o corpo. Grunhiu qualquer coisa que o tradutor não conseguiu captar, jogou o pedaço de pau longe, então deu as costas ao grupo, caminhando de volta ao amontoado de lixo de onde havia surgido como uma moreia atacando sua presa.

Sentou-se, puxando para cima do corpo os pedaços de tecido que antes o cobriam, revelando dois pássaros cascudos que também usavam o lugar como esconderijo.

– Eles não gostam de vocês. Vocês têm sorte.

Os kappas se entreolharam, incertos do que ele queria dizer. Referia-se aos pássaros ou talvez aos homens que viram no porto?

– Já eu, eles não me deixam em paz – continuou o homem. – Mas não conseguem nada comigo. Esta cabeça aqui já está ocupada demais!

O homem bateu com a mão na lateral da própria cabeça, como se tentando fazer algo sair.

– Para de gritar!

Porta-voz não ouvia nada além do som distante de música. Claramente o homem diante deles via e ouvia algo que eles não percebiam.

– Dushkitri, – repetiu Porta-voz. – Sabe onde podemos encontrá-lo.

– Vocês são cria dele? Não sabia que makaras falavam. Deve ser novidade. Como se nós precisássemos de mais novidades nesse lugar...

– Temos muitas perguntas para ele.

O homem fez um som que Porta-voz entendeu como uma risada.

– Boa sorte conseguindo qualquer coisa daquele maluco!

Um arrepio percorreu as costas de Porta-voz da ponta da cauda até sua cuba. A água já tépida borbulhou.

– Então o senhor o conhece?

– Dushkitri? Já o conheci, muito tempo atrás. Já me remendou antes, quando eu era alguém. Ou melhor, quando eu era só *um* alguém!

O homem voltou a bater na cabeça.

– Cala a boca! – ele gritou, batendo com força. – Cuidado! – gritou, apontando para o chão. Pegou o pedaço de pau e jogou-o contra o nada, fazendo os kappas recuarem.

– Os malditos não sossegam. Acho melhor vocês saírem daqui.

Obstinado pegou o braço de Porta-voz.

– Ele é louco.

– E se não for o caso? E se realmente for capaz de ver além?

– Está vendo aquelas cicatrizes? Deve ter sido um mercenário. Imagine que tipo de coisas deve ter vivido.

Porta-voz passou a mão sobre sua própria cicatriz. Obstinado percebeu o que dissera e se afastou, fazendo um som de desculpas com a garganta.

Talvez aquele homem não tivesse tido escolha. Deixara de ser mercenário para ser algo novo, contra sua vontade. Mas o quão importante era seu novo papel em sua nova condição? Porta-voz não pôde deixar de simpatizar com o homem escondido no lixo.

– Ora, mas vejam só o que encontramos aqui.

O kappa levou alguns momentos para perceber que a voz não vinha do homem sentado no beco, mas sim de outro ponto.

Dois humanos altos e muito fortes ocupavam a entrada do beco. Assim como o homem no lixo, tinham pele negra. Ao contrário dele, portavam-se como guerreiros verdadeiros, com o peito coberto por uma armadura de metal e couro, espadas pendendo de suas cinturas. Cada um trazia numa mão um porrete de madeira feito para golpear, e não um refugo qualquer como aquele que o homem do beco portava.

Porta-voz reconheceu os dois. O mais alto, cujos braços e pescoço traziam desenhos sinuosos, tinha sido o mercenário que empurrara Rais Kasim quando Porta-voz exigiu saber quem era o líder da Guarda no navio. O outro, cujas orelhas eram decoradas de argolas de madeira, tinha acompanhado Kasim até a proa do navio.

Ouviu-se movimento atrás dos kappas. Confiante abraçou mais firme a cauda de Porta-voz. Não precisava olhar para trás para saber que havia mais guerreiros do outro lado do beco, cortando qualquer chance de fuga. No canto escuro do beco, o louco desapareceu no refugo, como que engolido por ele. Um único olho, amarelado e grande, olhava por entre os panos. Parecia pedir desculpas.

– Ei, aquele ali é o sujeito que levou o Rais para o fundo do mar!

Porta-voz ergueu uma mão em sinal de paz, tentando explicar-se.

– Seu companheiro foi escolhido para o ritual de sacrifício.

A reação nos olhos dos guerreiros não foi o que Porta-voz esperava. O homem das argolas avançou em sua direção, o porrete erguido. O kappa se lembrou da reação do próprio Kasim e a confusão que gerou. Percebeu logo que tinha falado as palavras erradas.

Obstinado colocou-se no caminho. Foi arremessado contra a parede com um único golpe.

Porta-voz sentiu o golpe em sua cabeça, fazendo a água em sua cuba jorrar longe enquanto cambaleava.

As coisas tornaram-se confusas. Ouviu gritos de desespero. Viu vultos se aproximarem. Ouviu o som de passos apressados no chão poeirento. Sentiu Confiante ser arrancado de sua cauda, as ventosas incapazes de prendê-lo tamanha a fúria dos mercenários. Sentiu os golpes que o atingiam por todos os lados.

Pela primeira vez na vida, perdeu a consciência. A dor se foi. O desespero se foi.

Seria isso o que humanos chamavam de dormir?

Capítulo 35

Vema caminhou de volta para casa sem conseguir tirar os olhos do portal pulsando sobre sua cabeça. Talvez Tuan estivesse certo e ela estivesse sendo paranóica. A memória do imago tinha tido um impacto forte em sua percepção sobre Iraivana e Naripuri e certamente isso influenciava a forma como ela via a abertura daquele portal. Se ele sempre esteve ali, mas escondido de seus olhos, era óbvio que não existia risco maior do que o que corriam todos os dias, quando vez ou outra algo escapava aqui e ali. E não era o mesmo com o Mundo dos Sonhos? Eram riscos aceitos, pequenos considerando os benefícios das Três Grandes Artes.

As pernas e os pés doíam de tanto andar. Ela precisava descansar um pouco. Após cerca de uma hora de caminhada, Vema parou em uma barraca de comida e pegou um enrolado de legumes. Pagou outro para um grupo de crianças que a observava do beco. Vema achava que eram as mesmas crianças que vira outro dia tentando pegar um osso de um limpador. Eles praticamente arrancaram o enrolado de sua mão e correram para longe brigando entre si.

Quantas crianças não viviam assim nas ruas? Quantas não tiveram a chance que ela teve? Pensou nos pais. Lembrou-se do dia em que soube da morte do pai, ainda jovem demais. Sempre taciturno, o *ashan* disse que ela tinha de aprender a controlar suas emoções, que apresentá-las em público era inaceitável.

– É o controle de suas emoções que torna você capaz de controlar sua mente.

Mas era exatamente deixar-se abrir para suas emoções que a tornava uma artista. E hoje os próprios panjek pagavam fortunas para que ela usasse suas emoções. Será que riam e choravam ocultos em seus palácios? Será que percebiam as crianças vivendo nas ruas, lutando por migalhas? Será que se importavam? Nenhuma delas era panjek.

Alguém pegou Vema pelo braço e a girou. Antes que pudesse reagir, esse alguém a estava pegando pela cintura e beijando-a com força. Ela não precisava olhar para saber quem era. Reconhecia o cheiro, reconhecia a pegada.

Beijaram-se longamente, ignorando a tudo e a todos. Em algum momento o resto do enrolado de legumes caiu de sua mão, ou talvez alguém o tenha pegado. Vema não se importava nem um pouco.

Mas havia algo de tenso nele, no jeito como se portava. Quando Kasim se afastou ela o olhou de cima a baixo. Ele sorriu, mas era óbvio que havia algo de errado. Ela tocou sua testa, onde um ferimento fechado prometia uma cicatriz. Quantas outras ele tinha adquirido nessa missão?

Vema estava prestes a dizer algo quando percebeu Sahir de pé logo atrás de Kasim. Ele parecia preocupado, mas indeciso quanto a atrapalhar o reencontro do casal.

– O que está acontecendo aqui?

Kasim olhou por cima do ombro para Sahir, e depois à sua volta.

– Vamos até sua casa?

– O que foi?

– Não podemos falar aqui na rua.

Esse não era o Kasim amante, nem o Kasim ciumento. Esse era o Kasim profissional, o soldado, o capitão da Guarda de Último Refúgio. E com esse Kasim, Rais Kasim, Vema não brincava. Ela concordou com a cabeça e os três seguiram até o cortiço. Encontraram Ilom na porta, braços cruzados sobre o peito, como se esperando alguma coisa. Vema o cumprimentou, mas ele a ignorou. Seus olhos estavam em Kasim. Ele sorria com o canto da boca, como se curioso. Mas nada disse.

– Qual é o problema dele? – perguntou Kasim enquanto subiam as escadas. Ilom os havia seguido por parte do corredor e os observado subir as escadas.

– Não sei. Acho que está curado.

– De quê?

– Da guerra.

Kasim resmungou algo e balançou a cabeça.

– Ninguém se cura da guerra.

Ao entrar no quarto, Kasim trancou a porta atrás dele. Chegou a olhar em volta, como se procurando algo para pôr atrás dela, ou talvez uma saída em caso de emergência. Olhou longamente para a janela. A expressão no seu rosto deixou Vema nervosa. Ela nunca o tinha visto daquele jeito.

– Vocês pretendem me dizer o que está acontecendo ou querem se esconder debaixo dos lençóis primeiro?

Sahir foi para um canto e se sentou no chão de pernas cruzadas. Kasim fechou a janela, então se aproximou da amante. Contou sobre os insurgentes se organizando no Irradiado e sobre o homem que falava contra a aristocracia. Falou do sequestro dos alevinos e o ataque dos d'leth, da reação de Vayk Varna e o novo comandante da Guarda. Terminou dizendo o que vira uma hora antes: o encontro de Sahir e Chidi, o líder insurgente.

Vema se sentou nas almofadas do chão, um tanto atordoada com as informações. Claro que certas coisas eram óbvias na cidade. Gente morando nas ruas, preços altos de comida, a forma com que estrangeiros e panjek eram tratados acima dos humanos que viviam lá, muitos deles nascidos em Panjekanaverat, como Sahir e Vema. Nunca tinha estado em Porto Branco, mas não era segredo algum que muitos trabalhavam lá em condições terríveis. Mas ela não tinha ideia do nível em que tudo aquilo se encontrava. Não tinha, também, qualquer noção sobre o envolvimento de jovens onironautas nesse grupo, fosse ele beneficente ou não, e nem o porquê de Chidi estar liderando aquele movimento. Mesmo que não conhecesse o homem, como alguém que trabalhava para Nyx podia estar envolvido com aqueles problemas?

– Eu posso ir até a Kulshram, falar com *ashan* Lakshmara. Ele certamente pode descobrir quem são esses onironautas. Você pode questioná-los sobre o que está acontecendo.

Kasim balançou a cabeça.

– O tempo é curto. E, afinal, tenho algo mais importante bem aqui.

Ele abriu a túnica e tirou dela um bulbo de vidro.

– Encontrei isso atrás do Irradiado. Acho que os onironautas estavam extraindo isso dos mendigos.

Vema não precisava pegar o bulbo para saber que reconhecia aquela coisa. E, mais estranho, a coisa parecia também reconhecê-la. Parou de golpear o vidro assim que percebeu Vema. Virou-se para ela, não de forma ameaçadora, mas totalmente imóvel, e permaneceu assim quando Vema pegou o bulbo.

Visto de perto, de ângulos diferentes, Vema podia examinar melhor a coisa. Era quase sólida, mas ainda assim impossivelmente negra, não como se fosse uma cor, mas sim como se fosse uma ausência, um negativo da matéria. Não tinha a fumaça característica dos pesadelos, mas sim uma espécie de aura, como se estivesse tremendo constantemente numa velocidade impossível, distorcida pelo efeito do fogo.

– Não é nem pesadelo nem oneiroi.

– O que é, então?

– Um rakshasa?

Sahir riu, balançando a cabeça.

– Rakshasas são tão reais quanto o Rei de Amarelo.

Kasim cruzou os braços lançando um olhar ameaçador para Sahir, então olhando para Vema.

– O que são rakshasas?

– Uma história para assustar crianças.

Kasim só levantou a mão para calar Sahir, os olhos ainda em Vema. Ela rolou os olhos.

– Uma espécie de monstro, como um super pesadelo. Quando alguém é agressivo ou age fora de si, dizem que um rakshasa entrou no seu corpo.

– É uma desculpa para beber demais.

Pela expressão no rosto de Kasim, ele não parecia concordar com Sahir. Parecia aberto a essa possibilidade. A verdade é que a própria Vema não tinha certeza se a levava a sério. *Ashan* Lakshmara falava dos rakshasa quando eles eram pequenos, mas com o tempo a ameaça se tornou mais abstrata do que concreta. Era sua forma de se referir à perda do controle que um onironauta sofria se não soubesse se comportar dentro dos sonhos de outra pessoa. Era a personificação da loucura e não uma criatura.

Sahir abriu a boca para negar que conhecia, então parou, o olhar distante. Pareceu lembrar-se de algo. Então balançou a cabeça.

– Nunca vi nada igual a isso.

– Eu já vi, uma vez.

Os olhares se voltaram para Vema. Ela se sentiu culpada de não ter dito aquilo mais cedo.

– Onde? – perguntou Sahir, curioso.

– Lembra o apotecário panjek? O que nos levou à Cerca Viva?

Kasim ergueu uma mão.

– Vocês foram à Cerca Viva?

– Kasim, isso não é hora de discutir esse assunto.

– Como não? Você é maluca? – Kasim se virou para Sahir, pegando-o firme pelo braço. – Você é maluco?

– Ela me forçou a isso!

– Chega! – Vema deu um tapa no braço de Kasim, fazendo-o soltar Sahir mais pela presença do que pela força. – Você quer ou não descobrir o que é essa coisa?

O myambês abaixou o olhar, deu as costas e caminhou pelo quarto. Parou perto da janela, a mão mexendo na bacia de frutas sem realmente estar procurando algo.

– Se isso ajudar a descobrir o que está acontecendo aqui.

– Se vai ajudar ou não, eu não sei, mas certamente vai dar mais explicações do que temos agora.

Os três deixaram a pensão e foram até a Rua do Tombo em uma carruagem alugada que os deixou o mais perto possível da loja, em uma rua adjacente. Fizeram o resto do caminho a pé com Kasim tomando a frente. Bruto, tentava forçar o fluxo de pessoas a sair da frente, o que obviamente não funcionou muito bem. Vema colocou uma mão sobre seu ombro e sorriu. Ele a olhou, irritado, então fechou os olhos e balançou a cabeça. Deixou Sahir passar na sua frente e seguiu atrás de Vema, que o guiava pela mão. Não parecia nada feliz com a situação.

Chegaram à loja pouco depois. Para sua surpresa, ela estava fechada.

– E agora?

Kasim se encostou à porta, olhou à sua volta, depois sacou a adaga e enfiou-a entre as frestas da porta. Cutucou procurando algo, então fez força. A porta se abriu logo depois.

– Pensei que seu trabalho fosse impedir esse tipo de coisa.

– Duvido que a Companhia se importe com esse sujeito.

Entraram na loja ignorados pelo mar de gente. Estava escuro, mas Vema lembrava o suficiente do lugar para se guiar. Kasim segurou seu braço e avançou. Esbarrou em uma cesta de cardamomo e quase a fez virar. Com um sorriso no rosto, a onironauta passou por ele, se aproximou do balcão e foi até onde tinha visto uma lanterna. Acendeu-a com o dedo, fazendo o fogo-fátuo até então invisível se acender numa luz esverdeada. Era fraca, mas fornecia claridade suficiente para enxergar na loja.

– Não está aqui. Alguém o levou.

Vema foi até a prateleira onde vira o bulbo com a criatura. Procurou em volta e em outros lugares. Nada. Tinha certeza de que na última vez vira uma segunda criatura como aquela com o apotecário. Teria ela também sumido?

– Encontramos o panjek.

Atrás dela, Kasim e Sahir haviam passado pelo balcão e olhavam pela porta para o quarto dos fundos. Sahir estava pálido. Afastou-se, caminhando para longe.

Engolindo em seco, Vema foi até lá. Kasim colocou o braço no seu caminho, mas isso não era o suficiente para impedí-la de ver dentro do quartinho atrás da loja.

O apotecário estava caído entre as almofadas, uma mão sobre um narguilé virado. Uma poça de sangue se espalhava pelo chão, já coagulado. A garganta do panjek havia sido cortada de ponta a ponta.

– Parece que, seja o que for essa coisa, é importante para alguém.

Kasim entrou no quarto, a adaga na mão, e foi checar as outras portas. Desapareceu por uns instantes.

Vema respirou fundo e se agachou perto do corpo. Não queria tocá-lo, mas queria entender o que estava acontecendo. Com certeza não fora um assalto. Os outros narguilés estavam cheios e o lugar não parecia revirado a não ser pelo morto. Vema apostava que, se olhasse sob o balcão, encontraria todos os *bhas* da loja intactos.

– O que era esse lugar? – perguntou Kasim, a adaga já guardada. – Ele não vendia só remédios e ervas?

A resposta veio da frente de loja. Sahir olhava para o chão, para o lado, como se não quisesse ver o corpo.

– Ele vendia nirvana. Você pagava para usar o quarto dos fundos.

– Eu não. Você.

Vema estava começando a se irritar com a animosidade entre os dois.

– Não estamos aqui para julgar ninguém.

– Eu estou – disse Kasim apontando para o próprio peito. – Não gosto desse sujeito andando com você.

– Eu conheço Sahir desde bem antes de você pisar em Panjekanaverat.

– Ele só arranja problemas!

– Ele é meu amigo!

– Não briguem por mim.

– Cala a boca – disseram, juntos, Vema e Kasim.

O soldado deu um soco na parede. Começou a andar de um lado para o outro. Abaixou-se e virou o corpo, procurando algo nele. Murmurou algo, com raiva, ao não encontrar nada e se levantou.

– Isso não vai nos levar a nada. O tempo está acabando.

– Para quê?

Ele parou, as mãos na cintura.

– Não sei. Chidi falou algo sobre hoje ser o dia.

A memória daquele dia na Torre da Mente voltou. O sonho com Nyx, o contrato, o prazo. Lógico que na época não fez diferença. Era apenas um ponto de referência para as entregas. Mas, agora...

– Nyx me deu ordem para entregar os sonhos antes do Festival da Cidadela Ambulante.

– Que começa hoje.

Vema balançou a cabeça. Levantou-se e voltou para a parte da frente de loja. Aquilo não fazia sentido algum.

– Por que o *maharashan* da Mente financiaria um movimento insurgente anti-panjek?

– Tenho lá minhas dúvidas se é isso mesmo que está acontecendo.

Kasim continuava ao lado do corpo, os braços cruzados, pensativo.

– E os sonhos? Por que seriam importantes?

– Para produzir nirvana? – tentou Vema. Sahir discordou.

– Nirvana se faz com qualquer sonho. Não precisa de algo no nível que Vema faz. E nem precisa ser algo tão específico quanto ele exigiu.

Vema sentiu um calafrio percorrer sua espinha. Lembrou-se de um sonho de criança e de outro, recente, sob o mar. Não sabia bem o que, exatamente, mas tudo aquilo parecia se encaixar no fundo a sua mente.

– A não ser que seja nirvana feito para alguém específico.

Sahir leventou a cabeça. Olhou para Vema.

– Alguém ou alguma coisa.

Kasim pareceu perceber onde os oironautas queriam chegar.

– Eles querem drogar Iraivana? Como?

– Os narguilés...

– Que narguilés?

O cheiro doce que Vema sentira no Descanso do Colosso voltou. Tuan trabalhando em uma série de narguilés taumatúrgicos dispostos em torno da cabeça de Iraivana, trabalhando constantemente para exalar uma mistura capaz de acalmar Iraivana e espantar o cheiro de carne podre.

Iraivana, que não gostava de mudanças, que reagia mal a qualquer mudança súbita.

– E se ao invés de incenso você colocasse nirvana?

Até Kasim engoliu em seco.

– Teríamos um leão de 500 toneladas fora de controle dentro da nossa casa.

Capítulo 36

Kasim, Vema e Sahir pegaram uma charrete perto de casa e seguiram até a altura da estrada da Pedra Vermelha, onde o tráfego de carroças indo e vindo do Descanso já tornava impraticável o uso de makaras. Membros da Guarda da Companhia tentavam manter o controle da situação sem muito sucesso.

De onde estava, de pé no banco da charrete, Kasim viu a expressão de poucos amigos de Ujana, uma mão em sua espada taumatúrgica, a outra na cintura, diante de um mercador Isaamari reclamando da falta de organização da Companhia. Ujana nem sequer abria a boca. Apenas observava.

Kasim se enfiou entre ela e o mercador.

– Preciso passar.

A expressão no rosto de Ujana mudou por um breve momento, pega de surpresa. Ela parecia prestes a sacar a espada para lidar com o imbecil que ousara chegar tão perto para fazer aquela exigência. O momento passou quando ela reconheceu seu superior.

Ujana estudou o rosto de Kasim por um tempo, então olhou por cima do ombro dele, na direção da charrete. Por um instante a expressão mudou novamente, algo de surpresa e talvez inveja, Kasim não tinha certeza.

– Desculpe, Rais, mas só se for a pé.

Kasim não discutiu. Olhou na direção dos dois onironautas, o recado dado, e avançou pela turba na direção da praça onde o festival estava sendo preparado. Pessoalmente preferia que Vema não o seguisse. Não sabia o que encontraria do lado de lá daquela confusão. Era ingenuidade, por dois motivos: se Iraivana saísse do controle, não haveria lugar naquela cidade para se esconder, e Vema jamais permitiria que a deixassem de fora, especialmente agora que o envolvimento do *maharashan* da Mente era claro.

O primeiro dia do Festival da Cidadela Ambulante sempre era um tormento. A Companhia alocava boa parte da Guarda para cuidar do tráfego entre o Descanso e o porto, mantendo aberta pelo menos uma via principal para ligar os dois pontos da cidade. Kasim odiava esse trabalho, que geralmente envolvia lidar com estrangeiros que se achavam no direito de fazer o que bem entendiam. Uma vez Kasim quebrou o nariz de um sujeito vindo dos Onze Reinos. Foi repreendido pelo Nar-rais e perdeu duas semanas de soldo. Desde então não via vantagem alguma naquele trabalho. Preferia caçar transplanares fugitivos e pesadelos lúcidos.

Ujana surgiu ao lado de Kasim, forçando passagem, gritando para abrirem caminho para a Guarda. Passavam por entre carroças lotadas, makaras malcheirosos e transeuntes que não entendiam o significado de tráfego limitado.

– Você não tem trabalho lá atrás?

Ela nem sequer olhou em sua direção. Colocou uma mão nas costas de um marinheiro parcialmente bêbado e o empurrou contra a parede, tirando-o do caminho.

– Há tempos aprendi a sentir o cheiro de problemas, e você fede a problemas.

Atrás deles, Vema e Sahir surgiram apressados, aproveitando o breve buraco deixado por Ujana em seu caminho em direção à praça. Passaram por um grupo de guardas que fazia o controle de quem entrava e quem saía. Kasim não lembrava seus nomes, mas todos o reconheceram. Cumprimentaram-no com um aceno, olhando torto para os onironautas.

Emergiram do lado de lá, fora do caos humano das ruas, em meio a uma centena de tendas de comida e jogos sendo armadas na orla do gigantesco disco de pedra agora ocupado pela Cidadela Ambulante. Diante deles Iraivana dormia profundamente, o ressonar audível apesar da distância.

– Estamos atrás de um Melkat, bigode grosso, lado direito do rosto paralisado. Provavelmente está carregando uma bolsa. Ele pretende fazer algo com Iraivana.

Ujana não disse nada. Seus olhos estavam fixos em algo à direita e abaixo de Kasim. Quando ele olhou para baixo, percebeu que estava de mãos dadas com Vema. Ele fez como quem solta, mas Vema apertou sua mão mais firme, colocando a outra sobre a dele. Não era de forma dominadora, mas carinhosa, quase como que uma permissão para que ele continuasse a fazê-lo.

– Algum problema?

Os olhos da guerreira se desviaram para o Rais, uma sobrancelha arqueada. Ela balançou a cabeça, a boca torcida, depois virou as costas e pôs-se a procurar pela praça. Sem olhar para trás, apontou para Sahir, e depois fez sinal para que ele a seguisse. O onironauta olhou para Vema e Kasim, os olhos arregalados de pânico, então acelerou o passo para ficar ao lado da guerreira Surna. Imediatamente começou a explicar o que mais sabiam sobre Chidi e seus planos.

Kasim não fazia ideia se Chidi estava sozinho. Era possível que houvesse outros insurgentes. A verdade era que no tempo que teve para investigar o caso não descobriu muito mais do que o básico. Suspeitava que a maioria dos insurgentes não sabia nada sobre o que estava realmente acontecendo, e provavelmente boa parte dos que sabiam havia morrido na Enseada da Coroa, mas era impossível ter certeza.

– Os narguilés – Vema disse, apertando de leve sua mão. Apontou com o queixo na direção da cabeça de Iraivana.

Era difícil imaginar uma ideia mais estúpida: construir uma praça em torno do lugar onde um monstro gigantesco dormia de seis em seis meses. Ou talvez mais estúpido fosse construir uma cidadela em suas costas, ou fazer uma festa de uma semana em torno do monstro adormecido. Era tanta coisa errada que Kasim não sabia nem por onde começar.

Durante boa parte daquele dia o acesso ao Descanso do Colosso seria controlado, apenas para mercadores trazendo produtos para negociar com os custódios de Iraivana e trabalhadores contratados para montar tendas. Pelos próximos dias o comércio de Último Refúgio seria praticamente abandonado às moscas, trocado por aquele lugar. Até mesmo as fábricas de Porto Branco parariam de funcionar. Varna preferia mandar seus operários para o festival mais lucrativo do que manter as fábricas funcionando. A Companhia tinha lucro em tudo durante o Festival, das mercadorias negociadas às comidas consumidas.

De toda a praça, uma área era especial e reservada. A cabeça de Iraivana era tão grande quanto um palácio. O maxilar protuberante lançava dentes tão grossos e altos como torres para o ar. Não pareciam bem dentes, mas sim parte da carapaça quase metálica do monstro, como chifres que crescessem na boca. Um par de longas bandeiras havia sido presa à ponta dos dois dentes maiores. Kasim não invejava o sujeito contratado para colocá-las lá em cima.

Um pavilhão gigantesco estava sendo armado poucos metros à

frente do monstro, feito de tecido verde escuro. Era quase como um palácio temporário com colunas de osso quirúrgico suportando a estrutura. Makaras enormes erguiam os pilares com suas trombas e os fincavam em buracos abertos no chão por algum tipo de criatura feita para tal serviço. Trabalhadores humanos, sempre humanos, jogavam terra no espaço que sobrava, estabilizando a estrutura.

Todo semestre um dos *maharashans* construía um desses pavilhões para a festa, recebendo a aristocracia panjek, os oficiais da Companhia e estrangeiros notáveis. Kasim nunca tinha entrado naquele lugar, e se sentia sortudo por isso. O lugar era certamente um covil de cobras peçonhentas.

– Nunca vi um pavilhão amarelo – ele disse ao perceber esse detalhe.

Vema olhou para Kasim, depois na direção em que ele olhava. Ela concordou com a cabeça.

– Verde e púrpura, sempre. Acho que Nyx não gosta de se envolver com a política de Panjekanaverat.

– Então por que está financiando insurgentes?

Ela suspirou e deu de ombros. Não disse nada. Parecia triste, culpada.

Kasim quis confortá-la de alguma forma. Olhou à sua volta, incerto. Ninguém estava olhando em sua direção, pelo menos ninguém que ele pudesse perceber. Ele apertou sua mão mais firme, puxou-a em sua direção. Virou-se para beijá-la.

– Kasim.

Ele se deteve. Então baixou os olhos e concordou com a cabeça.

– Eu entendo.

– Não, Kasim. É o Chidi!

E lá estava ele caminhando entre os trabalhadores que descarregavam material para o pavilhão de Incógnita. Trazia perto do corpo uma bolsa grande que parecia ter todo o cuidado para manter longe dos trabalhadores. Seus olhos estavam fixos em um ponto: Iraivana. Era como se esperasse que a qualquer momento o monstro fosse se levantar para atacá-lo.

Kasim soltou Vema, colocou uma mão em seu ombro e avançou a passos largos na direção do líder insurgente. Se fosse rápido o suficiente conseguiria impedí-lo de chegar até o monstro. Fosse qual fosse o resultado, pelo menos hoje ele não sabotaria os narguilés.

Chidi já estava a poucos metros de distância quando um Melkat de idade surgiu diante de Kasim, rosto sério, mas com um sorriso discreto no canto da boca.

– Você não deve impedi-lo.

Kasim levou alguns instantes para perceber que era Ilom, o proprietário do cortiço onde Vema e Sahir moravam. Ilom o pegou pelos braços de forma firme.

– Solte-me, velho.

Ele não o fez. Era mais forte do que Kasim esperava.

– Você não entende, Rais Kasim. O que tem de ser feito tem de ser feito.

– Ele vai destruir a cidade!

O sorriso se alargou, mas não era de vitória. O olhar era triste. Balançou a cabeça.

– Vamos apenas reparar um erro antigo.

Kasim golpeou Ilom no rosto com a cabeça, fazendo o veterano cambalear para trás. Foi o tempo de que precisava para empurrar Ilom para fora do seu caminho e correr atrás de Chidi. Atrás dele, o veterano, que caíra sentado no chão, gritou, desesperado.

– Pare! Não faça isso!

O pedido serviu de alerta para Chidi, que já se aproximava dos narguilés. Ele se virou a tempo de ver Kasim vindo em sua direção. A expressão no seu rosto não era de surpresa, mas de determinação teimosa. Tirou a bolsa do caminho e retesou o corpo, preparando-se para o impacto. Kasim se jogou sobre ele e ambos saíram rolando pelo chão. Quando finalmente pararam, Chidi atingiu Kasim com joelhadas nas costelas, forçando-o a sair de cima dele.

Chidi meio que se levantou, e parou.

– Não!

Kasim acompanhou a visão do insurgente. A bolsa que tinha deixado cair estava aberta, cacos de vidro espalhados por toda parte. Uma névoa multicolorida escapava para todos os lados, filamentos esticando-se para todos os lados como serpentes oníricas. Longe dali, Vema olhava surpresa.

– Não é nirvana... São apenas os meus sonhos.

Parar para pensar no que aquilo queria dizer não era uma opção. Chidi golpeou Kasim com o joelho e o empurrou para o lado. Kasim rolou uma vez e se agachou. Quando olhou a sua volta, estava em uma floresta.

Para onde tinham ido todos? Tocou o chão. As pedras do Descanso haviam sido substituídas por terra úmida, grama e raízes. Edifícios, barracas e Iraivana tinham desaparecido, e uma parede de árvores surgira no lugar. Kasim podia ouvir o som de insetos e um rio de águas rápidas não muito longe dali. Lembrava-o da Cerca Viva, o que não podia ser bom sinal. Só podia esperar que Vema não tivesse tecido os habitantes daquele lugar naquele sonho.

Kasim levantou-se cauteloso. Olhou à sua volta, procurando sinais de Chidi. Não se movia, mal respirava. A alguns metros dali algo caiu na água. Era o som de alguém cruzando um rio raso.

Pôs-se a correr naquela direção, pela primeira vez desejando que entendesse de sonhos o suficiente para fazer os truques dos oironautas. Restava ter força de vontade e fingir que aquilo era a coisa mais natural do mundo.

Saiu das árvores para as margens de um rio de águas cristalinas. Naquele ponto, não devia ser mais fundo que a altura de seus joelhos. Mesmo assim a velocidade da água e as pedras aparentes tornavam perigoso cruzar o rio correndo, fosse em sonho ou na realidade.

Chidi corria em paralelo à margem oposta, subindo o rio. Carregava com ele a bolsa. Alguns bulbos de vidro deviam ter sobrevivido à queda. Chidi parecia saber para onde ia, o que Kasim podia apenas imaginar ser os narguilés. Ou ele tinha uma ótima noção de direção ou de alguma forma entendia bem do Mundo dos Sonhos. Kasim ficaria realmente furioso se descobrisse que Chidi tinha recebido treinamento como onironauta e nem Sahir nem Vema lhe haviam informado isso.

Kasim subiu a margem do rio às pressas, aproveitando o terreno mais aberto naquele ponto. Se Chidi desviasse o caminho para o meio da mata, ele o perderia de vista.

Adiante, o rio passava por uma queda d'água formada por degraus de pedra. Chidi saltou para o primeiro degrau, escalando-o agilmente. Ágil demais para alguém carregando uma bolsa cheia de vidro. Diante de Kasim, a subida não parecia menos perigosa.

Alguma coisa chamou sua atenção para o alto.

Viu Vema no alto dos degraus de pedra. Sem muito olhar para Kasim, ela fez um movimento com a mão, abanando o ar. As pedras rolaram do caminho de Kasim, formando um degrau mais baixo, quase perfeito, que cruzava por cima do rio de forma que seria impossível no mundo real. Com apenas um sorriso de agradecimento,

Kasim acelerou o passo, saltou dois, três degraus por vez. No alto, jogou-se na direção de Chidi e caiu em uma clareira.

Não havia mais a floresta, mas um descampado gigantesco coberto de grama alta. Um rio largo de águas límpidas descia das montanhas mais distantes e passava logo à sua frente. Um grupo de três pessoas estava abaixado ali, talvez pescando. Eram panjek, os corpos magros e compridos demais, as cabeças ovaladas. Mas, quando se viraram, seus rostos não eram discerníveis. Engraçado, visto que todo panjek era idêntico. Ao seu lado Chidi observava igualmente curioso. Em uníssono os panjek se viraram para eles. Alertas, levantaram-se e disseram alguma coisa. Não tinham a mão e o antebraço direito tatuados ou pintados. De longe pareciam até mesmo diferentes entre eles. Fosse o que fosse que havia naqueles panjek, a cena pareceu assustar Chidi. Era a chance de que Kasim precisava. Saltou sobre ele.

Os dois caíram na água, afundaram em meio a golpes, então foram cuspidos para fora, rolando em pedra. Quando deram por si, estava em uma colina íngreme coberta de algo branco e gelado. Kasim se afastou, olhando à sua volta. Para todo lugar que olhava via o horizonte. Estava alto, muito alto. Era o topo de uma cordilheira de montanhas. Pouco abaixo, árvores com folhas em forma de cone começavam a surgir. Aqui, neve cobria tudo, inclusive suas pernas, até a altura dos joelhos.

Chidi se recuperou antes dele. Ao invés de fugir, avançou, lançando um soco para o rosto do soldado. Kasim se esquivou do golpe, jogando o próprio braço para cima. Com ele, envolveu o braço estendido do insurgente, prendendo-o perto do seu corpo. O movimento pegou Chidi de surpresa, e aquele momento breve foi suficiente para o soldado aproveitar a chance. Ele atingiu o insurgente com uma série de socos no estômago que o forçou a se curvar para a frente, sem ar. Soltando seu braço, Kasim envolveu o pescoço de Chidi com o braço direito e o forçou para cima, para tentar derrubá-lo. Aindo atordoado, Chidi tentou debilmente forçar o braço que o prendia.

Alguma coisa perfurou o braço de Kasim, lançando uma dor agonizante que quase de imediato o fez perder as forças. Cambaleou para trás na neve sentindo um calor muito forte subir seu corpo. Era como uma picada de um inseto venenoso, mas não via inseto algum.

Tossindo, Chidi cambaleou para o outro lado e caiu aos pés de alguém que Kasim não tinha visto antes.

Só podia imaginar que era um panjek. Alto demais, magro demais, estava envolto em trapos e gazes amareladas e podres. Uma túnica puída que uma vez fora amarela cobria boa parte do corpo. Até o rosto, a parte que era visível por baixo de um capuz, estava enfaixado. O sujeito nada disse. Apenas observava em silêncio, imóvel. Chidi olhou para ele, então cumprimentou com a cabeça e correu na direção oposta.

Kasim forçou-se a se levantar, os movimentos parecendo impossíveis. A neve à sua volta começou a derreter. Era como se seu corpo estivesse tão quente que nem a neve resistia a ela. Sacou das costas a adaga, mas, quando a olhou, ela havia se tornado uma garrafa de vinho de palmeira.

– Ah, você não vai brincar comigo.

Kasim jogou a garrafa na direção do panjek enfaixado, mas ela se tornou fumaça no ar. Irritado, forçou-se a andar o mais rápido que podia pela neve na direção do sujeito. Usaria as próprias mãos se precisasse.

– Kasim!

Ele e o panjek se viraram na direção da voz. No alto de uma coluna de pedra estava Vema. Ela ergueu um braço e um caminho de colunas de pedra se ergueu da neve. Kasim lançou um olhar na direção do panjek, deu de ombros e correu para alcançar a coluna mais próxima. Saltou no exato momento em que ela brotou do chão, erguendo-o três ou quatro metros acima da neve.

Correu, saltando para cada próxima coluna antes mesmo que ela emergisse da neve, confiante de que Vema faria sua parte. Adiante, Chidi corria na direção do pico da montanha cuja forma era a de um lagarto gigantesco. Um palácio de torres longas demais estava no topo.

Kasim ganhou terreno rápido e, assim que estava perto o suficiente, saltou.

Caiu atrás do insurgente, os braços sobre ele. Novamente os dois rolaram pelo chão. Preparado, Kasim se levantou rápido. Estava farto daquela perseguição. Pegou Chidi pela gola da camisa, forçando-o a se levantar, então deu nele três socos no estômago e um quarto no rosto.

Chidi cambaleou para trás, rompendo o cenário, que se desfez em fumaça multicolorida. Atingiu com as costas outra parede, essa de escamas metálicas. Com o impacto, caiu para a frente, de joelhos.

Atrás dele, a parede se moveu. Um olho maior do que qualquer um deles se abriu. Uma pupila tão negra que refletia a cidade deslizou para baixo, para Chidi. Parecia observar curiosa, não, furiosa, o insurgente. Por um instante Kasim pensou ver algo se mover nas costas de Chidi, como um inseto enorme escondendo-se sob sua roupa.

O chão tremeu. Um som surdo, ecoado, surgiu e ganhou força. Era como um motor taumatúrgico ligando. Mas, enquanto um motor eventualmente atingia um nível baixo de som, esse parecia apenas crescer.

A cabeça de Iraivana se moveu na direção deles. A boca abriu muito pouco, o suficiente para engolir uma pessoa inteira. Saliva pegajosa escapou de lá junto com o cheiro de carne podre.

Desesperado, Chidi engatilhou para longe e, assim que conseguiu, pôs-se de pé e correu. A sua volta, trabalhadores e mercadores gritavam em pânico. No alto, guindastes carregados balançavam violentamente. O monstro já voltara a fechar o olho, passado fosse o que fosse que o incomodara, mas não era o suficiente para evitar o estrago. Por toda a parte, enormes caixas de madeira e tonéis se soltavam, caindo e explodindo ao atingir o chão de pedra.

A alguns metros dali, Vema gritou. No pânico da situação, trabalhadores se empurravam para longe. Vema, de pé no caminho, acabou derrubada no chão. Ela teve tempo apenas de olhar na direção de Kasim, a testa franzida de quem sabe que não há o que fazer.

Uma caixa de madeira a atingiu em cheio.

Capítulo 37

Dushkitri observava as linhas pulsantes de uma de suas obras de arte, admirando os contornos dos músculos enxertados no córtex exposto e as órbitas díspares flutuando no fluido esverdeado. Quando foi que seu trabalho deixou de ser admirado nos palácios por todas as partes de Panjekanaverat? Quando seu nome deixou de ser falado em suspiros pela corte, bradado aos ventos por aristocratas orgulhosos que tiveram a honra de se tornarem matéria-prima para sua dádiva quase divina da criação artística?

Com um suspiro, o quirurgião tirou das têmporas as ventosas que o ligavam à máquina. A análise levara mais tempo do que esperava. Talvez precisasse incluir mais um cérebro no tanque, para melhorar seu processamento. Ou talvez até mesmo essa arte tão banal, tão... utilitária, lhe estivesse escapando, assim como um dia lhe escapou o talento de artista.

– Ela está em coma. E permanecerá assim indefinidamente.

Dos imigrantes que trouxeram a quase-cadáver, um se destacava. Não era o fato de ser um refugiado de primeira geração, um homem de pele escura e fala cheia de sotaque. Nem porque era um brutamontes, um dos inúmeros mercenários que faziam as vezes de exército para a patética cidade que Último Refúgio se tornara. Era, sim, o olhar vibrante do homem que chamavam de Rais Kasim.

– Você vai salvá-la.

Dushkitri se perdeu nos olhos no myambês, pensando como ficariam ótimos em uma instalação que vinha trabalhando em seu tempo livre. Cogitou negociar a compra das córneas, mas de encontros anteriores supôs que o mercenário não entenderia a honra que lhe seria oferecida.

– Posso fazer mais do que isso. Posso imortalizá-la.

Kasim apenas permaneceu em silêncio, encarando-o. Curioso como os músculos do queixo ficavam tensos e as têmporas pulsavam. Os panjek não tinham a variedade física dos humanos, nem uma musculatura com tanto potencial. De algum jeito, o formato arredondado da cabeça humana atraia Dushkitri como uma tela à espera de um pincel.

Talvez pudesse fechar um acordo, para ter aquela cabeça entregue a ele após a morte do mercenário. Pagaria adiantado. Dushkitri via aquilo como investimento: mercenários duravam pouco em Panjekanaverat. O único risco era que o corpo do myambês se perdesse no mar ou a cabeça fosse danificada. Talvez ele aceitasse uma cláusula no contrato em que usaria um verme de lealdade. Na pior das hipóteses, o corpo de Kasim retornaria por conta própria até seu ateliê alguns dias após o óbito.

Os olhos negros do myambês tremeram. Pareceram reluzir de um jeito incrível. Será que manteriam esse brilho após o óbito? Então o homem sacou o punhal de sua cintura e estava sobre o quirurgião em segundos.

Dushkitri suspirou. Esses imigrantes nunca entendiam arte.

Com mais paciência que merecia o mercenário, o quirurgião pôs suas mãos sobre a de Kasim. Admirou não só o contraste de sua pele cinzenta sobre a pele morena do humano, mas, também, a força primitiva da mão, tão diferente de sua própria mão de quatro dedos longos e estreitos. Panjek foram feitos para moldar e comandar o mundo. Humanos foram feitos para trabalhos rudimentares.

– Posso filtrar seu sangue – disse. A faca em seu pescoço desceu não por qualquer força que o panjek pudesse aplicar a ela, mas sim pelas suas palavras. – Até mesmo recuperar os ossos quebrados. Mas é um processo custoso. E existe, claro, o risco de sequelas.

Kasim não se afastou. Mantinha o rosto perto do rosto do quirurgião. As narinas tremiam com a respiração pesada, o suor brilhando na testa negra. Dushkitri admirou a composição do rosto. Como não tinha percebido as nuances antes? Talvez fosse um efeito inesperado da condição da mulher? Inalou o cheiro da pele do mercenário. Teve uma ideia para uma obra envolvendo toque e cheiro e a arquivou em sua mente para uma outra oportunidade.

– Quanto? – finalmente perguntou o mercenário.

– Quanto – repetiu o quirurgião, observando o humano afastar-se. – Quanto é uma questão complexa. Quanto vale o tempo? Podemos fazer uma troca.

Dushkitri voltou a caminhar pelo ateliê. Parou ao lado do órgão onde a mulher estava deitada, mantendo-a entre ele e o mercenário.

Foram rápidos em trazer Vema até lá, tratando os ferimentos no caminho, mas foi preciso colocá-la num útero recuperativo assim que chegou. Era uma bolsa grande de um marrom transparente, cheia de veias grossas. Tinha pagado uma pequena fortuna aos nommos que mataram a baleia a quem pertencia. Modificado pela sua arte, o útero lentamente restauraria carne rasgada e ossos partidos.

Dushkitri passou os dedos pela pele transparente, observando a expressão plácida da mulher inconsciente. Nem mesmo os cortes no rosto e do corpo, dos quais o quirurgião extraiu meticulosamente farpas e mais farpas, eram capazes de macular a perfeição. Será que não podia aproveitar a situação para moldá-la? Fazê-la sair do casulo transformada, como uma lagarta em borboleta. Parecia poeticamente tentador demais para ignorar.

Kasim não havia guardado a adaga na bainha da cintura.

– O que você quer?

O que eu quero, pensou o quirurgião, quase rindo. A admiração daqueles que importam neste mundo. O olhar deslumbrado de jovens estudantes das artes aos admirarem minhas obras vivas. Os convites para eventos mil nos palácios dos poderosos. E os títulos criados a cada vez que lançava mais uma de minhas obras primas. Tudo aquilo que me foi roubado pela estupidez dos taumatólogos e pela decadência de Panjekanaverat. Mas humano algum poderia dá-lo tudo isso de volta.

Ou poderia?

Dushkitri fitou um canto obscuro de seu ateliê, onde centenas de planos eram rascunhados em pergaminhos enrolados e enfiados em um buraco poeirento sob uma de suas mesas de projeto.

Pescou com os dedos longos um em particular, as páginas já amareladas pelo tempo. Soprou a poeira com cuidado e desenrolou-o sobre a mesa. A criação esquecida. Sabia que deveria ter mantido consigo algumas cópias do original, da época em que o *mahasavanshy* o chamava para resolver questões diplomáticas delicadas. Deixara os protótipos para trás na partida da capital, décadas antes. Daquela época, não sobrou nada. Nem a cidade.

– Você sabe o que são pérolas?

O mercenário olhou para os companheiros como se Dushkitri fosse um imbecil.

– Pedras preciosas.

– Obras de arte naturais!

O quirurgião procurou entre as folhas do projeto por uma em particular e colocou-a sobre as outras, prendendo-a aberta com os objetos que havia largado sobre a mesa. Eram seus estudos sobre as ostras encontradas no mar logo além da baía de Último Refúgio.

– Quando um desses animais percebe um invasor ou uma infecção, ele produz uma substância chamada nácar. – Dushkitri apontou para o corte transversal de uma pérola desenhada no projeto. Mostrava as camadas da esfera, com um pequeno cisco no centro. – O nácar envolve o invasor e se solidifica, assim protegendo o organismo.

Kasim olhava com incredulidade.

– É uma linha de defesa.

Dushkitri moveu uma mão com desdém, enrolando as páginas do projeto.

– Isso é irrelevante. O que importa é que um animal marinho sem inteligência alguma produz naturalmente uma peça apreciada em todo o mundo. Deliciosamente absurdo!

– Você quer pérolas – concluiu o mercenário do seu jeito bruto.

– Não pérolas quaisquer. Preciso *da* pérola. Uma madrepérola.

– O que é isso? Uma pérola gigante ou coisa assim?

Dushkitri suspirou, estalando a língua. Como explicar o que era uma madrepérola se nem ele mesmo sabia se tal coisa existia? Era biologicamente viável, claro. Mas existiria? Será que ele não saberia disso se em mais de cinco décadas uma tivesse sido criada?

Não! Não podia duvidar. Essa poderia ser sua maior criação, uma obra além de qualquer outra obra!

– É uma pérola... especial. Grande, sim, creio eu.

– Você nunca viu uma antes?

– Ninguém jamais viu!

– Você tem ideia de quanto uma pérola dessas deve custar?

– Certamente menos do que a vida de sua amada.

Rais Kasim partiu pouco depois de dado o preço. Considerou apenas brevemente antes de se despedir da mulher comatosa e partir, seguido de perto pelos dois companheiros. A mulher Ujana, a quem Dushkitri já havia restaurado inúmeras vezes, foi a última a sair. A musculatura do rosto tremia involuntária, como se Ujana quisesse dizer algo, desafiar. Pôs-se em seu lugar e partiu sem abrir a boca.

A ideia de depender de um brutamontes para salvar sua carreira parecia esdrúxula demais. A que ponto chegara o maior artista daquele mundo?

Foi até a máquina, colocando um tentáculo em sua têmpora e outro no útero. Deu os comandos de que substâncias aplicar na mulher. No estado em que estava, era melhor que ficasse desacordada até que o corpo fosse restaurado o suficiente para ser trabalhado manualmente. Achava pouco provável que o mercenário Kasim fosse compreensivo quanto à condição crítica da mulher.

Chhaya saltou sobre o ombro do escultor e roçou o rosto vermelho na bochecha de seu mestre, a longa cauda negra enroscando-se no braço direito.

– Ah, meu pequeno companheiro. O que traz para mim?

O homúnculo se pendurou no tentáculo da máquina e desceu-o como o galho de uma árvore. Pôs ele mesmo outro dos tentáculos em sua pequena cabeça atrofiada. As ventosas se prenderam com facilidade à pele enrugada e pelada de sua nuca. O que tinha a dizer surpreendeu seu mestre.

– Um convite?

Dushkitri olhou para o longe, imaginando por que Incógnita o teria feito. Depois de tantos anos esquecido, poderia ser aquela a chance de um retorno triunfal? Teria a *maharashan* da Carne abdicado de seu exército particular de quirurgiões pelo velho mestre?

Chhaya inclinou a cabeça para o lado e mostrou dentes afiados e podres. Os pequenos olhos vermelhos piscaram. O macaco sentou-se sobre a máquina, incerto sobre como responder ao seu mestre.

– Vamos, Chhaya. Temos uma festa para ir!

Capítulo 38

Vayk Varna tirou seu relógio do bolso, suspirando de irritação ao perceber o quão tarde era. Os trabalhadores do turno vespertino estavam deixando as fábricas, conversando animados sobre o festival começando no Descanso do Colosso. O próprio Vayk tinha compromisso no festival, a tradicional reunião da corte panjek sob o pavilhão do *maharashan* mais influente da época.

Como se já não bastasse o surto de Iraivana mais cedo, razão forte o suficiente para questionamentos de seus clientes mais influentes dentro e fora de Panjekanaverat, agora tinha de marcar uma conferência urgente com um bando de peixes que não sabiam onde era seu lugar. Já não havia lidado com o caso dos ovos roubados? Certamente não tinham vindo até a superfície para pedir desculpas pelo navio perdido.

Ouviu o som de Treszka sacando a espada antes de perceber os pés ensopados pisando na pedra do porto. Um dos nommos havia emergido na água e subido para a rua em completo silêncio. De onde estava, Vayk não podia ver outros, mas tinha certeza de que aquele não era o único.

A criatura caminhava curvada, o corpo nada habituado ao peso fora da água. Estava nua a não ser pela máscara de fabricação panjek em sua cabeça. O aparato permitia à criatura ver e respirar fora d'água. As escamas listradas reluziam vermelhas na luz do entardecer.

Sargasso. Se a Corte havia enviado alguém tão alto em sua hierarquia, era porque a questão era séria. Respirou fundo, já se preparando para uma nova dor de cabeça.

Fez sinal para que sua chefe da segurança embainhasse a arma. Logicamente os outros guarda-costas permaneceriam com as bestas armadas.

– Está atrasado – disse, mostrando o relógio.

A criatura observou curiosa o aparelho. Suas guelras pareciam se mover em sincronia com o tic-tac . Provavelmente jamais vira tal tipo de mecanismo. A maioria das pessoas nesse lado do mundo não tinha.

Vayk estendeu a mão, segurando o relógio pela corrente.

– É seu. Mas tome cuidado, pois as peças são frágeis.

A comandante desviou os grandes olhos para o prefeito, então para o relógio.

– É taumatúrgico?

– Mecânico. Trouxe de Valmedor.

O que significava que valia muito. Até onde Vayk sabia, existiam pouquíssimos mecanismos de relógio em Último Refúgio, a maioria provavelmente trazida por ele e seus navios. Os nativos pareciam confiar mais em sua ciência mágica do que na engenharia Valmedor. Um claro sinal de seu primitivismo.

Sargasso pegou o relógio pela corrente, segurando-o do lado esquerdo da cabeça, para examiná-lo mais de perto.

– Você não confia em magia – afirmou Sargasso.

– Ninguém que vem de onde eu venho confia.

– Sábio.

O relógio desapareceu em uma dobra de pele que Vayk nem ao menos havia percebido antes. Viu pelo canto do olho a tensão no rosto de Treszka, que certamente, assim como ele, imaginava que a nommo poderia estar guardando uma arma ali.

– Gostaria de saber por que suas guerreiras foram vistas rondando minhas ruas.

A água nos dois garrafões presos na máscara borbulhou violentamente.

– Buscamos quatro rebeldes – disse a nommo, curta e grossa.

Vayk não pôde deixar de imaginar o ridículo de peixes saltando do mar para o porto, debatendo-se em desespero no sol, antes de morrerem sufocados.

– Rebeldes? Duvido que seu povo conseguisse se esconder aqui na superfície.

Sargasso ergueu uma mão aberta, as garras afiadas visíveis nas pontas de longos dedos finos ligados por membranas. Fez um sinal negativo exagerado, como se agitando a água diante do rosto.

– Esses rebeldes podem.

O prefeito suspirou, olhando para longe. Sabia o que queria dizer.

– Kappas.

Sargasso fechou a mão em um movimento rápido, indicando que Vayk havia pescado a ideia.

– Foi para isso que marcou essa conferência? Para pedir nossa ajuda?

Sargasso fez um som cadenciado que Vayk teve a impressão de ser uma risada.

– Vim informá-lo de que estamos em sua cidade para capturar nossos kappas.

Foi a vez de Vayk rir. Tentou deixar o mais claro possível que não havia humor algum naquilo, mas sabe-se lá se um peixe é capaz de interpretar tais nuances. Balançou a cabeça para dar ênfase.

– Não posso ter guerreiras nommos rondando as ruas.

Sargasso não disse nada. Os dedos se moviam ao lado do rosto. Estaria a comandante cogitando uma invasão? Atacá-lo naquele exato momento? Vayk mantinha homens escondidos por toda a rua, homens com armas mecânicas trazidas de Valmedor e até mesmo um taumatólogo equipado com suas parafernálias pseudocientíficas. Bastava um sinal, e Sargasso estaria morta. O quão rápido poderia ser um peixe fora d'água?

– Você sabe que data é hoje? – perguntou. Não esperou resposta. – Iraivana chegou esta madrugada. A cidade inteira está celebrando. Tenho navios de todos os cantos do mundo aqui. Não posso correr o risco de algo sair errado.

As bolhas novamente, agitadas.

– Você sabe que dependemos dos kappas para manter o mundo a salvo.

Sabia. Não fora à toa que concordara em ceder a Guarda para recuperar os ovos. Aquele conflito sem fim era o grande trunfo de Vayk para ter Mãe Hidra em suas mãos.

– Dê-me alguns dias. Colocarei alguns soldados para capturá-los.

– Você tem até o amanhecer.

Sargasso deu as costas e mergulhou na baía sem ouvir uma resposta. No mar, diversos pontos de luz, olhos de peixes, surgiram e desapareceram da superfície. Devia haver ao menos três dúzias de nommos ali.

Vayk fechou os olhos e massageous as pálpebras. A dor de cabeça prometida estava a caminho. Como se já não bastasse saber que precisaria lidar com o Incessante naquela noite, agora mais essa.

De onde estava, na orla norte da baía, podia ver onde dezenas de navios haviam atracado. Traziam em seus mastros as mais diversas bandeiras. Muitos vinham da Costa Livre de Myambe, trazendo refugiados de guerra, peles de animais, especiarias e comidas tropicais.

Os grandes galeões eram conterrâneos, aliados e competidores vindos das cidades-estado de Valmedor. Vayk havia aberto os portos para permitir a entrada dos demais marinheiros em troca de impostos para importados e altas taxas para aportagem. A renda da cidade havia aumentado o suficiente para construir mais duas usinas de energia taumatúrgica em Porto Branco. Era energia suficiente para manter os três turnos de trabalho nas fábricas do distrito ocupados para sempre. Significava, portanto, mais produtos para serem vendidos em outras terras.

Se a Corte de Mãe Hidra resolvesse invadir Último Refúgio, o estrago seria grande. Não se importava diretamente com a morte de marinheiros ou a perda de algumas cargas. Isso acontecia todos os anos. O maior temor era ter a credibilidade de Último Refúgio ferida. Se ir até lá deixasse de ser rentável, o porto logo se esvaziaria, e, então, não haveria motivo para permanecer em Panjekanaverat. Vayk odiaria que isso acontecesse antes de poder terminar de explorar o continente. Não estava pronto para voltar a Valmedor e enfrentar aqueles em quem tivera de pisar para chegar até lá.

Vayk caminhou pela orla na direção da carruagem. Puxou do bolso outro relógio, seu relógio de verdade, herança de família e não a quinquilharia que dera a Sargasso. Tinha pouco tempo para seu próximo compromisso. Esperava ao menos poder comer alguma coisa antes de sair. A última coisa de que precisava era depender da dieta de vegetais, especiarias apimentadas e chá que os panjek comiam.

– Você contratou o estrangeiro que invadiu a Kulshram.

Treszka deu um passo à frente de Vayk, uma mão em seu peito, a outra no cabo da espada. Vayk não estava alarmado, apenas irritado. De pé ao lado da carruagem estava o capitão da Guarda acompanhado de um soldado e um garoto que mais parecia um mendigo. O rosto não lhe era estranho.

– Rais Kasim. Espero que tenha vindo me contar que resolveu o problema dos insurgentes.

A musculatura em torno do maxilar do soldado travou. Uma veia parecia pulsar na testa suada. Ele não disse coisa alguma.

– Ah, o silêncio! Nunca é uma boa resposta. Creio que, então, Nar-rais Treszka resolverá o problema.

Propositalmente ignorando qualquer possibilidade de ameaça, Vayk passou por Kasim, na direção da carruagem. Sua aprendiz Linka o cumprimentou com uma vênia, então abriu a porta. Mas

Kasim não parecia disposto a deixá-lo seguir. Colocou-se na frente de Linka, uma mão na porta.

– Minha... Uma mulher. Ela se feriu enquanto impedíamos os insurgentes de provocar Iraivana.

Vayk se virou para Kasim, a testa franzida em surpresa legítima.

– Ah, então foi você que causou estrago. Tem ideia do prejuízo que essa provocação causou? Linka?

– Estimamos as perdas em cinquenta mil *bhas* de ouro.

O que era uma ninharia em termos de lucro. Um único navio da Companhia era capaz de lucrar vinte vezes isso. Mas para um homem comum como Kasim aquilo era uma fortuna jamais alcançada. Vayk deixou uma expressão de preocupação no rosto.

– Agora, você pode imaginar como meus clientes devem estar insatisfeitos, não? Sabe quem é um deles? Nada menos que o Incessante. Sabe o que é ter de lidar com o Incessante? Não, claro que não sabe.

– Eu não dou a mínima para seu lucro.

– Claro, claro. Sua mulher é mais importante. Quem é ela? Membro da Guarda a quem você se afeiçoou? Não vá me dizer que você se apaixonou por alguma prostituta do porto!

Previsivelmente, Kasim puxou a adaga da cintura e deu um passo na direção do prefeito. Seis bestas armadas e uma espada surgiram apontadas para seu peito. Menos previsivelmente, Kasim se deteve. Olhou para cada um dos guarda-costas como se planejando como matar cada um deles. Vayk deixou o clima persistir por mais alguns segundos, então ergueu a mão para que seus homens relaxassem.

– Obviamente a mulher é importante para você. O que posso fazer por ela? Conseguir um quirurgião, talvez?

Ele balançou a cabeça.

– Ela está com um, e ele exige um pagamento que não sei como conseguir.

– Então não é prata. Um homem como você sabe obter sua prata.

– Uma madrepérola.

– Madrepérola é a substância que forma a pérola. Vendemos toneladas disso para palácios em Myambe e nos Onze Reinos.

Kasim franziu a testa, obviamente confuso.

– Dushkitri disse que era algo raro e grande.

– Ah, Dushkitri. Isso explica algumas coisas. Pois bem, eu obterei sua madrepérola, seja lá o que for. Falarei pessoalmente com Mãe Hidra a respeito. Em troca, você me fará um favor.

O olhar de raiva retornou. Por acaso ele esperava que Vayk fizesse algo sem ganhar nada em troca? Ele jamais teria chegado à posição em que estava fazendo favores por altruismo. Era verdade que no geral ele era mais discreto, deixando subentendido o preço da troca, mas não tinha tempo nem inclinação para jogos de corte com um mercenário myambês.

– Quatro kappas se desgarraram do seu cardume. Estão em algum lugar nessa cidade. Traga-os para mim, vivos e ilesos, até o amanhecer. Aí você terá sua madrepérola.

– E quanto aos insurgentes?

Vayk sorriu seu sorriso mais sincero. Apontou para o peito de Kasim e cutucou bem ali.

– Creio que você terá de escolher, não? A vida de alguns revoltados ou a da sua amada? Eu não gostaria de estar em sua pele!

Sem dizer mais nada, entrou na carruagem e se sentou. Linka deu a volta no mercenário e puxou a porta pedindo mil desculpas. Vayk partiu sob escolta deixando para trás suas preocupações. Pelo menos um problema estava resolvido.

– Alguma notícia sobre meu carregamento de lótus?

Sentando diante dele Linka ergueu do colo o livro de notas. Folheou, leu, folheou.

– Temos confirmação de que chegaram, mas não ainda a quantidade que sobreviveu à viagem nem sua qualidade.

– Espero que não haja nenhum mutante venenoso nessa leva. Da última vez quase me custou um navio.

A aprendiz anotou algo em uma folha de papel, concordando com o óbvio. As flores eram vendidas por uma fortuna em Valmedor. Mas não se houvesse o risco de matar as famílias ricas que as compravam aos quilos para decorar suas casas e roupas.

– Mais algum estrago que eu precise saber?

A garota olhou Vayk nervosa, reviu as folhas, balbuciou algo. Era uma garota com potencial, mas ainda muito temerosa de perder o emprego. Se não aprendesse a mostrar segurança no que dizia, não serviria como parte da Companhia.

– Minta.

– Senhor?

– Se não souber o que dizer, se não tiver certeza da resposta, invente uma. Você pode sempre se corrigir depois colocando a culpa em outro se for necessário. Um subalterno, claro, para evitar o risco de ser descoberta.

– Sim, senhor. Não tenho notícias de outro carregamento danificado além do incidente da manhã.

– Esse 'incidente' vai me custar caro.

– Sim, senhor.

Vayk apoiou a cabeça na mão fechada e olhou para fora da carruagem. Já haviam passado a linha das três torres que cercava a baía. A abominação que rasgava o céu da cidade estava em algum lugar sobre sua cabeça. Era impressionante como alguém naquele lugar podia viver sabendo que o mundo podia acabar a qualquer momento. Bastava um estudante do primeiro ano de taumaturgia configurar uma máquina errada e era o fim. A única boa função daquele buraco no céu era dar lucro a Vayk Varna e sua Companhia. E nem isso era constante. Percebeu diversos postes apagados no meio do caminho. Esperava que ao menos isso não acontecesse com suas fábricas.

– Me explique por que não usamos mecanismos de relógio nessa cidade.

– Porque os nativos não confiam neles?

– Não. Porque custaria caro demais construir a infraestrutura para isso, e mais ainda para importar engenheiros para fazer tudo funcionar.

Linka abriu a boca, como quem percebe o óbvio. Olhou para fora, pela janela, para a rua. Finalmente comentou:

– Os panjek confiam nos taumatólogos.

Vayk concordou com a cabeça.

– Verdade. Provavelmente não dariam seu apoio para substituirmos sua pseudociência por engenharia de verdade.

– E o apoio dos mestres das artes é importante para a Companhia.

O sorriso debochado não escapou à aprendiz, que olhou incerta.

– Fazê-los acreditar nisso nos dá poder. E lucro.

Capítulo 39

O escultor levou duas horas para se decidir pela túnica formal feita de seda verde com desenhos em fios de ouro e pedras preciosas. Enfeitou os dedos com anéis, presente do último regente, e o peito exposto pela gola baixa com um escaravelho rubi, que se enterrou firmemente em seu esterno. Considerou uma mudança de última hora, talvez implantar uma coroa de chifres curtos, de muito bom gosto, ou uma cauda preênsil, mas não queria chamar atenção demais. Incógnita gostava de ser o centro das atenções.

Dushkitri subiu a Rua das Bandeiras, preferindo não permanecer parado tempo demais nas ruas. Apesar dos mercenários que policiavam o distrito a todas as horas, o quirurgião não confiava mais na integridade de homem algum, fosse ele panjek ou humano. Talvez devesse ter contratado Ujana para escoltá-lo até o festival. Bom, já era tarde demais para isso.

A pouca luz emitida pelos postes de fogo-fátuo era obscurecida por nuvens de amebas planares, uma verdadeira praga nessa época do ano. Surgiam do nada, provavelmente de alguma fenda dimensional discreta, e voavam em círculos em torno dos postes de luz. A maioria acabava queimando seus tentáculos e caindo no chão, onde comiam a pedra, danificando toda a calçada. Era um absurdo que os taumatólogos não cuidassem apropriadamente dessas infestações.

O chão estava úmido, provavelmente reflexo de uma chuva fina tão incomum nessa época de seca. Pequenas pétalas de um lilás brilhante estavam coladas à calçada. Ele havia criado essa árvore décadas antes a pedido do Incessante, quando da inauguração da Torre dos Planos. As árvores foram projetadas para produzir essas flores reluzentes, então as soltavam no ar quando o portal sobre a Torre se abria. Anos depois, essas árvores pareciam ter se espalhado pela cidade, fosse pelo acaso ou por algum louco que nem ao menos sabia a origem daquela obra de arte. O efeito deveria acontecer apenas uma vez e nunca mais, mas a espécie parecia soltar as pétalas várias vezes nessa época do ano. Nas raras ocasiões em que saiu de casa desde então, Dushkitri fizera uma nota mental para estudar a mutação e compreender qual era o novo gatilho para a liberação das flores. Até então não conseguira o ânimo para fazê-lo.

Em seu ombro, o homúnculo sibilou algo em sua língua incompreensível, e o panjek lhe coçou a cabeça minúscula. A criatura gostava da sensação das longas unhas raspando a pele morta de sua careca.

A Rua das Bandeiras terminava em uma praça sem nome, onde uma única figueira solitária e cheia de cicatrizes para contar a história servia de cobertura para charretes de aluguel, seus animais e cocheiros. Uma pequena turba se escondia sob a generosa sombra da árvore, olhando o céu. Supersticiosos, acreditavam que as folhas grandes e grossas da árvore absorviam a suposta radiação liberada pelo buraco planar sobre suas cabeças, transferindo-o através de suas enormes raízes em forma de tronco para o chão, como um para-raios natural. Dushkitri também cogitou estudar essa árvore em particular com o mesmo nível de interesse das flores lilás.

Sinalizou para um cocheiro qualquer antes mesmo de atravessar a rua vazia. Um deles, um humano que parecia feliz em deixar aquele lugar, assobiou o comando para seu makara, fazendo a criatura curvada caminhar. O cocheiro usava uma túnica cobalto sobre calças largas. De longe, quase parecia um nativo. Só quando a charrete parou diante de Dushkitri o quirurgião pôde perceber o quão tosco era o trabalho, o material das roupas de qualidade inferior. O cocheiro era careca e parecia ter passado por alguma quirurgia para alongar o crânio e esticar as orelhas para os lados. Dushkitri tremia só de pensar na quantidade de imigrantes que tentava parecer panjek.

– Para o Descanso – disse assim que se sentou no banco. A charrete como um todo fedia a suor e pelo molhado, o que provocou um surto de espirros em Chhaya.

O cocheiro deu o comando, e o makara começou a andar para a frente, os braços longos apoiados no chão pelos nós das mãos, as pernas curtas logo atrás. Puxava a charrete pelas correias que feriam as costas, onde buracos nos tufos de pelo revelavam uma sarna avançada. Dushkitri percebeu com certa tristeza que ele havia projetado aquele modelo em particular em seu tempo de aprendiz do Mestre da Carne. Seu primeiro projeto produzido em larga escala.

Seguiram o caminho em silêncio, deixando a praça e entrando em vielas estreitas e sem calçadas. O caminho mais direto até Descanso estava fechado devido ao festival e precisariam passar por um caminho mais longo e menos agradável.

Dushkitri não olhou para a paisagem. Tinha os olhos focalizados na nuca alongada do cocheiro. Podia ver as marcas onde a pele fora cortada e esticada. A própria orelha tinha sido moldada de forma tosca, a cicatriz visível mesmo a distância. Parecia um trabalho recente.

– Quem fez esse trabalho em você?

O cocheiro se virou para trás, baixando a cabeça ao perceber que não conseguia ver com sua nova orelha.

– Shaybia. Ela tem uma clínica perto da Fonte dos Suspiros.

– Shaybia... Não conheço – o que explicaria o péssimo trabalho, pensou Dushkitri. – Imigrante?

– Neta de imigrantes. Ela tem feito muitos trabalhos para nos adequarmos aos seus padrões de beleza.

Não fazia diferença quantas gerações existiam entre essa açougueira e Panjekanaverat. Apenas um panjek poderia compreender as nuances e complexidades da Arte da Carne! Dushkitri sabia que havia mais de uma década que a Kulshram aceitava humanos, em especial por pressão de Nyx, mas ao menos Incógnita fizera o que pudera para ir contra essa sandice. Não sabia que tinha eventualmente sido derrotada no campo político.

Dushkitri reclinou-se no assento, suspirando. Não era só ele que estava decadente, mas toda Panjekanaverat. A cada dia, mais e mais humanos chegavam, e mais e mais a cultura panjek era destruída por dentro.

A charrete saiu de uma viela para a entrada do bairro de Descanso do Colosso.

Humanos estavam por toda a parte. Negros, brancos, pardos. Cabelos loiros e lisos, negros e encaracolados. Olhos verdes, azuis, negros. Era uma espécie caótica. Se é que era mesmo uma espécie como diziam os estudiosos valmedor, que criaram esse termo, “espécie humana”. Não era à toa que muitos quirurgiões teóricos defendiam que humanos não eram uma única espécie, mas sim muitas, que se pareciam por coincidência. Evolução convergente, eles chamavam a teoria.

Dushkitri tinha sua própria teoria: essa espécie era uma praga que se alastrava pelo mundo desde tempos imemoriais. Isso fizera com que se adaptassem a cada novo continente, cada nova condição de uma forma que panjek algum fizera por conta própria.

– Não posso seguir mais adiante, *maha*.

Inclinando a cabeça para o lado, o quirurgião viu a rua bloqueada. Mercenários myambeses estavam sinalizando para o cocheiro dar a volta. Apesar de toda a festividade à sua volta, com pessoas dançando, comendo e bebendo, aqueles mercenários mantinham as mãos em lanças e espadas rudimentares, trazidas de sua terra primitiva.

Dushkitri se levantou, entregando a Chhaya um *bha* de prata, mais do que era devido, mas a única coisa que tinha.

Humanos com o rosto e o corpo pintado de pós coloridos pulavam e gritavam abraçados. Cantavam músicas em glória à Cidadela Ambulate e aos exóticos do norte. Narravam contos enebriados sobre Naripuri e os Mestres das Artes. Dushkitri ouviu envergonhado seu nome bradado por um marinheiro bêbado que fedia a barbárie. O sujeito cantava sua própria versão vulgar na Resolução de Dushkitri, quando o mestre escultor resolveu um conflito entre aristocratas do Grande Reino sobre a pureza da sua linhagem. Na versão do marinheiro, eram duas princesas brigando pela maternidade de uma criança. A arte da carne usada por Dushkitri nada tinha de beleza e o resultado era duas pequenas monstruosidades geradas pelo próprio Dushkitri, enquanto a criança original virou banquete para o regente. Eram tantos absurdos que ele nem conseguia começar a criticá-lo.

Deixou Chhaya cobrir seus ouvidos enquanto caminhava na direção do gigantesco pavilhão erguido próximo ao centro da praça. A entrada da tenda de algodão verde era visível pelo estandarte da Torre da Carne balançando ao vento. Dushkitri se lembrava de quando era direito dele fincar aquela bandeira onde quisessem. Não que alguma vez houvesse precisado armar esse tipo de festas: era ele o convidado de honra de todo evento da capital.

Um homem deteve Dushkitri, exigindo convite. O bárbaro colocou uma mão sobre o peito do escultor, fazendo o escaravelho mover-se irritado. A agitação das patas sob a pele irritava menos que o toque do humano. Sobre sua cabeça, Chhaya mostrou as presas e rosnou. O mercenário não pareceu se importar.

O tecido da tenda se abriu, revelando um panjek vestindo o verde dos quirurgiões. Parecia entediado com seu trabalho. Então reconheceu Dushkitri. Esticou as costas, ergueu os ombros e abriu um sorriso apertado. Colocou uma mão sobre o ombro do mercenário, sussurando algo em seu ouvido. O mercenário olhou por sobre o ombro e, depois, para Dushkitri. Abaixou a mão e cumprimentou discreto, mas sem mostrar qualquer ressentimento por como tratara o artista.

Dushkitri apenas suspirou e entrou, desprezando humano e pan-jek como mereciam indivíduos de linhagem inferior.

O interior do pavilhão levaria lágrimas aos seus olhos caso o quirurgião não tivesse removido as glândulas responsáveis pelo choro anos antes. Atrapalhavam muito enquanto precisava focalizar na complicada arte de moldar a carne.

O pavilhão principal era enorme, do tamanho de muitos salões de palácios em Naripuri, erguidos por gigantescas estacas de osso sintético adornadas por joias e entalhes celebrando a história do Grande Reino Infindável. Dushkitri percebeu surpreso seus feitos mencionados em mais de uma delas. Curiosamente, seu nome não aparecia vez alguma; ao invés disso, sempre mencionavam *maharashan* da Carne, sem distinção de qual. Podia ser Incógnita, podia ser ele ou qualquer um dos mestres antes deles.

O ar parecia faiscar com energia. Dushkitri sentia a pele pinicar, como se estivesse caminhando por entre teias de aranha. A sensação era comum quando se estava em um laboratório em funcionamento, ou caminhando entre os reatores de Porto Branco. Mas em Descanso do Colosso aquilo podia significar apenas uma coisa.

– Ah, o salvador da Corte da Mãe Hidra. Tenho certeza de que Incógnita ficará feliz por você ter vindo!

Chhaya tremeu e mostrou os dentes, inclinando-se na direção do mestre dos taumatólogos. Dushkitri devia estar enferrujado. Apesar de décadas lidando com a corte na capital, foi impossível permanecer totalmente impassivel diante do comentário sarcástico do Incessante. Antigamente ele conseguia impedir seus sentimentos de serem expressados pelo homúnculo.

O corpo inchado do taumatólogo parecia constantemente coberto por uma fina camada de suor. Era necessário para dispersar a energia transplanar que fazia a bateria que substituía seu coração funcionar. Ela, a bateria, era visível brilhando em toda sua majestade púrpura, enterrada no peito, de onde fora retirado o órgão original. Dushkitri ouvira dizer que foi necessária uma cirurgia de dois dias contínuos, envolvendo taumatólogos e quirurgiões veteranos, para completar a transformação. Diziam as más línguas que o processo não tinha terminado e vez ou outra o Incessante tinha de voltar à mesa cirúrgica para receber algum ajuste.

Pequenos arcos voltaicos de cor púrpura nasciam e morriam na superfície oleosa da pele. Ele não comia coisa alguma. Não precisava comer, era o que dizia. A obesidade era resultado de ter um portal para a energia primordial do universo no lugar de um coração. Diferente das baterias taumatúrgicas usadas em muitos aparelhos, que funcionavam consumindo a energia de fogos-fátuos capturados, o coração do Incessante era como uma torneira constantemente jorrando porções do Shakti. O excesso que o Mestre dos Planos não tinha como usar acabava sendo absorvido pelo corpo. Dushkitri esperava que um dia, de preferência quando estivesse bem longe, o Incessante finalmente explodisse. Adoraria ver a expressão no rosto do desgraçado, mas preferia não correr o risco de ser obliterado pela abertura acidental de mais uma fenda planar.

– Há tantos anos não aparece nos eventos da corte. Desde o fiasco no Festival das Flores, dez ou onze anos atrás, não?

– Vinte anos.

– Vinte anos! Já faz tanto tempo assim? Olha que eu me lembro como se fosse ontem! Muitos pensaram que você havia se matado. Faria sentido, depois de tantas falhas.

O escultor moveu os lábios, mas não conseguia pensar em resposta alguma. Em retrospecto vieram várias respostas, como perguntar se o outro já havia descoberto um jeito de abrir um portal sem destruir todo o Grande Reino. Mas nada veio naquele momento. Por sorte, não foi preciso uma resposta à altura.

Chhaya saltou para seu braço e escalou até o ombro. Com suas pequenas patas virou o rosto de Dushkitri para o centro do pavilhão, onde uma banda formada por panjeks quirurgicamente implantados com seus instrumentos e ligados por suas cabeças tocavam uma música perfeitamente sincronizada. Era a décima de Tathagata, uma obra prima considerada impossível de ser tocada. Havia sido composta para a chegada de Iraivana em Naripuri quatro séculos antes, trazendo o corpo do *mahasavanshy* morto em batalha contra o extinto Reino de Vatahanas. A canção original era cheia de significados obscuros, a maioria deles até hoje indecifrados. Setenta anos após a morte de Tathagata, um sucessor do monarca o condenou à morte por difamar o *mahasavanshy* na música. O corpo do poeta foi desenterrado, reanimado taumaturgicamente e esquartejado. Dizem que, como não havia muito do corpo original para se esquartejar, o corpo do poeta fora misturado aos dos músicos que tocaram a música durante o último Festival da Cidadela Ambulante em Naripuri.

O resto dos músicos foi dado aos tubarões, pois eram considerados impuros demais para se tornar matéria-prima de quirurgiões.

A atenção de todos se voltou para o alto das escadas de madeira, construídas alí exclusivamente para o evento. Artesãos locais tinham trabalhado para dar à madeira a aparência de pedra, imitando as escadas e o portal do antigo Templo da Carne de Naripuri, onde Dushkitri havia residido por anos. No meio do portal, sob os olhos atentos dos convidados e dos demônios entalhados na pedra falsa, haviam sido penduradas duas cortinas de algodão bem fino tingido de verde claro. O tecido era decorado com complexos desenhos em ouro. Havia algo de hipnótico nos padrões pintados, que tornava difícil não olhar para o centro do portal.

Os sinos e tambores chegaram a um ápice frenético, então subitamente pararam no momento em que as cortinas se abriram.

Incógnita surgiu do portal trajando um longo vestido decorado com os mesmos padrões hipnóticos. Os cabelos, pintados de verde – cor tradicional da Arte da Carne – e combinando com o vestido eram muito longos, trançados até a altura dos calcanhares, aos quais estavam presos por finas correntes de ouro. Os braços, expostos pelo vestido sem mangas, estavam cobertos de tatuagens vivas que dançavam no ritmo de uma música inexistente.

Ela permaneceu parada no topo das escadas como uma estátua, observando através do véu os convidados que a admiravam. Dushkitri soltou um suspiro. Ela era uma obra de arte, e era difícil não invejar sua beleza espectral, ou o artista responsável. Era... Incomum. Dushkitri não compreendia o porquê de escolher aquela forma em particular, mas ninguém questionaria um *maharashan*.

Finalmente desceu as escadas, mantendo as duas longas caudas do vestido penduradas nos antebraços, caminhando com passos pequenos e elegantes. Os convidados se afastaram, e Dushkitri percebeu, engolindo em seco, que ela vinha em sua direção.

O escultor ergueu sua mão direita em cumprimento. Por baixo do véu ela sorriu. Colocou sua mão na de Dushkitri e abaixou ambas.

– Como se eu não soubesse de cor todos os seus feitos.

Ela se virou, ainda segurando a mão do antigo mestre.

– Venha. Temos algo muito importante a discutir.

– Discutir? O que seria?

– Sua futura nova obra prima, é claro.

Capítulo 40

Algumas vezes é preciso fazer uma escolha difícil. Quando embarcara no navio de Porto Qadis dois anos antes, dias após a última batalha da guerra de invasão ao Vale, Kasim sabia que sua escolha era a melhor alternativa. A outra seria a morte.

A escolha não era menos óbvia agora. Ele não podia abandonar Vema. Apesar de todos os conflitos, da necessidade de esconder o relacionamento, de saber que estar com ela significava jamais deixar aquela terra estranha, Kasim jamais poderia abandoná-la, especialmente não nesse momento. Mas ele também não podia simplesmente deixar que Treszka promovesse um massacre no Irradiado.

Faltando a melhor opção, a de capturar Chidi e levá-lo preso com provas suficientes para desbaratar toda a operação, restava eliminá-lo.

– Tem certeza de que é essa a casa?

Kasim concordou com a cabeça. Sacou da bainha a espada.

As ruas estavam vazias. O som da música vinda do Descanso podia ser ouvido mesmo ali. Ninguém que pudesse estaria em Vila Velha, nem mesmo os ladrões. Havia muito mais a ser ganho no festival. Era a cobertura de que Kasim precisava para resolver o primeiro dos seus problemas.

Atrás dele, Ujana sacou sua própria espada. Não ligou a bateria taumatúrgica. Não para matar homens comuns. Sahir veio alguns passos depois, abraçado à sua bolsa de sonhos e pesadelos.

– Eu posso esperar aqui fora?

Nenhum dos dois soldados respondeu. Através da janela por onde entrara da primeira vez, Kasim podia ver movimento dentro da loja. Havia uma luz e pelo menos quatro pessoas. Ouviu vozes. Fez sinal para Ujana segui-lo para os fundos. Enquanto pelo beco não havia passagem, do outro lado havia uma entrada ampla, provavelmente usada para levar carroças de carga. Uma delas estava do lado de fora, coberta por uma lona solta. O piso de madeira estava bastante molhado e cheirava mal. O que estavam carregando?

Os fundos da loja davam para uma espécie de galpão de madeira. Destoava completamente com a loja em estilo panjek, de pedra pintada de branco e cheia de entalhes demoníacos. Era provavelmente uma adição posterior. Portas duplas davam acesso ao interior.

Kasim encostou a cabeça na porta. Podia ouvir um zumbido baixo e um som molhado, como um borbulhar. Com o ombro, testou a porta. Estava aberta. Pela fresta viu pilhas de caixas e fardos e uma de trapos. Estacou, sem saber se tinha sido avistado. Foi o tempo de perceber que eram corpos, pelo menos uma dúzia. Havia sangue ainda seco formando uma poça sob eles.

De dentro do galpão veio o som de uma porta se abrindo e algo se arrastando. Ouviu uma voz. Chidi.

Kasim fez sinal para que ficassem alerta e voltou à porta, pressionando-a apenas o suficiente para enxergar o interior do galpão. Chidi estava abaixado perto de uma das paredes. Falava baixo com alguém na escuridão. Não se ouvia resposta alguma. O som de borbulhar se repetiu.

Chidi se levantou e caminhou até um barril. Foi quando Kasim viu quem estava no chão.

Sem esperar, Kasim abriu mais a porta. Espada em punho, caminhou por entre os corpos na direção de Chidi. Havia bem mais do que uma dúzia ali. Estavam todos com as mãos amarradas atrás das costas, as gargantas cortadas. Tinham sido levados até lá e executados um a um. Por quê?

Chidi pegou um balde de água e jogou aos pés de seus prisioneiros. Disse qualquer coisa e riu. Virou-se na direção da porta de onde viera, agora fechada.

– O que acha que são?

Kasim sentiu o coração saltar. Olho para a porta. Mas não havia ninguém lá. Notou no chão, ao lado de um captador desligado, um outro corpo, este atlético e jovem. Os braços eram decorados com tatuagens tribais. Alaki. O peito se movia lentamente. Estava vivo.

A poucos metros dali, Chidi riu sem humor e concordou com a cabeça. Por um instante Kasim achou que ele o tivesse visto e estivesse gozando dele, como se dissesse, "sim, capturei um de seus homens".

Mas não. Voltou-se novamente para seus prisioneiros, ignorante do invasor.

– Tarde demais para isso. Não há mais nada que Mãe Hidra possa nos oferecer.

Em outra situação Kasim teria golpeado Chidi na cabeça. Talvez o espancasse antes de entregá-lo às autoridades. Talvez até mesmo lhe desse a chance de falar. Mas não depois de hoje.

A memória de Chidi despertando Iraivana, das caixas caindo, do corpo ensanguentado de Vema...

Kasim deu dois passos largos para a frente e trespassou Chidi com a espada pelas costas. A lâmina penetrou baixo, roçou nas costelas e saiu pelo outro lado. O líder insurgente soltou um gemido de surpresa. Uma mão foi para as costas, encontrando a de Kasim. Os joelhos fraquejaram.

Kasim puxou a lâmina, tirando o suporte que mantinha Chidi de pé. Ele despencou no chão de madeira ao lado dos kappas que observavam plácidos de seu canto escuro. Fez sinal para que ficassem quietos, mas não sabia se precisava. Nenhum dos quatro sequer exclamou surpresa. Pareciam cansados, as peles secas. Um deles, mais ao fundo, estava praticamente deitado no colo do outro. Segurava a barriga extremamente distendida, ainda maior do que a do kappa com os aparelhos taumatúrgicos. Não havia dúvida de que era o mesmo que o interrogara.

Os dois trocaram olhares breves. Fosse qual fosse seu motivo para ter vindo à superfície, fora ele quem dera a Kasim os meios para pagar pelo tratamento de Vema. Bastava agora levá-lo são e salvo até Varna.

Com um sinal Kasim chamou os outros. Ujana avançou rápido, espada em riste, procurando por mais inimigos. Foi na direção da porta para a loja, pronto para atacar qualquer um que entrasse. Kasim imaginava que Ilom e talvez outros insurgentes estivessem entre aqueles com quem Chidi conversava na loja. O que Alaki estava fazendo ali?

– Não sabia que seus ferimentos queimavam.

Kasim olhou na direção do kappa, reconhecendo a voz monótona do tradutor, depois para Chidi. No chão, ainda respirando, o insurgente segurava o ferimento na barriga de onde saía sangue e fumaça. Não, não era fumaça. Na penumbra do galpão mal iluminado as sombras dançantes produzidas pelas baterias taumatúrgicas dos captadores pregavam peças.

Chidi começou a chorar.

– Você me deu uma segunda chance! Não pode tirá-la de mim agora!

O choro se tornou grito e Kasim sabia que alguém o ouviria. Abaixou-se ao seu lado e, sem pensar, atravessou seu coração com a espada. Os gritos e a respiração cessaram em um suspirar.

Por um longo momento ninguém se mexeu. Ujana aguardava escondida ao lado da porta, pronta para golpear qualquer um que entrasse. Do outro lado, Sahir esperava atrás de uma pilha de fardos, uma mão dentro da bolsa, provavelmente pronto para atirar um pesadelo e fugir.

Nada aconteceu.

Ujana e Kasim se entreolharam. Ele fez sinal com a cabeça e ela abriu a porta. Olhou da quina, esperou, então entrou. Levou alguns instantes para retornar embainhando a espada.

– Quatro dos nossos, todos inconscientes.

Kasim fez sinal para Sahir ir até lá. Talvez ele pudesse ser útil de alguma forma. O que estava acontecendo ali?

Olhou para o corpo de Chidi e suspirou. Dele não obteria resposta alguma. Kasim se perguntou se precisava mesmo matá-lo. Será que, de certa forma, o despertar de Iraivana não fora culpa sua também?

– O que você faz aqui?

Olhou para o kappa com o tradutor. Atrás deles um segundo usava a água do barril para molhar aquele com a barriga inchada e repunha a água no buraco em sua cabeça.

– Vim atrás dele, e atrás de vocês.

– Por quê?

– Porque preciso devolvê-los ao mar.

O kappa o observou em silêncio por um longo momento. Kasim ouviu um borbulhar vindo do topo oco da cabeça do outro. Estava quase aprendendo a entender a expressão corporal daquelas criaturas.

– Por quê? – ele repetiu.

Kasim limpou o sangue da espada na túnica de Chidi, então a embainhou. Estava com pouca paciência para perguntas.

– Porque eu preciso ajudar uma amiga, e o prefeito me ofereceu uma recompensa por levá-los vivos de volta.

– Prata?

– Madrepérola.

Os quatro kappas se voltaram para Kasim. Água borbulhava na cabeça de todos eles. Um deles soltou um gemido triste. Era aquele com a barriga distendida.

Kasim se aproximou dele. Imediatamente aquele que vinha com o balde d'água se colocou no caminho. A cauda achatada batia no chão e um som de gargarejar escapava pela boca. Se o kappa não tivesse menos da metade da altura de Kasim e não parecesse tão inofensivo, talvez aquilo soasse como uma ameaça. Mesmo aquela distância Kasim podia ver a barriga se mexer. Estava tão esticada que era quase transparente. Kasim pensou ver um par de olhos negros, então outro e outro.

– Ele está grávido? Ele é uma fêmea? Você é uma fêmea?

Os kappas se entreolharam, como se discutindo em silêncio o que aquela frase queria dizer. O intérprete respondeu.

– Somos kappas.

Kasim rolou os olhos, então deu as costas para eles. Era melhor ir embora, alertar Varna sobre aquele lugar e voltar ao ateliê de Dushkitri. Foi quando Osaze surgiu pela porta, apoiando-se em Sahir.

– Osaze?

O Surna parecia em péssimo estado, como se acabado de acordar de uma ressaca terrível. Sahir o levou até onde Alaki estava deitado e ajudou-o a se sentar, apoiado em uma caixa.

Kasim se aproximou, cruzando os braços.

– Pode começar explicando o que vocês estavam fazendo aqui.

Osaze respirou fundo, o rosto coberto por uma mão.

– Chidi apareceu no Sonhos Etílicos procurando mercenários para capturar mendigos. Achei melhor aceitar para descobrir o que ele estava fazendo.

– Pelo jeito vocês fizeram um bom trabalho.

– Só Mwano e eu sabíamos quem era Chidi. Os outros estavam se divertindo. Então encontramos os kappas. Alaki insistiu para trazê-los até aqui. Achava que Chidi pagaria bem por eles.

– O que ele queria com os mendigos?

Osaze permaneceu em silêncio. Olhava para o corpo de Chidi, uma mão no estômago por onde a lâmina de Kasim saíra.

– Ozase?

– Ele estava procurando alguém. Não sabia que ia matá-los.

Sahir apareceu à porta trazendo um aparelho grande e pesado. Kasim reconheceu o narguilé taumatúrgico que vira sob o balcão na noite anterior.

– Ele usou isso aqui para dopá-los. É igual a um dos narguilés que espantam o bafo de Iraivana.

– Como ele conseguiu um desses?

Sahir deu de ombros. Parecia estar querendo esconder alguma coisa. Kasim apenas balançou a cabeça. Já podia supor quem: Tuan.

– Pode acordar Alaki?

– Não é difícil – disse Sahir, e se dirigiu ao aparelho. Osaze segurou-o pela roupa.

– Acho melhor não fazer isso. Não sabemos o que Chidi estava fazendo. E se isso o ferir?

Sahir sorriu.

– Não se preocupe. Eu sei o que eu estou fazendo.

Mal ele havia terminado sua frase, Osaze saltou sobre Sahir, enfiando a mão em sua bolsa. Arrancou dela dois bulbos de vidro e os arremessou no chão. Os bulbos se partiram, soltando uma fumaça negra, que rapidamente mudava de forma.

– Cuidado! – gritou Sahir, tentando desvencilhar-se de Osaze.

Da porta, Ujana voltou a sacar a espada. Puxou o cabo e ligou a bateria taumatúrgica no pomo da arma. A lâmina da espada começou a brilhar com faíscas coloridas. Ao seu lado, Kasim correu na direção de Osaze, atingindo-o na lateral do corpo com um soco.

Osaze soltou Sahir, tropeçou em um dos adormecidos e rolou para trás. Sorriu um sorriso estranho, só com o lado esquerdo do rosto. Puxou uma faca de dentro da túnica.

– O que você está fazendo? – questionou Kasim, a mão no cabo da espada. Era claro que ele não queria sacá-la.

– Você não vai nos impedir. Essa é nossa última chance!

– Chance de quê? Você ficou louco?

– Kasim!

A fumaça estava ganhando forma, movendo-se como enguias, transformando-se em polvos no meio do voo, depois em fumaça novamente. Asas se abriram, fazendo a criatura mais próxima crescer como um baiacu.

Ujana avançou na direção do pesadelo, golpeando-o com sua espada taumatúrgica. A cada golpe, a criatura que parecia mover-se como tinta na água dividia-se e se afastava, mas não parava de tomar forma. Um tentáculo saltou da massa amorfa, atingindo a guerreira na perna. Ela cambaleou, os dentes cerrados de dor, mas recusou-se a parar. Com um grito de raiva, lançou a espada em um arco de baixo para cima, decepando o tentáculo, que se desfez no ar.

Do outro lado do galpão, Osaze pegou uma caixa descartada e

arremessou-a contra Kasim, que precisou se esquivar. Aproveitando a distração, Osaze correu por trás da pilastra mais próxima, faca em riste, pronto para saltar sobre Sahir. Ignorante do ataque, o jovem buscava algo em sua bolsa. Não escapou a Kasim o fato de que Osaze parecia ignorar tanto seus ferimentos recentes quanto a droga que supostamente o derrubara pouco antes.

Kasim correu para ajudá-los, mas o segundo pesadelo se interpôs em seu caminho. Kasim sacou a espada, tentando atingir os tentáculos nebulosos, mas, diferentemente da arma taumatúrgica, sua espada comum parecia incapaz de fazer mais do que distrair o monstro. Gritou para chamar a atenção de Sahir. Para a surpresa do myambês foi o intérprete kappa que respondeu.

Com um grito estridente para atrair a atenção de Osaze, o kappa estocou com um dos aparelhos pendurados em seu cinto. Era como ver um raio atingir um ser humano. Houve um clarão e um estrondo. Osaze tremeu fora de controle, os dentes trincados contra a dor. Suas pernas perderam as forças e ele desmontou para a frente. Num ato reflexo, ou talvez em desespero, Osaze ainda tentou golpear. A lâmina atingiu a barriga do kappa, que se lançou para trás, soltando um guincho de surpresa.

Tão rápido como começou, terminou. Ujana destruiu uma das criaturas de fumaça, enquanto Sahir recapturou a outra com um de seus aparelhos. Osaze estava caído, inconsciente.

Kasim se aproximou, abaixando-se ao lado do intérprete. Ele cobria o ferimento com as pequenas mãos. Não parecia fazê-lo por medo ou para estancar o sangue. Era quase como se quisesse esconder algo. Logo abaixo do corte havia uma cicatriz longa e serrilhada. A última coisa de que ele precisava agora era que um deles morresse. Frustrado, Kasim explodiu.

– Por que vocês vieram até aqui? Por que não ficaram seguros no seu recife?

– Foi uma ideia estúpida – finalmente respondeu o intérprete. Não tirava os olhos do chão.

– Aparentemente elas são comuns por aqui.

– Procuramos o criador – explicou o kappa.

– Deus? – perguntou Kasim.

– Dushkitri.

Seria possível que mais coincidências acontecessem?

– Isso é um absurdo.

Um dos kappas ajudou o intérprete a se levantar. Guiou-o até o barril d'água e ajudou-o a se molhar e trocar a água no respiradouro. Kasim observou em silêncio. Era óbvio que os kappas não eram feitos para sobreviver fora d'água por muito tempo, então por que teriam feito isso? Era bem óbvio que estavam com dor, a pele ressecada e sabe-se lá mais o quê.

O intérprete fez borbulhar a água em sua cabeça, dessa vez de propósito, então perguntou:

– Você não teria curiosidade de perguntar ao seu criador por que ele o fez? Quais suas razões para tomar certas decisões?

Instintivamente Kasim pôs a mão em sua medalha. Tirou de dentro da roupa a estrela de cinco pontas. Ela representava uma força divina, mas não um deus exatamente. Era a força do destino, que decidia a que o povo escolhido tinha direito, e por que provações teria de passar.

Ele se levantou e se virou para os outros. Deu ordem para que Ujana amarrar Osaze e os outros, então que Sahir fosse até Varna avisá-lo de que tinham resolvido ambos os problemas.

– Diga que encontrará os kappas no ateliê de Dushkitri.

Sahir olhou para os kappas, então para Kasim.

– Você tem certeza?

Kasim sorriu e deu de ombros.

– Quem sou eu para tirar-lhes a chance de falar com o criador?

Capítulo 41

Kasim e os kappas chegaram ao ateliê de Dushkitri com muito mais facilidade. Não se depararam com perigos maiores do que ocasionais makaras e um ou outro bêbado retornando do Festival. Kasim sabia esquivar-se dos perigos e, caso qualquer um deles fosse visto, uma rápida olhada na espada desembainhada do capitão da Guarda era o suficiente para afastar os curiosos.

Porta-voz – era assim que o intérprete dizia se chamar – não pareceu impressionado com o ateliê. Esperava algo mais grandioso, como a própria torre dos quirurgiões. Encontrou uma velha casa panjek coberta de musgo e rachaduras, ignorada entre tantas outras igualmente esquecidas na Rua das Bandeiras. Uma vez, décadas atrás, viveram ali os panjek mais ricos entre a plebe do Grande Reino. Se abandonaram o lugar na chegada dos refugiados Melkat ou se foram expulsos pela aristocracia, Kasim não sabia. Sabia apenas que aos seus olhos existiam dois tipos de panjek: os muito ricos e os comerciantes. E nenhum dos dois tipos era de perto tão numeroso quanto a massa humana que tomara a cidade.

Esperaram do lado de fora do ateliê por quase uma hora antes que uma carruagem parasse ali. Dushkitri saiu pensativo, o olhar distante. Os dedos longos acariciavam o queixo pontudo como se tocando um instrumento. Chhaya, a criaturinha vil que o quirurgião tinha como bicho de estimação, saltou do seu ombro para a frente da carruagem e pagou o cocheiro, que não parecia se importar com a aparência do monstrinho. Ele mesmo não era de todo normal. Parecia ter passado por algum tipo de quirurgia barata para estender as orelhas e a nuca, quase como se fosse um panjek de verdade.

– Você deixou Vema sozinha.

O comentário fez Dushkitri sair de seu torpor pensativo. Olhou para Kasim por alguns instantes, como se tentando entender o que ele dizia. Então olhou para o lado, vendo os kappas. A surpresa foi visível mesmo quebrando o protocolo social panjek.

– Sua companheira está bem – ele disse sem tirar os olhos dos kappas. Aproximou-se de Adorado, o kappa grávido, e examinou--o de perto. Abaixou-se para olhar a barriga distendida, as mãos se movendo a um centímetro da pele, nunca a tocando. Era como um bruxo manipulando uma bola de cristal.

O cocheiro partiu e Chhaya correu pelo chão, saltando sobre a cabeça oval do quirurgião. Esticou-se para observar a barriga, as mãos repetindo o movimento do mestre. Kasim não precisava entender muito da expressão corporal dos kappas para saber que eles estavam terrivelmente tensos, como se incertos sobre como agir. Mesmo extremamente protecionistas quando ao kappa grávido, nenhum deles parecia disposto a interferir com o estudo do seu criador.

Dushkitri estalou a língua e se levantou, então seguiu na direção da porta. Chhaya desceu pelo seu corpo, pegou uma chave dentro da túnica do quirurgião e saltou para a porta, abrindo-a. Fez uma vênia, o pequeno braço estendido, como um pajem em miniatura.

– Minha saída foi também importante para sua companheira. Conversei longamente com Incógnita e essa conversa me inspirou a fazer algo novo.

Seguindo logo atrás, Kasim apressou o passo. Pegou Dushkitri pelo braço e o forçou a se virar. Atrás dele os kappas guincharam de surpresa. No chão, Chhaya rosnou.

– Vema não é uma de suas obras de arte.

O quirurgião forçou um sorriso nada convincente, então colocou a mão na de Kasim, dando tapinhas amistosos.

– Não, nada disso. Me refiro a uma forma de resolver o problema, todos os problemas, de forma simples. A resposta estava lá todo o tempo. Precisei de uma ajudinha para me lembrar.

Ele balançou a cabeça, como se o que dissera fosse uma piada que só ele podia entender. Seguiu na direção de sua mesa de trabalho e buscou lá seus rolos de projetos. Os kappas se espalharam pelo ateliê. A água no topo de suas cabeças borbulhava e as caudas achatadas raspavam lentamente pelo chão, curiosas.

– Por que você nos criou?

A voz monótona saída do tradutor chamou a atenção do panjek e seu homúnculo. Dushkitri aproximou-se e pegou o aparelho com as pontas de suas unhas. Fez um som de desprezo com a garganta.

– Taumaturgia. Presente do Incessante?

– Vayk Varna – explicou Porta-voz. – Para facilitar nossa comunicação.

– Ah – disse Dushkitri. Ele soltou o aparelho, que teria caído no chão se não estivesse preso ao cinto. Caminhou de novo até sua mesa de projetos.

– Existe um bom motivo pelo qual o Grande Reino Infindável era isolado do resto deste mundo. Acreditávamos que não existia mais nada além, porque Pai Dagon devoraria tudo que existisse. Mas não era do nosso interesse. Tínhamos acesso a todos os mundos que quiséssemos. Que os peixes ficassem com o mar.

Voltou aos seus rolos de projetos, ainda procurando algo específico.

– Mas Mãe Hidra não estava inteiramente satisfeita com a situação. Ela era, então, uma espécie de líder espiritual do seu povo. Acreditava que seu trabalho era manter adormecido ou morto, não sei bem, um deus enterrado em uma cidade perdida na Baía das Lâminas Coloridas. Pai Dagon era mais agressivo e, dizia ela, queria despertar o deus para inundar esse mundo.

Dushkitri não parecia convencido pela ideia.

– O *mahasavanshy* convocou seu mais talentoso mestre para resolver o problema.

Dushkitri forçou um sorriso. Seus olhos, no entanto, não transmitiam qualquer alegria. Era como se a memória fosse de alguma forma dolorosa.

– Mas existe um problema na maioria das espécies que evoluíram naturalmente. Existe uma interdependência de gêneros. Como separar d'leths – ele apontou para Kasim – e nommos – ele apontou para Vema – sem extinguir a espécie?

Kasim arregalou os olhos ao entender o que ele queria dizer.

Dushkitri abriu a folha do projeto, prendendo as quatro pontos com objetos na mesa. Havia desenhos anatômicos de diversos animais, inclusive a de um d'leth ao lado de um nommo. Lado a lado era claro o parentesco, mesmo com as diferenças externas. Mas, ao se observar o lado de dentro...

– Nommos e d'leth. Mulher e homem.

Dushkitri ergueu um dedo.

– Fêmea e macho, seria o mais apropriado. Assim como muitos peixes, a fecundação é externa. Nommos colocam ovos no recife, d'leths lançam espermatozoides no mar. A correnteza faz o resto do trabalho.

– Você criou um novo macho?

– Não, não. Isso seria impossível, criaria um novo problema. A procriação em si precisava permanecer igual, e isso não era um problema. Os d'leth são por demais guiados por seus instintos. Sempre, no período de fertilização, eles lançariam seu sêmen ao mar, não importava onde estivessem. O problema era os ovos fertilizados. Como protegê-los nesse período de fragilidade?

– Isso não faz sentido algum.

– Não para alguém sem o conhecimento adequado. O gênero dos peixes é definido pela temperatura e pressão da água. Não é preciso muito para que cresçam d'leths ao invés de nommos.

Foi Porta-voz quem continuou.

– Dentro de nós, os alevinos sempre são nommos.

As peças começaram a se encaixar para Kasim.

– Foi por isso que vocês mataram os alevinos que resgatamos.

Dushkitri vez um movimento com a mão, chamando a atenção para o especialista no assunto: ele mesmo.

– Criei um ambiente controlado, livre de intromissão externa. Assim que os ovos são fertilizados pela correnteza, os kappas os guardam em seu ventre.

O quirurgião se aproximou de Adorado e apontou para a barriga, como quem aponta para uma ferramenta útil.

– Isso é um kappa. Um órgão. Um útero móvel, com instinto de sobrevivência, mas completamente fiel ao seu papel. Programado desde o nascimento para cumprir as necessidades da espécie.

– Então não temos escolha?

– Escolha? – Dushkitri riu. – Claro que não! Vocês têm um papel! Foram feitos especificamente para ele, como um makara ou um limpador. Não deveriam sequer pensar em escolhas. – Dushkitri virou-se para o lado, as longas unhas coçando o queixo. – Seria esse um erro inesperado no projeto? Devo corrigi-lo?

Dushkitri se aproximou, ignorante da óbvia expressão de tristeza dos quatro kappas. Parou ao perceber algo. Intrigado, abaixou-se diante de Porta-voz. As mãos tocaram sua barriga rechonchuda. Tocava mesmo, apertava, alisava. O dedo passou pelo corte recente e a cicatriz que marcava a barriga.

– Você foi ferido durante a gestação.

Porta-voz levou algum tempo para responder, mas acabou assentindo.

– Funciona – suspirou o panjek de forma quase inaudível. – Realmente funciona.

Sua paciência já se esgotando, Kasim bufou e abriu a boca para perguntar sobre Vema. A porta do ateliê se abriu. Vayk Varna entrou, seguido por Treszka e Linka. O único que não estava presente era o falso bom humor do prefeito. Parecia cansado, até mesmo irritado. Abriram espaço para um quarto integrante da comitiva.

Sargasso surgiu pela porta usando o equipamento de superfície sobre os olhos, os garrafões d'água balançando em ambos os lados de sua cabeça. Os quatro kappas guincharam de medo, retraindo-se alguns passos na direção de Kasim, como se ele pudesse fazer qualquer coisa para protegê-los.

Isso não inibiu a fúria de Sargasso.

– Vocês sabem o risco em que puseram tudo? – Ela falava em panjek perfeito. Os garrafões d'água borbulhavam com cada frase cuspida naquela língua, certamente para que os outros presentes entendessem o problema. – Perdemos uma geração para os humanos, e vocês fogem com tudo o que nos resta?

Porta-voz abriu a boca para falar, mas Sargasso ergueu as garrar no ar, silenciando-o.

– Você, mais do que ninguém, sabia o risco. Sabia que temos poucos kappas, que perdê-los seria o fim.

Sargasso deu passos largos e pesados na direção de Porta-voz e colocou uma das garrar no peito do kappa.

– Você traiu a Corte. Você traiu a mim. E responderá por isso.

Vayk Varna cruzou os braços sobre o peito, entediado.

– Podemos terminar com isso de uma vez? Está tarde.

Do lado de fora um makara de corpo cinzento e cabeça de tubarão esperava placidamente. Atrás dele havia uma carroça carregando barris de água salgada.

Sem reclamar, um a um, os kappas deixaram o ateliê, cabeças baixas, caudas arrastando pelo chão. Sentiam-se derrotados e humilhados. Ao menos agora compreendiam seu destino. Sem escolhas, o futuro era claro diante deles.

Com um olhar na direção do seu criador e um aceno de cabeça de agradecimento a Kasim, Porta-voz foi o último a fazer seu caminho até a porta. Dushkitri olhava sua barriga com interesse, mas os olhos mostravam certa tristeza.

– Espere.

Sargasso e Porta-voz se viraram para trás. Kasim tinha dado alguns passos à frente.

– O pagamento – ele olhou para Dushkitri. – Por resgatar os kappas.

Sargasso olhou para Varna, que simplesmente deu de ombros, como quem não se importa.

– Que preço? – perguntou Sargasso.

Kasim se virou para Dushkitri, mas o quirurgião desviou o olhar. Ele parecia estar fazendo esforço para não olhar mais para os kappas, como se algo o deixasse desconfortável. Kasim suspirou, irritado.

– Uma madrepérola.

Sargasso inclinou a cabeça para o lado, como se tentando focalizar Kasim com o olho esquerdo. Fitou Porta-voz, que apenas olhava para o chão.

– Se é isso que quer – ele disse. – O julgamento foi feito.

Então estendeu a mão e deslizou as garras, profundamente, pela barriga de Porta-voz.

Porta-voz soltou um guincho de surpresa. Sangue escapou do corte profundo. O kappa caiu de joelhos, então de lado, incapaz de se manter de pé. Kasim deu dois passos para a frente, olhos arregalados. Chegou a levar a mão à espada, mas não a sacou. Olhava de Porta-voz para Sargasso sem saber o que fazer.

Porta-voz colocou as mãos sobre o ventre. Deu à luz pela última vez. Os pequenos olhos, sem foco, observaram a esfera irregular manchada do seu próprio sangue. Tinha uma cor leitosa brilhante, maravilhosa. Kasim podia ver as formas dos alevinos, mortos antes do fim da gestação, para sempre preservados em nácar.

O corpo do kappa tremia em convulsões. Estava sufocando, a cuba em sua cabeça vazia. A cada tentativa de puxar o ar, mais sangue escapava do ventre aberto. Ele riu, uma risada muito humana, a cauda batendo lenta, cada vez mais lenta, no chão empoeirado do ateliê.

– Olhe, Sargasso – ele conseguiu dizer. – Nossas filhas.

Sargasso colocou um pé sobre a madrepérola e arrancou-a das mãos de Porta-voz. Empurrou-a na direção de Kasim, então deu as costas e saiu sem sequer olhar para trás.

O kappa tinha pagado por ir contra a Corte de Mãe Hidra.

Capítulo 42

Vema tinha apenas seis anos quando viu Iraivana pela primeira vez. A mãe havia convencido o capitão da guarda de Naripuri a deixá-la subir com a menina até o alto da muralha. De lá a menina viu maravilhada o monstro caminhar sobre a cobertura de árvores da Floresta de Marfim em seis patas tão grossas quanto as torres das Três Grandes Artes. O monstro tropeçou com as patas da frente em uma árvore que crescera na direção errada. A boca capaz de engolir navios se abriu. Soltou um urro. Mais plantas a agarraram, tentando puxá-lo para baixo.

Do alto da muralha Vema também podia ver a gigantesca praça conhecida como Mercado Amarelo, diante do palácio real. Era grande o suficiente para acomodar o monstro de duzentos metros de comprimento com sobra.

Vema se lembrava de ver a barriga da criatura por baixo, quando ela passou por cima da muralha, e do gigantesco bloco de pedra onde a criatura se deitou. Lembrava-se dos custódios em seus trajes de corpo inteiro, sempre silenciosos, negociando tonéis de melaço e arroz, conchas e corais decorativos através de máquinas ligadas às suas cabeças. Mas a memória mais forte era do que acontecera quando ela dormira tarde da noite no colo da mãe.

Sentindo uma tontura, a menina fechara os olhos. Havia alguma coisa de errado.

Quando abriu os olhos estava de pé sobre o grande disco de pedra onde Iraivana costumava dormir. Mas não havia ninguém em parte alguma. A cidade de Último Refúgio estava silenciosa. Distante, além da muralha norte, podia-se ouvir o som de insetos na mata, os mesmos que Vema copiara para o sonho que estava tecendo mais cedo.

Sim, ela se lembrava disso. Ela não era mais uma menina, mas sim uma devota da Grande Arte da Mente. Estava tecendo sonhos para Nyx quando algo aconteceu. Ou foi depois disso?

A não ser que ela tivesse perdido a consciência por mais de duas semanas, ainda era o Festival da Cidadela Ambulante. Então não fazia sentido algum que o bairro estivesse vazio e silencioso. A única explicação era que ela estivesse sonhando.

Imaginou seu ateliê privado, o pedaço do Mundo dos Sonhos onde criava suas obras. Nada aconteceu. Imaginou uma lanterna para afastar a escuridão, imaginou o sol, imaginou-se despertar.

Nada.

Isso jamais havia acontecido desde que aprendera a controlar seus sonhos lúcidos.

O som de metal batendo em pedra chamou sua atenção. Olhou à sua volta sem conseguir discernir a origem do som. Era como um artesão esculpindo uma pedra.

De repente o som aumentou, como se viesse de diversos lugares ao mesmo tempo. Não era bem o mesmo som, mas o mesmo tipo de som. Cada um tinha cadência ligeiramente diferente, como se centenas de artesãos trabalhassem ao mesmo tempo.

Vema olhou para baixo e percebeu que sulcos surgiam por toda a superfície do disco de pedra, como se este fosse esculpido por mãos invisíveis. Desenhos e letras em uma língua parecida com a panjek, mas suficientemente diferente para ser incompreensível para ela começaram a surgir na superfície de granito. Vema já tinha percebido antes que o disco onde Iraivana dormia não era completamente liso, mas o tempo, clima e séculos de uso pelo colosso haviam gasto a superfície a tal ponto que, na maioria dos lugares, os entalhes pareciam pouco mais do que rachaduras parcialmente cobertas de sujeira. Agora se podia perceber uma sequência lógica, um padrão. Era como uma grande história contada em pedra, começando das bordas e descendo em espiral até um círculo liso no centro.

Sentada no chão no centro da pedra estava uma mulher usando uma túnica cor de terra. Mais incomum do que suas vestes era sua pele, tão branca quanto arroz.

Vema teve a impressão de que a conhecia, mas a escuridão da noite a impedira de vê-la direito. Os cabelos eram loiros como os de uns poucos estrangeiros que vira antes. Os dedos de uma mão traçavam espirais no pó que cobria o círculo de pedra.

Cautelosa para não pisar onde a pedra ainda estava sendo esculpida, como se temendo atrapalhar o trabalho, Vema caminhou na direção da mulher. À medida que se aproximava podia perceber o brilho prateado de pulseiras e tornozeleiras. O rosto estava oculto por trás do cabelo, a cabeça baixa.

– Com licença – disse Vema. Nada.

Vema parou bem próximo da mulher, exatamente onde os entalhes terminavam. As palavras fluidas como ondas, terminando em uma espiral em torno do círculo interno. O que pareciam ser espinhos saía das espirais para o interior, dando a impressão de uma armadilha fechando-se sobre sua vítima.

No centro do círculo, a mulher parou de desenhar, como se percebendo a presença de alguém. Quando olhou para cima não era jovem, mas sim uma senhora de sessenta anos ou mais, olhos verdes quase apagados em um rosto enrugado pela idade. Ela abriu um sorriso quase bobo, como o de um bebê.

Vema se abaixou para olhar o desenho. Era impressionante, parecendo uma moita de espinhos de onde nascia uma única flor perfeita. A senhora voltou a desenhar, completando os detalhes do espinhal. Foi quando a onironauta percebeu que não eram joias que usava. Fios de seda prateada prendiam os pulsos e as pernas da senhora ao círculo, limitando seus movimentos. Apesar disso, ela apenas mantinha aquele sorriso tolo no rosto, desenhando sem parar.

Quem tinha feito aquilo?

Vema olhou novamente à sua volta. O som dos artesãos havia desaparecido, seu trabalho completo. Tentou ler os desenhos, as palavras em letras onduladas, mas não conseguiu nada útil. Procurou no sari por alguma coisa. Uma faca, uma lasca de pedra. Imaginou-as em suas mãos, no chão. Imaginou a teia desfazer-se como folhas secas. Nada funcionava.

Então resolveu tentar com as próprias mãos.

– Eu não me aproximaria muito.

Vema saltou assustada. Não tinha percebido que havia mais alguém ali.

De pé do lado de fora do disco de pedra estava um homem de pele negra usando uma toga vermelha aberta. O cabelo era raspado rente ao crânio. Tinha em uma mão uma lança com ponta de ferro e na outra um escudo comprido feito de couro pintado e decorado com plumas e dentes. Uma espada curta pendia de uma corda amarrada na cintura.

– Você não quer correr o risco de libertá-la.

Vema se voltou para a senhora. Ela parecia estar cantarolando uma música bem baixo enquanto continuava seu desenho.

– Ela não parece muito perigosa.

– Nada por aqui parece tão perigoso quanto realmente é. E você deveria saber disso.

Vema se afastou da senhora sem se virar totalmente de costas até chegar perto da borda do disco. De perto podia ver as cicatrizes rituais no rosto do guerreiro. Isso o identificava como um nômade Surna de Myambe. As cicatrizes rituais eram apenas parte do que marcava o rosto jovem. Era claro que aquele homem havia visto e vivido muito apesar da pouca idade.

Um adolescente usando um sarongue branco e túnica de um amarelo desbotado estava sentado no chão, os joelhos perto do peito. Tinha as mãos na boca, como se tentando fazer-se calar. Não funcionava. Ele murmurava alguma coisa sem parar, como se repetindo um mantra. O corpo balançava para frente e para trás.

– Não ligue para ele. Pelo menos agora não está gritando.

– Quem são vocês?

O guerreiro deu de ombros.

– Sonhadores, acho. Não tenho bem certeza.

– Então eu estou sonhando.

– Não estamos todos?

– Sim, mas eu não deveria estar aqui. Pelo menos não sem controle.

– Nunca tivemos o controle. É tudo uma ilusão que eles criaram para nos enganar.

– Eles? Eles quem?

– Nardin.

Vema levou algum tempo para perceber que o chamado viera do garoto. Ele estava finalmente parado, olhando fixamente para um ponto além de Vema.

– Eles estão vindo.

O guerreiro respirou fundo, então bateu três vezes com a lança no escudo, pontuando aquilo com um som gutural do fundo da garganta, como um desafio a um inimigo.

Uma névoa quase tão escura como fumaça e fuligem começava a cobrir o chão.

– Tem sido assim desde cedo – explicou o guerreiro. – Antes, apenas observavam de longe, como se esperando por alguma coisa. Mas desde esta manhã eles estão avançando.

Vema não entendia a quem o guerreiro se referia. Então percebeu movimento sob a névoa, como tubarões sob a superfície da água. Aos poucos ela identificou corpos ovalados, longas pernas e mandíbulas venenosas. Eram milhares de aranhas feitas de fumaça amontoando-se na direção do disco.

– Estão cada vez mais agressivas, sabe-se lá o porquê.

Uma das aranhas se desgarrou do grupo e avançou apenas para ser perfurada pela lança do caçador. O corpo estremeceu, então se desfez em fumaça, que recuou para o grupo, onde voltou a ser uma aranha. Cambaleante, ela desapareceu entre as companheiras.

O guerreiro Surna fincou a lança no chão e sacou a espada.

– Vá. Eu fico de olho neles.

Por um instante o guerreiro mudou. Seu rosto envelheceu, seus cabelos cresceram, assim como sua barba. Era grisalha, suja e ensebada, como alguém que dormia nas ruas. Era estranhamente familiar. Ele a olhou de sobrancelha erguida.

– O que você está esperando? Ande!

Vema começou a se afastar, temendo virar as costas para a cena. A massa impossível de aranhas se acumulava como uma onda. Elas pareciam cautelosas, como se soubessem o risco de enfrentar Nardin.

O guerreiro agarrou o braço do menino, forçando-o a se levantar.

– Levante-se, garoto. Chegou a hora.

O rapaz parou de murmurar, os olhos subitamente lúcidos. Engoliu em seco, mas tomou posição ao lado do companheiro. Com um movimento das mãos fez subir uma barreira de rocha sólida em torno do disco de pedra e da senhora que continuava a desenhar. A rocha se tornou vermelha como brasa. As aranhas se afastaram da muralha e avançaram contra o mercenário e o garoto.

Vema foi engolida pela névoa a tempo de ver Nardin saltar sobre uma onda de aranhas de fumaça brandindo sua espada.

Capítulo 43

Vema caminhou pela névoa por sabe-se lá quanto tempo. O Mundo dos Sonhos não costumava ser assim tão nebuloso. Sempre havia alguém sonhando e, mesmo que não estivesse, tudo aquilo que criava permanecia no sonho por muito tempo antes de se dissolver ou ser moldado em outra forma. Era exatamente por isso que sonhadores costumavam revisitar os mesmos lugares, e não raro o mesmo lugar estava nos sonhos de mais de uma pessoa.

Mas lugares assim, sem forma definida, deveriam existir apenas na suposta orla do Mundo dos Sonhos, onde não havia sonhadores. Antigamente ela era definida pelo oceano em torno de Panjekanaverat. Desde a chegada dos estrangeiros, era tecnicamente possível saltar de sonho em sonho, como se por uma corrente de ilhas espalhadas pelo vazio, e alcançar terras distantes. Vema nunca o tinha feito com medo de não encontrar o caminho de volta.

Sentiu uma pontada forte na nuca. Explorando com a mão, não encontrou a razão. Queria que a dor parasse, e talvez a única forma fosse encontrar Nyx.

A névoa se abriu diante dela ao mesmo tempo que a dor aguda passou. Estava ainda no Descanso do Colosso, e à sua frente estava uma gigantesca tenda verde erguida como um pavilhão de festa. Bandeiras estavam hasteadas diante da entrada, igualmente verdes, trazendo o padrão de linhas ramificadas em uma árvore de veias espinhosas da Arte da Carne. Era a mesma tenda que visitara quando criança e que vira diversas vezes durante o Festival.

Aproximou-se do lugar, percebendo que não havia guardas. No interior, nenhum convidado. Mesas enormes cheias de comida e jogos de chá ocupavam um lado do pavilhão. Uma jaula para pássaros permanecia vazia, assim como os instrumentos musicais colocados ao lado. Sem ninguém, o lugar parecia ainda maior do que Vema podia lembrar de sua infância.

Sentiu um cheiro no ar, como se alguém estivesse cozinhando

arroz doce com muito açúcar e canela. Vema se sentiu compelida a seguir o cheiro, passando por almofadas espalhadas pelo chão e um falso portal de pedra. O cheiro ficava mais forte em uma seção separada do pavilhão de onde uma fumaça colorida escapava pelo solo. Deitado na entrada estava um monstro em forma de cão.

Vema congelou imediatamente. O monstro tinha dentes negros pontiagudos em um focinho alongado, as garras eram afiadas como adagas e o corpo era alongado e negro. Não tinha pelos, mas sim alguma outra coisa que Vema não sabia definir, profunda e quase hipnotizante como o vazio.

O animal ergueu a cabeça, as orelhas alerta. Olhos amarelos a observara em silêncio. Da última vez que Vema vira um desses monstros, a criatura quase matara Sahir e três mercenários bem armados. Acabou por partir apenas quando matou o pesadelo que vinha caçando, e que Sahir havia inadvertidamente capturado em um bulbo de vidro.

Satisfeito por qualquer razão, o monstro baixou a cabeça e voltou a fechar os olhos. Vema duvidava de que estivesse mesmo dormindo.

Uma mão feminina surgiu por entre as cortinas, chamando Vema para entrar.

Cautelosa, Vema passou ao lado do monstro para dentro da área isolada do pavilhão.

Uma figura usando sari verde decorado com desenhos dourados estava sentada de pernas cruzadas nas almofadas que cobriam todo o chão do recinto. Os braços estavam descobertos, revelando um padrão complexo de tatuagens que falava de uma linhagem antiquíssima e muito próxima do *mahasavanshy* do Grande Reino. Falava de feitos de antepassados e presentes.

Do rosto, pouco se podia ver. A cabeça estava coberta por uma espécie de touca alta, o rosto parcialmente oculto por um véu de seda. Vema tinha a impressão de ver um corpo feminino por baixo do sari, mas não tinha certeza. Jamais havia visto uma mulher panjek.

Ela apontou para as almofadas diante dela, indicando que se sentasse. Vema obedeceu sem pensar.

– Você é Incógnita, a *maharashan* da Grande Arte da Carne.

Vema inclinou a cabeça e ergueu sua mão direita para apresentar-se. A tatuagem em sua própria mão era minúscula e simples em comparação àquela da panjek.

– Não há necessidade de formalidades – disse a panjek, fazendo um gesto com a mão como quem descarta algo. – Somos irmãs aqui.

Tudo nela era intrigante. Não era apenas o fato de que era a primeira mulher nativa que Vema jamais vira, mas era uma *maharashan*. Na única vez que a vira, a *maharashan* quirurgiã usava um manto verde cobrindo-a dos pés à cabeça. Na época, a visão de sua figura tão alta coberta com o tecido pesado, cheia de complexos detalhes em dourado e pedras preciosas, tinha sido impressionante. Vê-la assim, conversar com ela, era magnífico e certamente uma honra.

– Você está em coma.

Vema foi pega de surpresa pela forma grosseira e desinteressada com que a *maharashan* dissera aquilo. Ao menos isso explicaria por que não conseguia despertar ou controlar seus sonhos. A dor na nuca voltou a atormentá-la.

– É temporário, não se preocupe. Um amigo muito competente está cuidando de você. Está também fazendo algo especial, por todos nós.

A pressão na nuca passou. Por alguma razão Vema tinha a impressão de que sua anfitriã se referia àquilo.

– Especial como?

– Não a trouxe aqui para falar sobre isso, mas sim para contar-lhe uma história que esclarecerá o que está acontecendo há séculos, oculto dos olhos de todos nós. É a história de um jovem chamado Ratna Durga, Naripuri e o fim do Grande Reino Infindável.

Incógnita ficou em silêncio. Sua postura parecia ter se derrotado, como se estivesse cansada e, ao mesmo tempo, houvesse tirado dos ombros um peso enorme. Ela se apoiava no chão com uma mão que tremia ligeiramente.

Vema percebeu que os detalhes do sari da Incógnita não eram dourados, mas sim amarelos. Havia elementos discretos que remetiam à simbologia onironauta escondidos entre aqueles da Arte da Carne. Quando Vema olhou surpresa para o rosto oculto da mestre quirurgiã, ela percebeu o sorriso por trás do véu.

Incógnita ergueu uma mão, e nela havia uma pérola enorme. O reflexo das duas aparecia distorcido na superfície leitosa. Sem pensar, Vema tocou a pérola e entrou na memória da *maharashan* da Carne.

O *mahasavanshy* de Panjekanaverat abriu um sorriso apropriadamente discreto, as mãos tocando a escultura viva com uma reverência normalmente relegada às antigas obras da Narrativa dos Reis.

O sorriso de Dushkitri foi três vezes maior, as mãos apertadas diante do rosto, os dedos se movendo agitados, escondendo o comportamento impróprio em público. Ele estava orgulhoso de sua mais nova criação e da reação do grande rei.

Ratna Durga olhou para os dois outros panjek que acompanhavam a apresentação. Mestre Iswara estava visivelmente irritado. Acabara de apresentar sua nova criação, os guerreiros invencíveis a quem chamava kesatria. O interesse do jovem rei durou o tempo que levou para estudar a bateria taumatúrgica implantada no peito de um dos guerreiros. Era, realmente, algo maravilhoso. Segundo o mestre taumatúrgico, aquela bateria era capaz de manter uma pessoa viva para sempre.

Mas o *mahasavanshy* riu, fazendo piada.

– Imagine ter de viver para sempre com essa coisa horrível saindo de seu peito. E se um dia eu quisesse mudar? Parecer algo diferente?

– Os kesatria não ligam para isso, vossa Onipotência. Retiramos sua capacidade de sentir ou desejar qualquer coisa.

– Mas eu ligo.

Já da obra de Dushkitri, o *mahasavanshy* não tinha muito a reclamar. Pareciam faltar-lhe palavras. Uma lágrima brotou no rosto do jovem líder do Grande Reino Infindável. Dushkitri estremeceu de êxtase.

– É um trabalho espetacular – disse finalmente o *mahasavanshy*. – Não acha, Mestre Nyx?

O *maharashan* da Mente estava calado desde o início da audiência, olhando para o chão e os cantos não iluminados pela luz do sol que penetrava as gigantescas portas ogivais que decoravam as paredes ou pelos fogos-fátuos distribuídos em lanternas pelo grande salão. Era o olhar que Ratna já havia visto inúmeras vezes nos rostos de jovens onironautas aprendendo os mistérios dos sonhos.

Nyx ergueu o olhar, de certa forma triste, como se incerto sobre algo. Forçou um sorriso e concordou com a cabeça, sem parecer ter ouvido o que dizia o rei. A reação preocupou até mesmo o monarca.

– O que foi, Aquele que Tudo Vê? Não parece bem.

Dushkitri fez um barulho de desdém com os lábios, dispensando a reação com um gesto da mão.

– Inveja, decerto, do quanto vossa Divindade aprecia meu presente para seu aniversário.

O *maharashan* dos Planos reagiu quase que com uma explosão, como se estivesse já por tempo demais segurando uma resposta.

– De que servem suas esculturas? São elas capazes de proteger a

Linhagem Pura? Destruir os inimigos do Grande Reino Infindável sem titubear? Expandir seus poderes além-mar?

O *mahasavanshy* ergueu um dedo, silenciando uma resposta de Dushkitri.

– Expandir além-mar – disse o rei, caminhando pelo salão, perdendo de repente o interesse na escultura feita a partir dos corpos de dois aristocratas recentemente mortos por causas naturais. Ela se contorcia sempre que alguém falava por perto, a cabeça dupla da escultura se virando como se para ouvir segredos que não eram seus, assim como seus donos originais eram famosos por fazer. – Mestre Nyx, tive uma visão maravilhosa enquanto dormia.

Nyx ergueu a cabeça, a testa franzida. Para a surpresa de Ratna, ele não esboçara reação nenhuma diante da provocação usual de Mestre Dushkitri, nem parecera interessado em atacar Mestre Iswara. A falta do terceiro eixo da já notória briga entre os mestres das Três Artes deixou Ratna incomodado.

– Uma visão, vossa Magnanimidade?

– Sim, sim! – O rei chegou ao lado de Nyx e enganchou seu braço no do mestre da Mente. – Eu liderava o Grande Reino Infindável além do Deserto Ondulante até terras distantes e desconhecidas. Havia um reino de seres de pele negra e corpos musculosos como um Deva guerreando por deuses que não existem, e outro reino, mais além, onde uma floresta maravilhosamente verde cobria toda a terra, escondendo seres tão mágicos quanto os seres de Danu.

– Absurdo! – declarou Iswara, olhando de um lado para o outro. – Panjekanaverat é única em todo esse mundo. Se existisse qualquer coisa além dos mares, a Corte de Mãe Hidra já teria relatado o fato.

– Será? – questionou o rei, olhando por sobre o ombro, enquanto guiava Nyx em direção à enorme sacada sobre o Mercado Amarelo. – Será que não escondem os fatos, temerosos de que nós busquemos aliados em outras terras? Não seria possível que Pai Dagon e sua odiosa prole venham há séculos afundando navios indo e vindo de Panjekanaverat e, portanto, isolando-nos do mundo além mar?

O taumatólogo olhou para o quirurgião, como se esperando que ele dissesse algo. Ambos tinham certo receio sobre a recente proeminência do onironauta nas boas graças do *mahasavanshy*. O jovem monarca era fascinado pela ideia de criar memórias falsas durante o sono e vez ou outra falava de visões fantasiosas sobre mundos impossíveis.

Ratna colocou uma mão sobre o ombro de seu mestre, que olhava pensativo uma de suas esculturas. Os tentáculos em seu topo dançavam lentamente, como em uma maré invisível, enquanto as três enormes cascas de ostra que formavam seu corpo abriam e fechavam lentamente. Dushkitri trouxe o tema do mar à escultura para simbolizar a ligação do Grande Reino com a Corte, indiretamente lembrando ao *mahasavanshy* a importância do próprio Dushkitri, que dera à Mãe Hidra sua liberdade.

– Mestre?

– Posso criar esses seres, caso o senhor deseje – disse Dushkitri, voltando-se para o rei. – Posso tornar qualquer um de seus pensamentos realidade.

– Mas será que é necessário criá-los? – perguntou o rei, pisando na claridade do dia lá fora. – E se eles realmente já estiverem lá fora esperando serem conquistados? Imagine isso, cidades repletas de máquinas, mas nenhuma delas dependente de taumaturgia! Grandes rodas dentadas ligadas por tiras e correntes, movidas pela própria natureza!

– Vossa Sapiência não pode realmente crer nessa sandíce! – desesperou-se o taumatólogo, correndo para alcançar o monarca.

Dushkitri fez um sinal para que Ratna o seguisse enquanto caminhava na direção da sacada. O aprendiz apressou o passo até ficar ao lado do mestre. A expressão no rosto de Dushkitri dizia que ele estava tendo uma ideia.

– O jovem *mahasavanshy* parece bem encantado com suas visões.

– Creio que é fácil ficar fascinado pelo que sua imaginação permite criar.

– Exatamente.

Dushkitri andava com passos propositalmente curtos, para ter tempo de chegar a uma conclusão de como prosseguir antes de alcançar a sacada. Do lado de fora, Iswara agitava os braços, mostrando as maravilhas criadas pelos taumatólogos, comparando o real ao imaginado.

Ninguém podia discordar do mestre taumatólogo, apesar de seu ar pomposo e superior. Foram os especialistas na Arte dos Planos que trouxeram a este mundo muitas das facilidades de que ele dependia. Os jardins do palácio em Naripuri eram repletos de plantas e animais trazidos de outros mundos. As ruas das grandes cidades eram iluminadas por fogos-fátuos capturados, e máquinas movidas a baterias taumatúrgicas mantinham as ruas limpas e seguras.

Para os quirurgiões como Ratna e seu mestre ficava a capacidade de fazer arte com carne, pele e ossos. Selar ferimentos e curar doenças era secundário. Todo panjek esperava ser capaz de viver por mais de um século e ser curado de praticamente qualquer coisa além da própria morte, e mesmo ela era relativa. Mas era a arte milenar da Carne que lhes permitia a individualidade. Em um mundo onde todos que importavam eram idênticos, a capacidade de moldar a forma que desejasse o tornava um rei. Membros de linhagens importantes por todo o Grande Reino, até mesmo os herdeiros dos Reinos Partidos, vinham até Naripuri para serem moldados pelas mãos de Dushkitri. Ratna tivera a honra de muitas vezes auxiliar seu mestre, primeiro terminando detalhes como a cobertura de pele sobre uma nova estrutura óssea, ou o implante de cabelos e escamas em pontos específicios. Nos últimos trabalhos pudera até mesmo criar por conta própria, adicionando elementos aos projetos criados pelo mestre quirurgião. Entre as esculturas da coleção dada de presente ao *mahasavanshy* havia duas totalmente projetadas por Ratna. Em breve, ele acreditava, seu projeto de um novo makara de carga seria aprovado para produção em massa.

Quando aos onironautas...

– É isso que o *mahasavanshy* quer. Ele quer criar em sua mente. Quer se aventurar por conta própria, sem risco algum. Quer seu próprio mundo particular.

A afirmação pegou Ratna de surpresa.

– Ele é o senhor do Grande Reino Infindável!

– Rei de um reino que já fora conquistado seis gerações antes dele. Ele não vê vantagem alguma nisso.

– Isso soa... Absurdo. Por que alguém apreciaria a mudança?

– Pelo mesmo motivo pelo qual somos tão regiamente pagos para esculpir os mais poderosos aristocratas. No fundo, todos buscam algo de diferente.

– Mas de uma forma controlada.

O *mahasavanshy* se virou para os quirurgiões e abriu um largo sorriso, quase obsceno.

– Venha, Pai dos Kappas! – ele gritou, acenando. – Venha ver as maravilhas do meu reino!

Dushkitri inclinou a cabeça ligeiramente, então se voltou para Ratna.

– Descubra o que puder sobre a criação de memórias. Descubra como elas funcionam.

– Mestre?

– Vou dar ao *mahasavanshy* o presente que ele tanto deseja.

Com um sorriso, Dushkitri deu as costas para seu aprendiz e juntou-se ao rei e os outros dois mestres.

Ratna observou com indecisão os quatro panjek mais poderosos do mundo conversando sobre amenidades. Enquanto isso, tentava compreender o que seu mestre esperava fazer. Poderia qualquer um, mesmo o Mestre da Arte da Carne, dar ao *mahasavanshy* o dom de criar memórias durante o sono? E que vantagem teria ele em fazê-lo?

Claro. Seria a Arte da Carne a permitir que o *mahasavanshy* do Grande Reino Infindável se tornasse um criador de pensamentos. Era o presente que o jovem rei mais queria. E, mais do que tudo, era seguro. Aquele presente deixaria Dushkitri mais próximo do *mahasavanshy* e, ainda assim, manteria o monarca sob controle, evitando que tomasse alguma decisão drástica como investir fortunas em uma expedição além-mar fadada ao desastre.

Compreendendo a importância de seu trabalho, Ratna Durga deu as costas para a sacada, segurou o sarongue para evitar tropeçar e acelerou o passo na direção da saída do palácio.

Tinha muito trabalho pela frente.

Capítulo 44

Ratna Durga respirou fundo, sentindo o ar gelado e o cheiro doce de incenso, então deu um passo para dentro da Incubadora. Sentiu como se atravessasse uma película leve que se rompia ao toque, apenas para se refazer atrás dela. Soltou o ar, vendo sua respiração se condensar em uma névoa branca similar àquela que abraçava o chão da câmara. Havia algo de místico naquele lugar, mais frio do que qualquer outro lugar em toda Panjekanaverat, mantido assim pelo bem do Grande Reino Infindável.

Lambendo os lábios ressecados, esfregando os dedos uns nos outros, empolgado pela chance de tocar o mais impressionante de todos os projetos já criados por um panjek, Ratna começou a caminhar pelo corredor coberto de cabos e tubos de cobre que mantinham a câmara nas condições necessárias. Havia um zumbido distante, irregular, acompanhado do som de pistões movendo-se lentamente. Não havia mais nada. Ratna podia ouvir o som de sua própria respiração e de sua sandália raspando o chão. Parou, prendeu a respiração, temendo estar ofendendo a Linhagem Pura.

Não havia outra alternativa, não é? Ele tinha um dever a cumprir, um dever requisitado pelo próprio *mahasavanshy*! Engoliu em seco, expirou e voltou a caminhar com passos cautelosos, as mãos mantidas próximas do peito, diante do corpo, para evitar esbarrar em qualquer dos aparelhos delicados.

O corredor se abriu para a câmara em si, maior do que ele podia ver. Era um domo com a maioria dos antigos templos que ainda decoravam Panjekanaverat, com um disco de bronze e cobre no ponto mais alto, onde estava o símbolo que representava a linhagem do *mahasavanshy* e o Ser Original. Mais do que uma questão estética e religiosa, aquele disco de metal era a chave daquele lugar, mantendo-se como um selo entre este universo e o universo primordial de onde veio o primeiro panjek.

Ratna olhou à sua volta. Era impossível ver o outro lado da câmara, não por ela ser grande demais, mas devido às dezenas de úteros de metal e vidro dispostos na forma de anéis concêntricos do perímetro do domo até seu centro. Cabos de cobre e linho ligavam os aparelhos a uma rede de baterias taumatúrgicas. Em caso de falha, havia sempre ao menos uma sobressalente para evitar dano a um dos adormecidos.

Ratna caminhou até o útero mais próximo, passando os dedos de forma reverencial no vidro. Ele estava úmido. No interior, boiando em líquido aminiótico, estava um jovem panjek. Permanecia dormindo, graças aos eletrodos inseridos em seu crânio, até atingir a adolescência. Um aparelho monitorava seu sono, eliminando pesadelos assim que os parasitas eram detectados. Memórias tecidas pelos melhores onironautas do Grande Reino eram inseridas regularmente da máquina e consumidas com grande voracidade pelos futuros cidadãos de Panjekanaverat. Quando finalmente despertassem pela primeira vez, já teriam todo o conhecimento necessário para tornarem-se membros ativos da sociedade.

Ratna voltou-se para o centro da câmara, onde estavam adormecidos os panjek da Linhagem Pura e a mais importante peça deste sistema.

A matriz original, retirada do primeiro *mahasavanshy* do Grande Reino, aquele que conquistou os Reinos Partidos e unificou Panjekanaverat, havia sido perdida muito tempo atrás para uma infecção. Por alguns séculos, os mestres das Três Artes começaram a usar o sangue do *mahasavanshy* corrente ao invés daquele deixado pelo Ser Original. Levou quatroze gerações para perceberem que o processo levava à degeneração dos herdeiros, o que causou a morte inesperada do antecessor do atual monarca por uma doença que o comia por dentro. Quando descobriram o problema, a maioria de seus orgãos internos e ossos já estavam negros e não havia como salvá-lo. O antigo Mestre da Carne se sentira tão culpado que se entregara ao sacrifício nas garras de uma de suas próprias criações. Deixara claro para seu aprendiz, Dushkitri, que seus restos mortais deveriam ser queimados e as cinzas enviadas para outro plano de existência, pois ele não era digno nem de ser imortalizado em uma escultura viva, nem de ser misturado ao ar e à terra do Grande Reino Infindável.

Se a matriz da Linhagem Pura não era mais a mesma, se ela havia sido modificada de forma a eliminar potenciais erros e futura degeneração de herdeiros, que mal havia em modificá-la mais uma vez, para tornar este e os futuros *mahasavanshy* capazes de criar com suas mentes?

Ratna ouviu o suspiro de tecido raspando no chão. Um sussurro. Prendeu a respiração, ficando imóvel. Um panjek vestindo túnica amarela surgiu por entre os úteros. Ele carregava algo em suas mãos e parecia cochichar consigo mesmo enquanto observava o objeto. Os trajes e a expressão no rosto deixaram claro para Ratna quem era apesar da penumbra e da névoa.

– Mestre Nyx?

Nyx se deteve, visivelmente irritado com a surpresa.

– O que você faz aqui?

– Aquele que Tudo Vê, perdão! O senhor me pegou desprevenido.

Ele riu. Era um sorriso estranho, incerto, os três olhos tristes. Guardou o objeto que carregava em um bolso da túnica.

– Este título parece uma maldição, é isso que eu digo. Você não respondeu a minha pergunta.

– O *mahasavanshy* deseja que Mestre Dushkitri o torne um sonhador. Vim estudar a matriz da Linhagem Pura.

Nyx arregalou os olhos, a boca tremendo como se não soubesse o que dizer. A mão foi ao bolso onde guardara o objeto. Gaguejou antes de conseguir dizer algo.

– Você não pode fazer isso!

Ratna engoliu em seco, sem saber como reagir. Baixou a cabeça, fechando os olhos.

– Sinto muito, Aquele que Tudo Vê, mas é a ordem do *mahasavanshy*, aceita diante dos mestres da Carne e dos Planos.

O olhar combativo de Nyx voltou a ser aquele submisso dos últimos dias. Ele se virou, olhando para longe sem realmente nada ver.

– Claro... claro... Devia ter imaginado que ele faria isso. Estaria eu atrasado, então?

– Senhor?

– A mudança – ele se virou de súbito para os úteros da linhagem real. – Já foi feita?

– Não, senhor. Vim apenas conhecer a Incubadora, fazer algumas leituras. Jamais trabalhei com indivíduos tão jovens antes.

– Você fará o procedimento?

– Não! Digo, fui incumbido de auxiliar Mestre Dushkitri no projeto e na quirurgia, claro.

Nyx deu um sorriso triste, concordando com a cabeça, como se entendendo o que Ratna não dizia.

– Ele não faz mais o trabalho, não é? Coloca seus aprendizes para fazê-lo. Sei como é. Eu mesmo caí nessa armadilha uma vez, e temo que todo o Grande Reino pague por isso.

O mestre da Mente caminhou arrastando as sandálias de pano pelo chão. Parou diante dos úteros reais, deslizando as unhas pelo vidro. Se Ratna havia feito o mesmo com admiração e reverência, o olhar no rosto de Nyx era de pena e tristeza.

Nyx voltou sua atenção para uma das esferas de memórias sendo alimentada no útero. Passou as unhas pelas superfícies de vidro. A memória lá dentro pareceu reagir a ele, fiapos de fumaça tentando tocar as pontas de seus dedos através do vidro.

– Depois que você visita este lugar vezes o suficiente, começa a ver coisas que ninguém mais vê.

Ratna olhou à sua volta. Tinha certeza disso. Não era qualquer um que tinha permissão de vir até a Incubadora. Sua presença naquele lugar era como representante do Mestre da Carne e nada mais. Podia apenas imaginar como visitar aquele lugar iria mudá-lo. Tinha literalmente visto o futuro do Grande Reino!

O Grande Reino Infindável se mantinha com uma população sempre constante, com base no cálculo feito pelos mestres das Três Grandes Artes para manter a paz e a constância. Quando um panjek morria, um novo era desperto e educado. Poucos eram aqueles que tinham o direito de manter suas próprias linhagens. A linhagem Durga era uma delas e já existia havia séculos, desde que um ancestral seu liderou a revolta que derrubou o último dos Reinos Partidos. Ratna fora despertado para substituir um quirurgião renomado da linhagem Durga e, portanto, muito era esperado de seus feitos. Fora provavelmente isso que dera a Ratna sua posição ao lado de Dushkitri.

Ratna se assustou ao sentir Nyx agarrar seu braço. Ele o fazia com tanta força que suas longas unhas se fincavam na pele de seu braço através da túnica.

– Ouça, jovem, vá embora. Pegue tudo que tem e parta de Naripuri. Vá para o mais longe que puder. E não sonhe! Não, não negue. Eu posso ver nos seus olhos, consigo sentir. É visível na sua pele, na expressão no seu rosto. Há um... relaxamento que só se obtém indo além deste mundo. Você esteve lá, não esteve?

Ratna tremeu. Ele tinha pago onironautas para ensinar sua arte, para mostrar como entrar no estado elevado da mente e ver o mundo além daquele mundo. Teria algum deles revelado tudo para Nyx?

Nyx respirou fundo. Soltou o braço de Ratna e afastou-se, balançando a cabeça.

– Fique longe daquele lugar!

Ratna observou Nyx desaparecer entre os úteros de metal e vidro. No caminho para fora da Incubadora, tirou do bolso o tal objeto e voltou a murmurar consigo mesmo. Ratna ficou irritado. Talvez Iswara estivesse certo e Nyx realmente tivesse medo de que o projeto do Mestre da Carne pusesse em risco seu papel como Mestre da Mente. Tentar amedrontá-lo, dizendo que os sonhos eram perigosos! Ele só não conseguia aceitar que alguém que não era formalmente treinado em sua Arte pudesse fazê-lo por conta própria.

Ratna sorriu largamente, cobrindo os lábios e olhando à sua volta para ter certeza de que estava só. Descobriu a boca, deixando o sorriso revelado, e voltou a tomar anotações para o projeto que mudaria sua vida.

– É por isso que nunca vi crianças panjek.

Vema desviou o olhar para as almofadas espalhadas pelo chão. Subitamente o mito da criação fazia sentido. Um Ser Original dando vida a criações idênticas, um processo que dependia das Três Grandes Artes para funcionar, criando cópias perfeitas a cada nova geração.

Sem Naripuri, era claro que existia outra Incubadora.

Mais do que isso, aquilo tudo explicava, também, como os panjek atravessaram a Cerca Viva após a destruição de Naripuri. Ou melhor, como não tinham atravessado.

– São todos novos. Todos os panjek. Foram criados aqui em Último Refúgio, na incubadora escondida sob a Kulshram.

Incógnita sorriu.

– Fizemos novos cálculos, adaptados à chegada de seus ancestrais. O material que tínhamos na Kulshram de Último Refúgio era mínimo. Enquanto existiam uns poucos panjek vivendo aqui, praticamente todos de linhagens impuras, não existiam líderes. Perdemos a matriz da Linhagem Pura.

Então com a queda do Grande Reino o povo panjek foi à beira da extinção. Era ainda pior que para os povos de Melkat e do Vale. Não eram apenas refugiados de uma guerra. Eram filhos de uma espécie morta. Quantos panjek existiam hoje? Dez mil? Centenas? Quantos viviam desde antes da queda de Naripuri?

Vema voltou sua atenção para a mestre quirurgiã.

– Mas Nyx e Iswara escaparam.

– E Dushkitri. E eu.

Incógnita ergueu a mão com a pérola. Vema voltou ao passado novamente.

Capítulo 45

Os três gigantescos espigões estavam finalizados. Erguiam-se dezenas de metros para o ar, curvando-se como se suas pontas quisessem se tocar no alto, sobre o palácio real. Não o faziam. Havia um espaço grande entre as três pontas, cujo perímetro era delimitado por um anel de bronze.

De onde estava, Ratna podia ver emaranhados de cabos subindo as estruturas até o topo e uma dezena de cápsulas de vidro onde fogos-fátuos haviam sido aprisionados. Pela quantidade de baterias taumatúrgicas, era de se imaginar que o aparelho precisaria de muita energia.

Haviam-se passado cinco meses desde que Dushkitri e Ratna fizeram a quirurgia no *mahasavanshy*. A mudança era óbvia. O jovem monarca se tornara mais seguro, de certa forma até mesmo mais presente. Passava horas isolado em pensamento, estudando a mnemoteca e lugares ainda mais antigos. Tinha um plano em mente. Um que não compartilhava com ninguém.

– O que faz essa máquina, Desbravador de Mundos?

Dushkitri olhou de relance para Ratna, mas não o repreendeu pela clara adminiração em sua voz. O sorriso no rosto de Iswara era quase além da etiqueta.

– Ah, mas vocês verão em breve! Sua Onipotência deseja que seja uma surpresa para todos!

– Vejo que colocou dezenas de baterias taumatúrgicas. Não seria mais eficiente utilizar um portal para o Shakti e sugar de lá sua energia?

Iswara desviou sua atenção de sua criação para Ratna, então para Dushkitri. Tinha um discreto sorriso de canto de boca, de quem acha curioso o interesse e conhecimento de alguém por taumatologia. Era, também, uma forma silenciosa de atacar Dushkitri por ter despertado o interesse de um de seus aprendizes.

– Não imaginava tanto conhecimento vindo de um quirurgião.

Ratna percebeu que talvez houvesse falado demais. Olhou para seu mestre, baixou o olhar, mas, mesmo assim, respondeu.

– Algum conhecimento sobre taumaturgia é sempre bem-vindo na criação de certos aparelhos de uso quirúrgico.

Seu mestre veio ao resgate com um gesto de mão e um tom desdenhoso.

– Você bem sabe que construímos e utilizamos nossas próprias ferramentas.

– Claro, claro! Já tive a oportunidade de examinar uma de suas máquinas pensantes.

O tom deixava clara sua opinião sobre o que vira. Dushkitri não aceitou a isca. Insatisfeito, Iswara continuou sua explicação.

– A quantidade de energia seria, sim, viável com o uso de um portal transdimensional, similar o que usamos em nossos kesatria – disse ele, apontando para um dos soldados imóveis que protegiam o terraço. – Mas é necessária a energização de toda a superfície de todos os três espigões para que o topo seja ativado, tudo de forma homogênea, o que levaria tempo demais e ultrapassaria a data limite imposta pelo *mahasavanshy*. Da forma que o projetei foi viável alcançar a data e, em caso de flutuação, outras baterias podem suprir qualquer eventual falha.

– Mas, caso haja uma falha crítica, como diversas das baterias romperem, isso pode causar a instabilidade do aparelho.

– Isso aconteceria também se usássemos um portal como bateria.

– Não, porque, no caso do portal, ele seria fechado imediatamente, cortando o fluxo de energia para todo o aparelho, dessa forma evitando o mau funcionamento.

Dushkitri deu um sorriso, o maior que Ratna já vira nos quase dez anos em que conhecia seu mestre. A expressão no rosto de Iswara era o exato oposto.

– Você realmente deseja questionar a maior maravilha taumatúrgica criada pelo Mestre da Arte dos Planos em pessoa? Um mero aprendiz de quirurgião?

Ratna percebeu dois dos aprendizes de Iswara conversando em voz baixa. Estavam claramente assustados com alguma coisa, possivelmente o que ele dissera. Talvez o Mestre Taumatólogo também tivesse deixado seu trabalho nas mãos de seus aprendizes.

Ratna baixou a cabeça e ergueu a mão em sinal de submissão. Iswara pareceu contente com isso. Bufou e deu as costas, caminhando a passos largos até o *mahasavanshy*.

O projeto da construção dos espigões levara meses e terminava com o início do Festival da Cidadela Ambulante.

Nyx não estava em lugar algum. Alguns aprendizes de túnica amarela estavam por perto, representando seu mestre, mas dizia-se à boca pequena que Nyx abandonara a corte, escondendo-se no Templo da Mente. Seus aprendizes pareciam desconfortáveis com a exposição.

Dushkitri fez sinal para que Ratna o aguardasse, então seguiu até a beirada do terraço, onde se juntou ao *mahasavanshy* e Iswara. Dushkitri lançou um olhar desconfiado para os kesatria que permaneciam imóveis à sua volta, então se virou para conversar com o *mahasavanshy*, disputando sua atenção.

Ratna caminhou pelo perímetro invisível em torno do *mahasavanshy*, aproximando-se da sacada por outro ponto, onde os aprendizes de amarelo observavam a multidão.

Lá embaixo, Iraivana dormia profundamente, ocupando todo o Mercado Amarelo. Tendas haviam sido erguidas em torno da criatura e centenas, se não milhares de panjek provenientes de todos os cantos do Grande Reino Infindável celebravam a chegada das especiarias do sul. Era perceptível a diferença entre as linhagens inferiores e a aristocracia. Enquanto os aristocratas, aqueles de linhagens quase tão puras quando o *mahasavanshy*, comportavam-se de forma discreta e controlada, panjek de linhagens impuras manifestavam sua alegria com a chegada de Iraivana de forma obscena, dançando e cantando.

A aristocracia sabia agradar os impuros, lançando de suas tendas comemorativas e do alto de makaras de luxo bombas de tinta, pétalas e pó para a turba que se animava abaixo.

Apesar da música e da dança, Iraivana não se movia. Os mercadores vivendo em suas costas continuavam a descer cargas para ser vendidas em Naripuri.

Ratna ouviu o *mahasavanshy* dizer algo. Iswara fez um sinal com a mão. Seus dois aprendizes se entreolharam, olharam para Ratna, então puxaram as alavancas.

Um zumbido forte cresceu por toda Naripuri, seguido de um ligeiro tremor que provocou surpresa coletiva nos milhares de espectadores abaixo e no terraço. As baterias taumatúrgicas ao longo dos três espigões se ligaram, levando seus prisioneiros extraplanares a se agitarem irritados. A energia era sugada deles para os infindáveis

cabos que lançavam arcos voltaicos da base até o topo, onde atingiam o anel de bronze. O espetáculo de luzes seguiu por mais alguns instantes, antes que, suficientemente energizado, o anel finalmente se ativasse.

No centro do anel, o céu se abriu, rasgado violentamente, revelando um nada púrpura. Por instantes, isso foi tudo. Alguns panjek bateram palmas, sem saber bem o que estavam vendo. Ratna olhou a expressão no rosto do *mahasavanshy* e Iswara. Ambos estavam visivelmente contentes com o efeito até o momento, mas o rosto de Iswara parecia demonstrar uma tensão que não existia no rosto do jovem rei. Considerando o jeito como ele havia se portado a respeito da máquina, não devia ser medo de que o aparelho não funcionasse. Poderia, talvez, o próprio Mestre da Arte dos Planos não saber ao certo para onde o portal se abria?

Houve um novo tremor e nova onda de surpresa da multidão, dessa vez seguida de risadas nervosas. Ratna olhou para baixo, esperando ver algum tipo de fissura no chão, algo que pudesse significar um risco da estrutura desmoronar. Seus olhos foram atraídos ao movimento de outro ponto.

Os custódios da Cidadela Ambulante pareciam agitados, correndo de um lado para o outro na estrutura sobre as costas do colosso. Puxavam guindastes para dentro, amarravam cargas. Um cortou uma corda que puxava para o alto uma carga de mercadorias, fazendo tonéis de bebida se espatifarem no chão.

Ratna ouviu um som e entendeu o motivo da agitação.

Iraivana movia a cabeça letargicamente à medida que despertava. Abria a boca cavernosa, as narinas vibrando, como se sentindo o cheiro de algo. As garras tão longas quanto casas se moviam, raspando o chão de granito e deixando sulcos de mais de um metro de profundidade.

Os olhos estavam abertos. Ratna se sentiu hipnotizado pelo olho que conseguia ver, do lado direto da cabeça. Ele brilhava com um verde claro, mágico, como uma esmeralda energizada por uma bateria taumatúrgica. A energia parecia emanar daquele olho, como se a criatura estivesse possuída por uma entidade transplanar.

Ratna engoliu em seco e olhou para o alto.

Da fenda no céu sobre sua cabeça algo diferente aconteceu. Uma névoa púrpura começou a escapar da ferida como sangue imerso em água. Dissolvia-se à medida que tocava a atmosfera.

No chão, poucos metros abaixo, os panjek pareceram perceber que Iraivana havia despertado. Alguns começaram a gritar e se afastar. O animal balançou a cabeça de um lado para o outro, como se irritado com algo que não conseguia entender. Cada bufada que dava arremessava uma dúzia de panjek longe. Ratna podia ouvir um som cadenciado, gutural, que parecia estar vindo da garganta do colosso. Ele jamais havia ouvido tal som, nem jamais vira a criatura tão agitada.

– Mestre! – ele gritou, aproximando-se de Dushktri.

Dushkitri desviou o olhar da névoa escapando do portal para Iraivana e se assustou com o que viu. Deu um passo para trás, através da guarda kesatria, e segurou o braço do aprendiz, o primeiro contato físico em todos esses anos. Ratna soube, então, que Dushkitri estava em pânico.

O medo começou a se espalhar pela multidão. Panjek corriam para todos os lados, pisoteando quem ficava pelo caminho. Iraivana se erguia em suas quatro monstruosas patas traseiras, as dianteiras moviam os dedos como se a criatura estivesse ansiosa para pegar algo. No choque do momento, Ratna pensou nele fazendo o mesmo ao entrar pela primeira vez na Incubadora.

Os guerreiros kesatria de Iswara avançaram na direção da sacada, lanças diante do corpo. As baterias extraplanares em seus peitos energizavam as armas. Um mero toque era capaz de matar qualquer panjek.

O *mahasavanshy* ergueu uma mão, detendo-os de imediato. Apesar do caos, ele permanecia de pé exatamente no mesmo lugar, um sorriso ainda no seu rosto.

– Então eu estava certo sobre a razão de sua imortalidade.

Iraivana bufou violentamente. O sopro foi tão forte que Ratna e Dushkitri foram empurrados para trás. Apenas os kesatria e o próprio *mahasavanshy* permaneceram imóveis, como se nada tivesse acontecido.

– Pensa que pode me deter? – gritou o *mahasavanshy*. – Já é tarde! Você falhou!

Ratna piscou os olhos e, por um instante, achou ter visto algo sobre a cabeça do *mahasavanshy*. Era como um vulto, uma sombra pequena. Pequenos fios negros como fumaça saíam desse vulto e tocavam o corpo do monarca em vários pontos. Quando o jovem erguia os braços, os fios de fumaça o acompanhavam. Não. A coisa não acompanhava seus movimentos. Ela os provocava, como um titeriteiro manipulando um fantoche, como as lendas sobre os rakshasa.

Olhou para cima, para a névoa púrpura quase esquecida quando Iraivana despertou. A fumaça não estava se desfazendo no contato com esse mundo. Ela estava se transformando.

Milhares de pequenos vultos se desgarravam da névoa para descer pelos espigões até o chão. Ratna forçou a vista para ver aqueles que vinham pelo espigão mais próximo e arfou ao perceber que eram aranhas feitas de fumaça negra.

– O que aconteceu com essa coisa? – gritou Dushkitri. Ele olhava assustado para Iraivana.

– Rakshasas!

– Do que você está falando? Deve ter sido essa maldita máquina que irritou a besta!

Ratna olhou à sua volta a tempo de perceber os aprendizes de taumatólogo gritando assustados. Aranhas negras escalavam seus corpos até seus rostos. Eles batiam nos próprios corpos, tentando afastá-las. Era em vão. Mesmo quando atingidos, os rakshasas se reformavam em outro ponto do corpo e continuavam sua escalada. Ao chegar ao rosto, entravam pela boca, nariz e ouvidos dos aprendizes.

As mesmas criaturas atacavam os kesatria e quem mais estivesse no caminho. Lá embaixo, a população de Naripuri também era atacada.

– Não há nada que você possa fazer! – gritou o *mahasavanshy* para Iraivana, que começavam a atacar com mordidas e batidas da cauda toda e qualquer criatura que pudesse alcançar, fosse panjek, rakshasa ou ambos.

– Ele está certo e, ao mesmo tempo, fatalmente errado.

Ratna se virou para trás. Mestre Nyx estava de pé sob um dos arcos que levava para o interior da sala do trono. As mãos estavam fechadas em concha segurando algo perto do rosto. Não parecia estar falando com qualquer um deles e sim consigo mesmo. Seu olhar se voltou na direção da varanda.

Uma maré de rakshasa se aproximava, cobrindo o terraço e o Mercado Amarelo.

– Mestre, precisamos ir!

– Está louco? Não podemos deixar o *mahasavanshy*!

– Ele já está perdido!

– Perdido? Ousa sugerir que abandomemos a Linhagem Pura à mercê do monstro?

Ratna franziu a testa, olhando para Iraivana. Os rakshasa tentavam escalar seu corpo, mas ele continuava a pisotear e morder tudo o que aparecia pela frente. A criatura sempre pacata chacoalhava o corpo, deixando em pânico os mercadores que viviam na cidadela em suas costas, no intuito de destruir o máximo possível dos invasores extradimensionais.

– Por que seus soldados não estão atacando a fera? – gritou Dushkitri para Iswara, que não havia se levantado desde que fora derrubado pelo sopro de Iraivana. Parecia atônito com o que estava acontecendo.

– Não sei! Ataquem, seus imbecis! – Virou-se para seus aprendizes. – Vocês! Façam alguma coisa!

Os aprendizes começaram a andar na direção dos dois mestres e Ratna. Aranhas negras estavam sobre suas cabeças, manipulando seus corpos. Puxaram as patas, e os dois sorriram de forma idêntica.

Ratna percebeu horrorizada que nem Dushkitri nem Iswara conseguiam ver os rakshasa. "Depois que você visita esse lugar vezes o suficiente, começa a ver coisas que ninguém mais vê," dissera Nyx. Ele pensara que Nyx se referia à Incubadora!

Os taumatólogos aprendizes se aproximavam de Iswara. Aranhas estavam por todo seu corpo, aproximando-se de suas mãos, que se esticavam para tocar o mestre caído.

– Andem! Ajudem-me a levantar – disse o taumatólogo, ignorante do que estava para acontecer.

Um novo urro atraiu a atenção de todos para o pátio.

Iraivana chacoalhou o corpo, fazendo duas torres em suas costas se partirem e caírem para o chão junto com meia dúzia de custódios. Então correu na direção do espigão mais próximo, a cabeça abaixada. A multidão tentou se dispersar, mas não havia tempo. Cada passo apressado da besta esmagava dezenas de panjek. Ratna percebeu os olhos verdes da fera brilhando forte, como se tomados por uma fúria sobrenatural. Por um instante Ratna pensou ver sobre a monstruosa cabeça um rosto muito pálido e estreito, com longos cabelos cor de ouro. Um corpo de luz parecia controlar o colosso assim como os rakshasas faziam com qualquer um que capturassem.

A grande cabeça de Iraivana atingiu o espigão mais próximo com força, fazendo toda a estrutura tremer. Cabos se partiram, placas inteiras foram arrancadas e arremessadas longe. Atingiram o palácio e os demais espigões. Vidros se partiram, liberando os fogos-fátuos aprisionados, que desapareceram no ar, retornando aos seus planos de origem.

O olhar de pânico no rosto de Iswara disse tudo.

Ele abriu sua túnica, puxando dela uma esfera cheia de fios ligados a uma bateria taumatúrgica presa a sua cintura. Não era uma mera bateria de fogo-fátuo, mas algo verdadeiramente potente ligado diretamente à energia primordial do Shakti. No desespero, se atrapalhou com o aparelho e liberou mais energia do que devia. A bateria brilhou com um raio verde que momentaneamente cegou Ratna. Iswara gritou de dor. Quando Ratna voltou a olhar naquela direção, o Mestre dos Planos havia desaparecido. No lugar restava apenas o chão seriamente chamuscado e uma fenda espacial.

Uma gigantesca seção do espigão caiu sobre o terraço, arrancando um pedaço enorme da estrutura de pedra e aniquilando dois kesatria e os taumatólogos aprendizes.

Dushkitri apenas olhava, estarrecido com a situação. Olhava o *mahasavanshy*, que gritava incoerências para Iraivana. Parecia ter percebido que, de alguma forma, ele era o culpado pelo que estava acontecendo, mesmo que não pudesse entender o porquê.

– Você estava certo – veio a voz de Nyx, quase inaudível por trás deles. – É tarde demais.

Ratna percebeu o que Nyx vinha trazendo em sua mão. Era um bulbo de vidro como aquele que onironautas usavam para guardar pensamentos. Com um suspiro de derrota, Nyx arrebentou o bulbo contra o arco de entrada, liberando uma névoa negra. A coisa enroscou-se nos braços do mestre onironauta, tomando a forma de uma aranha. Nyx voltou olhos tristes na direção de Ratna. Ele sorriu.

Ratna não esperou para ver o rakshasa possuir Nyx.

– Mestre! Precisamos ir agora!

Ratna não deu tempo a Dushkitri. Agarrou-o pelo braço e se jogou na direção da fenda pela qual desaparecera Iswara, antes que ela se apagasse.

O espigão se partiu e caiu sobre o palácio. No céu, o portal perdeu a coerência, mudou de cor, inchou.

Então, explodiu.

Capítulo 46

Vema se abaixou, cobrindo a cabeça. Levou alguns instantes para lembrar que aquilo era apenas uma memória. Mas, com o fim da memória de Ratna Durga, veio a sua própria. Chidi caindo ao lado de Iraivana, Iraivana despertando, caixas e tonéis explodindo à sua volta. Então...

O que fizera Iraivana despertar? Não podia ter sido o simples contato com Chidi. Todos os semestres milhares de pessoas passavam em torno da criatura, descendo e subindo toneladas de mercadorias.

Vema se lembrou do bulbo de vidro que Kasim levara até ela, roubado no esconderijo de Chidi. Lembrou-se do mesmo tipo de criatura na loja de ingredientes e do corpo do apotecário panjek assassinado.

Chidi era um rakshasa. Era a única explicação plausível. E se ele era um rakshasa...

Ela cobriu a boca. Ilom. Ilom tentara impedir Kasim no Descanso do Colosso. Ilom, que vinha agindo de forma estranha. Teria sido seu tratamento, curando seus traumas e pesadelos, que o abriram à invasão do rakshasa? Se fosse, o que fizera o mesmo a Chidi?

Vema olhou à sua volta, pronta para perguntar a Incógnita, mas ela não estava mais lá. Vema estava sozinha na tenda cheia de almofadas. Levantou-se e foi até a abertura, emergindo nas ruas de Último Refúgio. A quirurgiã, o monstro de guarda e a tenda haviam desaparecido.

Incógnita disse algo sobre um amigo fazer um favor. Dushkitri, seu antigo mestre. Sentindo-se culpado pela destruição de Naripuri, ele abandonara o título de *maharashan* e decidiu viver todas essas décadas na obscuridade. E Iswara. Não havia como se confundir. Iswara sobrevivera ao mau uso do aparelho de teletransporte, mas por pouco. Seu novo coração, igual ao dos guerreiros kesatria, era o que o mantinha vivo, mas em dor constante, sem algum tipo de droga para mantê-lo são.

O que acontecera a Ratna Durga?

Vema olhou para trás, lembrando-se de onde viera a memória. Poderia Ratna ser Incógnita?

Vema cobriu a boca. Nem crianças, nem mulheres. O Ser Original era masculino e assim eram todas as suas cópias. A única mulher panjek era Incógnita, a Mestre da Carne, capaz de moldar-se como quisesse.

O que significava que restava apenas um panjek a compreender.

Vema respirou fundo, fechou os olhos e pensou no mestre da Mente. Sentiu novamente a pontada na cabeça, como uma memória fantasma. Mas, quando abriu os olhos, estava no alto da Torre da Mente, ou quase. Aquela era a torre antes do incêndio que a destruiu.

Nyx estava de pé diante da mesma janela onde encontrara Vema naquela tarde quando a contratou, as mãos seguras às costas, como se admirando Último Refúgio. Usava túnica amarela e sarongue de um tom mais escuro. Eram ambos decorados com desenhos estilizados de criaturas oníricas feitos em prata sobre o tecido. Tinha as vestimentas de um *maharashan*, mas não a postura. Ombros caídos, aparência pálida, orelhas baixas. Os cabelos no topo do crânio ovalado estavam brancos e soltos do rabo tradicional entre os panjek. Quando se voltou para vê-la, revelou o rosto de alguém cansado. Tinha olheiras marcadas, pálpebras flácidas, boca triste.

– Vema Thevar. Imaginava quanto tempo levaria para você vir até mim.

Por um instante Vema ficou sem ação. Imaginou que explodiria ao encontrar Nyx, que lhe lançaria acusações, talvez até agressões físicas. Mas a imagem do mestre a pegou de surpresa. Não era esse o vilão que esperava encontrar.

Nyx sorriu, como se lendo sua mente.

– É engraçado como o ponto de vista faz tanta diferença. Do meu lado sou eu o herói e você, Vema Thevar, você e Rais Kasim, são os vilões que constantemente se põem em meu caminho.

Ele se voltou novamente para a vista da cidade. Respirou fundo e soltou o ar como quem tenta espantar com ele seus problemas.

– Acredite, nunca quis ver essa cidade destruída. Nem essa, nem cidade alguma. Mesmo com a culpa que carrego em minha alma, sei que existe sempre uma alternativa.

Vema caminhou cautelosamente na direção da janela. Colocou-se ao lado de Nyx observando a vista. Lá embaixo Último Refúgio seguia sua vida como se nada tivesse acontecido. Distante, ao norte, Iraivana era visível, assim como uma multidão multicolorida que festejava sem parar, ignorantes do risco que corriam.

– Você já ouviu falar no Pensador de Manmalah? – Ele sorriu sem humor e balançou a cabeça. – Claro que não ouviu. Não ouviu porque ele foi considerado herege. Morto, seu nome e seus textos destruídos. Toda sua linhagem foi extirpada da Incubadora. Ele dizia que existia outro mundo, um plano paralelo quase oculto entre este e os outros, que era possível alcançar com a mente durante o sono. Bastava o nível certo de concentração, os mantras adequados, e sua mente visitaria este mundo, mesmo que seu corpo permanecesse aqui. Conhece algo semelhante?

Vema concordou, cautelosa. Era a descrição clara do Mundo dos Sonhos.

– Ele dizia mais. Dizia que possuia evidências de que não só este mundo existia, mas que ele tinha sido visitado antes pelo Ser Original. Mas, me diga, por que então este, de todos os mundos do Grande Reino Infindável, era desconhecido? Se existia, por que nós, panjek, éramos incapazes de visitá-lo?

Nyx se afastou daquela janela e caminhou na direção de outra. Vema o seguiu alguns passos atrás. Quando chegou lá, a vista era diferente. Último Refúgio não era mais do que alguns poucos palácios e fazendas afastadas. Na areia onde hoje existia o porto, uma dúzia de barcos de madeira, na maioria pequenos demais para enfrentar o mar aberto com segurança, aportavam como podiam. Centenas de pessoas antes amontoadas naquele espaço precário desembarcavam.

– Então vocês chegaram. Não eram a primeira espécie inteligente que encontrávamos, claro. O Grande Reino conquistou dezenas de outros povos em mundos diversos, povos esses que, eu acredito, um dia voltarão para nos punir por nossa arrogância. Mas vocês tinham algo de diferente. Vocês sonhavam.

As paredes da torre começaram a se desfazer. Vema deu um passo para trás, assustada. Mas não era a estrutura real desmoronando e sim o sonho. Quando a parede desapareceu, Nyx e Vema estavam de pé na praia. Os Melkat, refugiados de guerra, festejavam a chegada a seu novo lar. Um grupo de panjek, todos de casta impura, observava de longe, incertos sobre como reagir.

– Quando o primeiro humano dormiu neste lugar, sua mente

ascendeu a este plano oculto, este Mundo dos Sonhos. Apenas aqui, graças ao distúrbio espaço temporal sobre nossas cabeças, a conjunção entre sonho e realidade se tornou possível. Foi quando eu descobri que precisava de vocês.

– Você nos usou.

Ele riu breve.

– Você não faria o mesmo se isso fosse capaz de salvar seu povo?

– Salvar? Você destruiu os panjek!

– Ah, sim. Claro. Creio que você não entendeu. Nyx, o *maharashan* da Mente, não sobreviveu à destruição de Naripuri.

A praia e os Melkat desapareceram, dando lugar a uma cidade de domos de bronze, zigurates decoradas com centenas de estátuas e uma praça de pedras amarelas. Estava tudo em ruínas. Estavam de pé no que restava da sacada do palácio real, no coração da capital, pouco depois de o portal entrar em colapso.

O chão rachado do Mercado Amarelo estava coberto de corpos calcinados. Mais deles estavam espalhados pela sacada. Parecia que ninguém sobrevivera à explosão.

Então Vema ouviu um gemido baixo. Olhou à sua volta procurando a origem. Encontrou algo se movendo sob os escombros de uma parede do palácio, coberto de poeira e pedras. O gemido tornou-se mais forte. Então ele se ergueu.

Talvez um dia ele tivesse sido um panjek. Restava pouco da túnica amarela com animais oníricos em prata. Restava pouco, também, da pele. Em certos pontos os ossos eram visíveis, igualmente calcinados. A criatura voltou a gemer numa mistura de dor e desafio.

Alguma coisa se agarrava à cabeça do corpo ambulante. Uma esfera de fumaça com fios ligando-a aos braços e pernas do coitado. Um rakshasa controlando o corpo. O corpo de Nyx.

– Assim como os outros *maharashans*, Nyx deixou seus projetos mais importantes nas mãos de seus aprendizes. Foi quando um deles me encontrou.

Vema se virou para Nyx a tempo de ver a transformação.

Inicialmente foi como se algo se sobrepusesse a ele. Era fumaça, era aranha, e era algo mais. A túnica, as calças e a carne se queimaram como quando na destruição de Naripuri. Faixas de algodão cobriram os membros feridos, a boca e o rosto. Um manto amarelo, mangas longas e capuz, surgiram sobre ele.

Imagens de sua infância invadiram sua mente. Histórias sobre o Rei de Amarelo, pesadelos sobre aquele homem tenebroso observando-a em silêncio, e ele, novamente, invadindo seus sonhos enquanto ela tecia a floresta encomendada por Nyx. Encomendada por ele.

Vema imaginou uma arma em sua mão e avançou contra o Rei de Amarelo antes mesmo de a espada se materializar por completo. Mais ágil do que jamais seria no mundo real, saltou no ar, girou o corpo e golpeou com ambas as mãos de cima para baixo. A lâmina colidiu com as mãos abertas do Rei como se tivessem atingido uma parede. Ele deu um passo para trás, os olhos púrpura quase ocultos nas sombras, arregalados por um breve momento. Nem ele nem Vema esperavam que o ataque fosse tão forte.

– Confesso que estou surpreso. Sempre disse à sua avó que via grande potencial em você, mas não tamanha força neste mundo.

– Você não conhece minha avó.

– Eu a recebi quando seus ancestrais chegaram a este continente.

Vema puxou a espada onírica, arrancando-a da mão do monstro. Não era uma guerreira. Jamais havia usado sequer um porrete e sabia o mínimo sobre como usar uma faca apenas porque Kasim a obrigara a aprender, para autodefesa. Mas naquele lugar uma onironauta era o que quisesse ser. Lembrou-se dos sonhos de Kasim, buscou forças nos sonhos de mercenários, soldados e veteranos, então sabia tudo o que precisava saber para derrotar o inimigo.

O Rei de Amarelo riu silenciosamente.

– Você realmente não compreende o que está acontecendo aqui, não é mesmo?

Vema não tinha mais paciência para mentiras. Ela imaginou. À sua volta a névoa começou a tomar forma, primeiro crescendo como colunas, então cada uma ganhando ombros, braços, armas. Um exército de mercenários armados surgiu em torno do Rei de Amarelo.

Ele olhou à sua volta. Os braços esticados, garras estendidas como um animal encurralado, ele olhava ao seu redor, esperando pelo primeiro que o atacaria.

– Se me deter agora, toda Último Refúgio será destruída.

Os guerreiros de sonhos avançaram contra o Rei de Amarelo, que ergueu as mãos para se defender.

As espadas desceram sobre o Rei, mas nada atingiram. Uma a uma, desfaziam-se nas mãos de seus guerreiros, que, em seguida, se desmanchavam em névoa disforme. Vema não compreendia. Foi o

Rei quem percebeu. Ele não riu de sua falha nem a provocou. O Rei fechou os olhos e inclinou o corpo, a mão erguida, as costas para ela. Era um cumprimento com toda a reverência oferecida a um mestre das artes.

– Nos encontraremos do outro lado.

Então, ela acordou.

CAPÍTULO 47

A quirurgia levou horas. Kasim andava de um lado para o outro sem saber o que fazer. Não era o tipo de coisa a que ele estava acostumado. Não sabia como lidar com aquilo. No centro do ateliê, Dushkitri e Chhaya trabalhavam em Vema, que permanecia adormecida dentro do útero quirúrgico.

– Está pronto – finalmente anunciou o panjek. – Preciso de sua ajuda.

Kasim estendeu uma toalha sobre a mesa de exames do quirurgião e retirou Vema de dentro do útero. Uma gosma transparente cobria todo seu corpo nu. Onde havia sido cortada por estilhaços de madeira, a pele já estava fechada, uma linha rosa da epiderme se regenerando, marcando o local onde o útero fazia seu trabalho. Uma cicatriz maior e mais longa marcava a pele morena logo acima do seio esquerdo, perto demais do coração. Kasim a colocou sobre a mesa e usou o sari para remover o excesso de gosma. Enquanto limpava o pescoço da amada percebeu uma cicatriz diferente em sua nuca, onde o cabelo tinha sido raspado. Ia questionar Dushkitri sobre aquilo quando Vema gemeu.

O coração de Kasim disparou. Ele olhou para os lados, sem saber o que fazer. Tinha medo de tocá-la e machucá-la. Ela repetiu o gemido, como se tentasse dizer algo.

– Dushktri!

O panjek se aproximou a passos lentos, limpando o sangue das mãos em um pano sujo.

– Ah – ele disse sem a menor empolgação. – Mais um sucesso da arte utilitária da vida.

Vema rolou os olhos sob as pálpebras, mexeu a cabeça, balbuciou. Kasim se abaixou, sorrindo de felicidade. Deu um beijo em sua testa.

– Calma, minha princesa. Você está salva.

Vema abriu os olhos, que rolaram confusos antes de, duas piscadas longas depois, focalizar em Kasim. A expressão no seu rosto era de surpresa e medo.

– O que você fez?

Kasim segurou uma risada. Colocou a mão em sua cabeça.

– Nós te salvamos, meu amor.

– Não! – Ela bateu com uma mão no peito dele. Virou a cabeça para olhar em volta. – Eu estava com ele, eu ia derrotá-lo!

– De quem você está falando?

– Do Rei de Amarelo!

Dushkitri fez um som de desdém com a boca.

– Ela está alucinando. É normal, considerando o estado em que está.

Vema se forçou a levantar. Agarrou a túnica de Dushkitri e o puxou para perto. Ele tentou dar um passo para trás, mas não conseguiu.

– Eu falei com Incógnita, com Ratna Durga. Ela me disse o que vocês fizeram com o *mahasavanshy*.

O rosto do panjek foi de cinza para branco. Ele rolou os olhos como se fosse desmaiar. Ergueu as mãos na defensiva, sem dizer nada.

– Foi isso que ela mandou você fazer comigo, não foi? A mesma quirurgia que expandiu a mente do *mahasavanshy*.

– E... ela disse que seria minha mais maravilhosa obra de arte!

Kasim sentiu o sangue ferver. Pegou Dushkitri pela túnica e o empurrou com força contra a parede. Sacou a adaga e a colocou bem perto do olho esquerdo do quirurgião.

– O que você fez com ela?

– Nada! Nada!

– Calma, Kasim. O que ele fez... Acho que foi para o nosso bem.

Kasim não se afastou. Continuou ali por um tempo, depois baixou a adaga. Não se afastou. Continuou segurando Dushkitri contra a parede. Atrás dele, Vema continuava a falar coisas sem sentido.

– Eu tinha ele nas minhas mãos...

– Vema? Você está bem?

Ela esticou uma mão para que Kasim se calasse. Olhava para longe, como se tentando lembrar-se de algo. Então alguma coisa pareceu se encaixar nos seus pensamentos.

– O Pensador de Manmalah. O que você sabe sobre ele?

Dushkitri franziu a testa.

– Quem se importa com os pensamentos de um herege morto meio século atrás?

Kasim forçou o antebraço no peito de Dushkitri, fazendo o panjek gemer.

– Responda à pergunta.

– Foi um mestre da Mente que se isolou aqui nesta região. Manmalah é como se chamava a pirâmide de degraus que vocês, bárbaros, transformaram em um mercado.

– O Mercado da Colina, no fim da Rua do Tombo?

Ele deu uma risada arrogante.

– O que você chama de Rua do Tombo foi uma vez o Caminho dos *Maharashans*, por onde cada novo *maharashan* passava, descendo de Iraivana e seguindo até Manmalah, onde meditava por seis dias, como fez o Ser Original dois mil anos atrás.

– Kasim, eu preciso ir até lá.

– Para quê?

– Acho que há alguma coisa escondida lá. Alguma pista. Acho que posso resolver tudo isso.

– Eu também posso – disse Kasim. Ele soltou Dushkitri e sacou sua espada. O panjek se encolheu, esperando receber o golpe, mas Kasim não se referia a ele.

– Não, amor. Não acho que seja tão simples.

– Sempre é.

Subitamente a porta do ateliê se abriu. Ujana, Sahir e Treszka cambalearam para dentro, arfando. Pingavam de suor e sangue onde tinham sido feridos, nada aparentemente grave.

Kasim seguiu na direção deles, a espada ainda em punho.

– O que aconteceu?

Ujana olhava a grande mancha de sangue no chão onde Porta-voz tinha morrido. O corpo já havia sido removido, levado para um tanque nos fundos do ateliê, para que Dushkitri estudasse sua criação morta mais tarde. Kasim insistiu na pergunta, fazendo Ujana prestar atenção nele.

– Ilom apareceu enquanto Sahir examinava os indigentes mortos. Ele matou Maskali, que estava de guarda do lado de fora, e soltou Osaze. Fugiram levando Farik antes que pudéssemos impedi-los.

– Não faz sentido algum. Por que Farik iria com eles? E Lufti? Disse algo sobre o irmão?

– Confirmou a história de Osaze, de que Chidi os contratou para sequestrar indigentes. Depois que levaram os kappas, Chidi os atordoou com o veneno de um narguilé.

– São rakshasas.

Os olhares foram para Vema. Ela tinha se levantado da mesa. O olhar estava longe.

– Do que você está falando?

– Aquela criatura que você encontrou com Chidi, e a mesma que vi no apotecário. São rakshasas. Nyx é um rakshasa. Chidi, Ilom, agora Osaze e Farik. São todos rakshasas.

Sahir e Ujana se entreolharam. O olhar do onironauta era de pânico.

– O que foi?

– Lembra que eu consegui que nós nos apresentássemos na Kulsharam fazendo um trabalho para a Incógnita?

– O que tem?

– Quando fiz... o tal serviço, um pesadelo... diferente saiu pelo captador e nos atacou.

Ujana concordou com a cabeça.

– O que você esteva fazendo? Estava em um sonho?

Sahir encolheu os ombros com o olhar de Kasim.

– Quase. Estava roubando uma memória de Tuan. E ele estava bem dopado.

– Você é maluco?

– Uma *maharashan* me pagou pra isso!

Kasim segurou o braço de Sahir.

– Que memória ela queria?

– Sobre uma reunião entre o Incessante e Nyx. Algo sobre a configuração de um portal.

Vema agarrou a mão de Kasim.

– É isso! Eles vão forçar a travessia!

– Que travessia?

– Kasim, Nyx está tentando trazer os rakshasas para este mundo. Se ele fizer isso, todos serão possuídos!

– Do que você está falando? E Iraivana?

– Eu não acho que Iraivana vá gostar nada disso.

CAPÍTULO 48

Todo o mundo era visível do alto da Torre dos Planos. Daquela altura era possível ver como a cidade se espalhara pelo vale isolado na ponta sul de Panjekanaverat. Engraçado como tantas ruas, casas e mesmo palácios haviam surgido em apenas cinco décadas desde o acidente em Naripuri.

– Está quase pronto – disse o taumatólogo enquanto soldava mais um dos muitos cabos de força que ligavam a rede de baterias aos espigões que estabilizavam o portal sobre a torre. Em caso de pane, a rede inteira era desligada automaticamente. Ao menos Iswara parecia ter aprendido com seus erros.

– Nyx? Você ouviu o que meu assistente disse?

O mestre dos onironautas suspirou irritado. Fez o mais discreto dos movimentos com a cabeça, oculto sob o capuz. Soltou as mãos seguras atrás das costas e acenou para que o Incessante soubesse que ele estava ouvindo.

Seus olhos estavam no Descanso do Colosso, onde aquela criatura abominável dormia, rodeada de milhares de humanos e panjek que celebravam um evento que nem ao menos compreendiam, ignorantes de que corriam risco de morte.

– Vai funcionar?

O Rei de Amarelo se virou para encontrar o Incessante de braços cruzados sobre o peito que faiscava com energia transplanar. Ele observava com pequenos olhos quase invisíveis em seu rosto inchado o trabalho do assistente humano. Parecia esperar uma resposta do outro.

– Deve funcionar – Tuan finalmente respondeu. Parou de soldar e removeu os óculos. – Não é um processo simples, reconfigurar uma fenda planar. Especialmente não uma como essa.

– Essa coisa fica instável nessa época do ano – explicou-se Iswara, dando de ombros. – Certamente é culpa daquela coisa lá embaixo.

Nyx não precisou voltar a olhar para trás para saber que Iswara se referia a Iraivana. Tantos anos e o imbecil ainda não havia entendido a natureza daquela fenda.

Talvez se fizesse seu trabalho ao invés de delegá-los aos outros tivesse descoberto que não era Iraivana que provocava a instabilidade do portal. Iraivana vinha até Último Refúgio para guardar o portal, que se tornava instável regularmente, de seis em seis meses. A entidade sabia que naquele período algo poderia atravessar para esse mundo, gostassem os taumatólogos ou não.

Era essa incompetência que levara à destruição de Naripuri e à morte de tantos durante a fatídica travessia orquestrada pelo *mahasavanshy*.

– Gostava dos velhos tempos em que cada mestre cuidava de sua própria Arte.

O Rei ignorou o comentário de Iswara. Tirou de um bolso interno de suas vestes um bulbo de vidro contendo o último dos sonhos da artista Vema Thevar. No interior a névoa multicolorida dançava lentamente, revelando uma floresta de folhas azuis que não existia havia tempo demais. Isso o fez se lembrar de tudo mais que estava em jogo.

Fez a esfera flutuar até Iswara, que a pegou com ambas as mãos, ansioso. Arcos voltaicos saltavam de suas mãos para o bulbo. Onde o atingiam, o sonho recuava. Iswara se virou para partir, passos largos, esquecendo-se de tudo mais em sua vontade de absorver aquele sonho e conseguir mais algumas horas de letargia. A dor de ter um portal para o Shakti em seu peito era insuportável sem suas drogas. Drogas sob o controle de Vayk Varna.

– Incessante – chamou Tuan, ainda agachado ao lado da máquina.

Iswara parou, virando-se para o assistente. Tinha o olhar de quem estava já em outro mundo, em êxtase precoce.

– Quando terminar, estou dispensado?

O mestre encarou o aprendiz por um longo momento antes de responder, irritado por ser questionado por algo tão simples.

– Sim, sim! – gritou, balançando a cabeça e o papo inchado. – Suma e não me atormente por um bom tempo.

Como se reagindo à ordem do taumatólogo, os quatro kesatria que estavam dispostos em torno da máquina ergueram suas lanças em uníssono, segurando-as com ambas as mãos. Todos se voltaram na direção das escadas no centro da torre, que levava ao andar inferior.

Três humanos haviam emergido das escadas. Estavam todos armados. Havia sangue em suas vestes e armas.

– Mas o que significa isso? – questionou Iswara. Atrás dele seus kesatria aproximaram-se, baixando suas lanças taumatúrgicas na direção dos invasores.

Foi Nyx que sentiu que havia algo a mais ali. Deslizou sobre o chão até eles, uma mão erguida para deter os guerreiros sem paixão. A outra tocou o rosto do homem mais próximo, um myambês mais velho. Reconheceu as cicatrizes de um guerreiro Surna e os olhos de um velho amigo.

– Chidi – ele finalmente disse. – O que aconteceu com seu corpo?

– Rais Kasim, o mercenário – foi tudo o que respondeu o outro, como se fosse o suficiente.

– Sinto muito – disse Nyx, sincero. Só podia imaginar o quão doloroso era morrer. – Encontrou o sonhador que tem nos causado tantos problemas?

– Não. Os homens de Varna chegaram antes. Antes de partir alistei Farik.

O Rei de Amarelo colocou uma mão no ombro de Farik.

– Sei que você sofreu longamente preso em um bulbo de vidro, exposto como curiosidade, mas seu pranto chegou ao fim. Em breve o panjek pagará pelo que fez.

Gritos e o som de espadas e explosões vieram dos andares inferiores da torre.

– Os homens de Varna – disse o novo Chidi.

– Isso é um absurdo! – gritou Iswara dando passos na direção das escadas, detendo-se ao perceber que os mercenários não pretendiam sair de onde estavam. – Saiam da minha frente imediatamente!

Nyx ergueu uma mão na direção de Iswara, e o bulbo com o sonho saltou das mãos do taumatólogo para a do onironauta. Tão rápido quando aconteceu, ele desapareceu em uma das mangas do seu manto.

– Tínhamos um acordo!

– Mantenha o portal na configuração que mandei e você terá todos os sonhos que quiser.

Atrás deles, Tuan parecia perceber que algo de errado estava acontecendo. Ele estava ao lado da máquina que mantinha o portal estável.

– Chidi – chamou sem tirar os olhos de Tuan.

– Osaze – replicou o amigo. – Esse é meu nome agora. Chidi está morto.

– Pravat – ele corrigiu, dizendo pela primeira vez em dois milênios aquele nome. – O portal não pode ser fechado.

– Eles não seriam tão estúpidos – disse Iswara, rindo sem humor. – Da última vez Panjekanaverat foi devastada.

– Eles são humanos. Não espere que sejam sensatos.

Nyx se voltou para Osaze a tempo de ver os músculos do mercenário ficarem tensos. Tuan estava tentando reconfigurar o portal, pondo em risco a travessia.

Nyx não precisou fazer nada. Osaze saltou de onde estava, lança em riste. Os kesatria reagiram de imediato, tentando bloqueá-lo. O mercenário se esquivou com uma velocidade que não era apenas o benefício de ser hospedeiro de um rakshasa. Desviou com a haste de sua própria arma as lanças taumatúrgicas dos kesatria, lançando faíscas enquanto deslizava por entre eles. Chegou ao lado de Tuan. O girar da lança myambesa terminou apenas quando a ponta de ferro atravessou a coxa esquerda do taumatólogo, fincando-se na pedra sob ele.

Tuan gritou de dor e desespero, largando a ferramenta em sua mão e buscando em sua bolsa alguma coisa. No mesmo movimento fluido do seu ataque, Osaze atingiu Tuan na lateral da cabeça com seu escudo. O taumatólogo bateu com a cabeça na máquina e desmaiou.

– O que é isso?

Iswara olhava de Nyx para Osaze, a boca aberta, os olhos arregalados, incapaz de reagir. Os quatro kesatria já haviam se voltado para Osaze. O Surna mal teve tempo de revidar. Quatro lanças perfuraram seu peito e ombro, queimando com a energia sugada da bateria taumatúrgica que substituía o coração de cada guerreiro. Quando as lanças se retraíram, o corpo caiu no chão ainda sofrendo espasmos.

– Seu assistente é mais esperto do que você admite.

– Isso é um absurdo! Não vou admitir que essas bestas que você contratou seja lá para o quê ataquem meus aprendizes!

Nyx olhou para os outros dois rakshasas. Eles entenderam o recado. Correram na direção dos kesatria enquanto estes ainda soltavam suas lanças do corpo de Osaze. Atacaram os kesatria pelas costas, golpeando-os, não para matar, mas para chamar sua atenção. Os quatro guerreiros projetados para matar reagiram de imediato, tão rápidos e fortes quanto suas baterias planares eram capazes de fazê-los. A dor não era um problema também, nem o cansaço. Em segundos Ilom e Farik caíram mortos.

Os kesatria voltaram à posição de sentido.

Um deles se virou, tentando atingir algo com a lança. Em suas costas, uma aranha negra como fumaça o escalava usando suas longas garras para prender-se à pele cinzenta do guerreiro. Os outros kesatria ficaram alerta, movendo-se para ajudá-lo. Então dois deles também foram atacados da mesma forma.

Uma vez feita a travessia, o rakshasa se tornava parte deste mundo. Vulnerável, certamente seria obliterado se não encontrasse logo um receptáculo que pudesse protegê-lo.

– O que está acontecendo aqui? – gritou Iswara perto do pânico.

Os três kesatria caíram de joelhos no chão, o quarto deles parando, a lança ainda diante do seu corpo, incerto de como agir.

– Algumas pessoas nos dão mais crédito do que devem. Nós não suplantamos a personalidade do hospedeiro, sabe? Nós apenas mostramos o mundo por novos olhos. O que surge é algo novo, um amálgama.

Um a um os kesatria começaram a se levantar, lanças nas mãos.

– Agora, e se o hospedeiro for incapaz de livre arbítrio? E se ele não possuir qualquer desejo ou ganância?

Os três kesatria voltaram suas lanças contra o último deles.

Iswara viu aterrorizado sua criação ser destroçada pelos outros três, o corpo arremessado ainda vivo do alto da torre.

– Nyx, o que é isso? O que está acontecendo aqui?

– Nyx está morto. Eu sou o Rei de Amarelo.

Uma, duas dúzias de homens e mulheres armados surgiram das escadas, espalhando-se pelo terraço, portando espadas, lanças e as armas mecânicas de Valmedor. Reconheceu Kasim e a estrangeira Treszka entre eles.

O Rei de Amarelo deslizou pelo terraço e pôs-se entre seus guerreiros e os invasores.

– Rais Kasim, o catalisador de todo esse caos.

O mercenário de olhos cerrados ergueu a espada e o escudo, como se pronto para se lançar em um ataque desesperado. O Rei riu.

– Você não acha que já causou problemas demais?

– Vema nos contou o que você planeja.

– Ah, ela contou? E o quanto ela realmente sabe?

– Ela sabe sobre seus demônios e seu plano de invasão. Sabe que pretende atacar durante o festival, quando há milhares de vítimas para possuir.

O Rei voltou a rir.

– Demônios? Possessões? Não, nada tão dramático. Estamos apenas tomando posse do que nos foi tirado dois mil anos atrás.

Com um gesto da mão, o Rei de Amarelo deu as costas a Kasim.

– Agora, por favor, vão embora. Está quase na hora da travessia.

Ouviu-se o som de uma corda tensa sendo liberada logo antes de algo atingir o Rei por trás do ombro esquerdo. Ele tropeçou, uma mão indo até o ferimento e encontrando uma seta cravada lá. Virou-se a tempo de ver um dos homens de Varna rearmando sua besta enquanto outros preparavam para atirar.

Com a mesma mão que arrancou a seta fincada em sua carne fez um movimento em arco diante de si. As bestas dispararam, mas as setas foram desviadas no ar pelo desejo do rakshasa.

– Chega! Não tenho tempo a perder. Tenho um acerto de contas para resolver com o passado.

Dando um sinal para seus guerreiros, o Rei de Amarelo saltou do alto da Torre dos Planos e para longe da batalha que se iniciava.

Capítulo 49

Kasim viu Nyx saltar do alto da torre como se vinte soldados armados não fossem nada. Frio subiu por sua espinha, porque ele sabia que três kesatria seriam muito mais do que o suficiente.

Enquanto Vema e Sahir seguiam para o Mercado da Colina escoltados por Alaki e Mwano, Ujana, Kasim, Trezka, Lufti e mercenários estrangeiros contratados por Varna atacaram a Torre. Subiram às pressas, enfrentando apenas uns poucos taumatólogos que pensaram ser eles os alvos. Nenhum foi morto, apesar da ordem da Nar-rais estrangeira, mas duas máquinas taumatúrgicas foram destroçadas pelos soldados. Chegaram ao topo da torre com esperanças de salvar Osaze e Farik. Quando viu o irmão morto aos pés dos kesatria, Lufti murmurou uma prece para a Estrela da Manhã e avançou contra um inimigo muito mais poderoso que ele.

Trezka deu a ordem e seus mercenários brancos dispararam as armas mecânicas. Uma dúzia de flechas cruzou o topo da torre, quase atingindo Lufti, boa parte deles alcançando os três kesatria que avançavam em sua direção. Nenhum se deteve.

O som da espada taumatúrgica de Ujana sendo ativada atraiu a atenção de Kasim. Ela o cumprimentou. Ele percebeu que talvez devesse ter investido nesse tipo de coisa.

Kasim sinalizou para que ela o acompanhasse atrás de Lufti, tentando flanquear o kesatria mais à esquerda, dando espaço para os mercenários brancos avançarem com Trezka. Viu, caídos ao lado do corpo de Osaze, Tuan – não sabia se estava morto – e o Incessante, que não parava de balbuciar qualquer coisa enquanto tentava mexer no grande aparato taumatúrgico que certamente era o responsável pelo portal. Kasim tinha a impressão de que Incessante sabia tanto sobre como operar a máquina quanto ele.

Lufti alcançou os kesatria com um grito e golpes rápidos de espada. Um a um os golpes foram bloqueados pela lança do kesatria mais à esquerda, raios espocando da arma a cada impacto. Alguns atingiam Lufti, mas ele fazia o que podia para ignorá-los. Não podia fazer o mesmo com o kesatria mais ao centro. Aproveitando a guarda aberta do myambês que se adiantou ao grupo, estocou com a lança, atingindo Lufti na coxa. A energia circulando pela arma foi transferida para o myambês, que perdeu as forças e caiu de joelhos.

Kasim saltou, golpeando a lança do kesatria mais à esquerda, que vinha descendo sobre o peito de Lufti. Sentiu o choque do impacto e da energia da arma e trincou os dentes. A ponta de metal atingiu o chão com um estouro, deixando a pedra chamuscada. Ujana veio em seguida, estocando com a espada. A lâmina atingiu o peitoral de metal do kesatria sem penetrar, mas a energia taumatúrgica queimou e derreteu o metal onde o atingiu.

Percebendo o risco, o kesatria deu dois passos para trás, erguendo a lança e curvando-se ligeiramente sobre ela. Precisaria avaliar como lutar com alguém capaz de ferí-lo.

Ao seu lado os dois kesatria avançaram contra Trezka e os outros, deixando os três myambeses com esse último inimigo.

– Lufti, fique atrás de mim.

– De jeito nenhum.

– É uma ordem.

O soldado ferido encarou Kasim com ódio. Apoiou-se no chão e forçou-se a se levantar, colocando a perna ferida para trás. Mas obedeceu.

Kasim sinalizou para Ujana, que começou a circundar o kesatria pela direita.

Pergunte a qualquer taumatólogo do que um kesatria é capaz e ele passará horas narrando o que os panjek contam sobre invasões a outros mundos e coisas do gênero. Kasim não acreditava em metade delas. O que restava ainda era impressionante o suficiente para intimidar qualquer membro da Guarda.

O som dos gritos dos mercenários brancos atestava o erro de quem os subestimava.

Ujana avançou com a espada, rodopiando-a em um arco alto. Kasim fez o mesmo, seguido de perto por Lufti, mais atrás, com a perna ferida.

Kasim não tinha certeza do que aconteceu em seguida. O kesatria subitamente esticou as costas e pareceu dançar. Era como uma daquelas dançarinas com olhos de cobra, esculpidas nas paredes dos templos. Na ponta de um pé, a outra perna recolhida como a de uma garça, o kesatria girou onde estava, dando uma volta com a lança sobre o braço. A haste atingiu a espada de Ujana, desviando o arco para longe. No meio do giro o kesatria dobrou a perna, esticou a outra mão. A lança rodou solta pelas suas costas, foi parar na mão oposta e atingiu Ujana por trás do calcanhar. A haste explodiu com o golpe de energia, jogando a guerreira Surna para trás de costas no chão. O kesatria não parou aí.

Kasim podia ver o que se seguiria, mas, em movimento, não tinha como se deter. Era como saber o futuro, mas não ser capaz de fazer nada a respeito. Naquele segundo de vida pensou como devia ser terrível ser um oráculo de Melkat.

O kesatria colocou ambos os pés no chão e esticou as pernas. No ângulo em que seu corpo estava, saltou como uma rã diretamente para Kasim. A lança que ainda rodopiava parou batendo na parte de baixo do antebraço direito, na posição perfeita para estender o alcance de seu braço e deixar a ponta de metal no caminho de Kasim.

Talvez eu devesse ter aprendido a dançar, pensou Kasim, fazendo o máximo para girar o corpo para trás no próprio eixo.

A ponta da lança resvalou na borda do escudo, a haste flexível balançou, e talvez isso tenha salvo a vida do myambês.

Kasim sentiu a lâmina perfurar seu bíceps esquerdo, ignorando a túnica de couro. A energia do Shakti foi transmitida pela lâmina para a carne, queimando tudo. Na mesma velocidade em que atacou, o kesatria recolheu a arma, puxando carne e músculo no movimento.

Ainda girando o corpo, sem equilíbrio e desajeitado, Kasim tentou seu golpe. Errou, tropeçou. A espada atingiu o chão e chicoteou para longe de sua mão. Foi cair longe de seu dono, em cujo campo de visão não estava mais o inimigo.

Deslizou de joelhos no chão, tentou apoiar-se, levantar o escudo. Percebeu que era incapaz de sequer manter o escudo na mão, tamanho o estrago do ferimento. Virou-se a tempo de ver Lufti acertar sua espada no braço do kesatria antes que ele pudesse voltar à guarda.

O panjek se retraiu, deslizando os pés no chão como um dançarino, então quase imediatamente caiu para a frente, controlado. Estocou, a lança perfurando o peito de Lufti.

Lembrou-se de um dia, dois anos antes, quando vira um dos Primogênitos do Imperador de Diamante enfrentar sozinho um exército para matá-lo. Jurou que se saíssem dessa vivos jamais seria idiota o suficiente para enfrentar um ser daqueles de novo.

Pela primeira vez Kasim percebeu que nem todas as lutas poderiam ser vencidas com a força bruta. E nem sempre podia escolher quando, como e onde lutar. E a única alternativa a lidar com uma situação daquelas era usar a cabeça.

Kasim era péssimo em usar a cabeça. Era por isso que Vema o completava tão bem. Só que agora ela não estava por perto.

Lufti caiu morto no chão e o kesatria se voltou para ele. Kasim procurou à sua volta por uma arma. Trocou o escudo de mão. Não tinha tempo. O kesatria avançou em sua direção, golpeando uma, duas, três vezes. Kasim rebateu as investidas, mas, a cada uma, uma nova explosão o jogava mais para trás, fragmentando o escudo. Tropeçou no corpo de Ilom e caiu para trás, as costas se chocando com a mureta da torre. Sentia o vento bater no rosto, lembrando-o da queda.

A expressão no rosto do kesatria era plácida, sem vida. Mas havia algo sobreposto, um vulto quase transparente, um rosto sem detalhes. Se o panjek era incapaz de sentir emoções, o rakshasa não era. Estava adorando o que ia fazer. Rakshasas não eram monstros. Eram seres pensantes, com emoções e desejos.

Kasim procurou na bolsa por algo. Puxou um objeto de dentro e esticou o braço além da mureta da torre. O kesatria parou imediatamente ao reconhecer o que era.

– Vocês vão se entregar ou seu amiguinho se espatifa lá em baixo.

Dentro do bulbo de vidro, o rakshasa que Kasim encontrara sob o balcão no esconderijo de Chidi arranhava as paredes.

A expressão do vulto foi tão forte que o próprio kesatria franziu a testa, incerto.

A pausa durou poucos segundos. O rakshasa fez sua escolha. O kesatria ergueu a lança para matar Kasim. Kasim precisava concordar que faria o mesmo.

A espada taumatúrgica de Ujana atravessou as costelas por trás até a metade do estômago do kesatria. Ele cambaleou com o impacto, e o que só podia ser descrito como sua alma quase saiu do corpo. Por um momento o rakshasa que habitava o corpo se revelou, olhos vazios arregalados, boca aberta em um grito silencioso. Então se forçou a voltar.

Kasim foi mais rápido. Agarrou a lança caída, sentindo a mão queimar, e a enfiou na garganta do kesatria. O impacto tirou o equilíbrio do guerreiro, que caiu para trás, por sobre a mureta. A espada taumatúrgica, presa ao corpo, foi arrancada da mão de Ujana. Com ela foi o cabo ligado à bateria presa à cintura da guerreira, arrancando-a do chão.

Kasim saltou na direção da companheira, abraçando suas pernas antes que ela voasse por cima da mureta. No impacto, Ujana bateu a cabeça na pedra e perdeu a consciência. Desmaiou pendurada sobre a queda da torre, o kesatria morto pendendo do cabo de energia ligado à espada.

Sem forças no braço esquerdo, usando o que podia do direito para segurar Ujana, Kasim não tinha como fazer nada além de pedir à Estrela da Manhã por um milagre.

Uma mão tocou o cinto e puxou a presilha. Ele se soltou, arrastado por sobre a mureta. Kasim e Ujana caíram no chão atrás deles, salvos, enquanto o kesatria e a espada se espatifaram dezenas de metros abaixo nas ruas de Último Refúgio.

Treszka estava de pé ao lado dos dois soldados, olhos arregalados, uma mão sobre o ferimento calcinado no ombro. Tinha sangue escorrendo de um ferimento na testa. Kasim forçou-se a se levantar e agradeceu a ajuda com um aceno de cabeça.

Do outro lado da torre, a maioria dos mercenários brancos estava morta. Um dos kesatria estava caído, mas o último permanecia de pé apesar de meia dúzia de flechas e uma espada cravadas no corpo. Colocou um pé sobre o corpo de um mercenário que Kasim pensou ter visto rindo dele na entrada do escritório do falecido Nar-rais e puxou dele a lança.

Kasim suspirou fundo, forçou-se a se levantar. Olhou à sua volta. O kesatria que mataram tinha deixado cair a lança. Pelo menos aquela coisa era taumatúrgica.

Pegou-a no chão com o braço válido e colocou-a diante de si. Treszka veio para o seu lado, espada segura na mão esquerda. Olharam-se e se cumprimentaram.

– A bateria.

Kasim olhou na direção da voz. Era Tuan. Estava vivo, mas pálido. Tentava levantar-se usando a máquina do portal como apoio.

O myambês procurou na haste da lança por uma forma de ligá-la como Ujana fazia com a espada. Não a via em lugar algum.

– Não, a arma não tem bateria – disse Tuan com sorriso meio

idiota no rosto. Apontou para o próprio peito. – É a bateria do coração que ativa a lança.

O kesatria se aproximava a passos lentos e cautelosos. Sabia que estava ferido demais.

Kasim balançou a cabeça. Foi até o Incessante e colocou a lança em suas mãos. O *maharashan* dos Planos arregalou os olhos, segurando a arma como se ela estivesse ardendo em brasa.

– O que eu faço com isso?

– Você luta.

– Não seja absurdo! Eu sou um...

Tuan arrancou a lança da mão do *maharashan* e enfiou uma chave no mecanismo em seu peito. Parou um segundo, baixou os óculos sobre seus olhos e sorriu cheio de dor para Kasim.

– Acho bom sair do caminho.

Então baixou a chave como uma alavanca.

O microportal dentro do aparelho aumentou. Sem contenção, cuspindo uma rajada de energia primordial do peito do panjek, que gritou de dor e desespero. Kasim virou o rosto, tentando cobrir os olhos, mas não a tempo de ser cegado. Cambaleou para trás com medo de ser atingido.

Quando conseguiu voltar a enxergar, restava apenas parte das pernas e dos braços do último kesatria.

Incessante estava caído, a energia em seu peito quase apagada. Tuan estava no chão ao seu lado, atordoado.

– Ele morreu?

Tuan olhou para seu mestre e deu de ombros.

– Só uma ressaca. – Apontou na direção dos corpos. – Onde está o outro?

– Morto – disse Trezka.

Tuan balançou a cabeça.

– O corpo do kesatria está morto. Aquela coisa ainda está viva.

Olharam à sua volta em silêncio. Kasim puxou Ujana para perto, onde não podia ser possuída. Trezka recuou até a máquina, a espada inútil na mão, olhando o chão.

Talvez algum mercenário estivesse vivo. Talvez o rakshasa entrasse em seu corpo. Ou talvez ele tivesse fugido.

Kasim olhou para o alto, para o portal aberto sobre suas cabeças. Logo aquele último rakshasa não seria o único problema.

– Temos como desativá-lo?

Tuan olhou para cima, então balançou a cabeça.
– Qualquer coisa que eu faça agora arrisca desestabilizar o portal.
Treszka se aproximou deles. Deixou-se cair sentada no chão.
– E agora?
Kasim se juntou aos demais, os olhos ainda nos corpos dos mercenários.
– Agora é com Vema.

CAPÍTULO 50

Até mesmo a Kulshram estava vazia durante o festival da chegada de Iraivana. A maioria dos alunos participava do evento, com uns poucos permanecendo para trás. Na Incubadora construída secretamente no subsolo da instituição, o Rei de Amarelo encontrou pouca oposição.

O Rei observou o rosto de Lakshmara, virando seu rosto de um lado para o outro. Era impressionante como cada um dos panjek se parecia tanto com o traidor. Aquilo apenas facilitava seu trabalho.

Lakshmara clamou por sua vida, chorando. Era quase engraçado. O Rei de Amarelo quebrou o pescoço do *ashan* e deixou-o cair imóvel na névoa que cobria o chão da Incubadora.

O Rei de Amarelo deslizou pelo chão até o centro da Incubadora. Passou as longas unhas pelo vidro de um dos úteros mecânicos, observando a criança no seu interior. Como podia o panjek original ser tão vaidoso ao ponto de criar toda uma raça à sua imagem e semelhança, usando seu próprio código genético para perpetuar aquela abominação?

Não importa, ele pensou, afastando-se daquele útero para ligar seu captador de sonhos no distribuidor de energia da Incubadora. *Tudo será corrigido esta noite.*

Precisaria adaptar-se às novas condições. Tinha esperança de cumprir seu papel nessa noite sem pôr a cidade em risco, mas essa opção fora tomada dele.

O Rei de Amarelo se sentou no chão, reclinando-se para trás. Seu corpo quase morto foi engolido pelos cabos de cobre que alimentavam o futuro da sua espécie.

Fechou os olhos e, quando voltou a abri-los, estava em outro lugar.

Uma complexa teia de prata se estendia por toda a parte abaixo dele. Em cada nexo de fios estava uma criança ou feto em diferentes estágios de evolução. Eram cópias quase idênticas do traidor, fruto de sua arrogância e narcisismo. Mutações no código original não só eram esperadas, mas provocadas. Era como o Grande Reino Infindável criava suas castas inferiores, sempre sob o jugo da aristocracia cujo código genético era mais parecido com a matriz original. Há quantos anos não nascia um panjek impuro?

O Grande Reino caiu, Naripuri foi destruída, mas a sociedade se adaptou. Quem melhor para fazer os trabalhos braçais e perigosos do que humanos que aceitariam qualquer coisa por uma chance de recomeçar?

O Rei de Amarelo deixou seu corpo se transformar. Braços e pernas dividiram-se, dando forma a oito longas patas negras. O corpo inchou, a cabeça diminuiu. Tornou-se uma aranha no centro da teia dos sonhos de todos em Último Refúgio.

Tocando uma pata em cada um dos fios que irradiavam dele, podia sentir cada mente de Último Refúgio, mesmo as despertas. Os fios vibravam à medida que os sonhos tornavam-se mais agitados, mais tênues quando alguém despertava.

Sentia a ganância de Vayk Varna, que queria retornar à sua terra natal poderoso para se vingar de pessoas que o rechaçaram. Podia sentir a mente de Dushkitri, capaz de tudo pela chance de retornar aos seus tempos de glória. Nem mesmo Ratna era capaz de se ocultar dele. Apesar de todas as defesas que armou para se proteger da retomada, o Rei de Amarelo era capaz de senti-la temerosa, desesperada. Ela sabia que havia falhado novamente em ver a verdade.

Uma vibração sob sua pata esquerda traseira atraiu sua atenção. Era discreto, quase invisível. Não era alguém desperto, distante. Era alguém propositalmente ocultando sua aproximação.

– Ah, Vema Thevar. E este deve ser Sahir. Devia ter imaginado que vocês viriam atrás de mim.

O Rei de Amarelo girou o corpo largo sobre os fios de prata como a habilidade de uma aranha verdadeira. Vema e Sahir estavam caminhando sobre os fios da teia. Vema tinha aquela mesma espada onírica na mão.

– Imaginei que o encontraria aqui.

– Não estou fazendo nada além de retomar do que o é meu por direito.

– Eu sei.

A resposta pegou o Rei de surpresa. O corpo se transmutou novamente, mas dessa vez assumiu sua forma original, antes de ser morto pelo traidor. Os dois onironautas se entreolharam surpresos, provocando um sorriso no rakshasa. Provavelmente nunca haviam visto um panjek diferente. Não, não um panjek. Um asura.

– Nós fomos a Manmalah – disse Vema.

O Rei de Amarelo sentiu o coração saltar pela primeira vez em anos. O templo onde Panjek se escondia todos os anos até a sua morte, onde ia para chorar seus pecados. Vema concordou com a cabeça.

– Encontramos tudo em uma câmara esquecida na base da pirâmide, onde os *mahasavanshy* se recolhiam. Panjek deixou lá sua história escrita na pedra.

– Quando o primeiro *mahasavanshy* unificou os Reinos Partidos, decidiu esconder a verdade do seu povo. Queria apagar a vergonha que todos carregam em seu sangue.

– Ele os traiu. Ele matou vocês, seus irmãos, enquanto vocês estavam no Mundo dos Sonhos.

Quantos anos atrás fora isso? Dois mil anos? Mais?

O Rei de Amarelo não era mais o mesmo que tinha sido naquela época, mas lembrava com um gosto amargo na boca o dia em que Panjek condenou centenas de asuras à morte. Morreram todos enquanto sonhavam.

– Entregou-nos a nossos inimigos, então extirpou de seu sangue a capacidade de sonhar, para que não pudéssemos retornar.

– Até que Dushkitri e Ratna Durga mudaram o último *mahasavanshy*.

O Rei de Amarelo respirou fundo, lembrando-se do dia em que sentiram o Grande Sonhar ser invadido. Podiam sentir Panjek naquele sonhador e viram nele uma chance de escapar de sua prisão etérea.

– Nyx sabia sobre vocês.

Ele concordou. Deu um passo para trás. Não estava mais prestando atenção em Vema. O ambiente a sua volta se modificou. Tornou-se o interior de Manmalah, o interior da câmara real onde apenas o *mahasavanshy* podia entrar. Nyx foi até lá durante uma viagem ao sul. Ele entrou na câmara em busca dos segredos do *mahasavanshy* e descobriu a vergonha que escondiam. Descobriu, também, sobre os rakshasas, os asura mortos, suas mentes aprisionadas para sempre em um plano inalcançável.

– Ele ordenou que seus aprendizes nos procurassem. Foi quando um deles me capturou. Ele sabia o que eu era, sabia tudo, mas não tinha coragem de dizer ou fazer nada. Ironicamente tinha medo de ser considerado um traidor.

O mundo mudou novamente, dessa vez fora do controle do Rei ou de Vema. Estavam no alto da Torre da Mente, a versão real, em ruínas. A fenda no céu sobre a Torre dos Planos pulsava e enfraquecia.

– Não temos muito mais tempo.

– Sempre haverá um novo Festival.

O Rei balançou a cabeça.

– Panjek não agiu sozinho. Ele tinha aliados. O Trono Esmeralda já sabe que estamos vivos e logo nos encontrará.

As teias de prata se esticaram, tensionando ao extremo. Pareciam prestes a romper. No Descanso do Colosso, a entidade que comandava Iraivana ameaçava se libertar da sua prisão onírica.

– Você sabe como a Torre da Mente queimou?

Vema olhou para o Rei de Amarelo, pensativa. Sua atenção estava mais em Iraivana do que na conversa.

– *Ashan* Lakshmara disse que foi um experimento que deu errado.

– Ah, sim, de certa forma, foi. Eu estava tentando forçar a travessia de uma forma menos perigosa. Não queria correr o risco de outro acidente como em Naripuri.

– Nós pensávamos que era esse seu plano. Despertar Iraivana.

– Jamais faria algo assim propositalmente. O plano sempre foi usar seus sonhos para entorpecer a entidade, assim como Mãe Hidra faz com a entidade nas ruínas sob o recife.

A expressão no rosto de Vema disse que ela sabia do que ele estava falando. Ótimo. Isso daria uma boa ideia do perigo ao qual se referia.

– Quatro rakshasas fizeram a travessia, mas resgatei apenas um.

– Chidi.

– Pravat – ele corrigiu. – Esse era seu nome. Foi como um irmão para mim antes que Panjek nos traísse. Encontrei-o moribundo na floresta, prestes a morrer. Recrutei-o e Pravat salvou sua vida.

O Rei de Amarelo suspirou. Lembrou-se da expressão no rosto do Surna que fora hospedeiro de Pravat por poucas horas e imaginou o que se passara na cabeça de Chidi ao ser deixado por Pravat.

– Sabe o que aconteceu com os outros rakshasas? Foram encontrados nos escombros por onironautas que resolveram vendê-los como curiosidades. Chidi conseguiu reencontrar dois deles, em posse de um panjek impuro que pretendia usá-los para fazer nirvana. O último vinha sendo usado como enfeite em uma taverna perto do porto. Foi aquele que seu amante roubou antes que Chidi pudesse libertá-lo.

O Rei de Amarelo se abaixou perto das teias. Passou as mãos perto delas, sem tocá-las. Tentava reforçar sua estrutura usando o sonho de outros. Infelizmente o festival fazia com que muitos estivessem acordados àquela hora. Não havia sonhos suficientes para tornar a teia realmente inquebrável.

– Agora, Vema, me diga, você tem ideia do que é passar cinquenta anos preso dentro de um vidro, observado como uma curiosidade bizarra? Não, claro que não sabe. Nem o que é ser exilado por dois mil anos no Mundo dos Sonhos, sem contato algum com o mundo real.

Vema tinha voltado a olhar na direção de Iraivana. Estava pensativa.

Um fio de teia se partiu, seguido de outro. Não seria possível controlar a entidade por muito mais tempo. Se não fizessem a travessia agora, seria tarde demais. Mas se fizessem, seria tarde demais para Último Refúgio.

– Eu posso ajudá-lo.

A frase pegou o rakshasa de surpresa. Ele olhou para Vema como quem não compreende. Ela repetiu a frase.

– Por quê?

– Por que às vezes nós temos que deixar de ser egoístas e fazer o que é melhor para todos.

O Rei de Amarelo se levantou.

– E o preço?

– Você vai fazer tudo do meu jeito.

– Nós não temos escolha.

– Sempre há uma escolha.

Vema ergueu uma mão e estalou os dedos.

O Rei de Amarelo despertou deitado entre os cabos que transmitiam energia para os úteros da Incubadora sob a Kulshram. Sentia uma dor de cabeça colossal. Vema o havia arrancado do Mundo dos Sonhos! Como ela havia feito aquilo? Era impossível!

Forçou-se a se levantar. Algo o atingiu no peito, empurrando-o de volta para o chão.

– Acredite, falta muito pouco para que eu corte sua cabeça.

Rais Kasim estava sobre ele, um pé sobre seu peito, a espada em sua garganta. Quanto tempo havia passado? Vema o deixara inconsciente, mas sem acesso ao Mundo dos Sonhos? O poder dessa mulher era impressionante!

Outros surgiram por entre os úteros de metal. Viu homens da Guarda da Companhia e mercenários estrangeiros.

– Então esse é o segredo de sua reprodução.

Vayk Varna surgiu por entre os outros humanos, um pequeno sorriso no rosto, os olhos cobiçosos na tecnologia à sua volta, oculta por décadas sob a cidade.

O Rei de Amarelo pôs uma mão na lâmina da espada do soldado e a empurrou gentilmente para longe. Tentou se levantar mais uma vez, sentindo cada músculo do corpo queimar de dor. Enquanto Kasim não voltou a impedi-lo, afastando-se um passo para trás, ao menos uma dúzia de armas estava apontada na direção do mestre oníronauta.

Poderia lançá-los todos para longe. Poderia quebrar seus ossos. Bastava querer.

O Rei de Amarelo deslizou pelo chão na direção do prefeito, seus olhos focalizados nos do outro, cerrados pela dor que queimava seu corpo.

– Vayka Varna – ele disse, então deixou-se cair de joelhos diante do humano, a cabeça curvada, uma mão fechada diante do rosto. – Em nome de meu povo, peço asilo em sua cidade.

EPÍLOGO

Ela caminhou pela floresta sentindo a grama alta roçar suas pernas. As solas dos pés sentiam a umidade da terra que parecia pulsar com vida. O cheiro era doce, como uma mistura de frutas e flores e algo mais. Seguiu o som da música até onde as árvores se abriam para um vale enorme. Lá embaixo uma multidão a aguardava. Dançavam e cantavam felizes com sua chegada. Havia tendas pequenas e grandes, multicoloridas. As crianças arremessavam pós coloridos, os adultos comiam e bebiam. No centro da festa havia um lugar em particular reservado para ela, como sempre fora.

Ela saiu da floresta para aquela praça, feliz por ter voltado. E as pessoas pareciam igualmente felizes com sua chegada. Acenavam, chamavam seu nome, brindavam em sua homenagem. Ela adorava retornar.

Mas não era a festa que sempre a atraía até lá. Era algo mais, algo naquele lugar, uma memória triste do passado de que nem ela mesmo se lembrava.

Estava ficando senil em sua idade avançada! Lembrava-se de que tinha um objetivo ali, algo que precisava cuidar, para que nada desse errado. Olhou para o céu onde aquela horrível ferida pulsava.

Suspirou, triste. A lembrança a irritava.

Alguém colocou a mão sobre seu ombro.

Virou-se com sobressalto.

– Oh, querida! Você me assustou!

Vema Thevar tinha aquele lindo sorriso no rosto. E como ela tinha crescido desde aquela primeira vez que se encontram anos antes! Tinha a mão direita pintada, formando um lindíssimo padrão que ia das pontas dos dedos até o cotovelo. O nariz trazia uma corrente de ouro que ligava a narina à orelha direita. A cabeça estava coberta com um lenço de cores berrantes, algo horroroso que parecia destoar de todo o resto, mas não a tornava menos bela.

– Estava esperando seu retorno.

Ela ofereceu uma taça à senhora, que primeiro inalou o cheiro doce do chá de pétalas de rosas misturado à cardamomo e gengibre. Sorveu o líquido feliz e estalou os lábios.

– Isso sempre me acalma. É como se tirasse todo o cansaço da viagem. Eu caminho muito para vir até aqui, você sabe!

Vema concordou com a cabeça. Então, guiando a senhora pela mão, ofereceu-lhe ajuda para se sentar em uma toalha cheia de cumbucas com frutas, pães, molhos e pastas. De onde haviam saído? Ela riu para si mesma. Estava tão aérea que nem percebeu todo aquele banquete.

Bebeu mais do chá, então o colocou de lado para deixar que esfriasse. Pegou um pedaço de pão e examinou cada uma das cumbucas, incerto sobre por qual molho começar. Decidiu-se por um molho de carne vermelha banhada em um molho pardo grosso. Comeu, lambeu os dedos e pegou mais. Gostava de frutas e das outras pastas, mas a carne... Suculenta!

Parou ao perceber Vema olhando o nada, distante. Pegou uma das cumbucas de pão e ofereceu a ela.

– Pegue um pedaço! Vamos!

Vema sorriu, triste, então pegou um pedaço de pão e o mergulhou em pasta de grão de bico, mas não o comeu.

– Eu a estou segurando aqui, não é? Você preferia estar com seu companheiro. Como é o nome dele?

O sorriso se alargou, mas não se tornou menos triste.

– Nós não estamos mais juntos.

– Por que não? É seu trabalho? Acho que você disse algo sobre isso ano passado, de que vocês uma vez brigaram porque ele não entendia o seu trabalho.

Ela balançou a cabeça, então colocou o pão com grão de bico na boca, mastigando-o com muito mais cuidado do que necessário. Devia estar pensando numa resposta.

– Ele entende que meu trabalho é quem eu sou, assim como eu entendo que esse lugar não é para ele – ela finalmente confessou.

Compreensiva, a senhora deu tapinhas na mão da amiga.

– Não temos como negar nossa natureza, não é? Nos faz mal tentar reprimir quem realmente somos.

Vema forçou um sorriso, ainda triste.

– Olha quem está falando – disse a senhora, dando de ombros e sorrindo. Pegou dessa vez um pedaço de caju. – Mal consigo me lembrar quem eu fui antes de reencontrá-la!

No céu aquela horrorosa ferida pulsou e mudou de cor. Alguma coisa escapou da fenda, como pequenas sombras, aranhas asquerosas que precisavam ser esmagadas.

O céu escureceu e o chão pareceu tremer. A música parou e o cheiro de medo chegou às narinas da senhora, que se levantou. À sua volta todos haviam parado, olhando-a atônitos.

Vema segurou sua mão, fazendo carinho.

– Está tudo bem. Não quer provar do falafel? Está muito bom!

A senhora se voltou para o som da voz. Por um instante não reconheceu a criatura insignificante que a olhava dezenas de metros abaixo, uma mão minúscula tocando sua pata direita. Então reconheceu Vema e o sanduíche em sua mão. Sorriu e voltou a sentar-se, aceitando provar o pão recheado de vegetais e bolas fritas. O gosto era maravilhoso!

– Isso vem da terra dos seus avós?

Ela sorriu, concordando.

– É divino! É incrível como você sempre tem algo novo para me apresentar.

Vema sorriu do seu próprio segredo, então pegou um pedaço de carambola e o comeu. Aos poucos a música voltava e as pessoas paravam de olhar em sua direção.

– Sinto-me terrível quando isso acontece.

– Tudo bem, – disse a amiga. – Eu lhe farei companhia sempre que isso se repetir.

A senhora suspirou profundamente.

– Não era assim antes, sabe? Antes de você começar a me fazer companhia. Ela estava sempre lá, essa coisa horrenda. Mas não mudava, não... cuspia essas sombras.

Vema não disse nada. Pegou uma cumbuca de frutas e a ofereceu à senhora que, agradecida, pegou um pedaço de carambola.

– Tenho memórias terríveis, entende? De uma outra ocasião em que isso aconteceu, longe daqui. Creio que foi na época em que comecei a ficar esquecida.

Ela riu sem saber bem o porquê. Pegou a taça de chá que havia esquecido e a provou. Adorava o cheiro doce do chá de pétalas de rosas misturado a cardamomo e gengibre. Sorveu o líquido feliz e estalou os lábios.

– Isso sempre me acalma.

Vema a abraçou, dando-lhe força.

– Se depender de mim, você sempre terá seu chá quando vier nos visitar.

A senhora sentiu-se iluminar, o rosto enrugado abrindo-se num sorriso enorme.

– Você jura? Jura que ficará comigo?

– Claro! Estarei sempre com você. Não se preocupe.

Contente, a senhora bebeu mais um pouco do chá, então encostou a cabeça no ombro da amiga, que começou a entoar aquela música de que ela tanto gostava. Como todas as vezes que vinha visitá-la, acabou dormindo. Quando acordou já era hora de partir, e nem ao menos havia percebido aquelas terríveis aranhas escaparem da ferida no céu para colonizar a cota de voluntários daquele semestre.

Série Reinos Eternos

Império de Diamante – *Livro 1*

Último Refúgio – *Livro 2*

Este livro foi impresso na Renovagraf
em Junho de 2016